Betrayal in Time

by Julie McElwain

時間《とき》の裏切

ジュリー・マッケルウェイン

高岡 香=訳

BETRAYAL IN TIME
by Julie McElwain

献辞

ニッキーとショーンへ
マーガレット・リーク——真のイギリス貴婦人——をしのんで

主な登場人

ケンドラ・ドノヴァン――十九世紀にタイムスリップしたFBI特別捜査官。
アレクサンダー・モーガン――通称アレック。サットクリフ侯爵。
アルバート・ラザフォード――オルドリッジ公爵。アレックのおじ。
レベッカ・ブラックバーン――オルドリッジ公爵の名づけ子。
サム・ケリー――ボウ・ストリートの探偵。
フィニアス・マルドゥーン――モーニング・クロニクルの記者。
ジャイルズ・ホルブルック――外務大臣を歴任した枢密院の一員。
ジェラード・ホルブルック――ジャイルズの息子。
エリオット・クロス――子爵。別名・残念なヒゲ。
ヒュー・モブレー――エリオットと親しい軍人。階級は大尉。
サイラス・フィッツパトリック――コーヒーハウスの経営者。
バーテル・ラーソン――薬種店の亭主。
エヴァート・ラーソン――ラーソン家の長男。戦死している。
デヴィッド・ラーソン――ラーソン家の次男。

時間の裏切

1

エドワード・プライスは、もう少しでそいつをつかまえるところだった。がりがりに痩せた腕をつかもうと手を伸ばしたとき、少年の着ているぼろぼろの上着の粗いウールが指先に触れるのが感じられたのだ。ところが浮浪児は細い肩をぐいっとひねって彼をかわし、いかにも子どもらしく元気いっぱいに、みぞれや雪ですべりやすい石畳の道路を走って渡ったので、エドワードがつかんだのは冷たい空気だけだった。

「こらっ！」彼は叫んだ。「止まれ、泥棒！」

夜警の仕事が始まるのは八時間後だが、エドワードは幼い犯罪者を追って走った。腹の立つことに、少年は既にかなり先行している。もっと経験豊かな夜警なら、あの若造を放っておいただろう。しかしエドワードは夜警の仕事をまだふた晩しかしておらず――今夜が三晩目になる――ロンドンの街を平和に保つため新たに採用された者として、やる気に満ちあふれている。生意気なちびの盗っ人が目の前で行商人の荷車からリンゴを――いくらしなびて虫食いであっても――ひったくったのを見て見ぬふりするなど、どうしてもできない。しかも、行商人をはじめとした十人以上の目撃者が、彼が行動に出るのを期待してこちらを見ていたのだから。

「止まれ！　止まれと言っただろう！」エドワードは前方を走る小さな姿に目を据えて怒鳴った。泥棒はロンドンの犯罪者階級にふさわしい敏捷《びんしょう》さで歩行者や行商人の荷車をよけていく。

まだ十九歳にもなっていないけれど、エドワードはそこまで機敏ではなかった。少年を追って走っているとき、荷車から下ろされて歩道に積まれたばかりの木箱三個にぶつかった。木箱が倒れて板が割れたので彼は顔をしかめ、足もとに散らばるジャガイモ、タマネギ、カブをよけねばならなかった。荷車から木箱を下ろしていた屈強そうな男ふたりが手を止め、背後から悪罵《あくば》の言葉を投げつける。エドワードは歯噛みをし、彼らを――脇腹のずきずきする激しい痛みも――無視して走りつづけた。

獲物との距離は縮まっている。気分が高揚すると、さらに速度は上がった。泥棒が肩越しにちらりと後ろを見て目をむいたとき、エドワードはにやりと笑った。**そうだ、怖がれ、ガキめ。**

少年はキツネのごとくすばしっこく右に曲がって、広い道路から狭く曲がりくねった路地に入った。エドワードは燭台屋の前をぶらぶら歩いている男ふたりに浮浪児をつかまえろと命じたり、少年に止まれとまた怒鳴ったりして、呼吸を無駄にはしなかった――肺に空気は残っていない。黙って少年を追って走り、靴が泥道の上で固まった氷を踏んだときには息をあえがせた。腕をばたばたさせて、尻もちをつく前になんとか体勢を立て直した。

ちくしょうめ。背後でさっきの男ふたりが笑う声が聞こえる。だがエドワードは歯を食いしばり、再び追跡を始めた。脇腹は、赤熱した火かき棒でつつかれているかのように痛んできた。凍りつくような寒さにもかかわらず、体は汗びっしょりだ。汗が脇の下にたまり、背骨の下まで不快にすべり落ちていくのが感じられる。

それでも彼は走りつづけた。目は泥棒に据えていた。この地域の荒れ果てた建物や割れた石畳に少年の小さな影が映っている。気がつけば、あたりには人っ子ひとりいない。少年を追って、ロンドンの中でも荒廃した地区に入り込んでしまったらしい。道の真ん中には幅が狭く枯れ木ばかりの荒れた公園があり、貧乏人の広場になっている。道の両側には四、五階建ての建物が並んでいる。窓は板でふさがれているか、窓ガラスがぎざぎざの歯のように割れているかのどちらかだ。玄関ステップやポーチに吹きつけた雪は暗い隅で盛り上がり、気味悪い黄色や茶色に変色している。まだ朝だというのに、打ち捨てられた建物は濃い青灰色の影を広場に投げかけている。不安で首の後ろがしびれた。

くそっ。エドワードは落ち着きを失って速度を落とし、冷たい空気を大きく吸った。もう追跡はやめよう。ごくりと唾をのんできょろきょろと左右に目をやる。ロンドンではちょっと歩けば人にぶつかる。だから、これほど荒涼として静かな地域にいるのは妙な感じだ。聞こえるのは、屋根のひさしで鳴くハトの声や、風を受けてガラスのない窓ではためくカーテンの音。そしてエドワード自身の足音と荒い息遣いだけだ。

泥棒は後ろをちらりと見て不敵ににやりと笑ったあと、広場の向かい側の建物の石段をのぼって開いた戸口に飛び込んだ。

怒りがエドワードの中を駆け抜ける。泥棒に露骨に生意気な態度をとられ、萎《な》えかけていた気力がよみがえった。肺はまだ苦しく、脇腹の痛みはおさまっていない。それでも自分を鼓舞して足を速めた。すぐさま石段をのぼって戸口に入っていく。扉をくぐったときはじめて、ここが長らく放置されたカトリック教会であることに気がついた。入り口の間に飾りはなく、御影石の壁に掘り込まれたふたつの聖水盤は干上がってクモの巣だらけ。入り口の板石の床は、水たまりが凍って氷が広がっている。

エドワードは荒く息をしながら自在扉を押し、蝶番《ちょうつがい》をきしませて、教会の身廊に入っていった。入り口の間と同じく、カトリック教会によく見られる装飾はなくなっている。信徒席や壁の飾り板は取り払われて、内部はがらんとしていた。高い円天井の隙間に巣をつくったハトがいっせいに鳴き声をあげる。ランセット窓のステンドグラスから弱々しい光が差し、床の石のタイルを虹のような色に染める。床のところどころにはハトの糞《ふん》が白く固まっていた。

エドワードはまわりにざっと目をやっただけだった。注意は泥棒に向けられている。驚きと勝利を感じながら獲物に近づいていく。少年は教会の真ん中でじっと立っていた。周囲を見まわす少年の顔から大胆な笑みは消えている。今、小さな顔には狼狽《ろうばい》が浮かび、目は恐怖のようなもので丸くなっている。だが、つかまりそうになっているから少年がおびえているわけではないとエドワードが悟ったのは、浮浪児の足もとに目をやったときだった。

「なんなんだ……」エドワードはよろめいて立ち止まった。息が喉につかえる。

一瞬、床に横たわっているのは蝋《ろう》人形かもしれないと思った。マリー・タッソーが移動展示会で使うような人形だ。いたずら好きの学生がここに置いたのではないか。しかし、誰がそんなばかなことをする？

男は裸だった。体は青っぽい。体毛は霜が降りて銀色に光っている。エドワードが死人を見るのははじめてではない。ふた晩前、夜警としての初日に、セントポール大聖堂の向かい側にあるコーヒーショップの外で凍死した哀れな男を発見したのだ。

でも、これは……これは……。

驚愕《きょうがく》したエドワードの目は死者の顔に向かった。顔は腫れ、ねじれて無言の叫びをあげているようだ。エドワードは身震いをこらえようとしたが、こらえきれなかった。

誰かがその老人の舌を切り取っていた。

2

なだらかに曲線を描くアーチ門、大理石の柱、精妙な装飾のある教会は、かつては美しかったのだろう。だが、信徒席も祭壇も宗教的な彫像も蝋燭《ろうそく》も取り払われている今、サム・ケリーには空虚さしか感じられなかった。まるで、はらわたをくり抜かれたみたいだ。教会の中身も会衆も、この陰鬱《いんうつ》な地区からロンドンのもっと繁栄した場所へ逃げていったのだろう。というより、もっとアイルランド的な地域、したがってもっとカトリック的な地域へと。そういう場所のことなら、サムはよく知っている。アイルランド移民の息子である彼は、陽気なアイルランド訛りや酔っ払いの怒声が響く道路や広場で少年時代を過ごしていた。後者は激しい殴り合いに発展することもあれば、笑って親しげに互いの背中を叩いて終わることもあった。

「なんと、ここは外よりも寒いな」ドクター・イーサン・マンローはぶつぶつ言い、丸めたてのひらに温かな息を吐きかけた。茶色い子山羊革の手袋に包まれた手は、本来なら充分温かいはずなのだが。

中に入ると、サムは横目でちらりとマンローを見た。大柄な男だ。といっても、身長がせいぜい一六五センチあまりのサムから見れば、一七五センチ以上の人間は誰でも大きく見える。四十一歳のサムより少なくとも十歳は年上のマンローは、豊かな白髪を首の後ろで結んでいる。千八百十六年の現代よりも十年以上前に流行した髪形だ。内科医になるためエジンバラの有名な学校で教育を受けたマンローほど教養ある人間にしては、不可解な時代遅れの好みだ、とサムはかねてより思っている。彼がなぜ、その尊敬される職業を捨てて卑しい外科医に、さらにその後は解剖医――上流社会ではその存在すら認知されていない職業――になったのか、サムには決して理解できそうにない。とはいえ、解剖医になってくれたことには感謝している。ボウ・ストリートの探偵として、サムはこれまで一度ならず医師の協力を仰いできたのだから。

今回みたいにな。サムは床に横たわる死人から、遺体から五歩離れたところに集まっている男四人に目を移した。三人は知っている。巡査だ。四人目――背が高くてでっぷり太り、やけに若く、ぼさぼさの赤毛――は知らない。だがサムとマンローに目をやって進み出たのはその男だった。いかにも新人らしく、ばかにされまいと偉ぶって手を上げる。「止まれ!」

サムは既に、ボウ・ストリートの者であることを示す先端があざやかな金色をした警棒を抜き出していた。「サム・ケリーだ。このお方はドクター・マンロー」警棒を大外套の深いポケットにしまい、輪になった男たちに近づいていく。

「ケリー」ディック・カーターがうなずきかけた。彼はサムと同じくらい背が低いが、太っていて、スペイン人かと思うくらい色黒だ。黒い目が面白そうにきらめいた。「最近は犯罪現場に専属の外科医を連れ歩いてるのか?」

「連絡を受けたとき、ドクター・マンローと一緒に〈ピッグ・アンド・セイル〉亭で朝飯を食ってたんだよ。遺体を見つけたのは?」

赤毛の青年が声をあげたとき、サムは驚かなかった。

「僕です」

サムは青年を見つめた「おまえは？」

「エドワード・プライスです」青年はわずかに胸を張った。「夜警です」

「夜警が出てくるにゃ、ちょっと時間が早くねえか？」

エドワードは顔をしかめた。「僕は泥棒を追いかけていたんです。目の前でリンゴをひったくっていったんですよ。ふてぶてしいやつだ」

「そいつはどこだい？」サムはわざわざ見まわそうとしなかった。教会に自分たち六人しかいないのはわかっている。それに死んだ男と。

「あのぼうず、僕が助けを呼んでいるあいだに逃げたんです。でも、前にも見たことがあります。名前はスネークで――」

サムは驚きを隠せなかった。「スネーク」

「はい。本名じゃありませんけど――」

「スネークなら知ってるぜ」サムは夜警の言葉をさえぎった。実のところ、その悪ガキとは去年遭遇していた。サットクリフ侯爵アレック・モーガンが、元愛人のレディ・ドーヴァーを殺した疑いをかけられたときだ。

「おまえはなんにも見てねえのか？」エドワード・プライスを見据えたとき、サムの金色にも見える薄茶色の目に柔和さは少しもなかった。

「見ていません」エドワードがごくりと唾をのむと、喉仏がぴくぴくした。目は吸い寄せられるように遺体に向かう。「見つけたとき、もうこんな状態でした。どうして舌を切り取りたがる人間がいるんですか？」

サムはうなったが、質問には答えなかった。ボウ・ストリートの探偵となって二十年、この仕事のおかげで人間性に関して非常にひねくれた見方をするようになった。人の舌を切り取るのは不可解だが、彼が目にした中で最も異常な行為というわけではない。

彼は遺体に注意を戻して、裸の体をじっくりと見た。男が死んだあとでごみ漁りが服を盗んだのか、それとも殺人犯が被害者を生まれたままの姿で発見させたかったのか、どちらだろう。犯人が脱がせた――あるいは殺す前に脱ぐよう強制した――のだとしたら、なぜ？　被害者を裸にする意味は？

遺体は凍っているように見える。教会内部の温度の低さを考えると、おそらく本当に凍っているのだろう。サムは死者の胸から喉へと視線を上げた。肌は青白いが、喉には醜く赤いすり傷が走っている。首を絞められたらしい。顔が腫れてゆがみ、毛細血管が破れて目が充血しているのは、そのせいに違いない。

しかし口の中の切り傷は、それとは関係がない。哀れな被害者の舌を切り取るには鋭い刃物が必要だ。**くそっ。この坊やの疑問はもっともだぜ。**誰がそんなことをする？　自分たちはどんな狂人を相手にしているのだ？

死者に加えられた残虐な仕打ちに気を取られたためか、あるいはふくらんだ顔のせいか、この被害者を知っているとサムが気づいたのは、たっぷり一分はたってからだった。「こりゃ大変だ」驚愕で跳び上がらずにすんだのは、長年の経験ゆえだった。「この人が誰かわかりますかい？」

「ああ」マンローは遺体をもっと子細に観察するためしゃがみ込んでいた。白髪とは対照的な黒い眉と眉のあいだに深いしわが入る。彼はゆっくりと顔を上げ、サムと目を合わせた。医師は金縁の丸いメガネをワシ鼻の上までずり上げていた。レンズの向こうに見えるマンローの知的な灰色の目には、サムと同じ認識が映っていた。そして警戒心も。

「サー・ジャイルズ・ホルブルックだ」マンローが言う。

「くそっ、まずいぞ」男たちのひとりがつぶやいた。

マンローは暗い顔で、悪態をついた男にうなずきかけた。「前外務大臣、元内務省次官。確か、今は枢密院の一員だ――だった……そして間違いなく、将来の国王たる摂政皇太子の親しい友人」

マンローについて階段を下り、解剖室に向かうあいだ、サムは不穏な思いを振りほどけなかった。この部屋は、医師が二年以上前にコベント・ガーデンに開いた解剖学校の地下にある。石の階段にふたりの靴音が響く。サムは地下室に通じる階段を何度も下りていたけれど、冷気が立ちのぼってクモの巣のように頬を撫でたときは、嫌悪の身震いを抑えられなかった。まわりでは壁の松明《たいまつ》が揺れ、通路の壁に映った真っ黒な影がゆらゆらと動いて、さながら地下世界で行われる拳闘の試合に見える。

確かにぞっとする雰囲気だ。しかし、今サムのはらわたがねじれているのは、それとはなんの関係もない。マンローの処置を待って解剖台に横たわる男と関係がある。サー・ジャイルズ殺人事件は上流社会、政府《ホワイトホール》、そしておそらくは摂政皇太子の注意も引くだろう。将来のイングランド国王かその側近に拝謁して、サー・ジャイルズが舌を切り取られ、裸で、教会――それもカトリックの教会――だったところで死んでいたと説明することを考えると、サムの血が凍った。

もちろん、そこまでの事態にはならないだろう。その前に、ボウ・ストリートを管轄する治安判事のサー・ナサニエル・コナントがかかわってくるだろう。ボウ・ストリートと内務省は親密な関係を築いており、しばしば国王や国のために協力して働いている。サムは発見したことをサー・ナサニエルに報告し、サー・ナサニエルが内務大臣シドマス卿に捜査内容を報告する。そしてシドマス卿が、摂政皇太子やその廷臣たちとの連絡役を務めることになる。

サムは唇を噛んで、口から漏れそうになったため息を抑え込んだ。サー・ジャイルズのような人物の殺人事件は、容易に政治に激震を起こしうるのだ。

解剖室に入っていくとき、マンローはサムに鋭い視線を送ったが、サムのため息に同情の言葉をかけはしなかった。医師の注意はすぐさま、解剖台に横たわる遺体に向けられた。マンローの弟子、青白い顔で貧弱な顎をしたミスター・バーツが既に室内にいて、闇を追い払おうとランタンや蝋燭に火を灯している。

「サー・ジャイルズのような人にとっては不名誉な死に方だな」マンローは手袋を脱ぎ、大外套のボタンを外した。

「屈辱を与えるのが目的かもしれませんね」サムはささやいた。「もしかすると」

医師は壁際に並んだカウンターに大外套を放り、濃い灰色の上着を脱いで、白いシャツ、白いクラヴァット、茶色いツイードのベスト、黒い長ズボンとブーツという格好になった。飛び散った体液で服が汚れるのを防ぐためにいつも使っている革のエプロンを身につける。部屋の反対側ではバーツがさらに二個のランタンに火を灯して、解剖台まで運んだ。サムが見ていると、彼はランタン一個を下に置き、もう一個を解剖台の真上にある車輪のような構造物に取りつけた。これはマンロー自身が設計した便利な装置で、下の遺体に蝋をこぼすことなくその一帯を明るく照らすためのものだ。

「こんな残酷な仕打ちは、お気の毒な被害者が死んでから行われたことを祈りますよ」サムは死者の顔と、舌が切り取られた痕に視線を落とした。

マンローは無言だった。袖をめくり上げて解剖台に向かう。「まずは目視から始めよう」

「ちょっと待ってください、先生」ランタンの残る一台を取ろうとしていたバーツは手を止め、顔をしかめた。「なんて奇妙な……」

「どうしたんだね?」

バーツは見るからに困惑して、顔をしかめつづけた。「はっきりとはわからないんですが。

遺体にタトゥーのようなものが……。ああ、いくつかある……」バーツはしゃがみ込んで遺体の脚に描かれたしるしをじっくり観察したあと、顔を上げてマンローを見た。「運び込まれたとき、こんなしるしを見た覚えはないんですけど」

「それは、体になにも描かれていなかったからだ」マンローはきっぱりと言った。台をまわり込んで弟子の手からランタンを取り上げ、問題の部位に目を凝らす。サムは彼が驚きで息をのむ音を聞いた。「なんと。いったいどういうことだ？」

サムも解剖台をまわってバーツを押しのけ、遺体の脚を見下ろした。「こんなもの、あっしも見た覚えはありませんぜ」ゆっくりと言う。サー・ジャイルズの肉体に、線が交差したしるしがさらに二個現れるのを見て、驚きにぽかんと口を開けた。「なんてこった」こぶしを握って、十字を切りたい衝動を抑えた。マンローを見る。「なんの魔法ですか？」

マンローは返事をしなかった。メガネの下で灰色の目が細められる。ためらったあと慎重に脚に沿ってランタンを動かしていき、遺体を照らした。

サムは屈み込んで待った。なにも起こらなかったので、少々がっかりした。

マンローは唇を引き結んで脚を見つめている。そのあと、ランタンをもっと遺体に近づけた。最初はなにも変わらなかったが、やがて聖痕のごとく、さらにふたつのしるしがゆっくりと現れた。

誰かがあっと声をあげた。サムは一瞬自分かと思って恥ずかしくなったが、声をあげたのはバーツだった。

ドクター・マンローは手を上げ、二本の指でしるしのひとつを押した。その手を自分の顔まで持っていき、じっくり考えながら人さし指と親指をこすり合わせる。

「魔法ではないよ、ミスター・ケリー」彼はやがて言った。「なんらかの秘密のインクらしい。そういうものについて読んだことがある」

「ランタンの光があたると、しるしが見えるようになるんですかい？」サムは興味を引かれて身を乗り出し、マンローがランタンを皮膚に近づけるのを見つめた。すると、もっと多くのしるしが現れた。

「光ではない。熱だ。ミスター・バーツ、蝋燭を持ってきてくれたまえ」

サムは誘われるのを待たなかった。バーツと同じように壁の燭台から蝋燭を一本取って、死者の肉体を焼くことなく熱を加えられるところまで炎を近づけた。さっき見ていたにもかかわらず、黒いしるしが浮き上がりはじめたとき、サムはまたしても驚愕した。二十分後、サムは一歩下がって、愕然《がくぜん》として遺体を眺めた。サー・ジャイルズはもはや青白い遺体ではなかった。彼の皮膚は無数のしるしが描かれた画布になっていた――まったく同じしるしが、温められた体にいくつも現れている。

サムが口を利けるようになるまでには少し時間がかかり、ようやく出た声はかすれていた。

「びっくりだ。これは十字架……ですよね？」

「はっきりとはわからん」マンローは正直に言った。「最初は〝X〟かと思った。だがどれも一本の線がもう一本より長い……きみの言うとおりだと思うよ、ミスター・ケリー」振り返ってサムと目を合わせる。「彼は教会で発見された。これは宗教的な狂信行為だと思うかね？　あるいは政治的な主張の表明？　サー・ジャイルズはアイルランド解放を支持していなかった」

サムはしるしがなにを意味するのかわからず顔をしかめた。「あっしにはわかりませんね」そのとき、ダークブラウンの目と髪をしたアメリカ人の姿が脳裏に浮かんだ。「だけど、その疑問への答えを見つけるのに助けになれそうな人がいます」

「ケンドラ・ドノヴァン」マンローが躊躇《ちゅうちょ》なく言う。

「はい」うなずいたサムの顔に、笑みが浮かびかけた。一年前なら、彼もマンローも、女が殺人のような陰惨な事件にかかわることなど想像もしなかっただろう。ましてや、自分たちがそんな女の存在を歓迎するはずもなかった。だが一年前、自分たちはケンドラ・ドノヴァンのような女を知らなかったのだ。

あのアメリカ人は謎だ。彼女の後見人オルドリッジ公爵は、ミス・ドノヴァンはアメリカに移住した親友の娘で、彼女の両親があの未開の国で亡くなったとき自分が彼女を被後見人にして引き取った、という話を広めていた。もちろんサムは、その話が嘘なのを知っている。そしてケンドラが最初に公爵にした話――千八百十二年にイングランドまで旅してきたが両国のあいだに戦争が起こったため帰国できなくなった――も嘘だとわかっている。公爵も疑念を持っていたはずだ。彼はサムに調査を依頼したのだから。その調査で判明したことは……なにもない。ケンドラ・ドノヴァンという名前の乗客を運んだ船も、彼女の人相に合致する女を乗せたという船長も、見つけられなかった。

不可解な話だ。そして彼女自身も不可解な人間だ。そんなサムの感想に蔑視の意図はまったくない。むしろ、彼女をおおいに尊敬するようになった。犯罪捜査において、彼女以上に勇敢で頭のいい女に会ったことはない。彼女はドクター・マンローと同じく感情を交えず遺体を観察する。医師が知らないことも知っているようだ。気味悪く感じてしまうときもあるくらいだ。ケンドラがスカートをはいていなかったら、サムはボウ・ストリートの探偵になるよう彼女を説得したくなっただろう。

そして、彼女がオルドリッジ公爵の被後見人でなかったなら。普通、上流社会の人間がボウ・ストリートの探偵になることはない。

ただし……。

サムは鼻の脇をかきながらマンローを見やった。「オルドリッジ公爵は科学に造詣が深い方です。こんな秘密のインクには興味を持たれるんじゃないですかね？」

マンローは訳知り顔で微笑んだ。「確かにあの方は自然哲学者だ。オルドリッジ城の研究室は、きっとわたしが見た中でもきわめて興味深いところだろう。これが公爵の興味を引くというきみの意見には賛成だ」

「そうですよね」サムはゆっくりと言った。頭の中では既にさまざまな可能性が渦巻いている。

「オルドリッジ城に使者を送ってはどうかね、ミスター・ケリー。この件に公爵閣下が興味をお持ちか尋ねるくらいのことはしていいだろう」医師はエプロンの下に手を入れ、ベストのポケットから懐中時計を取り出して眺めた。「早駆けの使者なら二時間で城まで行ける。もっと早いかもしれん。道路の状態にもよるだろう。午後早くには公爵からの返事を受け取れるだろう。というより、閣下ご自身が早急にロンドンまでお越しになっても、わたしは驚かないだろうな……美しき被後見人を連れて」

サムはマンローと目を交わしてにやりと笑った。「そうなったら、あっしは追い返しませんよ」そこでいったん言葉を切り、考え込んだ表情になった。「公爵閣下が捜査に参加してくださるのは、別の理由でも助けになります。サー・ジャイルズはあの方と同じ社会階層の人間でした」サムのような身分の低いボウ・ストリートの探偵には、たとえ殺人事件の捜査であっても上流社会の面々と接する手段が乏しいことを、あえて言う必要はなかった。

「そうだな。公爵閣下の存在はこの事件において非常に助けになるだろう。わたしは早馬の乗り手を知っている」

サムの視線は再び遺体に向かった。見ているうちに、しるしは薄れはじめた。ひとつずつ、死者の冷たい体に現れたときと同じく謎めかして消えていく。サムは突然襲ってきた身震いを必死でこらえた。

「そうですね」小声で言う。「早けりゃ早いほうがよさそうです」

3

ケンドラ・ドノヴァンの目はボーイング747型機を追った。飛行機はあざやかな青い空に白い翼を広げて機体を傾け、優雅にぐるぐる旋回している。低く。さらに低く……。そして羽ばたいた。

飛行機が鳥――カモメかサギかはよくわからない――に変身するのを見て、ケンドラは目をしばたたかせた。鳥は気流に乗って旋回しながら下降し、やがて霜に覆われた木々の向こうに消えていった。

ケンドラはゆっくりと、詰めていたことに気づいてもいなかった息を吐いた。妄想症ではないはずだが、想像によって過去――自分にとっての過去――に戻ってしまうことがある。その過去とは、実際には二百年後の未来だ。**それってショックじゃない?**

十九世紀初頭で暮らしはじめて早くも六カ月。イングランドの木々の葉が晩夏の緑から秋の濃い赤や燃えるようなオレンジ色に変わり、地面に落ちて鈍い茶色にしなびるのを見てきた。雪が降ってその落ち葉を覆い、窓ガラスの隅に氷が張るのを見てきた。一カ月と少し前、さまざまな感情を抱きつつ、時計が真夜中の鐘を打つのを聞き、心の中のカレンダーをめくって千八百十六年を迎えた。

新たな年。新たな生活。

表面的には、ケンドラは適応しつつある。ダークブラウンの髪はぞんざいに切ったボブから、今は侍女のモリーがこの時代に流行の髪形を簡単につくれるところまで長く伸びた。頭頂で結い上げてくるんと巻いたほつれ毛を垂らすか、もっと凝った編み込みをしてふくらんだカールにするのだ。ケンドラは三分以内で火口箱《ほくち》を使って火をつけられるようになった——それでもこの時代の人間に比べたらまだ二分半長い。だがスイッチを押して部屋の電気をつけてきた人間にとっては、リネンや麻の切れ端を詰めた金属の器と火打ち石を打ち合わせて火を熾《おこ》せるのは大きな進歩だろう。

ホイストの遊び方を覚えた。インターネットもテレビもない時代、それ以外に夜にすることがあるか? ダンスも覚えつつあるし——カドリール、メヌエット、リール——想像していたよりも楽しいとわかって驚いている。

子ども時代に踊ったことはない。ダンスなどあまりに軽薄だった。両親、量子物理学者ドクター・エレノア・ジャンケとゲノム研究に携わる遺伝子工学者ドクター・カール・ドノヴァンは、優生学の熱心な支持者だった。ケンドラの存在自身が、遺伝的に優れた者同士が結婚して生殖すれば社会はおおいに進歩することを世界に実証したいという彼らの熱情の産物だった。だが彼らは、自分たちの実験を自然の気まぐれにまかせはしなかった。ケンドラの子ども時代は訓練と検査に容赦なく支配されていた。ほかの就学前の幼児が百二十色のクレヨンで線をはみ出して塗り絵をしていたとき、ケンドラはHBの鉛筆を与えられ、最新の適性検査で慎重に円を塗っていた。

ケンドラは身震いした。それが子ども時代の暗い記憶ゆえか、木をも凍らせる二月初旬の寒さの中で立っているからかはわからない。毛裏のマントを首にしっかり巻きつけて、自分が立つなだらかな丘の眼下に広がるオルドリッジ城に目をやる。ごつごつした灰色の石づくりの、中央の塔と先端がぎざぎざの煙突を備えた古くからの城塞は、彼女にとって唯一の、時代を越えた不変の存在だ。今も、二十一世紀で見た姿も、まったく同じに見える。

かつてケンドラは連邦捜査局《FBI》の特別捜査官だった。それも、道を外れた特別捜査官だった。当時、自分が人生を変える決断を下しているのはわかっていた。一生逃げまわって隠れつづけるつもりだった。それには覚悟ができていた。でも、このような境遇には覚悟ができていなかった。どうしてこれが想像できただろう？

またしても震えが腕を駆け抜けた。人生は一瞬にして変わりうる。〝以前〟と〝以後〟に、永遠に分かれてしまうのだ。

道を外れる前のケンドラは、最も若くしてＦＢＩに入局を認められた人間だった。捜査局は彼女のコンピューターの技能を利用するためサイバー犯罪の捜査にあたらせた。その後ケンドラは自らの希望を実現させて行動分析課でプロファイラーとなった。出世コースを走っていた。やがてテロリスト対策部隊に出向させられた。

〝以前〟と〝以後〟。

最後の悲惨な任務で、ケンドラは死にかけた。それでも命を落とさなかっただけ幸運なほうだ。あのときのことを思い出すと、外套、紫灰色のベルベットの散歩用ドレス、コットンのシュミーズ、ペチコート、コルセットの下で、古傷が疼いた。

時間を巻き戻す——早送りする？——ことができるとしたら、あのときとは異なる行動をとるだろうか？　その疑問は頭から離れない。自分はＦＢＩの命令に反して、チームの半分が殺される原因をつくったサー・ジェレミー・グリーンを追うという決断を下した。彼は死んだが、殺したのはケンドラではない。彼女はサー・ジェレミーを殺した暗殺者から逃げ、オルドリッジ城の書斎にある隠し階段に走り込んだ。

ああ、たとえ百歳まで生きたとしても、あのあと起こったことは決して忘れないだろう。急激に下がった気温、めまい、体がばらばらに引き裂かれてちぎれるような感覚。時間の渦、もしくはワームホールに落ちたのだ。突然十九世紀初頭に現れた理由は、それしか考えつかない。

遠くの動きが目に入り、ケンドラは暗い森から出てきた三頭の馬とその乗り手に目を向けた。馬は雪をかぶった草原を小走りに駆けている。まだ遠すぎて顔は見分けられないけれど、ケンドラには誰かわかっていた。第七代オルドリッジ公爵アルバート・ラザフォード、その甥《おい》のサットクリフ侯爵アレクサンダー・モーガン、そして公爵の名づけ子、レディ・レベッカ・ブラックバーン。三人は馬をうながして草原を走らせた。

二十一世紀にいるときケンドラは常に自分をよそ者、変わり者と考えていた。最初は人と違う子ども時代。その後は十四歳で入ったプリンストン大学でもっと年上の大学生と波長の合わない大学生活。ＦＢＩでは同僚がいたし、仕事以外では数人と異性関係を持ったけれど、恋愛は仕事のせいで長つづきしなかった。誰かと深い友情を結んだことがあるとは言えない。

不思議なことに、それがこの時代に来て変わった。オルドリッジ公爵に対して感じる深い親愛の情や、レベッカとのあいだに生まれた絆は否定できない。そしてアレック……ああ、彼とは真剣な恋に落ちてしまった。

なんとばかげたことだろう。自分なりに順応しつつはあるけれど、だからといってこの世紀に属しているわけではない。それでも……。昔も今も、変わらないものは変わらないのよ。

両親は二十一世紀の人間だが、彼らの考え方は、上流の血筋を社会的に劣った地位にいる者から守らねばならないと信じる十九世紀のイングランド貴族と驚くほど似通っている。両親と同じく、上流階級の人間は自らの遺伝的性質に優越感を覚えている。といってもここでの結婚の重要な目的は、優れた血を伝えるだけでなく、遺産を安全に守って一族の富を増やすことでもある。

なにか別のものが視界の端に映った。ケンドラがそちらを見ると、意外にも人を乗せた馬が猛烈な速度で走ってきた。雄馬は雪を蹴って弾丸のごとく勢いよく飛ばしながら、長い私道を疾走している。公爵とレベッカとアレックもその見知らぬ人間に気づき、彼を止めるべく馬の向きを変えて走りだした。騎乗者が手綱をぐいっと引くと、力強そうな雄馬は跳びはねて止まった。

好奇心に駆られたケンドラは、男が大外套のポケットから一通の手紙を取り出して公爵に手渡すのを見つめた。不本意にもタイムトラベラーになる前のケンドラなら、自分には迷信深い性質など皆無だと断言しただろう。両親から、そしてＦＢＩから、論理的に考えるよう訓練されていたのだ。けれども今、不可解でまったく非論理的な切迫感によって神経が張り詰めた。**なにかあったんだわ。**

遠いので言葉は聞き取れないけれど、彼らはなんらかの話し合いをしているようだ。馬に乗ってきた男は三角帽に手をやって挨拶《あいさつ》したあと、かかとで馬の腹を蹴って私道を走らせた。馬道は城の中庭をまわり込んで裏の厩舎まで続いている。あの使者は厨房で温かな食べ物と飲み物、そして手紙を配達した報酬を与えられ、馬は帰路に備えて馬番による世話を受けることになるはずだ。

公爵とアレックとレベッカは輪になったままその場にとどまっている。丘の上にいるケンドラにも、公爵が封を破って手紙を読むところが見えた。

ケンドラはスカートをつまみ上げた。のぼってきた小道を戻るのではなく、丘の斜面を駆け降りる。雪はそれほど深くなく、粉雪は足首までしか積もっていないので、踏みしめて進むのは簡単だ。

百メートルほどの距離まで近づいたとき、三人はケンドラに気づいた。ケンドラは挨拶代わりに手を上げた。手を振り返したのはレベッカひとりだった。そのあと彼女は手綱をつかんで雌馬に後ろを向かせた。鞍の上で前のめりになったレベッカがケンドラのほうに向かうのではなく使者を追って走りだしたので、ケンドラは意外に思った。

やっぱりなにかあったのね。

ケンドラは公爵とアレックに目を戻した。彼らは言い争っているように見える。アレックがケンドラのほうをちらりと見る。まだ遠くて表情は見えないけれど、彼が肩を怒らせて背筋をぴんと伸ばしているのはケンドラにもわかった。次の瞬間アレックは動きだし、レベッカと同じく雄の愛馬チャンスを城へと向かわせた。一方公爵は大型の鹿毛の馬をケンドラのほうに向けた。

「どうしたんですか？」公爵が目の前で馬を止めるやいなや、ケンドラは尋ねた。彼の面長の顔、大きな鼻に目を走らせたあと、淡い青色の目で止める。山高帽の影になった目はやけに明るく見えた。

「ただちにロンドンに向かわねばならん。ミスター・ケリーがわれわれの協力を求めてきた」

ケンドラは公爵を見つめた。「なにがあったのです？」

「殺人事件だ。ミスター・ケリーの手紙に詳細は書かれておらんが、その犯罪には奇妙な点があるらしい。彼はわれわれの助言が役に立ちそうだと考えている」公爵の目がきらりと光る。「実際のところ、ミスター・ケリーはわたしに気を使ってそう言っているだけで、本当はきみの専門知識を求めているのだと思うがね」

ケンドラは返事をしなかった。視線は公爵を越え、白く覆われた田園風景と雲ひとつない青い空に向かう。またしても一羽の鳥が木々のはるか上空で気流に乗って飛んでいった。今回、ケンドラはあれを飛行機だと錯覚しなかった。

彼女の中でなにかが動き、すとんと胸に落ち着いた。満足感。いや、違う。目的意識だ。

ここはケンドラの世界ではないけれど、それでもここで目的を見いだすことはできる。

公爵がこちらを見ているのに気づいてうなずく。「わかりました」

公爵の鞍がきしんだ。彼が身を乗り出して手を差し伸べたのだ。警戒して馬に目を向けたとき、ケンドラの胃はねじれた。乗馬は避けてきたレッスンのひとつだった。だからこそ今朝、ほかの三人が馬で草原を駆けているあいだ、彼女だけが歩いていたのだ。馬恐怖症というほどではないけれど、馬を前にすると緊張してしまう。体重四〇〇キロ以上ある動物の背中に飛び乗るなど、ケンドラには無謀なことに思える。しかも横乗り鞍に座るなんて、首の骨を折ってくださいと言うようなものだ。ケンドラに言わせれば、より女性らしくつつましいからという理由で横乗りをするのは、高さ十二センチのピンヒールを履いたり肋骨が折れそうなきついコルセットをつけたりするのと同じくらいばかげている。

「一緒に乗っていったほうが早く帰れる」公爵の青い目がきらめいた。ケンドラの思いを読んで面白がっているかのように。「なにも怖くない」

「わたしが怖がっているなんて、誰が言いました?」

公爵がにんまり笑う。「一刻も早くロンドンへ向けて発《た》たねばならんのだよ」

ケンドラは大きく息を吐いた。悔しいが、公爵は正しい。彼女は手を上げ、公爵が差し出した手をつかんだ。「わかりました。行きましょう」

4

「また殺人事件を調べるんですか？」モリーはマホガニー製の大型衣装ダンスからドレスを引き出す手を止め、肩越しに振り返ってケンドラを見た。

侍女の冷静な表情は多くを語っている。五カ月前なら、モリーは殺人が犯されたと考えただけで目を丸くしておびえただろう。けれどもケンドラの侍女を務めたせいで、この十五歳の娘は人生の恐ろしい面にも動じなくなったらしい。**順応しているのはわたしひとりじゃないわ。**ケンドラはふと思った。

「ミスター・ケリーがわたしたちの協力を求めてきたの。彼は遺体を発見したのよ」ケンドラは鏡台に歩み寄った。横の引き出しを開けてスギ材の箱を取り出し、鏡台に置く。

モリーは鼻を鳴らした。「ロンドンの話でしょう。死体なんてしょっちゅう出てるんじゃないですか」

「この殺人にはなにか奇妙な点があるみたい」

「どんな点です？」

「まだ全然わかっていないわ」

ケンドラは箱の蓋を開け、ベルベットの内張りに置かれたマフピストルを眺めた。二十一世紀で手に入る火器に比べれば取るに足らない代物だ。それでも、光沢あるクルミ材の銃床と精妙な彫刻をほどこした金の板を備えたこの優美な武器が致命傷を与えうることは知っている。四カ月以上前、ケンドラは身を守るためこの武器を使っていた。

「ミスター・ケリーはなにも言ってないんですか？」

「ええ」

ボウ・ストリートの探偵が詳細を書かなかったと公爵が言ったのは、冗談ではなかった。ケンドラはフォーチュン・クッキーに入ったおみくじでも、もっと具体的なメッセージを読んだことがある。

〝公爵閣下。閣下と被後見人ミス・ドノヴァンにロンドンまでお出ましいただきたく存じます。重要な地位の男性がとても奇妙な殺され方をしました。遺体はコベント・ガーデンのドクター・マンローの解剖学校です。ご返事を心よりお待ちしています〟

公爵はそれに応えて、ロンドンへの旅に備えて馬車を用意させることにした。十九世紀初頭において、ちょっとロンドンに出かけて帰ってくるというのは不可能なので——雪に足止めされない場合でも、馬車では片道四時間かかる——今夜オルドリッジ城に戻ってくることがないのはケンドラにもわかっていた。あるいは近いうちに。自分たちはロンドンのグローヴナー・スクエア二九番地の公爵邸に滞在することになる。そのため今はトランクに荷物が詰められており、恐ろしく有能な女中頭ミセス・ダンベリーは使用人を城に残る者とロンドンまで一緒に行く者に分けている。なにしろ、公爵が自分で紅茶を用意することはないのだから。

「ロンドンに戻ったら楽しいでしょうね」モリーはベッドに投げ出したドレスの山を手探りしはじめた。勝ち誇った笑顔で、バラやリボンで飾った小さな巾着袋を引っ張り出す。これは手提げと呼ばれ、小さすぎて非実用的なのでファッションのアクセサリーと考えられている。けれどもケンドラは、マフやポケットに入るようにつくられた小型拳銃を入れておくのにこれがちょうどいい大きさであることに気づいていた。

「ありがとう」モリーに手提げを渡され、ケンドラは言った。

拳銃を手提げに押し込んでいるとき唐突に扉が開いて、公爵の恐るべき妹、レディ・キャロライン・アトウッドが寝室に入ってきた。ああ、もうっ。

「ちょっといいかしら」伯爵未亡人の口調は針のように鋭い。モリーを一瞥《いちべつ》もしなかったけれど、元仲働きの侍女は、声に出して命令されなくとも部屋を出るよう命じられたことは察していた。急いでベッドの横をまわって扉に向かい、煙のごとく消えていく。

臆病者。ケンドラはモリーの後ろ姿にそう呼びかけたかった。でも、この時代の使用人にとって第一の規則が、家具のように背景に溶け込んで雇い主の邪魔をしないことなのはわかっている。レディ・アトウッドの険しい目つきを見たケンドラは、自分もモリーとともに逃げられればよかったのにと思うばかりだった。

伯爵未亡人は兄と同じ青い目をしている。特定の光があたったとき、あるいは特定の気分のときには灰色にも見える目だ。五十代の兄妹の金髪は白くなりかけている。だが、少なくともケンドラの見るところ、ふたりが似ているのはそこまでだった。公爵は鋭い知性、穏やかなユーモア、全体として善意を持ってケンドラを眺めるのに対して、レディ・アトウッドは嫌悪に近い深い猜疑心《さいぎしん》を持って眺めている。

レディ・アトウッドの嫌悪感の一部は、公爵がケンドラの後見人を自任したことに根差している。ケンドラは常々このことを皮肉だと考えている。二十六歳にして後見人を必要とするのはばかげており、そもそも屈辱的だからだ。しかし、使用人でもないケンドラがオルドリッジ城に長期滞在したら大きなスキャンダルとなる。それを避けるには、公爵の被後見人となるか追放されるかのどちらかしかない。レディ・アトウッドがどちらを望んでいるのか、ケンドラにはわかっていた。

クリスマスの祝日のあいだ、ふたりは気まずい休戦状態に入っていた。しかしレディ・アトウッドのこわばった表情からすると、その日々は終わりを迎えたようだ。

「オルドリッジが、あなたたちは一時的にここを出てロンドンに行くと言ったわ」

「そういう計画になっています」ケンドラは慎重に答えた。

レディ・アトウッドはきれいに手入れした眉を上げた。「そうなの。で、その計画には、兄をまた突拍子もない捜査に巻き込むことも含まれているの？　バーティはオルドリッジ公爵であって、犯罪者集団と親しく接する行商人じゃないのよ！」

「公爵閣下の協力を求めてきたのはミスター・ケリーです。わたしはなにも関係ありません」

「ばかおっしゃい。関係なら大ありだわ。あなたがいなければ、バーティはこの盗賊捕り方と知り合うこともなかったのよ」伯爵夫人は鼻孔を広げ、怒りにまかせて大きく息を吸った。「あなたが現れるまで、兄の唯一の関心は自然界を研究することだったわ。人殺しや厄介者のはびこる不自然な世界ではなく。三カ月ほど前にヨークシャー州であなたがかかわったとんでもない事件について、わたしはバーティから聞いているのよ」

ケンドラは答える前に十まで数えて気持ちを落ち着けねばならなかった。「誰かが殺されました。そしてミスター・ケリーはわたしたちの協力を求めています。公爵閣下がそのような要請を断るような方でないことは、奥さまもおわかりだと思いますが」

レディ・アトウッドの目は危険な青色に光った。「わたしに向かってそういうものの言い方をしたり、兄がどういう人間か高説を垂れたりするのはやめなさい！　兄の性格なら、あなたよりわたしのほうがよく知っているわ」

そう、それが問題ではないのか？　姉妹の中で、レディ・アトウッドが昔から最も兄と親しくしている。彼女がケンドラを、ずうずうしくて風変わりで、由緒正しいラザフォードの血筋の人間と接するには身分が低すぎると考えているのは、ケンドラも知っている。けれど実のところレディ・アトウッドを最もいらだたせているのは、ケンドラと公爵の親密さだ。レディ・アトウッドが知らない──決して知るはずがない──のは、その結びつきを生む原因となった秘密だった。

「バーティは昔から知的好奇心にあふれていたわ」伯爵未亡人は唇を引き結んでケンドラを

にらみつけた。「だけど兄の研究は社会的に容認されていた。なにしろ王立協会の会員ですもの！　ところがあなたの影響を受けて、兄は卑しくて粗野な社会階層と接するようになったのよ」

ケンドラはどう答えていいかわからなかった。ここは、自分たちの一員が商売に携わっていることを知られるのを上流階級が恥じる世界、自らの手を動かして働くのは無作法だと考えられているため内科医が外科医と距離を置く世界なのだ。

「あなたは兄に魔法をかけてたぶらかしたのよ、ミス・ドノヴァン」レディ・アトウッドはいきり立っていた。「でも覚悟しておきなさい。兄もいずれ正気に戻るわ。そしてあなたは……」怒りのこもった目でケンドラを眺める。「あなたは、バーティが子どもの頃興味を持ったぜんまい仕掛けのおもちゃみたいなものよ。あなたのなにに兄がそんなに魅了されているのかはわからないけれど、そういうおもちゃと同じで、間違いなく兄はやがて興味を失うわ」

ケンドラの視線は手提げに入ったマフピストルに向かった。ゆっくりと紐を引っ張って袋の口を閉じ、武器を隠す。「すみません。わたしになにができると奥さまがお考えなのか、よくわからないのですけれど」

レディ・アトウッドはいらだちの息を吐いた。「あなたが本当に兄を思いやっているのなら、盗賊捕り方の要請を断りなさい。バーティはこのような愚行にかかわるべきでないと言い張るの。あなたは――」扉がノックされてレベッカが部屋に入ってきたので、レディ・アトウッドは言葉を切った。

「ケンドラ、わたし――」レベッカは驚いて伯爵未亡人を見やった。「お邪魔して申し訳ありません。ミス・ドノヴァンに、わたしもロンドンまで同行すると伝えたかっただけなのです」

レディ・アトウッドは顔をしかめた。「あなたのお父さまは許してくださったの？」

「はい」レベッカは気分を害した様子もなく礼儀正しく微笑んだ。

二十三歳のレベッカはまだ実家で暮らし、父の権威に従っている。同じような年齢と地位にある貴婦人のほとんどは、既に結婚して自分自身の家庭を持っている。レベッカがいまだ独身なのは、六歳のとき天然痘にかかったのが原因で顔があばただらけだからだ。

ケンドラはよく、レベッカの容貌が損なわれていなかったとしたら自分は彼女と会っただろうか、と考える。そうしたらレベッカの人生は今とまったく違ったものになり、彼女は家を切り盛りして子どもを育てているだろう。もしもそういう状態で自分たちが会ったとしたら、レベッカもケンドラに対してレディ・アトウッドと同じ意見を持っただろうか？

今のような自立した女性ではないレベッカを想像することは不可能だ。けれど彼女が天然痘にかからず、結果として容貌が損なわれなかったなら、彼女の両親は欠陥を補うためひとり娘に知的・芸術的興味を持つよう奨励しなかったかもしれない。この時代の女を支配する規則に従うことを、娘に強いたかもしれない。

〝以前〟と〝以後〟ね。ケンドラはまたそう考えた。人生を根本から変えてしまう出来事に遭遇した人間は、ケンドラひとりではない。

「父は今、御者と話をしています」レベッカはレディ・アトウッドに言った。「使用人は荷づくりを終えしだい追いかけてきて、ロンドンの屋敷を開きます」

「ふむ」レディ・アトウッドはケンドラに非難の目を向けた。娘がロンドンに行くのを許すというブラックバーン卿夫妻の決断もケンドラの責任だと言わんばかりに。不満そうにため息をつく。「旅の支度をするしかなさそうね」

その言葉の意味を察して、ケンドラの心は沈んだ。「奥さまはオルドリッジ城に残られるのではないのですか？」

レディ・アトウッドは皮肉めいた笑みを浮かべた。「あなたとしては、そうしてほしいんでしょう？」

心から。ケンドラはそんな内心の思いを口に出さなかった。

レディ・アトウッドは目を細めた。「誰かが屋敷を切り盛りして、パーティが社会における自分の立場を忘れないようにさせないといけないでしょう。それに、ロンドンにお楽しみがないわけじゃないわ。社交シーズンは数週間前に始まったの。わたしたちの家族には世間に顔を出す義務があるのよ」

伯爵未亡人は部屋の扉に向かった。彼女がいったん立ち止まって振り返り、ゆっくりと笑みを浮かべたとき、ケンドラの胃がねじれた。「もうダンスを知らないという言い訳は通用しないわよ、ミス・ドノヴァン。あなたにも、オルドリッジ公爵の被後見人としての責任があるの。わたしが、あなたにその責任を果たさせますからね」

ケンドラは押し黙っていた。やがてレディ・アトウッドが部屋から去ると、ベッドの支柱にぐったりともたれかかった。「ああ、困ったわ。あの笑顔を見ました？　悪意にあふれていたでしょう」

レベッカは笑った。

「あの方はわたしを苦しめるのを楽しみにしておられるんでしょうね」ケンドラが言う。

「まるで脅しみたいに聞こえました」

「あら、違うわ」レベッカはにやりと笑った。「〝みたい〟は必要ないわ。さっきのは間違いなく脅しよ」

5

十五分後、ケンドラは子山羊革の手袋をはめながら寝室を出た。廊下を歩いていくと、旅のために着るようモリーが言い張った青いベルベットの重い旅行用ドレスがきぬずれの音をたてる。次の瞬間、軽いがしっかりした、男性用ブーツの靴音が加わった。アレックが暗いアルコーブから現れて横に並んだとき、ケンドラは驚かなかった。

「くそっ、そろそろいいだろう」アレックはまっすぐな黒い眉を寄せて怖い顔をつくった。「きみと話をするのを待っていたんだ」

ケンドラは横目で彼を見やった。この時代、〝くそっ〟は女性の前では決して口にされない下品な言葉だと考えられている。ふたりきりのときアレックは礼儀作法に関する規範を緩めることがよくある。とりわけケンドラ自身が汚い言葉を口にする傾向があるのだから。だが、今回彼が悪態を口にした理由はいらだちだとケンドラは推測した。彼に肘をつかまれて壁際で止められたが、抵抗はしなかった。

アレックはケンドラを見据えた。「ミスター・ケリーに礼儀正しく断りを言うようきみを説得することは無理なんだろうな？」

彼は身長一八〇センチを超える長身のため、ケンドラは彼と目を合わせるのに上を向かねばならない。近くの窓から陽光が差し込み、アレックのくっきりした顔の輪郭を浮き立たせる。角張った顎、高い頬骨、まっすぐで幅の狭い鼻。ケンドラは彼の額に落ちた光沢あるダークブラウンの髪を撫でつけたいというばかげた衝動に駆られた。自分たちが関係を結んで四カ月以上になる。そのくらいたてば、肉体的に惹かれる狂おしいばかりの気持ちも少しは薄れるだろうと予想していたのに、実際には今も前と変わらず思いは強い。彼の緑の目を見たとき、腹の中が気持ちよくざわめいた。

ふっとため息をつく。「どうしてみんな、わたしが断れる立場にいると考えるの？　ミスター・ケリーは公爵に手紙を送ったのよ。あなた、おじさまと話をしたらどう？」

「自分は関係ないというふりをするんじゃない。ミスター・ケリーが手紙を送った本当の目的は、わたしたちふたりともよくわかっている。きみが行きたがっていることも」

彼はケンドラのことを知りすぎている。「アレック……」すぐ近くにいるので、ケンドラからは彼の瞳孔のまわりにある金色の斑点もよく見えた。「これがわたしの使命なのよ」

アレックの引き結んだ口を見れば、その答えに納得していないのはケンドラにもわかった。またため息を漏らしかけたものの、なんとかこらえた。

奇妙ではあるが、生まれた時代は違っていても、実のところ自分たちはよく似た子ども時代を送っていた。イタリア出身の女伯爵である母親のアレクサンドリアが、アレックがまだ幼い頃に亡くなったあと、彼の父親エドワードは再婚した。エドワードの死後、冷たくて支配的な継母は、可能になるとすぐにアレックを寄宿学校に送り込んだ。公爵は休暇をオルドリッジ城で過ごすよう甥を招待したけれど、それでもアレックの子ども時代はケンドラと同じく寂しいものだったらしい。

そしてケンドラと同じく、彼も運命を背負って生まれていた。アレックは父親の跡を継いでサットクリフ侯爵となり、相続したノーサンプトンシャー州の領地を運営することになっていた。二十年前に公爵が妻と娘を亡くしたとき、アレックの肩にのしかかる責任の重みは増した。公爵が再婚を拒んだため、アレックは公爵位をも継ぐ立場になったのだ。その責務には、オルドリッジ城とそれを取り囲む土地を管理し、そこに住むすべての人間の生活を守ることが含まれている。また、領地と血筋が将来まで存続するよう、結婚して子ども――男の子ども――をつくる義務もある。妻や母親や娘には限嗣《げんし》財産を相続する権利がないからだ。財産を受け取れなかった女たちは、運がよければ、ある程度自立して暮らせるだけの年金を受け取れる。運が悪ければ、一族の中でもっと裕福な貴婦人の話し相手《コンパニオン》として働くことを余儀なくされる。

ケンドラは震える息を吸い、手袋をした手をアレックの胸に押しあてた。手首からぶら下がっていた手提げが、中の拳銃の重みでずり落ちる。彼女はアレックに目を据えた。「アレック、これこそわたしがすべきことなのよ」

それが、自分たちの問題の核心なのではないか？　不思議なほど育ちが似ているとはいえ、アレックはやはり十九世紀初頭の男だ。彼はケンドラと結婚し、守り、養いたがっている。ケンドラの、自立するという決意、独立状態を保ちたいという願望を理解してくれない。二十一世紀にいるとき、ケンドラには生きる目的があった。両親が思い描いたものではなかったけれど、自分は人の役に立つと感じていた。ここでもその感じを持ちつづけたい。

「わかっている」アレックはケンドラの手の上に自らの手を重ねた。屈み込んで額と額を合わせる。「きみにとってそれが大切なのは知っている。だが、きみがまた殺人事件にかかわるなどと考えたくない。きみが自らを危険にさらすのだと」

「危険はないかもしれないわ」

アレックは背筋を伸ばし、疑わしげに眉を上げた。「わたしを迂愚《うぐ》だと思っているのか？」

「それがどういう意味かもわからないわ」

「世間知らずのばかだ」

「あら。そんなことないわ。だけどあなたにも、わたしをそんなふうに思わないでとお願いしたいわね。わたしは子どもじゃないのよ」手提げを持ち上げて彼に押しつけ、銃の重みを感じさせる。「自分の身を守ることはできる。そのことは、あなたが誰よりもよく知っているでしょう」

アレックはしばらくなにも言わなかったが、やがてため息をついた。ケンドラはそこにいらだちと降伏を聞き取った。

「慎重に行動すると約束してくれ。なにが起ころうと、不必要な危険は冒さないと」

ケンドラはにっこり笑った。「もちろんよ」

離れかけたとき、アレックに肘をつかまれ、じっと目を見つめられた。「約束しろ」

不まじめな返事をしそうになり、口を開ける。だが彼の顔のなにかがそれを押しとどめた。

今回、降伏したのはケンドラのほうだった。**これが愛なの？　こういう相互関係が？**

アレックに身を寄せ、彼の肩に手を置いて唇に優しくキスをする。「約束するわ」小声で言った。

それは心からの言葉だった。だが、人生が一瞬で変わりうることは、誰よりもケンドラ自身がよく知っている。〝以前〟と〝以後〟。そして約束は、どれだけ誠実なものであっても、簡単に破られうるのだ。

二十一世紀のロンドンは、この時代にはまだ田園風景に囲まれて独立していた郊外の町の数々をのみ込みながら都会化して、巨大都市になっている。今のロンドンはそこまで成長していないけれど、それでもやはり大都会だ。ケンドラは、この街の騒音、雑多な人々、汚染、貧困のことをすっかり忘れていた。

冷たい気温と雪が騒音を少しは和らげているようだ。人を乗せたり、馬車や、日用品や石炭を積んだ荷車を引っ張ったりする馬の、パカパカという足音はくぐもっている。通りを行き来する歩行者は少なくなり、荷車を押して品物を買うよう呼びかける行商人も普段ほど多くはない。公爵の馬車が乗り物でにぎわう街に入っていくと、ケンドラは戸口や路地で身を寄せ合う人々を眺めた――ひび割れた赤い手でぼろぼろの毛布の端をつかんだり、薪《まき》や石炭が燃やされている樽《たる》のまわりに集まったりして、暖を取る人々。幸運にも家と暖炉を持てた人の住む無数の煙突から立ちのぼる煙が、午後の空を日暮れのように暗くする。空気はつんと鼻にくる悪臭で重苦しい。ほかにもさまざまなにおいがする。不愉快なもの――腐った卵や動物の糞や腐敗した野菜のようなにおい――から、焼き栗、肉、パイといったおいしそうなものまで。

「ドクター・マンローの解剖学校はどこにあるのですか？」レベッカが尋ねた。重いマントを首にきつく巻きつけ、座席から身を乗り出して窓の外を眺める。赤ん坊を胸に抱いたやつれた顔の女ふたりの前を馬車が通り過ぎるとき、レベッカの青紫色の瞳には同情があふれた。

公爵は読んでいた本に注意深く紐をはさんで脇に置いた。「コベント・ガーデンだよ。ドクター・マンローのよこした使者が、われわれがもうすぐ着くことを知らせているはずだ。ミスター・ケリーもそこにいるだろう」彼は逡巡《しゅんじゅん》して眉根を寄せた。「われわれはドクター・マンローの解剖室まで下りていくことになる」

ケンドラは公爵の慎重な物言いをいぶかしく思い、興味を引かれて彼のほうを見た。

公爵はレベッカに目を据えたまま咳ばらいをした。「わたしたちが地下に下りているあいだ、きみは医師の執務室にとどまっていたまえ」

レベッカはぱっと顔を上げた。「でも、公爵閣下！」

彼は語気強く言った。「きみに、ドクター・マンローの解剖台で待ち構える陰惨な光景を見せるわけにはいかない」

レベッカは座ったまま体の向きを変え、公爵にまっすぐ向き合った。目には反抗的な光がある。「ご記憶にあると思いますが、陰惨な光景なら以前にも目にしたことがあります。お城の氷室を即席の解剖室にしたときです。あのときわたしは気絶しませんでしたし、今回も気絶するつもりはありません。それをご心配なさっているのでしたら、お気遣いは不要ですわ」

　公爵は大きく息を吐いた。このような口論はしたくなさそうだ。「それを恐れているわけではないよ。きみが解剖室に入って遺体を見ることになると思っていたなら、きみの父上はきみがわれわれと同行することを決して許さなかっただろう。きみとて、そのことはわかっているはずだ。お父上は、わたしがそのようなことからきみを守るのを期待しておられる」

「お願いですから考え直してください。わたしが女だという理由で制約を課すのは不公平です」ケンドラを一瞥して歯を食いしばる。「ミス・ドノヴァンがその部屋に入るのを禁じるおつもりはないのでしょう？」

「ああ、しかしミス・ドノヴァンには必要とされる専門知識がある」

「ずるいわ！」レベッカは腹立たしげに両手を投げ上げた。「わたしの感受性はそれほど繊細ではありません。女性が絞首刑を見物するのは禁じられていないでしょう。ニューゲート監獄の向かい側の部屋を借りて、絞首刑をもっとよく見るためオペラグラスを持っていく女性もいるんです！」

「いったいどこでそんな話を聞いたんだ？」アレックがあきれて訊く。

　レベッカは不機嫌に肩をすくめた。「知りたいなら言うけれど、『モーニング・クロニクル』で読んだのよ。わたしが言いたいのは、女性が守るのを強いられる規則は恣《しい》意的だということ。どこかの哀れな罪人が麻縄で首を絞められるところを見物するのはよくて、解剖のために置かれた遺体を見るのはだめなの？」

アレックはたじろいだ。「ベッカ、もうやめよう」

ケンドラはかねてより、レベッカは別の時代に生まれていたなら敏腕弁護士になれただろうと思っていた。「その意見には説得力がありますね」ケンドラが言うと、レベッカが感謝の笑みを向けた。

「ここはきみのアメリカではないのだよ、ミス・ドノヴァン」公爵が眉間にしわを寄せて鋭く言う。

公爵が叱責《しっせき》口調になるのは珍しく、ケンドラは唇を噛みしめた。彼が言っているのは、この時代のアメリカでなく、二十一世紀のアメリカのことだ。

公爵はレベッカに向き直った。「ミスター・ケリーによると、被害者は男性だそうだ。おそらく解剖台の上で……服を着ずに横たわっているのだろう。きみが同行するのを許可できない理由が、これでわかったかね？　きみを、評判が傷つくかもしれない立場に置くわけにはいかないのだ。そうなったら、お父上は絶対にわたしを許さない」

公爵が〝服を着ずに〟と言うとき声を低めた様子に、ケンドラは笑いをこらえた。そのときレベッカが目を丸くして口を小さく開いたのが見えた。レベッカは絵の才能に恵まれており、服を着ていない男性の彫刻や絵なら見たことはあるはずだ。とはいえ彼女は世間の荒波から守られた十九世紀の未婚女性であり、裸の男――それが死人であろうと――を目にするというのは考えるだけでもショッキングなのだろう。

口を閉じたレベッカはいぶかしげにケンドラを見やった。その視線の意味は明らかだ。ケンドラは生まれてからずっと、何度となく何者かの視線に遭遇していた。〝あなたは何者？どうしてそんなにほかの人たちと違っているの？〟

うつむいて手袋をした自分の手を見つめる。突然腹の中がねじれた。レベッカが猜疑心と憤りを抱くのは責められない。ケンドラだって、レベッカの立場に立たされたなら同じように感じただろう。罪悪感に駆られ、レベッカに秘密を打ち明けるべきか否かと考える。だがこれについては慎重に検討する必要がある。急いで決断を下すのは得意じゃないのよ。

馬車が速度を落としはじめ、やがて止まったので、ケンドラはほっとした。御者のベンジャミンが席から飛び降り、扉を開ける。車内の気まずい沈黙には素知らぬ顔で、踏み台を広げて下ろした。

歩道に降り立ったケンドラは、ドクター・マンローの解剖学校が入った特徴のない三階建ての建物に視線を走らせた。医師は慎重に目立たないようにしている。賢明な選択だ、とケンドラは思った。迷信深い一般大衆は、彼の仕事を呪医と魔術師の中間のようなものだと考える傾向があるのだから。

一同は黙ったまま玄関ステップをのぼった。扉は音もなく開いた。ケンドラは、前回この壁つき燭台で照らされた薄暗い玄関を通ったときのことを思い出していた。前方には閉じた両開きの扉がある。その向こうが講堂になっているのは知っている。古めかしい木製の席が上方に並んでいて、ドクター・マンローが解剖学についての講義をして実際に解剖を行うところを学生が見られるようになっている。

廊下は右と左に分岐している。一同は右へ向かった。半開きの扉の向こうからひそひそ声が聞こえてきた。公爵は指の背で扉を叩いて押し開けた。

「公爵閣下!」ドクター・マンローは机の後ろに座ってウイスキーグラスを手に持っていたが、彼らが入っていくやいなや急いでウイスキーを脇にやって立ち上がった。「サットクリフ卿、お嬢さま方——こんにちは。使者は、あなた方が四時頃にいらっしゃると伝えてきました。早急に来てくださってありがとうございます」

オルドリッジは言った。「運がよかったのだ。雪が降ったにもかかわらず、道路状態は非常に良好だった。こういう天候ではどんな危険に遭遇するか予測できないのだがね。また会えて嬉しいよ、ドクター・マンロー」

「わたしもです」マンローはさっとお辞儀をした。

公爵は同じ部屋にいるずんぐりした人物のほうを向いた。彼も挨拶のためウイスキーのグラスを置いて立ち上がっている。「そしてミスター・ケリー。最後に会ってから、元気にしていたかね?」

「ええ、上々ですよ、ありがとうございます」サムはにっと笑ってアレックに目を移し、アレックは挨拶代わりにうなずきかけた。サムの金色の目がレベッカに向かう。「お嬢さま、正直言って、お嬢さまともここでお会いできるとは思ってませんでした」

「クリスマスから、わたしは両親と一緒にオルドリッジ城にいたの。だからあなたから連絡があったとき、わたしもその場にいたのよ」

「そうなんですか」レベッカが自分たちと一緒に地下室に下りることについて懸念を抱いていたとしても、サムはそんなそぶりを見せなかった。ケンドラのほうを向いたとき、サムの笑みはますます大きくなった。「ミス・ドノヴァン、あんたもお元気そうですね。ヨークシャー州での冒険からは回復したんですかい？」

ケンドラも微笑み返した。「ええ、ありがとう。あなたも元気そうね」カールした赤茶色の髪、灰色のもみ上げを生やした彼は、本当にエルフのようだ。金色の目は、今のように楽しそうにきらめくこともある。だがケンドラは、その目から表情が消えて険しくなるのも見たことがあった。二十一世紀で会ったことのある警察官とまったく同じように。

マンローは言った。「みなさん、飲み物はいかがです？　マデイラワインとブランデー、それにウイスキーもあります。それとも紅茶がよろしいですか？　ミスター・バーツを呼んで、お嬢さま方に紅茶を淹れてもらうこともできますが」

「それより状況を教えていただけますか？」ケンドラは手袋を外しながら言った。

「どうぞお座りください」マンローは言い、公爵のために椅子を引いた。

サムはレベッカとケンドラが残りの椅子に座るのを待って咳ばらいをした。「ええっと……今朝、夜警が泥棒を追いかけてました」いったん言葉を切る。「実は、その泥棒はスネークでした」

「スネーク」ケンドラとレベッカが声をそろえる。

サムはうなずいた。「夜警はあいつを追って教会に入っていきました。打ち捨てられた教会で、中は空っぽでした。横たわった遺体以外は」

「まあ、恐ろしい」レベッカはつぶやき、呆然としていた。「きっとあの子も衝撃を受けたでしょうね。今どうしているの？」

「わかりません」サムは首を横に振った。「あっしは会ってません。やつは夜警——エドワード・プライス——が助けを呼びに行った隙に逃げました。プライスは、自分はなにも見てない、死体だけだ、と言ってます」彼は言いよどんだ。「遺体はサー・ジャイルズ・ホルブルックでした」

「サー・ジャイルズだと？」アレックが愕然とする。

「なんと」公爵が言葉を継いだ。「きみの手紙に、被害者は重要人物だとあったが……サー・ジャイルズは摂政皇太子の相談役のひとりだ——ひとりだった」

「そうです」サムは公爵を見つめた。「閣下はあの方をご存じでしたか？」

オルドリッジはかぶりを振った。「評判を聞いたことがあるだけだ。どのように亡くなったのかね？」

「窒息死です——首を絞められたのです」マンローが答えた。「この話の続きは解剖室でしたほうがいいでしょう。お見せしたいものがあります」

「わかった」公爵は立ち上がった。「レディ・レベッカにはここで待っていてもらう。きみさえよければ」

「ああ。もちろんです」マンローはレベッカに視線を移した。「ワインをお注ぎしましょうか？　それともお待ちのあいだ、ミスター・バーツに紅茶を淹れさせましょうか？」

レベッカは一瞬憤慨して目をぎらりと光らせ、強情に唇をとがらせた。反抗して解剖室まで同行すると言い出すのではないか、とケンドラは思った。でも、やがてレベッカは緊張を解き、わずかに肩を落とした。「ワインを一杯いただきますわ」小声で言う。「ありがとうございます、ドクター・マンロー」

マンローがいくつかの瓶とグラスを置いたカウンターまで行くとき、ケンドラもついていった。「先生、これをお借りしていいですか？」ウイスキーの瓶を持ち上げる。

「グラスも必要ですか？」医師は戸惑って尋ねた。赤ワインをグラスに注ぎ終えるとレベッカに渡す。

「いいえ、いりません」

マンローがそれ以上質問する前にアレックが咳ばらいをした。「わたしはサー・ジャイルズと知り合いだった。戦争中二年間、大陸で諜報《ちょうほう》員をしていたんだ」

サムはぱっと眉を上げた。「スパイだったんですかい？　だけど閣下は公爵のお世継ぎでしょう。いったいなにをなさってたんです？」

長男であるアレックは爵位を継ぐ立場にある。貴族階級において、戦争で命を危険にさらして血を流すことを許されるのは次男以下の息子たちだけなのだ。

「わたしも当時それを知りたかったのだよ、ミスター・ケリー」公爵が同意する。

アレックは公爵を無視してサムに目を据えた。「母の家族はベネチアに住んでいる。サー・ジャイルズは、わたしのイタリアとのつながりが役に立つと考えて接触してきた。わたしはイタリア語を流暢《りゅうちょう》に話せるし、容易に溶け込める」

オルドリッジは甥を見やった。「きみを勧誘したのがサー・ジャイルズだとは知らなかった。きみが彼の下で働いていたことも」

「念のため申し立てておきますが、わたしはサー・ジャイルズを殺していません」アレックは唇を曲げて笑みを浮かべたが、それは目まで届いていなかった。かつて殺人の疑いをかけられたことでいまだに彼が心を痛めていることを、ケンドラは知っている。

「この蛮行についてきみを非難する者はおらんぞ」オルドリッジは言った。

アレックは首を横に振った。「申し訳ありません。今のは冗談です——下手な冗談ですが」

サムは鼻の脇をこすりながら、今得た情報について考えた。「もちろんあっしは、政府のサー・ジャイルズの今の立場も、陸軍省で重要な地位におられたのも承知してます。だけど諜報組織の親玉だったとは知りませんでしたよ」少し躊躇してアレックを見つめる。「サー・ジャイルズについてご存じのことをお話しくださったら役に立つんですが」

「事件に関係する話ができるかどうかはわからないな」アレックは顔をしかめた。「帰国して以来、サー・ジャイルズとは連絡を取り合っていない。実を言うと、戦場で彼のために情報を集めていたときも、それほど親密な関係ではなかった。わたしは主に別の人間を相手にしていて、その男が連絡役を務めていた。わたしはその男とは交流を続けており、彼が政府の仕事を続けているのは知っている。彼に手紙を送って、会ってくれるよう頼んでみよう」

「はい。そうしていただけたら助かります。ありがとうございます」

ケンドラは言った。「一刻でも早いほうがいいわ」

アレックは微笑みかけた。「今夜手紙を送るよ」

「サー・ジャイルズの殺人は諜報組織の長としての仕事と関係あると思うかね？」公爵は不安そうな顔で尋ねた。

ケンドラは、サムがマンローと目を交わしたのに気がついた。

「かもしれません」サムがゆっくりと言う。

マンローは出口に向かった。「地下に行きましょう。見ていただくべきものがあります」

6

ドクター・マンローの地下にある解剖室を、ケンドラはよく覚えている。二十一世紀の殺菌された解剖室とは異なり、ここには悪夢に見そうなものがあふれている。作業台や収納棚や戸棚に置かれた大きなガラス瓶の中では、濁った緑っぽい液体に得体の知れないものが浮かんでいる。古めかしい顕微鏡の横にはメス、のこぎり、剪定《せんてい》バサミが並んでいる。剪定バサミは遺体の肋骨を切るのに使われる。汚れたスポンジの横にあるのは、血の混じった水をたたえた木製のバケツ二個。それを見たとき、手に持ったウイスキーのことを思い出した。部屋を横切り、収納棚の上に瓶をそっと置いた。

振り返って三つの台に視線を走らせ、ひとつだけ空ではない台で留める。誰か――ドクター・マンロー――がケンドラの女としての繊細さを思いやったらしく、被害者の腰を布で覆っていたのを見て、ふと笑いが込み上げた。これならレベッカが来てもよかっただろうに。

「死亡時刻の見当はついていますか?」ボンネットとマントを脱ぎながら尋ねた。冷気に身震いしながらも、それらをカウンターに置く。肉眼では、カウンターは清潔に見える。顕微鏡レベルではどうなっているか、考えたくなかった。

マンローは答えた。「わたしとミスター・ケリーが教会に着いたとき、遺体は完全に死後硬直していました。サー・ジャイルズが亡くなったのは、発見より八時間以上前だと言えるでしょう。しかしわたしの経験では、外気温によって結果は変わることがあります。今朝われわれが遺体を発見したとき、教会は非常に寒く感じました。それでも、サー・ジャイルズが非常に長時間そこにいたとは思いません」

公爵は興味深げに医師を見やった。「なぜそう言えるのだね？」

「現時点では目視しかしておりませんが、耳たぶ、手の指、爪先をよく見ると、肉が裂けているのがわかります。野生動物がかじったのだと思われます。おそらくネズミです。ロンドンはネズミだらけですから」

「拡大鏡はありますか？」嚙みちぎられた肉を見るだけなら必要ないけれど、ケンドラにはほかにも子細に観察したいものがあった。「それと、紙と鉛筆は？」

「ありますよ。ミスター・バーツ？」マンローに目を向けられると、助手はあわてて収納棚に向かった。医師は再び遺体のほうを向いて指さした。「損傷はごくわずかであることがおわかりになるでしょう。だから、サー・ジャイルズは教会にあまり長時間いなかったと推定したのです」

サムはうなずいた。「なるほどね。二、三時間以上あそこで放置されてたら、骨までしゃぶられてたでしょうし」

「恐ろしいことだ」オルドリッジがつぶやく。

ケンドラは内心サムに同意していた。この時代の法医学はよく言っても原始的だが、十九世紀の探偵や解剖医による演繹《えんえき》的推論には常々驚かされている。それがケンドラ自身の偏見なのはわかっている。科学技術や世界に対する一般的な知識は進歩しているため、どんな世代も前の世代より知的に優れていると感じている。だが実際には、人間の性質というのはほとんど変わらないのだ。

彼女は尋ねた。「彼は教会で殺されたの?」
「違いますね」サムは自信のある口調で言って首を横に振った。「殺害現場はそこじゃありません。血が落ちてませんでした」
「大量の血が流れるとはかぎらないわ」ケンドラは拡大鏡を持ち上げ、被害者の首まわりの赤い跡を観察した。幅は一・二センチほど。あまり深さはなく、皮膚は切れていない。「針金みたいに細いもので首を絞められたのなら、もっと血が流れたでしょうけど」針金一本でほとんど首がちぎれそうになった被害者を見たこともある。「この傷は縄でできたみたいね」

マンローはケンドラの出した結論に満足そうだった。まるで彼女が生徒のひとりであるかのように。「そのとおりですよ、ミス・ドノヴァン。縄です。正確には麻縄。傷に食い込んだ繊維を抜きました」

ケンドラは拡大鏡を下ろしていき、被害者の手を観察した。

医師は彼女がなにを探しているのかを察して言った。「動物に噛まれているため確かなことは言えませんが、指にも縄による擦過傷ができていると思います」

ケンドラはうなずき、遺体の喉に目を戻した。「被害者の指は損傷しているかもしれませんが、これがわかりますか? 引っかき傷です」拡大鏡を上に向け、公爵やアレックに醜い傷が見えるようにする。「気管が押しつぶされそうになり、被害者は縄を引きはがそうとしました。首を絞められたときの本能的な反応です」

誰もなにも言わなかった。サー・ジャイルズが最期の瞬間に感じた恐怖を想像しているのだろう。

「縄の跡は顎の線から五センチほど下にあるわ」ケンドラは傷を調べて言った。「殺人犯は背後から被害者を襲った。ふたりとも立っていた」

公爵は興味を引かれ、近づいて自分でも傷を観察した。「どうしてそう思うのだね？」

「まあ、ふたりとも座っていたという可能性もあります」ケンドラは譲歩した。「でも、それは不自然な姿勢です。なぜ被害者が殺人犯に背を向けて椅子に座るのでしょう？　どこでならそんなことがあるでしょうか？　唯一考えられるのは観客席のようなところですが、それならまわりにも人がいるでしょう。それはありえません」かぶりを振る。「最も納得できるのは、最も単純な説明です。被害者が座っていて犯人が背後で立っていたとしたら、殺人犯は勢いよく力を入れやすいでしょう。被害者が座っていて犯人が背後で立っていたとしたら、絞め跡は変わってきます。もっと上のほうで、被害者の顎のすぐ下から斜め上についたはずです。実際の跡が喉の下部で真横に走っているのがわかりますか？　つまり、ふたりの身長がほぼ同じということです」

「犯人はサー・ジャイルズと同じくらいの背丈ってことですね？」サムが確認する。

「ええ。あるいは、もしも殺人犯が女性、もしくはもっと背の低い男性だったとしたら、台かなにかの上に立っていたかもしれないわね」

アレックはケンドラに目をやった。「まさか、犯人が女性だと考えているんじゃないだろうな？」

「この段階で女性を除外できるとは思えないわ」ケンドラは背筋を伸ばし、再び遺体を見つめた。「サー・ジャイルズの身長は、どれくらい？　一七八センチ？　一八〇センチ？　長身の女性なら、これと同じ傷をもたらすことは可能よ」

「女性だとしたら、非常に力が強いことになるな」公爵は疑わしそうに言った。

「確かに強いでしょう。でも異常なほど強いとはかぎりません。さっき言ったように、これは勢いの問題です。そして被害者の不意をつくこと。その男――もしくは女――は、サー・ジャイルズの背後にまわって縄を首にまわし、酸素の供給を断つくらいの力で締めつけるだけでいいのです」

「サー・ジャイルズがぼうっと突っ立っていたとは思えん」オルドリッジは遺体を一瞥した。「彼はひ弱な老人ではなかった。抵抗したはずだ」

「実際、抵抗しました。首にまわされた縄を外そうともがき、指の爪で自分の首をかきむしりました。けれど、いったん頸《けい》動脈や頸静脈の血流が断たれてしまえば、すぐに朦朧《もうろう》として意識を失います。十秒。それだけあれば、被害者は気絶したでしょう」

アレックは顔をしかめた。「男が必死でもがいて暴れたら、十秒といえどもかなり長く感じられるぞ」

「同感よ。だけど、少しの力と強い決意さえあれば、被害者の抵抗に打ち勝つことはできるでしょうね」

「くそったれ」サムがつぶやく。

「被害者が意識を失ったあとは、ホシは力をかけつづければいいだけよ」ケンドラは話を続けた。「酸素供給が止まれば、脳は四、五分で機能を停止する」

公爵は言った。「では……五分と十秒あれば殺せるのか？」

「はい。わたしたちが対処しているのは、比較的短時間で起こった殺人事件です」

「なんで犯人は哀れな被害者の舌を切り取ったんです？」サムが尋ねた。

ケンドラは被害者の膨張した顔に視線を移した。口は開いており、切られた舌の残りがはっきり見えている。「わからないわ。ホシはメッセージを送ろうとしているのかも」

サムは金色の目をケンドラに据えた。「メッセージ？　誰にです？」

その口調に、ケンドラは険しい顔になった。「わからない。特定の相手にではないかもしれない。ホシが自分だけのために、やらねばならないと感じたのかも」

サムは眉を上げた。「どうして自分にメッセージを送るんです？」

「正確には、メッセージじゃないわね」ケンドラは説明を試みた。「儀式みたいなものかもしれない。犯人には重要だと感じられたこと、犯人にしか意味がないこと。サー・ジャイルズがそいつについてなにかを話した、そいつを侮辱したと感じたとしたら、犯人は彼の舌を切り取らないと気がすまなかったのかもしれない。復讐《ふくしゅう》の最後の行動、あるいは締めくくり」ケンドラは首を横に振った。「現時点では、それ以上を推理するだけの材料がないわ」

サムはマンローと目配せをした。「その狂人はメッセージが好きみたいですよ」

アレックが不審な顔になる。「どういう意味だ?」

「それは……こういう意味です」医師は作業台から太い蝋燭を取ってきた。彼が解剖台まで戻ってサー・ジャイルズの脚を炎で照らしていくのを、ケンドラは見つめた。

「いったいなにを――おい、なんてことだ」アレックは仰天して、もっと近くで見ようと身を乗り出した。「これはなんだ?」

ケンドラも同じくらい驚愕していた。サムとバーツが医師と同様に蝋燭をつかんで、炎を遺体に近づける。三人が蝋燭を置いたとき、大理石のように白いサー・ジャイルズの体は、いくつものしるしで覆われていた。

ケンドラはゆっくり顔を上げ、解剖台の反対側に立つマンローを見た。蝋燭の光が彼のメガネのレンズに反射する。それでもケンドラには彼の灰色の目と、そこに浮かんだ厳粛な表情が見えた。

「あなたのおっしゃるとおりだと思いますよ、ミス・ドノヴァン。確かに殺人犯はメッセージを送っています。しかし、どういうメッセージでしょう? そして、なぜ?」

7

「一種の秘密のインクだね？」公爵は驚嘆して尋ねた。遺体を温めた蝋燭の熱で浮き上がったしるしの一本の線を、そして交差するもう一本の線を、指先でうやうやしくなぞる。死んだ男の上腕に触れていることには気もついていないようだ。「素晴らしい」

確かに、気味悪いながらも素晴らしいものだ。ケンドラは被害者の全身を眺めた。二十分前、サー・ジャイルズの体は薄灰色だった。今は、やたらめったらタトゥーを入れた筋金入りのギャングに見える。ただし、模様はクモの巣でも涙滴《るいてき》でもどこかの民族の紋章でもない。同じしるしがいくつも繰り返されている。交差した二本の線。一本はもう一本より短い。短いほうの線は左のほうが高く、少し斜め下になって右へ向かっている。見方によって、わずかに傾いた〝X〟に思える。あるいは小文字の〝t〟。あるいは――。

「十字架」オルドリッジは言った。「これは十字架だ」

「それで遺体を教会に捨てたのかしら」ケンドラは顔をしかめた。もうひとつ、被害者と関連した無視できない要素がある。「ステガノグラフィーは諜報の世界では一般的だわ」

サムがちらりと目を向けた。「ステガノグラフィー？」

「メッセージを別のものの中に隠すことよ。たとえば手紙や本の中に見えないインクでメッセージを書くようなこと」

こういうトリックはあらゆる文化で何百年も前から行われているが、その公にできない性質ゆえに、十九世紀後半までスパイにしか知られていなかった。その後一般大衆も知るようになり、この話題への興味は一気にふくらんだ。〝行間を読む〟という表現は目に見える文と文のあいだに見えない暗号のメッセージを書くという行為への直接的な言及だ。

公爵は親指と人さし指をこすり合わせてにおいを嗅いだ。「なんのにおいもしないし、粘着力もない。いったいなにかね?」

「はっきりとはわかりません」マンローは正直に答えた。「なんらかの化学的合成物だと言いたいところですが、それだとインクを見えるようにするためには試薬を必要とするのが普通です。秘密のインクを活性化させるのに熱を加えることから、そのインクは有機物だと考えられます。レモン、酢、タマネギ、なんらかの植物の汁など。わたしは大プリニウスによる『博物誌』を読みましたが、トウダイグサから抽出した乳液で秘密のインクをつくることが書かれていました」

オルドリッジは笑顔になり、青い目を輝かせた。「わたしもその古代ローマの書物を読むという幸運に恵まれた。あれは素晴らしい」

ケンドラはにやりと笑いそうになった。公爵は科学的好奇心に没頭している。きっと、自分たちが死体保管所《モルグ》に立っていること、部屋の中央には遺体が横たわり、腐敗のにおいがまわりを取り囲んでいることを忘れているのだろう。彼がオルドリッジ城の屋根の上で星を見つめたり、珍しい化石を見つけたりしたとき、こんなふうに心を奪われるのを、ケンドラは見たことがある。あるいは、ケンドラからｉＰｈｏｎｅの発明といった未来の断片を聞き出せたとき。ひとりの人間の手の上に非常に多くの有用な情報が集まっていることを、公爵はまだ充分納得していないようだった。

オルドリッジは続けた。「スコットランドのメアリー女王が、牢獄に入れられているときに隠しメッセージをおさめた手紙を送ったり受け取ったりしたのは知っている。記憶が正しければ、彼女は没食子《もっしょくし》とミョウバンを使って秘密のインクをつくったそうだ。きわめて独創的だ。しかしこれは……」しるしを眺めて首を横に振る。「このように皮膚に付着する有機的な液体は思いつかない」

「わたしもです」マンローも公爵と同じくらい当惑している。「だからこそわたしは、なんらかの化学合成物だと考えているのです。しかし先ほど説明しましたように、それならインクを活性化させるのに試薬が必要となります。熱では役に立ちません」

「それでも、実際にこういう現象が起きています」ケンドラは無感情に言った。

「非常に創意あふれる発明だ」公爵は感心しきった口調で、目はしるしに釘づけになっている。「このインクの製法を特定する方法はあるかね、ドクター・マンロー？」

「ありません。たぶん、僕たちには決してわからないでしょうね」

この発言をしたのがマンローの助手であることにケンドラが気づくには、一瞬の間を要した。ぱっと振り返ってバーツを見る。たとえサー・ジャイルズが体を起こしてしゃべりはじめたとしても、ケンドラはここまで驚かなかっただろう。普段バーツは部屋の隅に立って、影のごとく静かにしており、マンローが手伝うよう求めたときだけ現れるのだ。

自分が注目を集めたことに気づいて、バーツは目を丸くした。さっきケンドラに頼まれた羊皮紙と鉛筆を胸の前で握りしめる。気の弱そうな青白い顔が真っ赤になった。「僕は――その、あのインクのことを考えていただけです……ワシントン将軍が使ったやつ」彼はしどろもどろに言った。「し、白いインク。ワ、ワシントンはそれを、そう呼んでいました」

それに続く短い沈黙のあいだ、バーツは卒倒しそうだった。気つけ薬の類いを持っていないケンドラは、うなずくしかなかった。「ええ、それについて読んだ覚えはあるわ」あと二**百年しないと印刷されない教科書でね。**

ほとんどのアメリカ人は、ジョージ・ワシントンがアメリカの初代大統領であり、その前はアメリカ独立戦争で将軍だったことを知っている。彼がデラウェア川を渡るところを描いた絵も持っているかもしれない。しかしごく少数の人しか知らない事実がある。ワシントンはアメリカの諜報組織の長であり、悪名高きカルパーという組織内部でメッセージを伝えるためにつくられた見えないインクの存在が、アメリカが独立戦争で勝つ大きな要因だった、ということだ。

バーツは照れ隠しに咳をした。「ワシントン将軍がどうやってそのインクをつくったのか、誰も見いだしていません」

「実際には、そのインクはワシントン自身がつくったんじゃないわ」ケンドラはなんの気なしに言った。だがその製法が秘密だとバーツが言ったのは正しい。ケンドラの時代でも、その製法は謎に包まれている。一部の科学者はその成分を発見したと考え、別の科学者は彼らの発見に異論を唱える。「つくったのはサー・ジェームズ・ジェイよ」

「サー・ジェームズ？」マンローははっと驚いた。「なんと。わたしはその人と知り合いです――いや、知り合いでした。彼は昨年亡くなりました。われわれは同じ行事に出席し、同じクラブに属していました。彼は医師でした。彼があなたのお国の人間であることはすっかり忘れていましたよ、ミス・ドノヴァン」

ケンドラは目をしばたたかせた。歴史書で読んだことのある人々が今生きているという事実に慣れることはあるのだろうか？　サー・ジェームズ・ジェイの場合は、つい最近まで生きていた、ということだが。急に乾いた気がする唇をなめる。しっかりしなさい、ドノヴァン。「アメリカ人の大半は、彼の弟のジョン・ジェイのほうをよく知っています」

といっても、もしケンドラの時代の平均的な国民に世論調査をしたなら、彼らはジョン・ジェイをラップ歌手かリアリティー番組のスターだと考えるだろう――アメリカ合衆国建国の父のひとり、第二代外務長官、初代最高裁判所長官ではなく。ここのアメリカにおいて、ジョン・ジェイはまだ生きている。ケンドラは少し時間をかけてそのことを肝に銘じたあと、心から消し去った。話が脱線している。

自分に命じて振り返って再び遺体に目を走らせ、奇妙なしるしを見つめた。「殺人犯が自分でインクをつくらなかったのだとしたら、誰かから買ったことになります。見えないインクを手に入れるにはどこへ行きますか？」

「薬種商か錬金術師だな」公爵が言う。「あるいはサー・ジェームズのような医師か」

ケンドラは、熱源から最も遠いしるしが早くも消えかけていることに気がついた。「ミスター・バーツ、それをもらえるかしら」彼が握っている紙と鉛筆を受け取ろうと手を伸ばす。バーツは一瞬、ぽかんとケンドラを見つめた。「あ、はい……」あわてて紙と鉛筆を渡した。

「ありがとう」ケンドラは前進して、遺体を見下ろしているアレックの横に並んだ。彼の顔に表情はないけれど、ケンドラは彼がサー・ジャイルズを知っていたことを思い出した。軽く腕に触れる。「大丈夫?」

アレックはちらりとケンドラを見た。「言っただろう。親しい仲というわけではなかった」寝物語で、アレックは諜報員として働いた二年間のことをほとんど話さなかった。ちょっと話に出てきたことはあるけれど、ケンドラはそれについて問い詰めようとは思わなかった。ためらいがちに訊く。「あなたは見えないインクみたいなものを使ったことがある?」

「情報交換の方法はいろいろあった」アレックは一歩下がった。厳粛な表情で、両手を大外套のポケットに突っ込む。「だがわたしは瓶入りの薬を渡されていた。化学的な合成物で、有機物ではなかった。送ったり受け取ったりするメッセージを読むには、インクを活性化させる試薬が必要だった。その製法について尋ねようと思ったことはない」

「あっしが手下に聞き込みさせることはできますけど、そんなインクを売った薬種屋や医者や錬金術師を見つけるのは難しいでしょうね」サムは言った。

「その前にもっと情報がいるわ」ケンドラは座り込んで写生を始めた。特に絵が上手というわけではないが、しるしを描くのは簡単だった――線が二本だけ。一本は長い。もう一本は長い線と中央から上で交差する短い斜線。

その紙を横に置くと、もう一枚取り出した。今度は遺体のおおざっぱな輪郭を描く。前から後ろから。喉を横断する線を引いて絞め跡を示す。「ほかに傷はありますか？」マンローに尋ねる。

サムが答えた。「舌でさ」

ケンドラはうなずき、口のあるところに線を引いた。視線を被害者に戻して切られた痕を見る。「鋭いナイフが使われたみたいね。舌はすっぱりと切られているわ」

「鋭い刃です。骨取りナイフ、または肉切りナイフ。舌は筋肉でできているので、切れ味の鈍いものでは切り取れません。もしそんなものを使ったのなら、切断面はもっとぎざぎざになったでしょう」マンローは言った。

サムは戸惑った表情になった。「犯人がナイフを使ったんだとしたら、なんでサー・ジャイルズを刺し殺さなかったんです？　同じ相手に殺人の凶器を二種類使うのは妙だと思いますけど」

「殺人の凶器は二種類じゃないわ」ケンドラはサムに向き直った。「殺人の凶器は縄よ」遺体のおおまかな絵を見る。それに目を走らせ、重要なことをすべて描いたことを確認した。「ナイフはひとつの目的だけに使われた――被害者の舌を切り取ること」

マンローが言う。「舌を切り取るつもりだったとしたら、絞殺は犯人にとって賢明な選択でした。窒息するとき、舌はふくらんで突き出される傾向があります。犯人はそれを死後に切り取るのに苦労しなかったでしょう」

「先生、被害者の食道はお調べになりました？」ケンドラは注意深く紙を丸めた。

「まだです」

ケンドラは紙と鉛筆を置いた。被害者のところに戻ったが、次にすべきことには気が進まなかった。ゴム手袋はいつ発明されるのだろう？　今ではなさそうだ。歯を食いしばって、二本の指を遺体の口に入れて開かせた。口の中はもう湿っていなかったものの――唾は乾き、血は凝結し、歯はなめらかで、唇はゴムのような感触だ――ケンドラはぶるっと身震いした。

サムが当惑して尋ねる。「なにやってんです？」

「犯人が被害者の舌を喉の奥に突っ込んでいないかどうか確かめているの」

「なんてこった」サムはつぶやいた。訊かなければよかったという顔だ。ごくりと唾をのむ。

「それもなんかのメッセージってことですかい？」

「そういう事例も実際にあったのよ。だけど、なにもなさそうね」ケンドラは指を抜いてあとずさった。「舌は遺体のそばに落ちていなかった？」

「ありません。ただし……」サムの目は死者のかじられた指に向かった。「指をかじったネズミが食ったかもしれません」

「舌は軟部組織だわ」ケンドラは言った。ネズミは軟部組織が大好物だ。齧歯動物がサー・ジャイルズの舌を運び去るところを想像したとき、またしても腕に震えが走った。「可能性はあるわね」無理に言い、声がしっかりしていて内心の嫌悪感があらわになっていないことに安堵した。「犯人が戦利品として持ち去ったという可能性も、同じくらいある」

恐ろしいことに思い至ったのか、公爵の青い目が光った。「戦利品。この極悪人はまた殺しを行うと言っているのかね？」

ケンドラはしばらく黙り込んだ。「今はまだなんとも言えません」ようやく答える。「わたしにはわかりません」

目はまたしても被害者に戻った。しるしの大半は消えているが、脳裏には焼きついている――死者の肉体にインクでくっきりと描かれたしるし。

今回はどんな殺人者を相手にしているのだろう？　間違いなく知的。もちろん冷酷非情。抜け目がない……。

ホシにはすべてがあてはまる。だがそれだけではない。

おそらく、少々狂っている。

8

レベッカはドクター・マンローの執務室をいらいらと歩きまわった。スカートがシュッシュッときぬずれする。全員が部屋を出たあと五分もすると、ひとりで待つのに飽きてしまい、今は非常に不機嫌になっている。書棚の前で足を止め、本の題名に目を走らせた。『イオニア諸島、アルバニア、テッサリア、マケドニアの旅』、『憂鬱《ゆううつ》の解剖学』。こんな重そうな作品を読みたいとは思わない。気味の悪い緑の液体と奇妙なアメーバ状の生き物らしきものをたたえた大きなガラス瓶に興味を引かれ、歩を進めた。顔をしかめて、中身が濁った瓶のひとつをのぞき込む。瓶の中にあるものが怖い顔でこちらをにらんでいるというおぞましい思いに駆られ、背筋に冷たいものが走った。

いやだわ。ぞっとして標本の瓶に背を向ける。赤ワインをひと口飲んだあと、また歩きまわりはじめた。意思に反して、棚の上に置かれた地味な木製の時計にまたしても目をやる。長針が分を刻む音が聞こえた。もっと想像力がたくましかったら、時計には意識があって彼女をばかにしているのだと思っただろう。

全員――ケンドラをも含む全員――が地下の解剖室に向かってから二十分が経過した。自分ひとりが残されて部屋を歩きまわっているのは不公平だ。

レベッカはため息をついた。名づけ親である公爵は、心から彼女を守りたがっている。それはわかっている。父なら彼女が解剖室に入ることを絶対に許さないだろう、と公爵が言ったのは正しい。とりわけ、死んだ男性が生まれたままの姿で横たわっているのだから。そんな場所にレベッカが入ったという話が表沙汰になったときのゴシップは想像できる。

だけど、どうしてそんなものを気にしないといけないの？　彼女はいつになく反抗的に考えた。世間に認められることを求めているわけではない。実のところ、昔から制約の多い都会より田舎の生活を好んでいる。

もちろん、レベッカをいらだたせているのは都会の制約だけではない。正直に言うなら、もっと別のことがあるのはわかっている。社交界の意地悪女たちが扇で口を隠してレベッカの醜い顔についてささやいているのは、知っている。扇で隠す手間をかけないことすらある。レベッカは、二世代前の貴婦人が使った鉛白で顔を塗るよう助言した、ある善意の既婚婦人のことを思い出した。そういう貴婦人の多くが謎の病気にかかり、体をふたつ折りにして苦悶《くもん》したり、ちょっと無礼にされただけで――それが想像であっても現実であっても――ヒステリックに叫んだりしたことを、その婦人はすっかり忘れていたらしい。

レベッカはなにを言われようと平気だった。彼女に言わせれば、上流社会など地獄へ行けばいいのだ。けれども友人たちから引き離されて孤立するのは、まったく別の話だった。

もうひと口ワインを飲む。だが、それは舌に苦かった。自分はもう二十三歳だ――薄情な遊び相手からあざ笑われ、いじめられる、幼い少女ではない。れっきとしたおとなの女性。婚期を逸した独身女。でも、そこが問題なのでは？　ドクター・マンローの解剖室に入るのを禁じられるのは、未婚だからだ。

だったら、なぜケンドラ・ドノヴァンはその禁断の部屋にいるのか？　なぜ彼女は未婚女性に課せられた規則を破ることが許されるのか？　ケンドラをめぐる謎についてレベッカが考え込むのは、これがはじめてではない。

ケンドラ・ドノヴァンとはいったい何者？

自分たちは友人だ――ケンドラは去年、溺死しかけたレベッカの命を救ってくれさえした。レベッカはテムズ川に落ちて氷のように冷たい水に包まれたが、次に気づいたときには川岸にいて、飲んだ水を吐いていた。ケンドラはなにか不思議な術を使ってレベッカを生き返らせた、と言われた。もちろん、そんなことはありえない。どうしたら死んだ人間を生き返らせることができるというのか？

そのとき、昔読んだ、イタリアの医師ジョヴァンニ・アルディーニが電気を使って行った実験についての新聞記事が思い出された。当時レベッカはまだ十歳だったけれど、彼がニューゲート監獄を訪れたときのことを読んで恐怖で鳥肌が立ったのは今でも覚えている。絞首刑になったばかりの殺人犯の口と耳にアルディーニが金属の棒を取りつけると、死者の顎がゆがみ、片方の目がぱっと開いたのだ。新聞記事によると、死者は右手のこぶしを握って持ち上げもしたという。

身震いしたレベッカは、棒が取り除かれると死者はたちまち死んだ状態に戻ったことを自分に思い出させた。アルディーニの公開実験は奇怪な悪ふざけにすぎなかった。あのときレベッカの身になにが起こったにしろ、自分は絶対に死んでいなかったのだ。

死んだり死にかけたりしたという思いを短気に頭から追い払い、またせかせかと歩きはじめた。ケンドラ・ドノヴァンは自らの過去や家族について、びっくりするほど口が重い。イングランドに来る前の生活についてレベッカがいくら尋ねても、いつもあいまいにしか答えない。

それは腹立たしい。特に、ケンドラと公爵、あるいはケンドラとアレックのあいだで頻繁に交わされる目つきを見たときには。面白いことが言われたわけでもないのに彼らの目に笑いが浮かぶことがあるのは、よく知っている。そういうとき——ちょうど今のように——レベッカは蚊帳の外に置かれ、仲間に入れてもらえない。不意に喉が締めつけられた。仲間外れにされて傍観者となることには慣れている。でも、アレックや公爵やケンドラからは疎外されたくない。

またスカートをきぬずれさせてくるりと振り返り、もと来た道を戻りはじめる。ああ、彼らはレベッカを気の弱い女のように扱っている。それは不愉快だ。

窓の前で立ち止まり、道路を見下ろした。昼の陽光は徐々に弱まり、代わりに闇が広がりつつある。寒いにもかかわらず、このあたりは馬車や人で混雑している。多くは近くのロイヤル・オペラハウスで提供される娯楽に引きつけられているのだ。

娯楽ならほかにもあるわ。コベント・ガーデンのもっといかがわしい評判も知っている。レベッカが見ているあいだにも、ひとりの男と女が暗い路地に消えていった。男の服装は、紳士、少なくとも裕福な商人であることを示している。けれど女のけばけばしい服から、貴婦人でないのは明らかだった。

窓に背を向けると、思いは再びケンドラのことに戻った。なぜ公爵はケンドラの評判を心配しないのか？どうして彼はいつもケンドラがしたいようにするのを許すのか？すぐさまその議論の誤りに気づいて、レベッカははたと足を止めた。公爵は被後見人の評判を思いやっている。目を見ればわかる。彼が礼儀作法についてケンドラと言い争うのを聞いたこともある。ケンドラがいつか一線を越えてしまい、上流社会から追放されて、彼の肩書と地位でも彼女を守れないのでは、と公爵が恐れているのは知っている。公爵――またはアレック――の思いどおりになるなら、ケンドラはこの部屋にとどまり、レベッカとともに歩きまわっているはずだ。

公爵がケンドラの行動を許しているわけではない。公爵の主張とはかかわりなく、ケンドラは自分自身で決断を下している。その決断がもたらしうる結果については少しも懸念していないようだ。たとえ懸念しているとしても、決してそれを表に見せない。

レベッカの視線はワイングラスに向かった。頭の中でさまざまな思いが駆けめぐる。認めるのはつらいけれど、みなと一緒に地下の解剖室にいるのではなくドクター・マンローの執務室でうろうろしているのは、レベッカ自身に責任がある。自分は子どもではない。それなのに、子ども扱いされることを自らに許している。

だったら、わたしはどうすればいいの？

彼女は大きく息を吸った。メアリー・ウルストンクラフトの『女性の権利の擁護』やフランスの劇作家オランプ・ド・グージュの『女性および女性市民の権利宣言』を読み、それを支持していても、レベッカにとってその主張は常に理論上のものだった。ケンドラが現れるまで、規則にそむくことなど考えなかった。あるいは父に――そして公爵に――反抗することも。

胸がざわついた。世間の除け者になりたくない、というのは否定しえない事実だ。頻繁にロンドンに出てくるわけではないけれど、社交界の既婚婦人たちから無視されるのは想像できない。だが、父や母を失望させることに比べれば、そのことには耐えられるだろう。

一方、自分自身を失望させたくない。声高に言うだけなら簡単だったことを、実際の行動に移すべきときが来たのかもしれない。

レベッカは震える息を吐き、姿勢を正して、部屋の出口に向かった。胸の中で心臓が飛び跳ねている。神経を静めようと、いったん立ち止まった。これまでふさぎの虫に取りつかれた愚かな娘だったことはないし、今さらそんなものになるつもりもない。気を引きしめて廊下に出た。ワイングラスをつかむ指がぴくぴくしているのを感じて顔をしかめた。この瞬間まで、グラスを持っていることすら忘れていたのだ。グラスをドクター・マンローの執務室まで返しに行こうかと一瞬考えたけれど、そこで気力が萎えて二度と部屋を出られなくなるのではと心配になった。

歩きつづけるのよ。廊下を進みながら扉を順々に開けていき、暗い部屋をのぞき込む。建物の反対側の端にある扉を開けたとき、ついに地下室に通じる石の階段が現れた。冷たく湿っぽい空気が立ちのぼり、背中がぞくりとする。ざらざらの石壁は、子どもの頃探検した洞窟を思い出させた。だが階段の下まで行くと、廊下は広かった。松明の揺れる炎が、石に掘り込まれた三つの扉を照らしている。

それだけではなかった。廊下の突きあたりに目をやったとき、わずかに開いた扉の外に立つ男が見え、レベッカはあえぎ声を押し殺した。男はしわくちゃの茶色い大外套とひしゃげた三角帽を身につけている。ヘシアンブーツはすり減って、爪先とかかとが白くなっていた。頭を傾けており、横顔が見えている。まっすぐな鼻、くっきりした顎。帽子の下から見える髪は赤みがかった明るい茶色。耳を扉に押しつけていることからして、中での会話を盗み聞きしているのは明らかだ。

レベッカの胸に激しい怒りが込み上げた。廊下の中ほどまで来たときはじめて、自分が動きだしていたことを悟った。「なにをしているの、この不届き者！」叫びながら、本能的に片方の腕を振り上げる。男は振り向いてレベッカと向き合った。レベッカはグラスのことを忘れていたが、気がつけばグラスは空中を飛んでいた。男が目をむき、空色の瞳が見える。ガチャンという音がして、ワイングラスと残っていたワインのしずくが左の眉にぶつかって石の床に落ちて割れ、男はぎゅっと目をつぶった。

「おい！　なにをする！」男は声を張りあげ、額の傷に手をあてた。一歩下がったが――レベッカがずんずん近づいたからだろう――少し開いた扉のことを忘れていたようだ。急に寄りかかられたため扉は大きな音をたてて内側に開き、男はバランスを崩した。大声をあげ、みっともなく床に倒れ込む。

「なんの騒ぎだ？　おまえは何者だ？」

耳の中で心臓の音が大きく響いていたけれど、レベッカはアレックの声を聞き分けた。

「そいつ、盗み聞きしていたのよ！」レベッカは大の字に伸びている男に目を据え、息を切らせて言った。

「違いますよ！」男にはかすかなアイルランド訛りがあった。

レベッカは彼をにらみ下ろした。最初思ったよりも若く、せいぜい三十歳くらいだ。「わたしは見たのよ。耳を扉に押しつけていたでしょ！」

男はにやりと笑い、肘をついて上体を起こしたものの、立ち上がろうとはしなかった。

「お邪魔したくなかったんで、入るのにちょうどいいときをうかがっていたんですよ。ケルベロスが門を守っているなんて、どうして僕にわかるんですか？」

レベッカは息をのんだ。込み上げた怒りで息が詰まりそうだ。一瞬、声が出なかった。

「よくもそんなことを！」

「文字どおりの意味じゃなくて、そういう性質だってことですよ――門の守り人」男は痛みに顔をゆがめてようやく立ち上がり、手の汚れを払った。「僕の作法はいいかげんですけど、あなたをケルベロス呼ばわりするほど礼儀知らずじゃありませんよ、お姫さま。といっても、グラスを頭に投げつけられて、分別がどこかに飛んでったかもしれませんがね」額をさする。

「ちょっと叫ぶだけでよかったでしょうに」

レベッカの心臓が激しく打つ。最後にこれほど激怒したのがいつだったのか思い出せない。この男は間違いなく我慢のならない無作法者だ。怒鳴りつけるのをこらえるには、ありったけの自制心を要した。「わたしはレディ・レベッカよ。父はブラックバーン卿。それに、声はかけたわ。あなたの分別は、わたしがグラスを投げる前からどこかに行っていたんじゃないかしら——たぶん何年も前に」

男が笑ったので、レベッカは当惑した。

「おまえはいったい誰だ？」アレックの緑の目は怒りで色濃くなっている。「なぜ立ち聞きしていた？」

「とんでもなく無作法だわ」レベッカは憤然として男の横をすり抜け、部屋に入っていった。そのとき部屋のにおいに襲われ、たじろぎそうになった。目に涙が浮かぶ。「まあ」つぶやきながら手首からぶら下がる刺繍《ししゅう》入りの手提げを急いで開き、シルクとレースの青いハンカチを取り出して鼻に押しあてた。

「フィニアス・マルドゥーン」男が答える前にサムが言い、怖い顔で相手をにらんだ。『モーニング・クロニクル』の記者ですよ」

男は三角帽を取って深く辞儀をした。なぜか、そのしぐさにレベッカの怒りはさらに募った。

「洗礼名で呼んでいただけるなら、フィンのほうがいいですね。こんにちは、みなさん」

サムはマルドゥーンを感情のない目で見つめつづけた。「ここでなにしてるんだ？　扉の前で立ち聞きか？」

マルドゥーンはいたずらっぽく眉を上下させた。「扉の前で耳を澄ませていると、面白い情報が入ってきますからね」悪びれもせずに言う。「サー・ジャイルズがお亡くなりになった――誰かの手にかかって――と聞いたんですよ。そしてここに運ばれたってね」視線は台の上の遺体に向かった。

レベッカはまだ鼻にハンカチを押しつけたまま、おそるおそる彼の視線を追った。遺体の腰がシーツで覆われているのを見て安堵したことは、絶対に、たとえ拷問すると脅されても、白状するつもりはない。被害者が受けた傷よりも遺体が裸であることのほうを自分が心配していたことなど、まったく気づいてもいなかった。視線が哀れな被害者のふくれた顔に向かった今、恐怖におびえた反応を示さないためには意志の力を総動員せねばならなかった。

記者は話し続けた。「みなさんご存じのように、サー・ジャイルズはホワイトホールにおける重要人物です――でした。その人が殺されたことに注目が集まっています。本当に、トレヴェリアン・スクエアの教会で生まれたままの姿で見つかったんですか？」

「誰がそんなことを言ってる？」サムが訊く。

マルドゥーンは鼻の脇に指を置いてウインクをした。「風の便りに聞こえてきましてね」遺体に目を戻し、低く口笛を吹いた。「ほかの噂も本当みたいですね。犯人はサー・ジャイルズの舌を切り取った。どうやら、そいつにはユーモア感覚があるようだ」

「ユーモア？」ケンドラは語気鋭く聞き返した。マルドゥーンに歩み寄り、興味深げに眺める。「それのどこが面白いの？」

ケンドラがこの悪臭をさえぎるためハンカチを使いもせずこの部屋にいるのに耐えられることに、レベッカは戸惑っていた。どうしてほかの人たちは、部屋に漂う恐ろしいにおいを気にしないでいられるのだろう？　ハンカチを鼻にあてていても、レベッカは必死で吐き気をこらえねばならないのに。

マルドゥーンは平然とケンドラを見返した。「あんたがミス・ドノヴァンですね。あんたについても噂が出まわっていますよ――おい！」彼は大声をあげた。サムが男の胸ぐらと手首をつかみ、腕を後ろにひねって、彼を扉まで押していく。

「あの人が誰かなんてどうでもいい」サムはうなった。「出ていけ。さっさと帰れ！」

「あんた、去年レディ・ドーヴァー殺人事件の捜査を手伝ったんでしょう？」マルドゥーンは肩越しにケンドラに呼びかけた。「僕たち、まだちゃんと紹介されてもいないんですよ！」

「ちょっと待って、ミスター・ケリー」ケンドラが言うとサムは立ち止まったが、記者を解放はしなかった。「殺人犯にユーモア感覚があるというのは、どういう意味なの？」

「さあね、ほら、僕は頭がちゃんと働かないんですよ、こんなふうに腕を背中でねじ上げられていたら」

「話せよ、さもないともっとねじってやるぞ」サムは警告した。

ケンドラは手を振った。「放してあげて、ミスター・ケリー。新聞記者なら前にも対処したことがあるから」

「そうなんですか？」マルドゥーンは好奇に目を光らせて眉を上げた。サムに解放されると、ケンドラににやりと笑いかけた。

レベッカは唇を真一文字に結んで記者をにらんだ。ハンカチを鼻にあてたまま言う。「無神経なことを言わないでね。それでなくても充分無神経なのだから。人が死んでいるのよ」

驚いたことに、それを指摘されたとき相手は真顔になった。

「おっしゃるとおりです」ちらりとレベッカを見たあと、マルドゥーンは再びケンドラのほうを向いた。「僕は新聞で、よく議会や政治の記事を書きます。サー・ジャイルズには、ある種の評判がありました」

ケンドラは彼を見やった。「どういう評判？」

「国王や祖国のためなら進んでどんなことでもする、という評判です」

公爵は顔をしかめた。「当然だと思うがね、彼の立場を考えれば」

「まあそうですね」記者は片方の耳を引っ張った。「国王の精神状態を考えれば……」

「ものの言い方には気をつけなさい」レベッカが鋭く言う。「反逆と取られかねないわよ」

マルドゥーンは唇をゆがめてにやりと笑いかけた。「国王が狂っているなんて言っていませんよ」目をきらめかせて答えた。

「マルドゥーン」サムがうなるように言って彼に近づく。

記者は両手を上げてサムを止めた。「わかりましたよ！　サー・ジャイルズは、王国への脅威だと見なす者がいれば、そいつを貶める画策をしてきた、と噂されています」

ケンドラはいぶかしげな顔になった「どういう意味？」

「政治ってのは下劣なものなんですよ、ミス・ドノヴァン」マルドゥーンの顔から面白がる様子はすっかり消え、いかめしい表情になった。「この国には不満が渦巻いています。しかしサー・ジャイルズのような連中は、気に入らない人間や主義を抑えるため、意図的に嘘を広めます。フランスやアメリカみたいにイングランドでも君主制度を覆す革命が起こるんじゃないかと、彼らはびくびくしているんですよ。政府に反抗する人間を極悪人に仕立てれば、比較的容易に一般大衆の支持を得ることができます。それに、反政府勢力の主張を大衆の耳に届かなくするのにも効果的です」

彼はまた少し面白がる顔になってつけ加えた。「デヴォン州の乳搾り娘やケント州の農夫が、どうしてアメリカ人には先の分かれたしっぽと割れたひづめがあると信じるようになったんだと思います？　あるいは、アイルランド人は独立したらイングランド人の寝込みを襲って殺す、と？」

「つまり、サー・ジャイルズは政府の宣伝活動の責任者だった、ということね」ケンドラはゆっくりと言った。「そして彼が嘘を広めたので、誰かがその舌を切り取った」

マルドゥーンは肩をまわして軽くすくめた。「それはメッセージを送るってことになりませんか？」

サムが険しい顔になる。「立ち聞きで、その話を聞いたんだな？」

記者は賢明にも口を閉じていた。

「サー・ジャイルズを殺したがる人間に心あたりはある?」ケンドラは単刀直入に尋ねた。

「いろいろと話は耳にしていますよ」

「単なる話以上のものを聞きたいわね」

マルドゥーンはしばらく黙り込んだ。「思い浮かぶ人間はいます」ついに彼は言った。「だけど、その人がサー・ジャイルズになされたようなことをするところは想像できませんね」

ケンドラはじっと彼を見つめた。「どうして?」

「僕が言っているのはミスター・ジェラード・ホルブルックのことだからです——サー・ジャイルズの息子です」マルドゥーンはまたしても台の上の遺体に目をやり、レベッカは彼の顔を影がよぎったのを見て意外に思った。マルドゥーンは首を横に振った。「どんな息子が父親の舌を切り取ったりします?　それは想像できませんね」

9

ケンドラには、息子が父親の舌を切り取るところは簡単に想像できた。でも、それを言ったら自分がどう思われるかはわからない。二十一世紀での仕事では、そんな残虐行為にいくらでも遭遇していたのだが。今、彼女は記者を見つめた。「どうしてミスター・ホルブルックが父親を殺したと思うの？」

「いや――さっきも言いましたけど、彼が父親を殺したと思っているわけじゃありません。だけど二週間前、ふたりは馬市場の〈タッターソール〉で公然と言い争っていたんです」

「それがどうしたの？　人はしょっちゅう言い争いをするわ。だからといって相手を殺すとはかぎらないでしょう」

「ええ、でもきつい言葉を投げかけ合っただけじゃないんです。僕はその場にいませんでしたけど、ミスター・ホルブルックは父親に対して暴力を振るおうとしたという話です」

ケンドラは興味を引かれた。「どんなふうに？」

「サー・ジャイルズの顔にパンチを浴びせようとしたそうです。でもミスター・ホルブルックは当時酔っ払っていたらしくて、ねらいはそれました」マルドゥーンはにやりとした。「ふたりはちょっともみ合いましたが、やがてミスター・ホルブルックの友人たちが彼を引きはがしました。聞いたところでは、サー・ジャイルズは恥辱と怒りにまみれて歩き去ったそうです」

「それは想像できるな」公爵はうなずいた。「実の息子が父親を殴るというふるまいに出たなら、さぞかし衝撃を受けるだろう」

「まあ正確には、父親を殴ろうと試みただけですがね」マルドゥーンは一本の指を立てた。ケンドラはそのときはじめて、彼の指がインクで汚れていることに気がついた。この時代の新聞記者のトレードマークなのだろう。「実際には殴れなかったんです」

レベッカは鼻に押しあてていたハンカチを下ろした。浅く息を吸う。「未遂に終わったのは酔っていたからにすぎないでしょう」

ケンドラは記者を見つめた。「ふたりはなにについて口論していたの？」

「多くの父親と息子が口論する話題についてです。ミスター・ホルブルックには賭博場で長い時間を過ごすという評判があります」

「そして負ける？」ケンドラは確認した。

「勝っていたとしたら、サー・ジャイルズは知らん顔をしたでしょうね。だけど現実には、ミスター・ホルブルックは借金まみれでした。それと女遊びについての話も……おっと」マルドゥーンは急にばつが悪そうな顔になって咳をした。「失礼しました、お嬢さま方」

「わたしたちは解剖室の真ん中に立っているのよ」ケンドラは無表情で指摘した。「堅苦しく考えなくてもいいと思うわ」

記者は一瞬唖然《あぜん》としたあと、またにやりと笑った。「あんたについての噂は本当かもしれないと思いはじめてきましたよ、ミス・ドノヴァン」

「言葉に気をつけろ」アレックが低い声で警告する。

「敬意を欠いているつもりはありません。むしろその正反対です」

「どうでもいいわ」ケンドラはいらだたしげにアレックを見やり、またマルドゥーンに目を戻した。「あなたは――」

「ちょっといいかね、ミス・ドノヴァン」公爵が手を上げて言葉をさえぎった。「きみがさっき指摘したとおり、ここは解剖室だ。この会話を続けるのなら、もっとふさわしい場所にしようではないか」ズボンのポケットから懐中時計を取り出す。「キャロと使用人たちはまだロンドンに向かう道中だろう。ドクター・マンロー、このあたりに、個室を備えた食事のできる施設でお薦めの場所はないかね？」

「コベント・ガーデンでうろうろなさらないほうがいいかもしれません」マンローは答えた。「群衆はかなり騒がしくなることもありますし、若いご婦人にふさわしい場所とは言えません。リージェント・ストリートまで足を延ばされましたら、〈ランタン・タバーン〉というまともな店があります」

「そうですぜ」サムが割り込んだ。「うまいネギのスープとローストビーフを出す店です」

「よろしい。では〈ランタン・タバーン〉にしよう」オルドリッジは懐中時計をそっとズボンのポケットに戻した。「ミスター・ケリー、ドクター・マンロー、きみたちも一緒にどうだね？」

サムは相好を崩した。「ぜひおともします」

マンローはかぶりを振った。「ありがとうございます。しかしご遠慮しておきます」遺体に目をやる。「サー・ジャイルズの解剖をしてしまいます。死者はあまり長く放っておかないほうがいいのです。地下に置いておけば自然の腐敗過程を遅らせはできますが、止めることはできませんから」

ケンドラは立ち去るのに躊躇した。「ほかに重要だと思われることを発見したら、お知らせいただけますか?」

「もちろんです」マンローはケンドラと目を合わせた。「あなたはもう最も重要なものを目になさったと思いますよ」

ケンドラはうなずいた。彼が目に見えないインクによるしるしに言及していたのはわかっている。医師は賢明にも、用心に用心を重ねてマルドゥーンの前でそれを口にしないことにしたのだ。

「これ以上は、意外な発見はないでしょうね。サー・ジャイルズの殺害方法は自明に思われます」

「絞殺ですね?」マルドゥーンはさりげなく歩いていって首の絞め跡を確認した。

「そうよ」ケンドラは即座に決断を下した。「ミスター・マルドゥーン、あなたも食事に参加してちょうだい。いくつか質問したいことがあるから」

マルドゥーンが芝居がかった辞儀をするまで、ケンドラは高圧的な物言いをしたのを自覚していなかった。「光栄に存じます、お嬢さま」

生意気なやつ。ケンドラはにやりと笑いそうになった。この男をどう考えていいかはわからないけれど、礼儀作法が厳格に定められている時代において、彼の軽薄さは新鮮に感じられる。

レベッカは同じように感じていないらしい。彼女が唇をきゅっと結んだ非難の表情でマルドゥーンをにらんでいるところは、意外なほどレディ・アトウッドを連想させた。

ケンドラはカウンターまで行ってウイスキーの瓶をつかみ、バケツのひとつを指さした。

「先生、これを使ってもかまいませんか？」

「どうぞ」

「タオルをお借りできます？」ケンドラは十九世紀の解剖室に現代の知識を少々持ち込む決断を下していた。

「いいですよ。ミスター・バーツ」マンローはケンドラの要求に戸惑いながらも助手にうなずきかけ、バーツは収納棚まで足を急がせて薄い布を一枚持ってきた。

「ありがとう」全員に当惑の目で見つめられているのを意識しながら、ケンドラはウイスキーの蓋を開け、汚れた水の上で瓶を傾けて、片方ずつ手にアルコールを振りかけた。ウイスキーの香りは強く、部屋にこもった死のにおいを束《つか》の間消し去った。

「いったいなにやってんです？」サムの動揺したわめき声が背後から響く。「上等のウイスキーを無駄にしてますぜ！」

マンローは首をかしげてケンドラを見やった。「ウイスキーを失うのはかまいませんが、どうして飲むのではなく手を洗っておられるのか知りたいですね、ミス・ドノヴァン」

ケンドラはウイスキーの瓶を置いて布を取り、手を拭いた。なにを言おう？　なにを言わない、、でおこう？　微生物や細菌は古代ローマでも観察されていたとはいえ、イギリスの医師ジョゼフ・リスターが殺菌剤や消毒薬は感染の拡大を止めるのに利用できるという画期的な発見をするのは五十年ほど先の話だ。そのときでも、医師たちが彼の研究を受け入れるのにはさらに数年を要する。

公爵が助け舟を出した。「ミス・ドノヴァンは、感染症は顕微鏡でしか検知できない有毒な虫によって広がる、というミスター・リチャード・ブラッドレーの考えを支持しているのだよ」

「なるほど」マンローは表情を和らげてうなずいた。「ミスター・ブラッドレーの論文は読んだことがありますし、彼の仮説は興味深いと感じました。しかしながら、その説は医学会に否定されました」

「だからといって、間違っているとはかぎりません」ケンドラは布を横に放った。ウイスキーは彼女の時代の医療用消毒液と同じ効果はないが、上着と手袋を身につけるときには少しばかり気分がよくなっていた。二十一世紀から女を消し去ることはできても、その女から二十一世紀を消し去ることはできないのよ……。

「わたしもこれからウイスキーで手を洗ったほうがいいと思われますか？」マンローはケンドラに尋ねた。「体についたかもしれない有毒な虫を殺すために」

サムはなにやら不明瞭にぶつぶつ言っていたが、彼がウイスキーをもったいながっていることはケンドラもわかっていた。

医師に目を据えて言う。「解剖のあとにそうするのは、非常にいい考えだと思います」

彼はその答えに少し驚いた顔になり、考え込んだ様子でカウンターに置かれたウイスキーの瓶を見つめた。ケンドラは身を翻して扉に向かった。自分はいいことをしたのだ、と考える。いつの日か数百万人の命を救うことになる未来の知識のかけらを分け与えた。それによってドクター・マンローやミスター・バーツを深刻な病気から防げるかもしれない。あるいは彼らが他人に病気を移すのを。

自分は本来なら死ぬべき人間を助けているのか？　それは未来を変えるのか？　この時代の多くのことと同じく、ケンドラにそれを知るすべはなかった。

10

四十分後、一行は〈ランタン・タバーン〉の個室にくつろいで座っていた。ロンドンのにぎやかな道路に面するのではなく森の中に立っているほうが似つかわしい、チューダー様式のだだっ広い店だ。外で降りはじめた小雪とは対照的に、暖炉では炎が赤々とはぜている。若い女給が薄暗い室内を動きまわって自家製のクロスグリのワインをグラスに注いでいき、店の主人ミスター・フロックは大きな肉切りナイフでローストビーフを分厚くスライスしている。

蝋燭の光を受けてナイフの刃がきらりと光る。ケンドラはサー・ジャイルズの舌が殺人犯に切り取られたことを思わずにはいられなかった。

とはいえ、ローストビーフと副菜——茹《ゆ》でたカブの若葉とジャガイモ——のおいしそうなにおいが部屋に充満したとき、その陰惨なイメージもケンドラの腹が鳴るのを止めることはできなかった。大好物になった焼きたての黒パンが食事に含まれていないことには、ほんの少しがっかりした。

各自の皿に食べ物が盛られ、ミスター・フロックと女給が部屋を出るのを待って、新聞記者に目を向ける。「さて、ミスター・マルドゥーン。ミスター・ホルブルックについて知っていることを教えてちょうだい。息子のほうよ」

「なにを知りたいんです？」

「基本的なところから始めましょう。彼は何歳？」

マルドゥーンは唇をすぼめてナイフとフォークを取り上げた。「二十四、だと思います」

「なにをしている人？」

「する？」

「ええ。生計手段よ」ケンドラはローストビーフを切った。「賭博に使うお金はどうやって手に入れているの？」

記者は眉根を寄せた。「小遣いはもらっているでしょうね。だけど今は借金しているんでしょう。よくある話です」

「父親はどうして息子の借金のことを知ったの？」

マルドゥーンは肩をすくめた。「息子が浪費家だってことは、サー・ジャイルズもよく知っていたはずです。秘密を探り出すすべを知っている人でしたから。自分の家でなにが起こっているのか、知らないわけがなかったでしょう」

「自分の家でなにが行われているかを知らない人間は、驚くくらい多いのよ」ケンドラは身を乗り出して、フォークでバターつきカブを突き刺した。「ところで、この食卓で話したことは非公開にしてね」

記者の口もとに狡猾《こうかつ》な笑みが浮かんだ。「いや、それは――」

「ここでの話が明日の新聞に載るのなら、自由に話すことはできないわ」いずれにせよこの男の前ですべてを自由に話すつもりはないけれど、ケンドラは条件を定めておきたかった。

「ここだけの話にしておくか、さもなくばミスター・フロックにあなたの食事を包んでもらって、あなたはそれを家に持って帰るかよ」

マルドゥーンは椅子にもたれてケンドラを眺めた。「無情な人だなあ。僕はしがない物書きで、あんたは僕の飯の種を奪っている。僕を飢え死にさせたいんですか？」

サムが鼻を鳴らす。「おおげさすぎるぜ、若造」

ケンドラは言った。「それが条件よ。承知するか、やめるか」マルドゥーンがなにも言わないので、ナイフとフォークを置いて立ち上がりかけた。「ミスター・フロックを呼ぶわ」

「わかりました！　わかりましたよ！　条件をのみます。だけど、ここ以外のところで手に入れた情報については、僕のしたいようにしますからね」

「いいわ。だけど、捜査に関連することを発見したら、まずわたしたちに知らせてほしいの。新聞を読んでびっくりすることにはなりたくないから。いいわね？」

マルドゥーンがにやりと笑う。「で、そっちも僕に情報をくれるんですよね？」

「ええ」もしかしたらね。

「じゃあ承知しました」

ケンドラはサムに目を移した。大事なことから始めましょう。「サー・ジャイルズのご家族に、彼が亡くなったことは知らせたでしょうね？」

「はい」

「ミスター・ホルブルックと話をする機会はあった？」

サムは噛んでいた食べ物をのみ込んだ。「いいえ。あっしがレディ・ホルブルックをお訪ねしたとき、ミスター・ホルブルックはお留守でした」

「レディ・ホルブルックは夫の死にどんな反応を示したの？」

「もちろん衝撃を受けてましたよ。でも、しっかりした女性ですね。気絶も、泣き崩れもしませんでした」サムは肩をすくめた。「あっしの経験じゃ、悪い知らせへの反応は人それぞれです」

「レディ・ホルブルックが最後に夫を見たのはいつ？」

「昨日の朝です。一緒に朝食を取って、そのあとご主人はホワイトホールの事務所に向かったそうです」

「ゆうべ夫が帰宅しなかったのを、奥さんは妙だと思わなかったのかしら？」ケンドラはいぶかしがったが、すぐにその疑問を払いのけた。この時代に来て半年だが、上流社会における夫と妻の行動パターンはわかっていた。夫婦が寝室を別にするのは標準的であり、別々に暮らす――少なくとも互いの生活に距離を置く――ことも多いのだ。「家にはほかにも家族がいるの？」

「はい」サムの口もとにかすかな笑みが浮かんだ。「娘がいます。大きな壺《つぼ》の後ろに隠れてたのを見つけましたよ」

ケンドラは不審な顔になった。「どうして隠れていたの？　ちょっと変ね」

「いや、あの子は、あっしの見たところまだ九歳くらいですから。名前はルースで、子守から隠れてたんです」

「そう」ケンドラは考え込んだ。「ほかに子どもは?」

「存命の子どもはそれだけです」答えたのはマルドゥーンだった。

率直で残酷な発言だったが、ケンドラには理解できた。この時代、成人するまで生きられない子どもが数多いというのは、紛れもない事実なのだ。視線はレベッカに向かった。蝋燭の光は無情にも、彼女のあばたのくぼみに多くの影を投げかける。彼女が命を取り留めたのは奇跡だった。

サムが言う。「あっしはサー・ジャイルズの御者と話をしました。昨日の朝サー・ジャイルズをウェストミンスターの事務所までお送りして、夕方六時半頃お迎えに行ったそうです。それがいつもの習慣でした。ご主人さまをクラブで降ろしたんですけど、それもよくあることだそうです」

ケンドラはワイングラスを持ち上げた。「御者はクラブへサー・ジャイルズを迎えに行かなかったの?」

「サー・ジャイルズは貸馬車で帰るとおっしゃったそうです」

「それもいつものこと?」ケンドラはクロスグリのワインをゆっくりと飲んだ。多くの自家製のワインと同じく、これも驚くほどおいしい。そして強い。彼女がグラスを置くと、サムは肩をすくめた。

「そうみたいです。御者の話じゃ、ご主人さまはクラブに行ったら何時までいるかわからないってことでした。レディ・ホルブルックが使えるようご自分の馬車を送り返して、貸馬車をつかまえて帰るほうが、サー・ジャイルズにとっても手っ取り早かったんでしょう」

「サー・ジャイルズは確か〈ホワイツ〉の会員でしたね」マルドゥーンはサムを見やった。「クラブの従業員には話を聞きました？」

サムは記者が話に割って入ったのが気に食わないらしく、眉を下げた。「ああ」しばらくして答え、フォークでジャガイモを突き刺して半分に割る。バターの大きなかたまりを載せてフォークでジャガイモに混ぜ込んだ。「だが昼間の給仕としか話してない。そいつは、サー・ジャイルズがクラブに来たときちらっと見ただけだ。夜間担当の給仕の仕事が始まるのは六時半だ。今夜また行くつもりだよ」

ケンドラはテーブルの向かい側に座るマルドゥーンを見た。頭の奥になにかが引っかかっている。「サー・ジャイルズは前から息子の借金のことを知っていたと言ったわね——女遊びについても。だったら、先日の口論はなににについてだったの？」

記者は唇をすぼめて考え込んだ。「詳しいことは、まだ突き止められていません」

「サー・ジャイルズは裕福なの？」

「ロンドンにうじゃうじゃいる哀れな貧乏人に比べればね」マルドゥーンの顔が険しくなる。「皇太子に比べたら、そんなに金持ちじゃありません。といっても、皇太子だってそこまで裕福じゃないんですけどね、多額の借金を考え合わせるなら」

「気をつけなさい、ミスター・マルドゥーン。あなたのホイッグ党的な考え方が透けて見えるわよ」レベッカはワイングラス越しに彼を見つめた。マルドゥーンは笑いかけた。「それどころか、誰からも見えるよう前面に出ていますよ、お姫さま」

レベッカは憤然とした。

「ミスター・マルドゥーン、慎重にするよう助言しておくぞ」公爵は警告した。

「僕のユーモア感覚をお許しください、閣下」記者は急いで答え、ケンドラに目を戻した。

「サー・ジャイルズはバークレー・スクエアに立派な家を構えています。財産は充分あると思います」

「それなのに息子は借金まみれなの？　彼が世継ぎなのよね？」

アレックが言う。「長子でたったひとりの息子だが、サー・ジャイルズの爵位は儀礼称号であり、限嗣相続されるべき領地や財産はない」

「つまり、サー・ジャイルズは息子を勘当することもできたわけ？」

「そうだ」

「お金は常に殺人の動機になりうるわ」ケンドラはつぶやいたが、そのあと眉間にしわを寄せた。

アレックはケンドラを見つめた。彼はケンドラのことをよく知っている。「けれども？」

ケンドラはワイングラスをまわして、暖炉の明かりが渦巻く液体に真っ赤な光を投げかけるのに見入った。「けれども……欲による殺人はもっとわかりやすいものよ。絞殺は納得できた。刺殺、射殺、撲殺、溺死、焼死――強欲を動機とする犯罪でそれらを目にしてきた。

「だけど舌を切り取る？　お金が目当てなのに、どうしてそんなことをするの？」

見えないインクのしるしには言及しなかった。まだマルドゥーンにその情報を伝えるつもりはない。とはいえ、これについても同じ疑問があてはまる。殺人の動機が欲だとしたら、なぜわざわざ時間をかけて、肉眼では見えない十字を遺体に描くのか？

誰も返事をしない。答えがないからだ。少なくとも今はまだ。

ケンドラはサムを見た。「レディ・ホルブルックは、最近夫が脅迫を受けていたようなことを言わなかった？　あるいは彼に敵がいたというのは？」

「思いあたる節はないようでした。だけど、取り乱してて思い出せなかったのかもしれません」

未亡人を訪ねるには時刻が遅すぎる。炉棚に置かれた小ぶりの金メッキの時計をちらりと見て、ケンドラはそう思った。そろそろ九時になろうとしている。ケンドラの時代なら遠慮はいらなかっただろう。しかしここでは、礼儀作法は殺人事件の捜査よりも優先される。レディ・ホルブルックは一年と一日の服喪期間に入るところだ。それでも明日の朝には彼女を訪ねるつもりだ。規則などかまうものか。

マルドゥーンに向き直る。「息子以外に、サー・ジャイルズの死を願う人間は考えられる？　彼は政府にいたのよね」ケンドラの知るかぎり、そこにも動機はあるだろう。政治と裏切りと殺人は、手と手を取り合っている。

マルドゥーンはワインを飲んだ。「対立政党の人間の多くは彼が地獄へ行くことを願っていました。だけど、具体的に脅迫した人間は思いあたりません。それに、実際に殺す？　あんな奇妙なやり方で？」彼はかぶりを振った。「考えられませんね」

ケンドラは顔をしかめた。この時代の政治に関して、トーリーが保守的でホイッグが革新的なのは知っている。「彼がどんな仕事をしていたかは知っている？　誰かが彼を殺したくなるようなことは？　あんなふうに」

「彼の仕事はホイッグを怒らせ、トーリーを満足させたでしょう。だけど、それは普通のことです。まあ、調べてみますよ」

「サー・ジャイルズの経歴についてわかっていることは？」

「概略しか知りません。低い身分の生まれでした。父親はハマースミスで本屋をしていたようです。いや、肉屋だったかな？」マルドゥーンはいったん言葉を切り、肩をすくめた。「まあ、どうでもいいでしょう。青年時代に軍隊に入り、アメリカがイングランドの支配に反逆したとき、入植者との戦いに赴きました。話によると、彼は聡明な戦略家で、順調に出世したそうです。フランス革命のとき、ジョージ国王が彼に准男爵の称号を与えました。サー・ジャイルズは戦場を離れて陸軍省に入りました。弁護士になって経験を積んだあと内務省に移り、指導者として諜報のゲームに携わっています」――わずかに顔をしかめる――「いました」

ケンドラは空の皿を押しやった。思いは切り取られた舌、そして見えないインクによる奇妙なしるしに戻っていた。殺人というゲームはまだ行われている。それがプロの手によるものか個人的なものかは、いずれ判明するだろう。

11

公爵の巨大な淡黄色の邸宅が置かれているグローヴナー・スクエアは、ロンドンのほかの地区よりも暗い。そこで暮らす上流の住民はガス灯という新しい技術を拒み、オイルランプで玄関を照らす伝統を守るほうを好んでいるのだ。これは公爵にとって不満の種であり、隣人たちが進歩的な性質を欠いていることには常々文句を言っている。けれど二九番地はあらゆる窓から暖かな琥珀《こはく》色の光が漏れ、クリスマスツリーのように明るく照らされていた。レディ・アトウッドが到着しているのだ。

それを知って胃袋がねじれたのを、ケンドラは情けなく思った。

公爵はレベッカを見た。「従僕をきみの家にやって、ご両親が到着したかどうか確認させるから、それまではうちにいなさい。きみが誰もいない寒い家に帰ってご両親を待つようなことにはさせたくない」

ベンジャミンが踏み台を広げ、扉を開ける。降りしきる雪は御者の帽子や肩に積もっていた。

「ハーディングに、去年使った石盤をまた持ってこさせよう」オルドリッジは踏み台を下り、振り返ってまずはレベッカ、次にケンドラに手を貸した。「どこかにあるはずだ」

「ありがとうございます」ケンドラは足を止めて白い結晶が舞う暗い空を見上げた。しばらくその場にたたずんで、暖炉の煙のにおいがついた冷たい空気を吸う。アレックが横に立って、手袋をした手でケンドラの手を握った。

「なにを考えているんだい？」

ケンドラは首を横に振った。「本質的にはなにも変わらない、と考えているの。人はいつも殺し合っている。つまらない理由で」ため息をついてアレックの手を引っ張る。「行きましょう。わたしたちがポプシクル（アイスキャンデーの商品名）に変わる前に中に入らないと」

「ポプシクルとはなんだ？」

ケンドラは笑いながら彼を引っ張って歩きつづけた。ハーディングが玄関扉を開けて押さえたままこちらを見つめる。ふたりは玄関ステップを急いでのぼり、外套を脱いでいるレベッカと公爵に追いついた。使用人は屋敷内を忙しく動きまわって、部屋を開け、家具から布の覆いを外し、埃を払い、床を掃いている。レモン、亜麻仁油、蜜蝋のにおいが空気中に漂う。たきつけや石炭が運び込まれて多くの暖炉で火が熾されてはいても、まだ屋敷の中は寒い。ケンドラはセントラルヒーティングがないのを残念に思いつつ、マント、手袋、ボンネットを脱いで、待機する従僕に手渡した。マフピストルを入れた手提げと覚書は自分で持っていた。

「レディ・アトウッドは居間でミセス・ダンベリーと一緒におられます」ハーディングはいつもの重々しい口調で公爵に告げた。「閣下がご到着されたのをお伝えいたしましょうか？」

「ありがとう、だがわたしが自分で行く。誰かをレディ・レベッカの住まいにやって、ご両親が到着したかどうか確認させてくれ。わたしの書斎は使えるようになっているかね？」

「はい。暖炉の火を熾し、壁の燭台も灯しております」

「よろしい。夕食はすませたが、もしも書斎のデカンターが補充されていないなら、女中にブランデーをひと瓶持ってこさせてくれ。あと紅茶のポットも。それから、石盤を書斎に戻してほしい。まさか捨ててはいないだろうな？」

執事は横目でケンドラを見たが、表情は変わらなかった。「お戻しするようにいたします。今夜お使いになるのでしょうか？」

「今夜だ」オルドリッジは甥をちらりと見た。「アレック、ご婦人方を上までエスコートしてくれるかな。わたしもすぐに行く」

公爵は妹に会いに行き、三人は中央階段をのぼって書斎に向かった。暖炉では小さな炎が燃えている。アレックは部屋の奥まで歩いていってもう一本薪を暖炉に放り込み、火かき棒を使って炎を大きくした。

居心地いい雰囲気ね。ケンドラは、溶けかけた雪がガラスをすべり落ちているせいでゆがんで見える窓に目を向けた。ローズウッドのテーブルまで歩いていって手提げを置き、描いた三枚の絵を広げた。

レベッカが来て、人間の輪郭をおおざっぱに描いた絵を取り上げる。「わたしが手伝ってあげたのに」

「傷を記録したかっただけですから」

「これはなに？」

ケンドラが見ると、レベッカはサー・ジャイルズの体に残されたしるしを描いた紙をつかんでいた。ケンドラも興味を引かれて尋ねた。「あなたにはなにに見えますか?」

「十字ね」

「十字架ということですか?」

「もちろんよ。だけど……」レベッカは首をかしげてしるしをじっくり見た。「単に線を交差させただけのしるしにも見えるわね――〝X〟に。でもこっちの線は少し短いわ」

「だから十字架と考えられます。あるいは小文字の〝t〟。現時点では、十字架というほうが有力です。サー・ジャイルズは教会で発見されましたから」ケンドラは、しるしが見えないインクで遺体に描かれていたことを話した。

レベッカは驚愕して口をぽかんと開けた。「まあ、そんな。いったいどういう意味なの?」

「わかりません。でも、殺人犯にはなんらかの意味があるんです」

レベッカは眉根を寄せ、再び絵をじっと見た。「だけどこういう奇怪なことから考えると、ミスター・ホルブルックは父親殺しの容疑者から外れるんじゃない? 仮に彼が実の父親の舌を切り取るほどの極悪人だったとしても、どうしてこんなことをするの?」

アレックがふたりに歩み寄った。「わたしはミスター・ホルブルックに会ったことはないが、レベッカの意見に賛成だ。そういうことはとても想像できない」

「ミスター・ホルブルックがどういう人物かによるでしょうね」ケンドラは顎を指で叩きながら考えた。「ミスター・マルドゥーンの話からすると、彼は年齢のわりに未熟なようです。

飲酒、賭博、女遊び」

レベッカはうんざりした声を出した。「成熟ということに関しては、ミスター・ホルブルックはロンドンのどんな若者とも変わらないわね」

扉が開いて女中が入ってきたので、三人は振り返った。女中はブランデーの瓶、グラスとティーカップ、紅茶のポット、砂糖とクリームを載せたトレイを、慎重にバランスを保って運んできた。彼女がテーブルにトレイを置くと同時に公爵が現れた。

「ああ、素晴らしい」彼は満足そうに微笑んでテーブルまで早足でやってきた。「下がってよろしい」紅茶のポットを持ち上げた女中に言う。彼女がポットを置いて静かに部屋を出ると、公爵があとを引き継いだ。

「ブランデー、それとも紅茶にするかね?」公爵は三人に向かって眉を上げてみせた。

〈ランタン・タバーン〉で強いクロスグリのワインを二杯飲んでいたケンドラは、公爵と同じく紅茶を選んだが、アレックとレベッカがブランデーにしたのを見ても驚かなかった。この時代の水の質には誰もが用心している。十九世紀の人々は理解していないだろうが、グラスに入れた水をそのまま飲むのではなく、紅茶やコーヒーのために水を沸騰させたりアルコール飲料を飲んだりすることで、彼らは赤痢やコレラやその他得体の知れない病気から身を守っているのだ。

公爵がレベッカとアレックにブランデーのグラスを渡していると、扉が軽く叩かれて開き、ハーディングが従僕ふたりをうながして石盤を運び入れさせた。

「そこに置いてくれ」公爵の指示に従い、従僕は部屋の隅に石盤を下ろした。

「ほかになにかございますか?」執事は従僕を下がらせたあと尋ねた。

「いや、ありがとう、ハーディング。これで全部だ」

ケンドラは石のかけらをつかんで石盤のほうを向いたものの、なにかを書き入れるわけでもなく、かけらを手の中でもてあそんだ。公爵は紅茶のカップを持って自分の机の後ろに行き、レベッカとアレックは暖炉のそばの向かい合う椅子に腰を下ろした。

「明日の朝、わたしとレディ・レベッカとでレディ・ホルブルックをお訪ねしようと思います」ケンドラは慎重に切り出した。

「社交訪問《モーニングコール》は午前中にするものではないのだよ」公爵が指摘する。

「ええ、覚えています」ケンドラには理解できない理由により、モーニングコールは実際には午後に行われる。これは、いまだにケンドラを悩ませ戸惑わせている奇妙で非論理的な慣習のひとつだ。「でも、儀礼的な訪問ではありません。殺人事件の捜査です」

「確かにそうだ」公爵は唇をすぼめた。「喪に服しているレディ・ホルブルックに話を聞くなら、女性のほうが自然だろうな」

「女性ふたりです」レベッカは強調し、ブランデーを飲んだ。

ケンドラは彼女に微笑みかけた。「ええ、あなたなら名刺の役目を果たしてくださいます」伯爵の娘であるレベッカは准男爵の妻より位が高い。レディ・ホルブルックがレベッカを追い返すことはないだろう。

アレックは疑わしげだ。「たとえ面会がかなったとしても、彼女が打ち明け話をしてくれることは期待できないぞ。きみたちとは知り合いでもなんでもないのだから」

「それでも話を聞く必要はあるわ」ケンドラは言い張った。「それに、適切な質問をすれば、人は驚くほど素直に打ち明けてくれることもあるのよ。あまり個人的でない質問もする必要がある。夫人は夫に対する脅迫を思い出せなかったとミスター・ケリーは言ったけれど、彼女は夫の死を知ったばかりだったでしょう。落ち着いて考えるには時間が必要よ。明日になれば、なにか思い出しているかもしれない。ほかにも役に立つことを思い出してくださるかも」

記憶とは皮膚の下に埋まった断片のようなものだ、とケンドラは以前から思っている。それが表面に出てくるには少し時間が必要なこともあるのだ。

「同感だね」オルドリッジは紅茶のカップを持ち上げ、縁からケンドラをうかがい見た。「明日の朝——午前の遅い時間、そうだな、十一時頃——馬車を使えばいい。途中でレベッカを拾っていきなさい。それで満足かな?」

ケンドラはもっと反論を予期していたので、にっこり笑った。「大満足です」

「きみたちがレディ・ホルブルックを訪問しているあいだ、わたしはドクター・マンローのところまで馬でひとっ走りしよう。解剖は終わっているだろうからな」公爵は紅茶をひと口飲み、小さくカチャリと音をさせてカップを受け皿に戻した。「サー・ジャイルズの体についた秘密のインクを、ぜひもう一度見てみたい。本当に驚嘆すべきものだ」彼はケンドラを見た。「きみのアメリカで、あのようなものを見たことはあるかね？」

自分たちがしているのも秘密のインクの口頭版だ、とケンドラは思った。レベッカに真実を悟られないよう符丁で話している。その欺瞞《ぎまん》を思うと罪悪感でちくりと心が痛んだが、それは押しのけた。「あんなものに遭遇したことはありません」ゆっくりと言う。ケンドラが働いていたのはFBIであって、中央情報局《CIA》ではない。それに、見えないインクが完全に時代遅れだと断言はできないにしても、彼女の時代ではもっと高等な暗号やマイクロチップのほうが標準的だった。

アレックは言った。「わたしは諜報員時代の連絡役から話を聞こうと思う」

「そうね」ケンドラは石のかけらをつまんで石盤に書き入れはじめた。〝被害者〟基本的なデータだけを記入する。身長――一七八センチ。体重――推定八〇キロ。アレックを見る。

「サー・ジャイルズは何歳だったの？」

「五十七か五十八だ。調べることはできる」

「それでいいわ。年齢はそれほど重要じゃないから。これは見知らぬ他人による殺人だとは思えない。ホシはサー・ジャイルズが特定のタイプだったから興味を持ったわけじゃない。彼は知っている人間から標的にされたんでしょう」

もうひとつ欄をつくり、犯行の詳細を書き入れた。絞殺。舌の切断。見えないインクで体に描かれたしるし。十字架に似ている。全裸。遺棄現場――教会。

身の毛がよだつようなリストだ。たいていの民間人がたまたま目にしたら悪夢を見そうなもの。

最後の欄には〝容疑者〟と書いた。見出しの下にジェラード・ホルブルックの名前と年齢を記入する。

「男性による父親殺しにはいくつか特徴があります。たいていの場合、息子は比較的若く、実家に住んでいます。アルコールを乱用しています。精神に障害があることもあります」話しながら書いていく。「父親は多くの場合権威主義的人物です。虐待傾向があります」手を止めてアレックを見る。「サー・ジャイルズについてそういう印象は受けた？」

アレックは眉をひそめた。「確かに権威主義的ではあった。諜報組織の長という政府における立場を考えると当然だろう。かなり重い責任を背負っていた。部下の命が危険にさらされていたのだから。しかし彼を虐待的と思ったことはない。とはいえ、仕事以外でのつき合いはなかったし、仕事でも最小限の交流しかなかった」

公爵は石盤を眺めた。「ミスター・ホルブルックはきみが書いたものの多くにあてはまるようだね。比較的若く、実家に住んでいる——といっても、それは結婚していない男性に珍しい話ではない。自分の部屋を借りる若者もいるが、ミスター・ホルブルックが金に困っていたのだとしたら、それは難しかっただろう。〈タッターソール〉での出来事から考えると、飲酒の問題を抱えていそうだ。精神異常ということも考えられる。サー・ジャイルズになされたことは、犯人が狂人であることを示唆しているだろう」

「かもしれませんし、単に昔ながらの欲による犯行とも考えられます。彼は単に、一族の財産を手にする時期を早めたかっただけかもしれません」

レベッカが顔をしかめる。「だけど、ミスター・ホルブルックの仕業だとは思えないわ。あまりに異常だもの」

「それは、ミスター・ホルブルックが父親の性質を受け継いでいるかどうかによるでしょうね」ケンドラはまた石のかけらをもてあそびながら、その角度から考えてみた。「よく考えてみてください。犯罪の猟奇的な側面は作戦かもしれません」

レベッカはケンドラを見つめた。「よくわからないわ」

「ふたつの見方ができます。借金まみれになり、父親から勘当され、昼ひなかに父親に襲いかかる息子がいます。数週間後のある夜、父親は人けのない道で刺し殺されたとします。息子は遺産を相続します。息子は疑われるでしょうか？」

「そのような可能性は考えたくないが、それなら間違いなく息子に容疑がかかるだろうな」公爵は答えた。

アレックが言い添える。「たとえ有罪が証明されないとしても、息子は世間に背を向けられるだろう。世間は自分なりの判断を下す。それが正しかろうが間違っていようが」

ケンドラはうなずいた。「言い換えれば、たとえ告発されて有罪判決を受けることがないとしても、息子は世間で非常に不愉快な立場に立たされうるわけです。生活の質にも影響が出ます」

「そうだな」アレックは同意した。

「いいでしょう。では、同じシナリオです。息子は父親を攻撃し、借金にまみれています。しかし二週間後、父親は絞殺されて舌を切り取られ、体に見えないインクでしるしを描かれ、裸で放置されました。さて、父親の殺人の背後に息子がいると疑いますか？」

一瞬、誰もなにも言わなかった。

「きみの言いたいことはわかった」やがてアレックは言った。「そして父親が諜報組織の長だということが知られたら、諜報関係に殺人犯を捜すほうが理にかなっている」

「昔ながらの、捜査撹乱《かくらん》戦術ね」ケンドラはつぶやいた。

レベッカは眉を上げた。「本当に、ミスター・ホルブルックがそこまで悪魔的に頭がいいと思っているの？」

ケンドラはアレックを見やった。「サー・ジャイルズなら、そういうことをするくらい頭がいいと思う？」

「ああ」彼は即答した。

「だったら、ミスター・ホルブルックは父親を見てスパイの手口をいくつか学んだのかもしれない。見えないインクのことも知っていたんじゃないかしら」ケンドラは後ろを向いて石盤を見つめた。「このシナリオでの問題は、サー・ジャイルズが裸だったことよ」

「ちょっといいかね」公爵が言う。「哀れな被害者に行われた邪悪な仕打ちの中で、いちばんましなものだと思うが」

「ええ、でもこれは屈辱を与えるための行為です。父親と息子の関係が崩壊して憎悪に発展していたとしたら、これはありえます。この筋は追う必要がありますよ」

公爵は紅茶を飲んでカップを置いた。「単純な答えがあるかもしれんよ。犯人は見えないインクを用いるためにサー・ジャイルズの服を脱がせる必要があった。死者に服を着せるのは大変だろう」

「難しいでしょうね、特に死後硬直が始まったあとなら」ケンドラは譲歩した。「でも殺人犯は、サー・ジャイルズをあのようにむき出しで放置する必要はありませんでした。サー・ジャイルズの大外套で体を覆ったり、毛布をかぶせたりすることもできたでしょう。ホシはわざと遺体をあのような状態で発見させたかったのです」

「屈辱を与える行為」公爵は小声で言った。「なんと。もしもミスター・ホルブルックの仕業だとしたら、彼は本当に悪魔だ」

「別の可能性もある」アレックが声をあげた。「サー・ジャイルズは毛布や外套がかぶせられるか服を着せられて遺棄されたのに、誰かが服や外套や毛布を盗んだのかもしれない。泥棒が死人のものを盗むのは前例のある話だ」

「なるほどね」ケンドラの目は石盤に戻った。「この段階では、できるのは推測だけよ。ミスター・ホルブルックにアリバイがあってほしいわね。そうしたら彼を除外できるわ」

だがもちろん、そうしたら現在挙がっている唯一の容疑者が除外されることになる。

ケンドラは進み出て、時系列を整理した。「サー・ジャイルズの御者が六時三十分頃――六時半頃に彼をクラブで降ろしたのはわかっているわ。彼は翌朝八時三十分頃発見された」

今引いた線をじっと見る。水曜日午後六時三十分から木曜日午前八時三十分までのあいだには、長い空白がある。「ミスター・ケリーがクラブの夜間担当の給仕と話をしたら、もう少し時系列に書き加えられるでしょうね」

素早いノックの音がしたので、公爵は机の後ろから立ち上がった。彼が足を踏み出す前に扉が開き、レディ・アトウッドが入ってきた。石盤に目をやり、むっとした不機嫌な表情になる。それから視線をレベッカに移した。

「従僕が、レベッカのご両親はご在宅だという知らせを持って帰ってきたわ。御者のベンジャミンに馬車をまわさせておいたわね」

「あら」レベッカは一瞬がっかりした顔を見せた。ブランデーグラスを置いて立ち上がる。

「帰らないといけませんね。ありがとうございます、奥さま」

「レベッカを送っていきなさい、サットクリフ」レディ・アトウッドは冷たく甥を見つめた。

「そのあと馬車で自分の家まで行けばいいわ。もう数人の使用人をあなたの家に送り込んで準備させているから」さりげなさを装って自分の袖からちりを払う。「当然だけど、あなたがノーサンプトンシャー州の領地から自分の使用人を呼び寄せるまでは、彼らがあなたの屋敷に住み込んで世話をすることになるわね」

ケンドラは伯爵未亡人が仕掛けた罠に気づいて、感心しそうになった。彼女は巧みに、公爵の屋敷から甥を追い払うよう手配したのだ。彼は真夜中にケンドラの寝室に忍び込むことはできない。ケンドラとアレックは自分たちの関係を秘密にしておくよう常に注意していたとはいえ、伯爵未亡人がどれだけ疑いを抱いていたかはわからない。理由はどうあれ、彼女はオルドリッジ城での夜の密会には目をつぶっていたのだろう。でも、ロンドンではそうもいかないようだ。

「お礼の言葉もありません、おば上」アレックの表情は不可解だ。

甥の声に皮肉を聞き取ったとしても伯爵夫人はそれを無視することにしたらしく、平然として微笑んだ。「わたしがあなたのためを思って行動していることは忘れないでね」甥をひとにらみする。「さあ、行きなさい。ふたりとも」

「玄関までお見送りします」ケンドラは石のかけらを置いた。

書斎を出てレディ・アトウッドの監視の目から逃れるやいなや、アレックはケンドラの腕に手を置いて歩みを緩めさせた。レベッカは肩越しにふたりをちらっと見たけれど、そのまま歩きつづけた。

アレックがささやく。「おばは節介焼きの困った人だ」

「サー・ジャイルズ顔負けの戦略家だと思うわ。陸軍省で働いていたなら、ナポレオンはたぶんもっと早く戦争に負けていたでしょうね」ケンドラは彼をつついた。「人口の半分の助力と才能を無視したらどうなるかわかったでしょう?」

「きみが僕と結婚していたら——」

「やめて。それは無理なのよ」

「無理じゃないさ、きみがそんなに強情を張らなければ」

「わたしの心をつかむのに、独特の方法を用いるのね」

「ケンドラ」アレックが彼女の名前を呼んだ口調や、ケンドラを見下ろす緑のまなざしの激しさには、いらだちが感じ取れた。

なにを言えばいいかわからなかったので、ケンドラは返事をしなかった。ふたりは黙ったまま歩きつづけたが、階段を下りはじめたときアレックは再び口を開いた。「今夜遅くにここに戻ってきてもいい。鍵は持っているし――」

「だめよ」ケンドラは鋭く言ったあと、あわてて声を低めた。「危険すぎるわ。もし従僕が押し込み強盗だと勘違いして、あなたに銃を撃ったら――」

階段の下まで来た。執事がアレックの外套、帽子、手袋を持って待機している。レベッカは、突然ピンクと灰色の大理石の床に魅了されたふりをしていた。

アレックは歯ぎしりをし、ハーディングから大外套を受け取って着た。ケンドラにふざけたような辞儀をする。「おやすみ、ミス・ドノヴァン。よく眠れることを願っているよ」

ケンドラは下唇を噛んで、アレックがレベッカに腕を差し出すのを見守った。ふたりは扉をくぐって雪の降る夜へと出ていった。レベッカが一瞬、なにか言いたげに目を向けてきた。だがアレックは一度も振り返らなかった。

ケンドラはため息をついた。ハーディングに見つめられているのに気づくと、自らを鼓舞して階段まで戻っていった。

罪悪感に襲われる。アレックを追い出そうというレディ・アトウッドの巧みな作戦には驚かされたものの、同時に安堵もしている。なぜなら、頭にはある計画が浮かんでおり、ケンドラがなにをするつもりか知ったら、アレックは全力で止めようとするのがわかっているからだ。

12

サム・ケリーは寒さと降りつづく雪に肩を丸め、ロンドン一高級な紳士クラブの使用人用出入り口の外で待っていた。十分前に〈ホワイツ〉の正面玄関の扉をノックしたのだが、夜間担当の給仕を待つなら裏口にいるよう指示されたのだ。

このクラブの前身はイタリア移民フランチェスコ・ビアンコが開いたホットチョコレートの店〈ミセス・ホワイツ・チョコレートハウス〉だけれど、皮肉にもその初期の常連なら現在の高級な店に入場を許される者はほとんどいないだろう、とサムは思った。もちろん〈ミセス・ホワイツ・チョコレートハウス〉はとうの昔に営業をやめている。経営者が、ロンドンのエリートに料理を提供するのは恵まれた一般大衆にココアを出すよりも大きな利益になると気づいたからだ。噂が真実なら、客の中には夜の仕事で儲けた追いはぎもいた。

十八世紀に、名前を〈ホワイツ〉と改めた店はチェスターフィールド・ストリートからもっと上流のセントジェームズ・ストリートに移転した。火事による焼失、再建、改築を経て、現在のクラブはポートランド石でできた三階建てで、道路に面した有名な張り出し窓のあるパラディオ様式のファサードを誇っている。上流階級の動向を熱心に追ってはいないサムでも、その窓の前のテーブルが上流社会のファッションの権威、伊達《だて》男ブランメルのために確保されているのは知っている。ブランメルは人もうらやむその席から、窓の外の歩道を行き交うおしゃれな歩行者を眺める。そしてもっと重要なことには、上流社会が外からブランメルを眺められるのだ、とサムは考えた。

サムの唇が冷笑でゆがんだ。貴族の不可解さを解き明かそうとするのは大昔にあきらめている。

音がしたので振り返ったが、蓋の開いた樽の中でネズミが走りまわっているだけだった。たぶん体を温めようとしているのだろう。確かにここは寒い。一時間前よりさらに冷えている。足がかじかんできたので、感覚を取り戻そうと踏み鳴らした。**給仕のやつ、いったいどこにいるのだ？** もう一度正面にまわって高級な黒い扉を叩こうか、と考える。そういう無作法な行動を思いとどまったのは、そんな行為が上司のサー・ナサニエルに報告されるのを恐れたからだった。

いや、わざわざ報告する必要もないかもしれない。ボウ・ストリートを管轄するあの治安判事は、今この瞬間〈ホワイツ〉にいて、燻製のウナギかローストしたライチョウを食べているかもしれないのだ。

サムがそんな不愉快な光景を明瞭に空想する前に、裏口の扉が開いて、髪粉を振った古めかしいかつらをかぶって濃い灰色のお仕着せを着た長身の男が現れた。わざわざ、幾層ものケープがついた大外套をマントのように肩にはおっている。

「ミスター・ケリーですか？」男は高慢な口調で尋ねた。「わたしがミスター・ダーストです」

サムは口汚い返事を押し殺した。ほかに誰が、こんな寒くて暗いところで彼を待っているというのか？　給仕の上品なクラヴァットと糊が効いてぴんと立った襟は、なぜかサムの神経を逆撫でした。それに比べて自分がだらしなく感じてしまうからかもしれない。

「ええ、ボウ・ストリートのサム・ケリーですぜ」なんとか丁寧な口調を保ち、警棒を取り出す。先端の金が、近くのガス灯と、裏口の両側に取りつけられたガスランプの光を反射した。「どうも。差し支えなければ、サー・ジャイルズについていくつかおうかがいしたいんですがね」

「はい、そう聞いています。驚きました。誰かがあの方の首を絞めたそうですね。本当ですか？」

その情報はおそらく『モーニング・クロニクル』に掲載されるだろうとはいえ、サムは犯行の内容をこの給仕に教えたくはなかった。「それを教えるわけにはいかねえんですよ。で、ゆうべのサー・ジャイルズの行動を調べてます。御者は、六時半にご主人さまをここで降ろしたと言ってます。合ってますか？」

「はい。あの方は火曜日と水曜日にここでお食事を取られます。ときどきは木曜日にもいらっしゃいます」

給仕がサー・ジャイルズの行動について現在形で話しているのにサムは気づいたが、あえて訂正はしなかった。世の中には現実を受け入れるのに時間がかかる人間もいるのだ。「来られたとき、ご機嫌はどうでした？　なにか悩んでるとか、気になってるとか、心配してる様子は？」

ダーストは顔をしかめた。「ひどく心配していらっしゃるとは思いませんでしたが、サー・ジャイルズはお気持ちを表にお出しにならない方です。決して感情をあらわになさいません」

「クラブに来てからのことを教えてもらえませんか？　誰かと話をされましたかい？」

「まっすぐ食事室にお入りになり、西の壁のそばにお座りになりました。ほかのお客さまと会釈は交わされましたが、お話はなさらず、ほかの方たちも近づいてはいかれませんでした。会員の方々は互いのプライバシーを尊重しておられます。サー・ジャイルズは席について食事をご注文なさいました」ダーストはそこで言いよどんだ。「ある紳士があの方の席に向かわれました」

サムは眉を上げた。「食事の連れがいた？　誰です？」

ダーストはまた言いよどんだ。その気が進まない様子にサムはいらだった。「あっしは野次馬《やじうま》じゃねえんだ」語気を強める。「これは殺人事件の捜査ですぜ」

「わかっています」ダーストは硬い声で言った。「その紳士とはクロス卿です。お食事はなさいませんでした。ブランデーを注文なさいましたが、それよりもサー・ジャイルズとお話をするほうに関心をお持ちでした。おふたりはかなり熱のこもった話し合いをしておられました」

「なるほど」サムが見ていると、ダーストのかつらに雪が落ちて解けていった。「熱のこもった話し合い。つまり口論ってことですね？」

ダーストは憤慨して鼻の穴を広げた。「いいえ、そんなことは言っておりません。あれは熱のこもった話し合いでした。クロス卿は興奮しておられるようでした」

「ふたりはどんな関係だったんです？」

「おっしゃる意味がわかりませんが」

「よく一緒に食事をしたり、話し込んだりしてましたか？　これまでにも、そういう熱のこもった話し合いはありました？」

「いいえ。ご挨拶は交わしておられましたが、それだけです。サー・ジャイルズはクロス卿よりかなりご年齢が上です。おふたりにそれほど共通点があるとは思えませんし、ゆうべまではおふたりになにか関係があったのは気づきませんでした。ただし……」

「ただし？」サムはいらだちを抑えた。

「クロス卿は最近子爵になられたばかりです。その前はお兄さまが爵位を保有しておられました。クロス卿は何年か軍隊におられたと承知しております。そこでサー・ジャイルズと知り合われたのかもしれません」

サムはその情報を心に留めた。「なんについての話し合いかはわかりました？」

「わかりませんね」ダーストは背筋を伸ばしてサムを見下ろした。「われわれに会員さま方のお話を盗み聞きする習慣はございません」

「話し合いはどんなふうに終わりました？」

「クロス卿が立ち去られました——ブランデーにはほとんど手をおつけにならずに。サー・

ジャイルズはお食事を最後まで終えられ、非常に高級なワインをお飲みになりました。しかし心ここにあらずというご様子で、ほかの会員の方がご挨拶されてもお返事をなさいませんでした」

「クロス卿はサー・ジャイルズより前に帰ってったんですね？」

「先ほどそう申し上げたはずですが」

サムはそのあてつけがましい物言いを無視した。「それは何時でした？」

「八時頃だったと思います」

「サー・ジャイルズが出てったのは？」

「九時でした。手紙をお受け取りになったあとで」

サムはぱっと眉を上げた。「手紙？」

「ある少年が、サー・ジャイルズに渡してくれと言って持ってきました」雪片が襟に入り込み、ダーストは大外套の前をかき寄せた。「わたしがサー・ジャイルズにそれをお届けして、あの方はそのあとすぐお発ちになりました」

「手紙は誰からでした？」

「存じません」

「中を見ました？」

「見るわけがない！　別の人に宛てた手紙を開封するなど、下劣な人間のすることです」

ダーストの怒りのほどを見て、サムは彼が真実を話していると確信した。「手紙を読んだとき、サー・ジャイルズはどんな反応を見せました？ なんか気がつきましたかい？」

ダーストは黙って考え込んだ。「さっきも申しましたが、サー・ジャイルズは感情をあらわになさらない方です——すみません、方でした。しかし……動揺しておられるようでした。それからすぐクラブをお出になりました」

「おびえてるみたいでした？」

「まさか」ダーストは気分を害したようだった。「サー・ジャイルズはおびえるような方ではございませんでした。わたしは貸馬車を呼ぶと申し出たのですが、運のいいことに、外に出たときちょうど一台の貸馬車が止まったのです。非常に幸運でした」

サムの首の後ろがぴりぴりした。幸運じゃないぜ、もしも殺人犯がその貸馬車を御してたんなら。

「クロス卿は自分の馬車で来てました？」

「いいえ。わたしはあの方にも貸馬車を呼ぶと申したのですが、クロス卿は歩くことになさいました。ご記憶かと思いますが、今夜と違って昨日の夜は晴れていました」ダーストは上を向き、ちらちらと落ちてくる雪があたって顔をしかめた。さっと手で額をぬぐう。「それで全部ですか？ 中で仕事があるのですが」

サムはきつく口を閉じて、高慢ちきな夜間担当の給仕を外で待っているあいだ自分は凍え死にそうだったのだ、あと数分くらい割いてくれてもいいだろう、と言いたいのをぐっとこらえた。言葉をのみ込み、その代わりに尋ねる。「サー・ジャイルズと、息子さんのミスター・ホルブルックの関係については、なにか知りませんか？」

ダーストは警戒の目でサムを見やった。「なぜわたしがおふたりの関係を知っているというんです？」

「会員同士の会話を立ち聞きしないとしても、耳は聞こえるんでしょう。ふたりについての噂が偶然耳に入ったことはないんですかい？」

ダーストは口をすぼめた。「確かに噂はございました、おふたりの……不仲について」彼はついに認めた。「その結果について賭けが行われていたようです。紳士の方たちはなんにでもお賭けになりますから」

サムは鼻息を吐いた。クラブのご立派な扉をくぐったことはないものの、中で行われている突拍子もない賭けの話は聞いたことがある。一滴の雨粒が別の雨粒より前に窓ガラスの下に到達するかどうかについて二千ポンドを賭けた貴族がいた、という噂もある。とはいえ、賭けのほとんどは結婚にまつわるものだ。特定の貴族や貴婦人が結婚するかどうかについての賭け。常軌を逸した賭けの末に負けた者が破産する場合もあり、ときにはその貴族が銃で自分の頭を撃つという結果に終わる。

今、サムは尋ねた。「どういう賭けです？」

「サー・ジャイルズが今年の夏までにミスター・ホルブルックを勘当するかどうか、というものです」

「ミスター・ホルブルックもここの会員ですか？」

ダーストの顔に嫌悪がよぎった。「いいえ。あの方はこのクラブを地味すぎてご自分の趣味に合わないとお考えのようです。それに……」

「それに?」

「ミスター・ホルブルックはお父さまが会員であられるクラブには入りたがっておられない、との印象を受けました」

サムは帽子を脱いで、つばから雪を払った。「ミスター・ホルブルックが父親に殴りかかった事件の話は聞いてますかい?」再び帽子を頭に載せる。

ダーストは一瞬戸惑ったが、やがて納得の表情になった。「ああ、〈タッターソール〉での出来事ですか? はい。法外なふるまいでした。ご子息は泥酔しておられたとの話です」彼は急に身を硬くして目を見開いた。「まさか、ミスター・ホルブルックが実のお父さまを殺したなどと考えておられるのではないでしょうね!」

「そんなにありえないことですかい?」

「もちろんです。ミスター・ホルブルックはロンドンのほかの若者と変わりません。あらゆる放蕩《ほうとう》息子が賭博やけしからんふるまいについての口論の末に父親を殺したなら、あなたはとてつもなく忙しくなりますよ、ミスター・ケリー」

サムに言わせれば、今でも忙しすぎるのだ。彼は帽子のへりに触れた。「お時間を取ってもらってありがとうございました。サー・ジャイルズについてなにか思い出したら、ボウ・ストリートのあっしのところまでご連絡をお願いしますぜ」

「すべてお話しいたしました。ごきげんよう」

サムはダーストが背を向けて中に入っていくまで待った。ゆっくりときびすを返し、路地から大通りへと向かう。夜の冷気は骨まで染み入り、彼は〈ブラウン・ベア〉亭や〈ピッグ・アンド・ホイッスル〉亭など、サムのような人間を正面の扉から入れてくれる多くの店のどこかでホットウイスキーを飲むことを考えた。

13

翌朝ケンドラがベッドから出たとき、動きまわっているのは皿洗い女中たちだけだった。急いで寝巻きを脱いでシュミーズ、コルセット、みっともない白いストッキングを身につける。震えながら——夜中のあいだに暖炉の火は消え、室温は氷の彫刻も解けないほど下がっていた——ガウンをはおり、膝の下でガーターを留めてストッキングをかぶせて紐を結ぶ。体を起こすと部屋を横切って短ブーツを取り、窓の前で足を止めた。

午前六時のグローヴナー・スクエアは現実離れして見えた。早朝の日光のもと、霧は雪で覆われた地面に垂れ込めている。昨夜降った雪は道路の向かい側にある公園の枯れ枝や常緑樹に積もって、ダイヤモンドのごとくきらめいていた。

平穏だ。でも、その平穏が長く続かないのは知っている。一時間もすれば、静寂は、地区の屋敷に牛乳や石炭を配達する荷車のゴトゴトという音に取って代わる。最初に姿を現わすのは使用人だ。街じゅうのさまざまな市場へ出かけて、魚、肉、野菜を持って帰る。それを厨房の担当者やシェフが刻み、調味料に漬け、茹で、焼いて、その日の食事を用意する。二十一世紀、新鮮なオーガニックの食べ物は巨大産業となった。ここではそれがあたりまえの日常だ。

昔も今も、変わらないものは変わらないのよ。

昼になると、世間の様子はまた変わる。上流階級の人間が天蓋《てんがい》つきのベッドから起き出してココアやコーヒーや紅茶を所望するのだ。

しかし公爵は、午前中ベッドに入っているという上流の習慣に従っていない。ケンドラは迅速に行動する必要がある。

ガウンのサッシュベルトをしっかり腰に巻きつけて結ぶと、鏡台に向かった。ゆうべのうちに、手提げ、マフピストル、数枚の硬貨をそこに並べておいた。

硬貨をかき集めて手提げに入れるとき、ひそかな満足感を覚えた。この金は商品相場に投資して自分で手に入れたものだ。投資のために公爵から金を借りたときに期待したほどの利益にはならなかった。意外にも、未来から来たことは思ったほどの利点にはならないとわかった。マクロ経済学対ミクロ経済学——大きな経済の流れは知っている。ディーゼルエンジンは巨大な産業に発展する——だがそれは五十年後の話。まだ発明されていない技術に投資することはできない。

それに、今後の経済動向を知っているからといって確実に儲けられるわけでもない。株式相場は経済動向で動くのではない——個々の会社の業績で動くのだ。ある会社が生き残り、二十一世紀でも繁栄しているとしても、その会社が途中の期間ずっと浮き沈みしないわけではない。

それでも、公爵に借りた分を返して自分用に少し貯金できるだけの利益は上げられた。彼女の達成感や、自分の手で金を稼ぎたいという欲求を理解できず、公爵やアレックは戸惑っていた。これは、自分たちが決してわかり合えない領域なのだろう。

今だってそうよ。彼らはケンドラが今からすることを絶対に理解してくれないだろう。そして、このことが露見したら……まあ、そのときはそのときだ。

ケンドラはマフピストルを手提げに忍ばせて寝室を出た。暗い廊下を進むとき、敷物の上で短ブーツはほとんど音をたてなかった。

使用人用階段は屋敷の奥の廊下についている。ここに足音をくぐもらせる敷物はなく、かかとが木の床を踏むとカツカツと鳴ったので、ケンドラは身をすくめた。階段への扉を開けたときはふうっと息を吐いたものの、真っ暗な内部をのぞき込んでうろたえた。しまった。蝋燭を持ってくることは思いつかなかった。寝室に戻ろうかと少しのあいだ考えたが、時間を浪費したくない。屋敷は目覚めつつある。それに、一階分の階段をのぼるのが、どれだけ難しいというのだろう？

光を入れるため扉は開けたままにしたけれど、細い階段をのぼっていくと光はすぐに届かなくなった。中ほどまで行ったとき、別の暗い階段の記憶がよみがえった。この階段はまっすぐ上に向かっているが、城にある公爵の書斎の隠し階段は螺旋《らせん》状だった。ああ、どうしよう。暗闇、急激に下がった気温、ばらばらに引きちぎられてまたつなぎ合わせられたような感じを思い出すと、鳥肌が立つ。

寒さ——今回は超自然的でなく自然な寒さ——にもかかわらず、ケンドラは汗びっしょりになり、壁についたてのひらはつるつるすべった。閉じた空間に響く荒い呼吸音はあまりにも大きい。動悸が激しくなる。ＰＴＳＤの症状だ。ガウンをつまみ上げて残りの段を駆けのぼった。膝をがくがくさせ、ようやく階段の上まで行って勢いよく扉を開ける。すると皿洗い女中とぶつかりかけた。若い娘は飛びのき、おびえた甲高い声をあげた。その息で手に持っている蝋燭の炎が消えかける。娘は皿のように目を丸くして、揺れる炎越しにケンドラを見つめた。

「くそっ。ごめんなさい。ごめんなさいね」ケンドラは激しい鼓動を抑えようとしながら謝った。

「いやだ、お嬢さま！　びっくりして心臓が止まりかけましたよ」女中は小声で言い、あいている手で自分の胸を押さえた。「こんなとこでなになさってるんです？」

ケンドラは嘘を用意していた。「侍女を捜しているの。頭痛がして目が覚めたのよ」

「あたしがお薬を持ってきましょうか？」

「あなたには自分の仕事があるでしょう。モリーに助けてもらうわ」ケンドラは長く細い廊下を見渡した。壁の上方の小さな扇形窓から早朝の日光が差し込み、闇が薄れかけている。廊下には片方にそれぞれ少なくとも六つ、合計十二の閉じた扉が並んでいる。今までここに来たことはなく、元仲働きのモリーがどの寝室にいるのか見当もつかない。「あの……モリーはどの部屋？」

「あそこですよ」女中は奥から二番目の扉を指さした。

「ありがとう」ケンドラはもじもじした。「このことは誰にも言わないでくれるとありがたいんだけど」

娘はケンドラを見つめたあと、肩をすくめた。「わかりました」

廊下を進んでいくあいだ、ケンドラは女中に見つめられているのを意識していた。モリーの部屋の前で足を止めて振り返ると、女中は使用人用階段のほうへと消えていた。大きくため息をつく。公爵の被後見人と使用人用区画で遭遇したことを女中が黙っていてくれる可能性は、万にひとつもないだろう。女中は厨房に行くなり下級使用人にそのことを話す。話は伝染病のごとく厩舎へと広がり、上級使用人にも届く。やがてそれは、いちばん上の階層に到達する――ミスター・ハーディング、ミセス・ダンベリー、レディ・アトウッドの侍女、そして公爵の従者。彼らは公爵とその妹に報告するだろう。

ケンドラは身を縮めた。レディ・アトウッドの説教が聞こえてきそうだ。

今さらどうすることもできない。ケンドラには果たすべき任務がある。だからこそ、アレックと一夜を過ごしたくなかったのだ。彼が知ったらケンドラを止めようとしただろう。あるいはもっと悪いことに、ケンドラに同行しようとしたかもしれない。

モリーの部屋の扉をノックすることなく開けて、そっと中に入る。小さな窓が早朝の灰色の光で狭い部屋を照らしていた。サイドテーブルをはさんでシングルベッドが二台。壁際には小型の衣装ダンスがあった。衝立《ついたて》の向こうから洗面器を置いた台がのぞいている。室内便器はその近くか、あるいはベッドの下にあるのだろう。ふたつのベッドで寝ている人間は毛布と重いキルトをかぶっている。ここもケンドラの寝室と同じく寒い。

モリーが別の使用人と部屋を共有しているとは思っていなかったけれど、考えてみれば当然だ。使用人は多いのに、非常に広いオルドリッジ城と違って二九番地の空間はかぎられている。

「モリー？」ケンドラはささやきかけた。

近いほうのベッドで毛布に覆われた盛り上がりが動いた。

もう一度声をかける。「モリー？」

「なに？」ウールのナイトキャップをかぶった頭が毛布の下から現れた。そばかすだらけの顔が目を細くしてケンドラを見上げる。手を口にあててあくびをした。「お嬢さま？　どうしたんです？」

「しぃっ」ケンドラはささやいた。でも遅すぎた。モリーのルームメイトの頭が毛布の下から現れ、目を丸くして見つめてきた。城の仲働きのひとりだ。名前はバータだっただろうか、とケンドラは記憶を探った。

モリーを見る。「ちょっと服を借りたいの」

その発言に、モリーははっきりと覚醒した。ケンドラがそのような要求をしたのは、今回がはじめてではない。「そんな、いけません！　無理ですよ、お嬢さま、もうだめです！　公爵閣下がお怒りになります！」

「閣下には知られないようにするわ」それでもモリーは納得していないようだ。ケンドラは言い争うのをやめ、手提げを手首から外してサイドテーブルに置いた。「何枚か服を借りたいだけよ」そう言いながら衣装ダンスを開ける。「文句を言うのはやめて。あなたは罰せられないから」

ケンドラは数少ない服を眺めた。しまった。モリーがもはや仲働きではなく、地味な青と白の制服でなく上品でおとなしい色の飾り気のないコットンとウールのドレスを着るのを許されていることを、すっかり忘れていた。そのスタイルと品質は使用人であることを示してはいるけれど、ケンドラの求めているものではなかった。

ただし……。

顎を指で叩きながら、吊り下げられた二着の制服を眺める。仲働きなら侍女よりもさらに人目を引かない。

ケンドラは一着の制服を引っ張り出し、自分の体にあててみた。

「だけどお嬢さま、それはモリーの服じゃありませんよ！」仲働きは上体を起こして抗議した。

「ちょっと短めだけど、大丈夫だわ」ケンドラは制服をモリーのベッドの端にぽんと放って、ガウンを脱いだ。屋根裏部屋の冷気にあたって、また体が震える。歯がカチカチ鳴らないようぐっと食いしばり、制服をつかんだ。「これを借りてもいいでしょう……バータ？」

「アビゲイルです」

「ああ、そうだった。ありがとう、アビゲイル」頭から制服をかぶる。「モリー、ボタンを留めてちょうだい。急いで」

「でも……でも……」アビゲイルは戸惑い、しどろもどろになった。「いったいなにをなさるんです?」

「おともします」モリーはケンドラの要求に応えるべくベッドから這い出た。「あたしはお嬢さまの侍女です。お嬢さまのつき添いを務めるのがあたしの仕事です」

「だめ」ケンドラはモリーに背中を向けた。「わたしがひとりでしなくちゃならないことよ」

「だけど——」

「だめよ、モリー」ケンドラの強い口調に、モリーは黙り込んだ。少女は侍女としての務めに非常にまじめに取り組んでいるが、ケンドラはこの任務でモリーについてこさせるわけにはいかなかった。「今のわたしは仲働きよ。仲働きにシャペロンは必要ないわ」モリーがふくれっ面になったので、ケンドラはさらに言った。「心配してくれなくてもいいから」

モリーはそわそわとケンドラを見つめた。「危険なことをなさるおつもりですか?」

「わたしは自分の身を守れるわ」ケンドラはあいまいに答えた。再び衣装ダンスまで行って室内帽と地味なウールのマントを取り出す。衝立の向こうへ行き、ほつれた髪を室内帽に押し込んでマントをはおり、洗面器に取りつけた小さな鏡で自分の姿を映した。これでなんとかなるだろう。

最後に手提げを取り上げる。「どう見える?」

「手提げが似合ってませんね」アビゲイルが冷静に言った。

ケンドラはリボンや刺繍で飾りをほどこしたシルクの袋を見下ろした。アビゲイルの指摘は的を射ている。

仲働きはベッドから出て裸足《はだし》のまま衣装ダンスに向かった。中を探り、地味な引き紐のついた質素な茶色のウールの巾着袋を取る。マントと同じく目立たないものだ。「このほうがいいですよ」

ケンドラは微笑んだ。「あなたの言うとおりだわ、アビゲイル。ありがとう」マフピストル——それを見たアビゲイルは愕然として金切り声をあげた——と硬貨を巾着袋に移す。ふたりを見つめた。「一、二時間で戻るわ」

あるいは三時間。それは捜す相手の居場所をどれだけ早く突き止められるかによる。ケンドラは、公爵と妹が目覚める前にグローヴナー・スクエア二九番地に戻れることを祈るしかなかった。

目標を捜し出すのには四十五分を要した。本来ならそれほど時間はかからなかったはずだが、貸馬車を止めるため、グローヴナー・スクエアの住宅地の外まで歩かざるをえなかったのだ。目的地を聞いたとき貸馬車の御者は渋い顔になったものの、ケンドラが運賃に硬貨を一枚上乗せすると承知した。チープサイドで降ろされたとき、既に太陽は高くのぼり、空は奇妙な黄色っぽい靄《もや》に覆われていた。このあたりは商店が立ち並ぶにぎやかな地区だが、近くの家畜小屋から動物の饐《す》えたにおいが漂ってくる。

〈トード・イン〉亭の食堂で捜す相手を見つけたのは、それから二十分後だった。ほとんどケンドラは少しのあいだ戸口に立ち、店内にいるいかつい顔の男たちを眺めた。

は食べたり飲んだりすることに専念していたが、何人かが目を細めてうさんくさげに見てきたとき、ケンドラの肌はちくちくした。心臓が激しく打ちはじめる。ウールの巾着袋に手をすべり込ませてマフピストルをつかみ、一本の指を引き金にかけた。いくら用心しても用心しすぎることはない。

次の部分は少々厄介だ。目標に近づかねばならないが、近づきすぎるのもよくない。そして店内にも目を配っておきたい。ここにいるのは、ケンドラの胸にナイフを突き立てるのを楽しむような輩《やから》なのだ。

不必要に注目を集めていることに気づいたケンドラは前に進んでいった。早足でテーブルのあいだを縫っていく。脂ぎった肉、ジャガイモ、卵、エールのにおいが、もっと不愉快な洗っていない体の悪臭と混ざり合っていた。

「こんにちは、ベア」椅子を壁際まで引いて腰を下ろす。「前に会ったときは和解して終わったと思うけれど、念のために言っておくわ。わたしの拳銃はあなたのいちばん大切なところをねらっているの。拳銃には暴発してほしくないわ」無理に微笑んで歯を見せる。「だけどあなたは、わたし以上にそれをいやがっているはずよね」

向かい側の男は、卵黄をしたたらせたパンを口に押し込む手を途中で止めた。ケンドラに目を据えたまま、ゆっくりと手を下ろす。

ケンドラは顔に笑みを浮かべていたが、口の中は乾燥して気持ちが悪かった。ベアは座っているのに、それでも少しも小さく見えない。彼は巨漢だ。ケンドラの記憶よりさらに大きい。身長二メートル、岩のような筋肉。はげた頭はてかてか光っている。金色のイヤリングがきらめく。最後に会ったあと、彼は顎ひげを生やしていた。だが茶色の目がサメのように冷酷なのは変わらない。左目のそばに傷痕がある。作業着の上からウールの上着――サイズXXL――を着ている。袖の下の腕にはタトゥーが入っているのをケンドラは知っている。去年、彼がアレックを殴り殺すと宣言して上着を脱いで袖をめくったとき、それを見ていた。

「おまえ、相変わらず血に飢えたアマだな」ベアはゆっくりと言った。分厚い胸から響く声はまるで遠くの雷鳴のように響いている。彼はエールのジョッキを取り上げ、椅子にもたれてケンドラを眺めた。「あのチューリップとは別れたのか？」

ケンドラは一瞬ののち、それがアレックの呼び名であることを思い出した。その侮辱は無視した――それが侮辱だと仮定して。それについてはあまり自信がない。「スネークと話をしたいの」

巨漢は眉を上げた。「なんでだ？」

「あの子は昨日遺体を発見した。その話は聞いている？」

彼の感情のない顔に笑いらしきものがよぎった。「ああ。教会で貴族が死んでたんだろ。おまえがそのお偉いさんの殺人を捜査してるのか？」目を細くする。「どうしてだ？」

「どうして捜査しちゃいけないの？」

「まいったな、おまえは変わった女だ」

ケンドラは唇を引き結んだ。ベアのような犯罪者に変わり者呼ばわりされたくない。「とにかくスネークと話をしたいのよ」

「あいつはなんにも見てねえぜ」

たぶんそのとおりだろう。けれどケンドラは肩をすくめた。「それでも話をしたいの。夜警もなにも見ていないけれど、わたしの理解では、スネークは夜警の前を走っていたんでしょう」

「なんで俺が協力するんだ？」

「市民としての義務を果たすために」

ベアが笑うと、その大声に人々が振り返った。「おまえはほんとに変わったやつだな。わかった。もしスネークを見たら、俺さまにできることはしてやるぜ」

「もし見たら？」ケンドラは眉を上げた。

ベアがにやりと笑う。「見たときは」

ケンドラはうなずいた。「いいわ。わたしがいる場所は――」

「おまえがどこに住んでるかは覚えてる」彼の笑みは獲物をねらうけだものを思わせた。

ケンドラは相手をじっと見つめた。ベアは暴漢だが、悪の序列の頂点にいる。犯罪者の親玉だ。二十一世紀の犯罪組織のボスと同じような立場だとしたら、この街で起こっていることに関する情報のルートを持っているに違いない。

「死んだ人について、あなたはなにを知っているの？」

「死んでる」

「彼をその状態に追いやった人間に心あたりは？」

ベアはジョッキを持ち上げてエールをぐびぐびと飲み、また置いた。「そいつは政府で働くお偉いさんだ」手の甲で口をぬぐう。「息の根を止めたがってた人間は、わんさかいるだろうさ」

「実の息子はその中に含まれる？」

ベアは顎ひげを撫で、目をきらめかせた。「ジェラード・ホルブルックだな」

ケンドラは椅子に深くもたれて巨漢を見つめた。「彼を知っているのね」それは質問ではなかった。

「個人的にゃ知らねえよ。だけど賭博場の常連だ。もっと特殊な施設にも入り浸ってる」

「あなたの店？」

「俺もちょっとは関係してるかもしれねえ。あの若造は振り師だ――サイコロ賭博だよ」ケンドラの当惑した顔を見て彼は言い直した。「何人かに借金してる」

「あなたの子分？」

「違う。俺さま相手に仆《たお》すほど梼昧《とうまい》なやつはいねえよ」

ケンドラは指を立てた。「わかるように話してくれない？」

ベアは笑った。「俺さま相手に借金を踏み倒すほどばかな人間はいねえってことだ」

確かにそうだろう。「彼と父親との関係については？」

ベアは大きな肩をすくめた。「あいつは父親と仲たがいしたって噂だぜ」

「その噂が出まわったのは、ホルブルックが父親の顔にこぶしを叩きつけようとする前、それともあと?」

ベアはにやにやした。「前だ」

「わたしの聞いたところでは、サー・ジャイルズは息子の借金がどんどんふくらむのに不満だったそうね。たとえホルブルックがあなたの子分にお金を払っていたとしても、よそではそこまで誠実ではなかったかもしれない。そのことについてはなにか知らない?」

今回、ベアの笑みは狡猾なものだった。「知ってるかもな」

「わたしはお遊びにつき合う気分じゃないのよ」

ベアはため息をついた。「あの若造は賭博テーブルからどうしても離れてられねえんだ。かなりの借金を背負ってる。だけど父親が怒ってたのはそのことじゃねえ。あのばか、女中のひとりを折れ込ませたらしいぜ」

ケンドラは考え込んだ。折れ込む。孕む? 「彼は女中を妊娠させたの?」

ベアがにやりとする。「ああ」

「彼女はどうなったの?」

「女中か? お屋敷を追ん出されただろうな。腹のふくれた女中に紅茶を注がせることはできねえだろうし」

妊娠した未婚の女中はまともな家では働けない――たとえ子どもの父親がそのまともな家の一員だったとしても。

ベアは続けた。「たぶん、ガキを産んだあとは救貧院か売春宿に転がり込むことになるな」その娘の行く末にはあまり関心がないという様子で肩をすくめる。「だけど親父《おやじ》は猛烈に怒った。女のスカートをめくり上げて好き勝手したと息子を責めた」ナイフとフォークを持ち、皿の脂にまみれて硬くなったソーセージを切った。「親父は問題を処理するつもりだったって話だ」

ケンドラは巨漢を見つめつづけた。「どういう意味？」

「息子に将校任命辞令を買おうとしてた。インドのどっかに配属させるつもりだった。まあ、そういう噂だ」

「確かに、それは問題を解決するひとつの方法ね」

「親父にとってはな。だがインドってのは暑くて住みにくい場所なんだろ？　そんなとこへ送り込まれないようにするためなら、親父を殺す値打ちもあるかもな」

ケンドラは首を傾けて彼をじっと見た。「つまり、ホルブルックが父親を殺した可能性はあると思うのね？」

「スネークは、死体の舌が切り取られてたと言ってた」ベアはジョッキを持ち上げてエールでソーセージを喉に流し込んだ。げっぷをしてジョッキを置く。「息子なら、そんなことしねえと思うがな。なんでそんなことするんだ？　それくらいなら、喉を切り裂いてやりゃよかったじゃねえか」

ケンドラはなにも言わなかった。

「だがさっきも言ったように、そいつは政府で働いてた。外務省か内務省だ。秘密を商売にしてたんだと。俺の考えじゃ、誰かがそいつになにかを言って、その秘密が漏れないように舌を切り取ったんだ」

「被害者は舌を切られる前にまず殺されたのよ」

ベアはにやりと笑った。「そうだな。俺に言わせりゃ、それも人を黙らせるのに絶好の方法だ」

14

朝早くにハムステッドヒースでチャンスを走らせているとき、アレックはまだいらだっていた。昨夜のおばの高圧的な介入に腹が立つあまり、ほぼ夜じゅう眠れずに寝返りばかり打っていた。もちろん、不機嫌の原因はおばだけではない。それどころか、主な責任はあのいまいましいアメリカ人にあると言える。

あの女はいったいなにを考えている？　求婚を何度断るつもりだ？　アレックは一生、愛する女とともに過ごすため夜中に泥棒のようにこそこそ歩きまわる運命にあるのか？ケンドラ・ドノヴァンは、アレックの知る中で最も素晴らしく、魅力的で、聡明で、勇敢で、そしていやになるほど強情な女だ。未来の女はすべて、あんなにひねくれているのか？男はみな、女とつき合って頭が変になるのか？

未来の男のことを想像して笑いが込み上げ、胸の中の怒りが少しは和らいだ。まわりでは、薄く積もった雪から顔を出す乾燥した茶色い草が冷たい風に吹かれてパリパリ音をたてている。アレックは田舎の風景を眺めた。ロンドン郊外のハムステッドヒースは高級な砂が採掘されて穴だらけになっている。広い採掘場は自然の泉や雨水によって池に変わり、今は氷が張っている。地面が霧に薄く覆われている光景には荒々しい魅力があり、少々薄気味悪くもある。

遠くから馬の足音が聞こえた。アレックの手がポケットに押し込んだ拳銃に向かう。追いはぎは犯罪を行うのに夜の闇に紛れるのを好むものの、用心するに越したことはない。馬に乗ったひとりの人間が丘の向こうから現れた。その姿は光を受けて暗いシルエットになっているが、アレックは正体を認識してチャンスをそちらへと走らせた。

「おいおい、サットクリフ。こんな朝早くに呼び出すことはないだろう？」ふたりが互いの横で手綱を引いて馬を止めると、男はぶつぶつ言った。大きな鹿毛の馬が少し暴れたが、男は巧みになだめて落ち着かせた。

「都会の生活で軟弱になったんだな」アレックが答える。

男は鼻を鳴らした。「軟弱になったのは年齢のせいさ」

アレックはルシアス・ダンブレー陸軍中佐に笑いかけた。背は高く体は引きしまり、黒髪にはかなり白いものが交じり、顔は長時間屋外で過ごしたせいで日焼けし、皮肉めいたハシバミ色の目をしていて、四十三歳という実際の年齢よりも老けて見える。アレックがこの軍人に紹介されたのは、諜報活動に携わっていた二年のあいだだった。当時のダンブレーの役割は、現場の諜報員からの書簡をホワイトホールに届けることだった。戦時中、ダンブレーの上司はサー・ジャイルズだった。現在は内務省で働いている。

「サー・ジャイルズが殺された話だろう？」ダンブレーはアレックをしっかりと見据えた。

「そうだ」

無念さのようなものがダンブレーの厳粛な顔を横切った。「残念なことだ。イングランドは優秀な人材を失った。ボウ・ストリートが捜査しているのは知っている」彼はためらい、目じりにしわを寄せてアレックを見つめた。「きみのおじ上とその被後見人がミスター・ケリーに協力していると聞いた。きみも関与していると考えていいのか？」

「いい」

中佐は眉を上げたが、それは驚いているというより面白がっていることを示していた。

「上流階級の人間が犯罪といった下賤なことにかかわるのは異例だろう」

「そうだ」

アレックの言葉少ない返事に、ダンブレーはかすかに微笑んだ。「しかし、公爵閣下はそういう習慣ができたようだな。あの方は去年、レディ・ドーヴァー殺人事件の捜査にかかわったそうじゃないか。しかしあのときはきみに容疑がかかっていたから、興味を持たれたのもうなずける」彼は鞍をきしらせて身を乗り出し、アレックをじっと見た。「もし貴族院がきみを告発したなら、わたしはきみの人格について証言するつもりだったことを知っておいてくれ」

アレックは小さくうなずいた。「幸い、事態はそこまで至らなかった」

「当時わたしはスイスにいて、事件のことを聞いたのはロンドンに戻ってからだった。公爵の被後見人も捜査に密接にかかわったと聞いている。ミス・ドノヴァン――アメリカ人だって？」

アレックは一瞬不安に襲われ、胸が苦しくなった。ケンドラが内務省に監視されるような事態になっては困る。去年八月以前に彼女の足跡がどこにも見あたらないという事実は、あまりにも多くの疑問を引き起こしかねず、それに対する答えはない。政府が真実に気づいたら大変だ——彼らが真実を信じたならば。ケンドラが未来の人間だという真実を……。ああ、そんな可能性は考えたくもない。未来に関する数々の秘密を知る女は、どんな国にとっても貴重な財産となるだろう。

中佐はアレックを見つめている。「そうだ」アレックは答えた。「だがいずれ妻にしたいと思っている」

長年諜報活動に携わっている中佐はほとんど感情をあらわにしないが、アレックは彼の驚きを察知した。「ああ、そういうことなのか？　おめでとう」

あの扱いにくい女に承知させられればな。「ありがとう。しかし、ミス・ドノヴァンの話をしに来たんじゃない」

「うん、サー・ジャイルズの殺人の話をしに来たんだろう。当然ながらシドマス卿も関心を持っている」ダンブレーは内務大臣に言及した。

アレックもそれは予期していた。「シドマス卿はどれくらい関心を持っているんだ？　まだ内務省からはなにも言ってこないが」

ダンブレーは小さく笑った。「卿が捜査の主導権を握るという心配はいらない、訊きたいのがそういうことなら。あのボウ・ストリートの探偵は非常に評判がいい。当面は、シドマス卿は命令系統を無視して自ら捜査に乗り出そうとはしていない。サー・ナサニエルが状況を卿に報告している」

アレックはある言葉に引っかかりを覚えた。「当面は？」

「政治家の行動は予測がつかないからな。シドマス卿は、カトリック分子が事件を起こしたのではと心配している。アイルランドでの一触即発の状況を考えると、彼は捜査の動向を遠くから見守っているほうがいいんだろう」鞍に座ったまま背筋を伸ばし、手綱を取り上げる。「近くのパブを知っている。この老体を哀れんで、くつろげるところで会話の続きをしようじゃないか」

「サー・ジャイルズを誰が殺したか知っているか？」〈スタグ・ヘッド〉亭の炎がはぜる暖炉の前ですり切れた革の安楽椅子に座ってコーヒーを飲みながら、アレックは単刀直入に尋ねた。

「知っているなら、そいつはもうニューゲート監獄に入っていると思わないか？」

「そうともかぎらない。それが誰か、内務省がそいつに利用価値があると考えるかどうかによる」

ダンブレーは束の間微笑んだ。「政治や国の安全に関しては、犯罪捜査に優先する大義がある。しかしわたしは正直に言うよ。誰がサー・ジャイルズを殺したかは知らない」

「容疑者は？」

「容疑者ならいくらでもいる。とりわけ殺されたのがサー・ジャイルズのような立場の人間である場合は。さっき言ったように、アイルランドの過激分子が事件を起こした恐れがある。

それほど強い疑いではないにしろ、スコットランド人についての噂もある。どちらの国も暴力的な傾向がある」

暴力的な傾向ならイングランドを含むほかの国と似たようなものだとアレックは思ったものの、沈黙を守った。

ダンブレーは眉をひそめてアレックの顔をうかがい見た。「遺体に見えないインクが使われたことも知っている。スパイの使う手口だ」

「絞殺もスパイの技だと考えられる」

「そうだな」

ダンブレーはゆっくりとコーヒーを飲んだが、その行動はなにかを考える時間を稼ぐためのものだとアレックは感じた。中佐はため息をついてカップを置いた。「公式な容疑者はいないが、サー・ジャイルズが殺されたと聞いたとき、ひとりの男が頭に浮かんだ——ミスター・サイラス・フィッツパトリックだ」

「ミスター・フィッツパトリックという男は知らないな。何者だ?」

「きみは知らないだろう。社会階層が異なるからな。彼はアイルランド移民で、二年ほど前メイフェアにコーヒーハウスを開いた。〈リーベル〉という店だ」ダンブレーはひと息置いた。「コーヒーハウスや酒場がしばしば過激派や諜報員の密会場所に利用されることは、きみも知っているだろう」

「サー・ジャイルズは、〈リーベル〉がそういう場所だと考えていたのか?」

「そうだ。ミスター・フィッツパトリックはアイルランド解放を声高に支持している」

「ホイッグ党員のほとんどがそうだ」アレックは肩をすくめた。「そういう気持ちを口にする男女はいくらでもいる。ミスター・フィッツパトリックに、サー・ジャイルズ殺しの容疑がかかっている理由は？」

「サー・ジャイルズは、ミスター・フィッツパトリックとその部下が自分を尾行しているようだ、と言っていた」

アレックは眉を上げた。「尾行？　なんのために？」

「推測だが、サー・ジャイルズが〈リーベル〉を監視下に置いていたからだろう」

「つまり、彼らは互いに監視していたと？」

ダンブレーは小さな笑みを浮かべた。「諜報の世界とはそういうものだ。だがわたしは常々、サー・ジャイルズが話してくれないことがあるという印象を抱いていた」

「たとえば？」

「わたしが想像をたくましくしているだけかもしれない。しかし、もしミスター・フィッツパトリックがサー・ジャイルズの考えるようにアイルランドの密偵だとしたら、見えないインクを使ったことにも理由があるかもしれない」

「サー・ジャイルズの体に描かれたしるしが十字架らしいというのは知っているか？」

「ああ、そう聞いている。それは皮肉じゃないか？　サー・ジャイルズを殺した狂人は、彼をカトリックの教会だったところに遺棄した」

「ミスター・フィッツパトリックはサー・ジャイルズを脅迫していたのか?」

「わたしの知るかぎりでは、していない」ダンブレーはまたカップを持ち上げ、眉を下げた。「この殺人にはほかにも……不穏な側面がある。舌を切り取ったことだ。わたしの理解によれば、それは拷問のために行われたわけではない。拷問なら、よくある話だ。ミスター・フィッツパトリックがそのようなことをする理由は想像がつかない――密偵であろうがなかろうが」

アレックはケンドラの言ったことについて考えた。「誰かがメッセージを送りたかったとか?」

「どんなメッセージだ? 誰に向けて?」

それには首を横に振ることしかできず、彼は話題を変えた。「サー・ジャイルズ自身については? 彼の気分や行動で、なにか変わったことには気づかなかったか?」

ダンブレーはコーヒーカップに目を落とした。アレックは彼の顔になにかがよぎったのを見て取ったが、非常にわずかなのでどういう意味かはわからなかった。やがて中佐はため息をついた。「わたしはもう直接サー・ジャイルズの下で働いていなかったし、現在の任務のため長期間国を離れることを余儀なくされている。それでもときどきは会っていた。彼が会員になっているクラブや、それ以外の場所でも」

彼は黙り込み、アレックは待った。

ダンブレーは先を続けた。「一カ月ほど前、彼がなにかを気に病んでいるようなのに気がついた」

「気に病む？　どうしてだ？」

彼は顔を上げてアレックを見た。「それは正しい表現じゃないかもしれない。どう説明していいかわからない。普段のサー・ジャイルズは、なにごとにも動じない人だった」

「覚えている」

「わたしはシドマス卿と会うことになっていて、面会に向かう途中にサー・ジャイルズとぶつかった。わたしは深くおわびしたが、彼は……彼はその場に突っ立っていた。呆然としているようだった。サー・ジャイルズのような人には珍しいことだ。明らかにほかのことに気を取られていたが、それだけではなかった。ひどく悩んでいるように見えた。当然ながらわたしは、大丈夫ですかと尋ねた」

「返事は？」

「最初、彼はわたしの気遣いを退けた。だがその後、最近受け取った情報に心を悩ませていると告白した」ダンブレーは眉をひそめた。「もちろん、どういうことかと質問した。しかし彼は、そのことは自分の胸の内におさめておきたいと言った。わたしは、彼が気を取られているのは内務省での仕事とそこでの責任に関するものだと解釈した」

アレックは少し間を置いたあと尋ねた。「サー・ジャイルズは息子の話をしたか？」

ダンブレーの険しい顔は充分な答えになっていた。

「それほどしょっちゅうではなかった。だがたまに話してくれたとき、わたしは正直言って自分が結婚を避けてきたことに感謝したよ。どうやらレディ・ホルブルックは息子を溺愛していたらしい。サー・ジャイルズは息子がもっと若いうちに厳しくしつけず、手遅れになるまで息子が厄介者になっていたのに気づかなかったことで、自分を責めていた。もちろん、それはばかげている。サー・ジャイルズは大きな責務を背負っていた。イングランドの存続が危険にさらされていた。そんなとき、子どもの世話をするためホワイトホールをほったらかすわけにはいかないだろう！」

「それに、子どもというわけじゃない。ジェラード・ホルブルックは、何歳だ？　二十五か？」アレックはカップを手に取り、縁越しに中佐をうかがい見た。「彼らが〈タッターソール〉で公然と喧嘩《けんか》したのは知っていたか？」

「いや、知らないな。いつだ？」

「二週間前だ。ミスター・ホルブルックはひどく酔っ払っていて、父親に殴りかかったらしい」

「ばかなやつめ」ダンブレーはあきれたように首を横に振った。「それはサー・ジャイルズほどまじめな人にとっては屈辱的だっただろう。知り合って長年になるが、彼が人前で取り乱したのは一度しか見たことがない。スペインで諜報員のひとりに死なれたときだった」

「戦争につきものの代償だ」アレックはつぶやいた。イタリアでサー・ジャイルズの配下で働いていたとき、その高い代償は意識していた。カップを口元まで持ち上げたとき、ダンブレーの表情がなんとなく変わるのが見えた。「なんだ？」

ダンブレーは唇をすぼめた。「いや、なんでもない。ただ、サー・ジャイルズは最近その死んだ若者の名前を口にしていたんだ——エヴァート・ラーソン」彼は言いにくそうにした。「自信があるわけじゃない。単なる偶然かもしれないし、ふたつの無関係の問題を一緒くたにしているのかもしれないが、先月サー・ジャイルズと遭遇したときのことを考えると、エヴァートが彼の精神状態となんらかの関係があるという気がする」

アレックは不審な顔になった。「どういうことだ?」

「サー・ジャイルズがなにかを言った……」ダンブレーは遠くを見る目になった。記憶を呼び戻そうとするかのように。やがて首を横に振ってため息をついた。「すまん。具体的な内容は思い出せない。だが、あれはエヴァート・ラーソンの命日に近かったはずだ。それでサー・ジャイルズが落ち込んでいたのかもしれない。その若者の死が彼に重くのしかかっていたんだ」

「自分が勧誘した者を失うのはつらいだろう。サー・ジャイルズは責任を感じていたに違いない」

「ああ、しかしそれだけじゃない。エヴァート・ラーソンは彼が勧誘したというだけではなかった。旧友の息子だった。残念ながら、若者の死によって彼らの友情にもひびが入った」

アレックはゆっくりとコーヒーを飲んだ。「その若者の父親というのは?」

「ミスター・バーテル・ラーソン。ケンジントンのクロムウェル・ロードで薬種店を営んでいる」

アレックはそれを聞いて驚いた。「薬種商か？　サー・ジャイルズは、いったいどうしてそういう男と知り合ったんだ？」

中佐はにっこり笑った。「ミスター・ラーソンは非常に裕福な薬種商だと言うべきだったかな？　だが、それでふたりが知り合ったわけじゃない。以前サー・ジャイルズから聞いたんだが、ふたりはハマースミスで幼なじみだったそうだ。そしてアメリカで起こった入植者の反乱に対して同じ連隊で戦ったらしい」

「かなり古くからの友人だったんだな」

「ふたりは友情を保ったが、サー・ジャイルズの軍隊での功績はミスター・ラーソンを上まわっており、国王陛下はサー・ジャイルズに准男爵位を授与なさった」ダンブレーは息を吐いた。「彼は本当に優秀な戦略家だった。彼を失ったのは手痛い打撃だ」

アレックも内心同意した。直接会ったのはほんの数回だが、サー・ジャイルズの鋭い知性には感心していた。「ミスター・ラーソンの息子はどうして死んだんだ？」

「捕虜になった第五二歩兵連隊のイングランド人兵士を救出しようとしていたそうだ。もっと詳しく知りたいなら、エリオット・クロス卿かヒュー・モブレー大尉と話をすればいい」

「彼らは詳細を知っているのか？」

「そのはずだ。生き残ったのはあのふたりだけだから」

アレックは顔をしかめた。「死んだのは何人だ？」

「十名か十二名。はっきりとは知らない」

「それはいつのことだ？」

「不幸なことに、スペイン独立戦争の末期だ。千八百十四年初頭、マヤ峠の近くで」

赤い頬の女給がコーヒーポットを持って現れた。アレックは彼女がおかわりを注ぎ終えるのを待った。女給が立ち去ったあと口を開く。「ミスター・ラーソンは息子の死についてサー・ジャイルズを責めたということだな。しかし、息子が入隊したとき、そういう結果もありうることは承知していたはずじゃないか？」

「わたしの理解では、ミスター・ラーソンはそもそも入隊するよう息子を説き伏せたことでサー・ジャイルズを責めたようだ。きみも知っているように、わたしは戦時中スペインでなくイタリアに配属されていたが、戦争初期の頃エヴァートに会っている。サー・ジャイルズが彼を勧誘した理由はよくわかる。彼は優秀な若者だった。弁護士としての修業を積んでおり、素晴らしい知性を有していた。また語学の才能もあった」ダンブレーはアレックに微笑みかけた。「きみとよく似ている。ともかく、サー・ジャイルズとエヴァートは非常に親密だった。まるで父と子のように。サー・ジャイルズは彼がとても誇らしかったのだと思う」

実の息子とは違って。アレックはそう思ったものの、口にはしなかった。

ダンブレーが続ける。「サー・ジャイルズはかなり前からあの若者に目をつけていた、という印象を持った」

アレックは眉を上げた。「目をつけていた……エヴァートを、諜報員になって祖国に仕えるよう説得するために？」

「あるいは政府で働くように。サー・ジャイルズは彼をどうするつもりだったのか、わたしに打ち明けてはくれなかった。ところがエヴァートは死に、両家は仲たがいした。ミスター・ラーソンがサー・ジャイルズに決闘を申し込んだという噂も耳にした」

「なんてことだ」決闘は珍しいわけではないが、上流社会ではいい顔をされない。だからこそ、上流社会の短気な若者のあいだでよく行われるのかもしれない。「結局どうなった？」

「わたしの知るかぎり、なにも行われなかった。決闘は名誉を守るためであり、復讐のために行うものじゃないからな。息子を失って激怒したミスター・ラーソンを責めることはできないと思う」

「そうだな」アレックはゆっくりと言った。だが激しい怒りは復讐に発展しうる。ミスター・ラーソンについて調べること、と彼は心に留めた。話をサー・ジャイルズの息子に戻す。「ミスター・ホルブルックが父親を殺した可能性はあると思うか？」

「あんなふうに？」中佐は顔を曇らせたあと、首を横に振った。「いや、そうは考えられないな」

アレックはなにも言わなかったが、本当にそうなのか、あるいはミスター・マルドゥーンと同じく中佐も息子が父親の舌を切り取ることを想像できないだけなのか、と考えた。「いろいろと考える材料を与えてくれたな」コーヒーを飲み干し、カップを置いて立ち上がった。「会ってくれてありがとう」

ダンブレーも立った。「きみがこの狂人を見つけることを祈るよ。こいつは間違いなく危険人物だ。サー・ジャイルズは不意打ちを食らうような人間じゃない——なかった。それなのに、あのようなことになるとは……」首を横に振り、暗い顔でアレックを見る。「なにを悩んでいるのか、サー・ジャイルズを問い詰めればよかった。彼が懸念を打ち明けてくれていたなら、事態は変わっていたかもしれない」

「たとえ彼が悩みを打ち明けたとしても、それで殺人犯を止められたとは思わない」

中佐はため息をついた。「それは永遠にわからないんだろうな」

15

ケンドラは一度たりとも、門限を破って両親の寝室の前を忍び足で歩いたことがなかった。人生最初の十四年間は、門限を破るくらい遅くまで遊ぶ友人などいなかった。情けなくも、二十六歳になって勝手口から屋敷に忍び込むとき、不安で胃袋はひっくり返っていた。屋敷はすっかり目覚めており、厨房に通じる扉の向こうにミセス・ダンベリーを見つけたときは息を殺した。ありがたいことに、今、女中頭の注意は公爵の短気なフランス人シェフ、ムッシュ・アントンに向けられている。彼は母国語で大きな声で文句を言いながら、そばで身を硬くして立つ従僕ふたりを荒々しく手で示していた。

ケンドラには決して理解できそうにないなんらかの理由により、ムッシュ・アントンは、イングランド人従僕は彼の傑作の料理を破壊することをもくろんでいるとの被害妄想を抱いている。耳に入ってきた怒りにまみれた痛烈な悪罵からすると、シェフはふたりの従僕が塩の保管庫に砂糖を置いたと非難しているようだ。

ケンドラはあわてるなと自分に言い聞かせ、厨房の扉の前を通っていった。万が一ミセス・ダンベリーがこちらに目を向けたときに備えて、顔は反対側に向けていた。

扉を過ぎるとこらえていた息を吐き、急いで使用人用階段に向かう。途中で廊下の床の埃を掃いている女中ふたりとすれ違った。彼女たちはケンドラに気づいたけれど、なにも言わず、仕事の手を止めもしなかった。屋敷で働く者はケンドラの奇妙な行動に慣れっこになっていたのだ。

　モリーとアビゲイルの部屋に戻るのではなく、自分の寝室にそっと入る。中ではモリーが大きなトランクの荷ほどきをしていた。

「ああ、よかった、お嬢さま！」侍女はつかんでいたビーズ飾り入りの銀色のイブニングドレスを床に落とした。近づいてきて、ケンドラからウールのマントを受け取る。「心配してたんですよ！」

「なにも心配するようなことはなかったわ」ケンドラは室内帽を脱いで、ベッドに置いてある手提げの横に放った。「誰か、わたしがいないことに気がついた？」

「いいえ」モリーは唇を噛んだ。「少なくともあたしは、誰もいないと思います。お嬢さまがどこにいるかと訊いてきた人はいませんし。公爵閣下は居間で朝食を召し上がってます。レディ・アトウッドはまだベッドです」

　ケンドラはモリーに背中を向け、ドレスのボタンを外してもらった。炉棚に置いた上品な陶器の時計に目をやる。そろそろ九時半だ。

「でも、閣下はいずれお知りになりますよ」モリーは警告した。「いつだってそうなんですから」

「公爵に隠すつもりはないわ」ケンドラはドレスを足首まで落とした。手織りの制服から足を抜く。「というか、自分から言うつもりよ」

　モリーは疑わしげな顔になった。「だったら、どうして行く前におっしゃらなかったんです？」

それはもっともな疑問だ。「許可を求めるより許しを請うほうがいい」ケンドラは笑顔で引用した（二十世紀アメリカの計算機科学者グレース・ホッパーの言葉）。

「なんです？」

ケンドラはため息をついた。「公爵閣下は必要以上にわたしに対して過保護になることがあるの。あなたは自分がどれだけ幸運か気づいていないでしょうね、モリー、好きなように家を出入りできるのだから」

モリーは当惑した顔で服を床から拾い上げて椅子にかけた。「あたしだって、ミセス・ダンベリーのお許しなく勝手にうろうろできませんよ」

「それでも、いったん外に出たら、誰にも注目されずにいられるわ」

侍女は奇妙な表情になった。「誰にも注目してほしくないんですか？」

「自分に注意を集めたくないときもあるの……」侍女の服に目を留めたとき、ケンドラはある可能性を思いついた。「女中の服を買えるところはない？」今は既製服の時代ではない。オルドリッジ城では、洗濯係で縫い子のミセス・ビートンが女中たちの服やエプロンを縫っていた。それでも、二十一世紀と同じく、使用された服を売る中古店も存在する。

「なんで、そんなものを買いたいんです？」

「役に立つこともあるから」

「誰にも気づかれないで走りまわれるように」モリーは非難のまなざしを見せた。「お顔を隠すのにベールつきのボンネットをお買いになったらいいんじゃないですか。それだったら、貴婦人のままでいられますよ」

ケンドラは、貴婦人かどうかなんて気にしていないと述べるのはやめておいた。それに、ベールつきのボンネットは悪いアイデアではない。「そうかもしれないわね」

モリーはあきらめの表情で、衣装ダンスを開けた。「午前中はずっとお屋敷におられます?」

「いいえ。レディ・ホルブルックをお訪ねする予定よ」

もちろん、それだとモリーは別の種類のドレスを選ぶことになる――楽な朝用のドレスよりも外出にふさわしい服を。モリーがタンスを探っているあいだ、ケンドラは化粧室に入って顔を洗って歯を磨いた。化粧室を出ると、モリーは三角の模様を全体に型押ししたきれいなモスグリーンのキャンブリック地のドレスを選んでいた。象牙色のレースが長袖のへりと慎み深い襟ぐりを飾っている。同じ生地でつくったひだ飾りが裾に縫いつけられている。

「これでいいですか?」

その質問は単なる形式にすぎなかった。モリーはかなり前に、ケンドラがファッションにほとんど関心がないことを学んでいたのだ。ケンドラはドレスを頭からかぶり、モリーがボタンを留めてくれるのを待った。それが終わると鏡台の前の椅子に座り、モリーが髪を単純なシニヨンに結った。短ブーツをウェッジヒールの緑のシルクの靴に履き替えたあと、ケンドラは居間まで下りていった。

公爵はテーブルについていた。朝食の残りが載った皿を前にして、紅茶を飲みながら新聞を読んでいる――『モーニング・クロニクル』だ。ケンドラは部屋に入っていった。

公爵が顔を上げる。「おはよう」

「おはようございます」ケンドラは銀の保温トレイに食べ物が盛られたサイドボードまで行った。自分の皿にイングリッシュブレックファーストの料理一式を盛る。卵、ベーコンとソーセージ、マッシュルームと焼きトマト。ひどく空腹であることに、今気がついた。「マルドゥーンはサー・ジャイルズの殺人事件について書いています？」

「ああ。見えないインクには言及しておらんから、まだそれは突き止めていないようだ。そしてわれわれの関与については、あいまいにしか書いていない」

「なんですって？」ケンドラはあわてて振り返ったが、太いソーセージが皿から転がり落ちずにすんだのは、ひとえに素早い反射神経のおかげだった。皿をテーブルに置いて布のナプキンで指を拭き、公爵を見つめる。「あの男、わたしたちのことを書いたのですか？」

「具体的には書いていない」オルドリッジはティーカップを取り上げた。唖然としたケンドラの表情を見て、青い目をきらめかせる。「しかし、彼が書いた高位の貴族とはわたしのことらしい。そしてきみは、真実を見いだすという珍しい趣味を持つ若い女性だ」

ケンドラの顔が険しくなる。サイドボードに向かい、背の高い銀のポットからコーヒーをカップに注いだ。「怒っておられないようですね」カップを持ってテーブルに戻り、公爵の向かい側に腰を下ろす。

彼はゆっくり紅茶を飲んだあと、高級な磁器のカップを下に置いた。「怒ってもしかたがない。ミスター・マルドゥーンは、既に周知のことや社交界で噂されていること以外を暴露してはいない。レディ・ドーヴァー殺人におけるわれわれの関与は知られている」ケンドラに微笑みかける。「突然招待状が来なくなることは心配しておらん。われわれは商売をしているわけではない」

「まあ、よかった」ケンドラは無感情に言った。ウェッジウッドの小ぶりの器から砂糖のかたまりを取って加え、きわめて小さな銀のスプーンでコーヒーをかき混ぜた。

「もちろん、キャロはこの記事について異なる見方をするかもしれん」公爵はもうひと口紅茶を飲んだ。「しかし、ミスター・マルドゥーンはわれわれの捜査への関与について伏せつづけてくれると信じてよいだろう」

ケンドラはマルドゥーンの信頼性に関する判断を留保した。マスコミに対処した経験で言うと、記者は普通二種類に分けられる。信頼できる者と、スポットライトを浴びるためなら人を背後から刺してその死体を踏み越えていくような者だ。その中間はめったにいない。

「彼は役に立つと思います」ケンドラは譲歩した。

「とはいえ、油断は禁物だ。きみに使用人の服を着てひとりでロンドンを走りまわる習慣があることは、ミスター・マルドゥーンに言わないほうがいい」

あまりにも穏やかな口調だったので、ケンドラは彼の言葉の意味をすぐには理解できなかった。ゆっくりとコーヒーカップを置く。「ご存じなのですね」

彼はしっかりとケンドラを見つめた。「自分の屋敷の中で行われていることにわたしが気づかないとでも思ったのかね？」

二十六歳になって、いまだにずる休みを見つかった子どもみたいに罪悪感を覚えてしまうわ。「お話しするつもりでした」

彼は眉を上げて猜疑心を伝えた。

ケンドラは再びコーヒーカップをつかんでしばらく見つめたが、やがていらだちの息を吐いた。「わたしがいたところでは、女は許可を求めなくても外出できます。それに、後ろをついてまわるシャペロンも必要ありません。そんな自由を恋しく思います」

「われわれが異なる世界の人間なのはわかっておる。しかしそういう規則は、女性を危害から守るためにあるのだよ」

話は袋小路に入っている。公爵は別の時代の人間だ。この時代の。属していないのはケンドラのほうだった。

「今朝は誰を訪ねたのだね？」

「ベアです」

「ベア！」公爵は音をたててカップを置いた。「なんと。それは、去年きみとアレックを拉致した悪党のことだね？　アレックを殴った者？　きみを陵辱すると脅した者？」

ケンドラは弱々しく微笑んだ。「これで、わたしが黙っていた理由がおわかりでしょう」

「笑いごとではないぞ」公爵は険しい口調で鋭く言った。「その男は今朝きみを殺したかもしれんのだよ」

「わたしは銃を持っていました」

オルドリッジは指で目を押さえて首を横に振った。「ああ、神よ」

ケンドラは卵とトマトをフォークで突き刺した。「わたしが銃の使い方を知っているのはご存じでしょう」

「それはわかっておる」公爵は手を下ろしてケンドラを見やった。「やつがきみを殺して遺体をテムズ川に投げ込んだとしても、わたしとアレックには永遠にわからないということを認識しているのかね？　われわれは、きみがまたワームホールか時間の渦など、きみが最初やってきたなんらかの現象に巻き込まれて消えた、と結論づけたかもしれない」

ケンドラはそこまで考えていなかった。

公爵は静かに言った。「そうなったら、われわれの心は引き裂かれただろう。そしてアレックは、きみの身がどうなったかわからずに気が変になっただろうな」

これまでケンドラは、心から誰かに心配されたことがなかった。両親が心配したのはケンドラの学業成績だった。もちろんＦＢＩの上司はケンドラの健康状態を気遣っていたが、それは現場にいるすべての捜査官の健康状態を気遣うのと同じだった。けれども愛と思いやりによって心から心配されるのは、まったく別の話だ。

きっとうろたえて見えたのだろう。公爵はテーブル越しに手を伸ばして、ケンドラの手をぎゅっと握った。「きみがしばしばこの世界の制約に腹を立てているのはわかっておる」ためらいがちに言う。「そして正直なところ、きみの世界について、わたしが受け入れられない側面もある」

彼はアレックとの関係について話しているのだ、とケンドラは感じた。公爵の目から見ると、ケンドラは傷ものにされている。普通なら公爵はアレックにケンドラとの結婚を求めるところだ。けれど彼は見て見ぬふりをしている。しかし自分たちの関係について公爵が悩んでいることに、ケンドラは気づいていなかった。

「あまり思い悩むでない」

ケンドラが顔を上げると、公爵の目にはきらめきが戻り、顔には小さな笑みが浮かんでいた。公爵について、ケンドラが好きな点のひとつだ。彼は長いあいだいらだちを感じつづけるような人ではない。

公爵はケンドラの手をぽんぽんと叩いた。「お互いの感受性を傷つけないままうまくやっていく方法が、いずれ見つかるだろう」

そんなことが可能かどうかケンドラにはわからなかったけれど、とりあえずうなずいた。

公爵は手を引っ込めてまたティーカップを持ち上げ、皮肉っぽく目をきらめかせた。「そしてわれわれふたりのために、きみが早朝の冒険に出たことを妹が突き止めないよう祈ろう。さもないと、われわれはいつまでも小言を聞かされるぞ」

16

アレックとサムが数分違いでやってきたとき、ケンドラと公爵は既に書斎に移動していた。公爵はふたりの朝食のトレイと、新しいコーヒーと紅茶のポットを持ってくるよう命令を出した。コーヒーのおかわりを注いだケンドラは石盤の前に陣取り、公爵は自分の机の後ろにまわってパイプをつかんだ。彼はいつものように新しいタバコの葉を火皿に詰めたけれど、彼がめったにケンドラの前で吸わないのは彼女も気づいている。アレックとサムはテーブルについて、たっぷりの朝食を味わった。

ケンドラはサムを見やった。「夜間担当の給仕とは会えた?」

「はい」サムはバターつきパンにマーマレードを塗りながら答えた。「ミスター・ダーストは、サー・ジャイルズは水曜日の夜六時半に〈ホワイツ〉に来たと言いました。いつも火曜日と水曜日にクラブで食事をするそうです」

「つまり、決まった日課ね」ケンドラはコーヒーを飲んで考え込んだ。**殺人犯が被害者を見つけるのは難しくなかったわけね。**

「そうみたいです」サムはパンにかぶりつき、噛んでのみ込んだ。「ミスター・ダーストの話じゃ、サー・ジャイルズは無表情だったそうですけど、それはああいう人には珍しいことじゃありません。そこへひとりの紳士がやってきました。クロス卿って名前の子爵です。で――」

「クロス卿？」アレックが鋭く話をさえぎった。

「はい」サムはテーブルの向かい側のアレックを見た。「知ってる人ですかい？」

「いや、個人的には知らない。だが、今朝その名前が口にされるのを聞いたところだ。すまない、ミスター・ケリー。どうぞ続けてくれたまえ」アレックは立ってサイドボードまで行き、コーヒーのおかわりを注いだ。

サムはアレックをじっと見たものの、先を続けた。「ミスター・ダーストによると、クロス卿は興奮した様子でサー・ジャイルズに会いに行ったようです。おふたりは熱のこもった話し合いをして、そのあとクロス卿は帰っていきました」

ケンドラは眉を上げた。「口論したの？」

「いいえ。少なくともミスター・ダーストは、口論だとは言いませんでした――あっしもしつこく尋ねたんですがね。あいにく、話し合いの中身は聞こえなかったってことです」

ケンドラはコーヒーカップを置いて石のかけらをつまんだ。「クロス卿は何時にクラブを出たの？」

「八時です。それからサー・ジャイルズは食事を終えたそうです。そのあと手紙を受け取って、クラブを出ました」

ケンドラはぱっとサムを見た。「手紙？　誰から？」

「誰からかはわかりません。浮浪児が持ってきてサー・ジャイルズに渡してくれと言ったらしいです。サー・ジャイルズは手紙を読んで動揺したみたいで、すぐにクラブを出たそうです」

「何時に？」ケンドラは石盤にクロスの名前を書き加えながら質問した。

「九時かそこらです。ミスター・ダーストは貸馬車を呼ぶと言ったんですけど、幸いちょうど貸馬車が通りかかりました。それが、サー・ジャイルズが目撃された最後です。生きた状態でってことですが」

公爵は不審そうな顔になった。「貸馬車の御者が殺人犯だとの疑いを抱いておるのかね、ミスター・ケリー？」

「というより、殺人犯が貸馬車の御者に扮していたのです」ケンドラは言った。そして貸馬車の御者は、女中と同じで見えない存在となることが多いのよ。

サムはにやりと笑った。「そのとおりでさ。あっしもそう考えました」

「〈ホワイツ〉のようなクラブのそばに貸馬車がいるのはよくあることだ」アレックは指摘した。「ちょうど一台が通りかかったのは、それほど奇妙なことじゃない」

ボウ・ストリートの探偵は肩をすくめた。「手下をやって、サー・ジャイルズを拾ったことを覚えてる貸馬車の御者がいないかどうか、聞き込みにまわらせてます。そういう御者がいたら、そいつがどこでサー・ジャイルズを降ろしたかも」

「サー・ジャイルズがそのような時刻に自ら好んでトレヴェリアン・スクエアで降りたとは思えん」公爵はつぶやいた。「ミスター・ケリー、きみの話によると、そこはロンドンでもとりわけ治安の悪い地区だそうではないか」

「そうなんです」

「それは手紙の内容によるでしょうね」ケンドラは言った。

「サー・ジャイルズはひ弱な老人じゃない」アレックがつけ加える。「誰かがそのような治安の悪い地区で会うことを求めたのであれば、サー・ジャイルズは自分で対処できると考えたのだろう」

彼らは一瞬黙り込んだ。誰も明らかなことを口にしたくなかった。サー・ジャイルズが自分で身を守れると考えていたのだとしたら、それは間違いだった、ということを。

沈黙を破ったのはケンドラだった。「彼は全裸で発見されたので、なんらかの武器を持っていたかどうかは不明です。持っていたのなら、貸馬車の御者が殺人犯だったという可能性はいっそう強くなります」

サムは困惑の表情になった。「なんでです？」

「これはわたしの憶測だけど、考えてみて。サー・ジャイルズは手紙を受け取り、どこかの目的地に向かうため貸馬車に乗り込む――彼をすぐにおびき出せるほど心を乱す手紙よ。目的地に着いたとき、たぶん彼は危険に備えていて、武器に手をかけていた……」ケンドラは今朝ベアに会いに行ったときのことを思い起こした。酒場に入った瞬間から、引き金に指をかけていたのだ。「彼は御者に運賃を払って貸馬車を降りる。会う予定の相手のことを考えて前を向いている。彼が殺人犯と正対していなかったのは証拠が示しているわ。背後から襲われたのよ」

公爵は言った。「そして貸馬車の御者なら背後にいたはずだ」

「貸馬車が去らなかったらと仮定して、です」アレックが反論する。「去ったとしたら、ほかの誰かがこっそり物陰から現れて襲うのは簡単だったでしょう」

「そうは思わないわ」ケンドラはゆっくり言って首を横に振った。「訓練を受けた軍人でしょう？　そして諜報組織の長。サー・ジャイルズなら周囲に気を配っていたでしょう。近づいてくる足音が聞こえたら、振り向いたはず。もちろん、襲撃者も隠密行動の訓練を受けていたとしたら、物陰からこっそり現れることはできたかもしれない。だけどサー・ジャイルズは完璧に不意打ちを食らったのよ」

「ふむ」サムは鼻をかきながら考えた。「これだけ寒けりゃ、誰でもスカーフや帽子や手袋や大外套を着込んでるはずだ。うまい変装になりますよね。サー・ジャイルズは相手の正体を見抜けなかったでしょう……たとえ自分の息子であっても」

公爵ははっと息を吸った。「息子があれほど残忍なことをするというのは、考えるだけでもおぞましい。だが、きみの指摘はもっともだな、ミスター・ケリー」

ケンドラはベアから聞き出したジェラード・ホルブルックの人物像について考えたが、その情報を告げるのは待つことにした。面倒を先送りしているだけよね。ケンドラがベアを訪ねたことを、アレックが公爵以上に快く思わないのはわかっているのだ。

朝食を食べ終えたアレックのほうを向いて尋ねる。「政府にいるあなたの連絡相手には会えたの？」

「今朝会ってきた」アレックはフォークとナイフを皿に置いて脇に押しやった。「ダンブレー陸軍中佐がクロス卿の名前を口にした」

「その人は、クロス卿が殺人犯だと考えているの？」

「いや、実はそれ以外に彼が容疑者と目する人間がいる。サイラス・フィッツパトリックというアイルランド人だ。メイフェアで〈リーベル〉というコーヒーハウスを経営している。サー・ジャイルズは、彼が自分の店を同志の会合場所に利用していると考えていた。アイルランド解放に関する過激な思想を広めてこっそり情報を伝えるために」

「自由思想ね」ケンドラは言い換えた。「ミスター・フィッツパトリックは、スパイにしてはあまり自分の行動を隠密にしていないんじゃない？」

アレックは肩をすくめた。「彼はアイルランドに関する自分の立場を隠そうとしていない、という印象を受けた。今日ミスター・フィッツパトリックに会いに行こうと考えていた」サムに顔を向ける。「コーヒーは好きかい、ミスター・ケリー」

ボウ・ストリートの探偵はにやりとした。「けっこう好きですぜ」

「どうしてあなたの連絡相手は、ミスター・フィッツパトリックがサー・ジャイルズを殺したかもしれないと思っているの？　彼がスパイだという可能性があること以外に。わたしはここでの政治情勢に詳しくないけれど」――この時代の、と心の中でつけ加える――「ロンドンにいるスパイはフィッツパトリックひとりじゃないでしょう」

アレックの唇にかすかな笑みが浮かぶ。「おそらくはね。だがミスター・フィッツパトリックは、サー・ジャイルズが自分を尾行しているようだと言った唯一のスパイだ。ミスター・フィッツパトリックか、あるいは彼の仲間のひとりが」

ケンドラは眉を上げた。「それなら事情は変わってくるわね。フィッツパトリックが監視を行っていたのなら、サー・ジャイルズの行動習慣を知っていたでしょう。彼が水曜日の夜どこにいるかも」石盤にフィッツパトリックの名前を書いて一歩下がり、石のかけらをもてあそびながら、新たな角度から考えてみた。「アイルランドのスパイなら、見えないインクのことも知っているかもしれない。アイルランド紛争にはカトリックがおおいにかかわっているわ。アイルランドの人々は英国国教会に改宗するのを拒んでいる。そうですよね？」

「非常に単純に言えばな」公爵が言った。「しかしながら、宗教と政治とは複雑にからみ合うことが多く、ふたつを切り離すのは不可能だ。イングランドの君主は英国国教会の長でもある。改宗を拒むことで、本質的にはアイルランドは君主制を拒絶していることになり、それは反逆だ」彼は見るからに悩ましげな表情で椅子にもたれ込んだ。「言うまでもないが、この争いの起源は何世紀も前にさかのぼる。だが、きみの言いたいことはわかる。サー・ジャイルズの体に描かれた十字架は、確かにこの殺人事件には宗教的な意味があると思わせる」

「しかも彼はカトリック教会に遺棄された」アレックが言う。

ケンドラは歩きまわりはじめた。「これはひとつの手がかりね。あなたたちが話をしたらもっと多くがわかるでしょうけど、表面的には、フィッツパトリックにはいくつか疑わしい点がある。十字架はカトリックとの関係を思わせる。見えないインクは諜報の世界とかかわりがある。殺人の手口も軍人を連想させる。だけど、舌を切り取ったり、遺体を裸で放置したりするのは？　それはもっと個人的なものよ。

諜報活動は個人的な行為じゃないわ」ケンドラはゆっくりと話しつづけた。「王や国に対して狂信的になることはあるけれど、それよりも大事なのは戦略よ。相手方を出し抜くこと。サー・ジャイルズが、ミスター・フィッツパトリックの諜報活動についてなにかを発見し、そのため諜報活動が危険にさらされたのだとしたら、諜報員がサー・ジャイルズを殺すことは考えられる。でもサー・ジャイルズになされたことは……そういう構図に似つかわしくない」

アレックが言った。「ダンブレーは、サー・ジャイルズとミスター・フィッツパトリックのあいだにはもっとなにかがあると考えているようだった。だがそれは印象にすぎない」

「いいわ」ケンドラはうなずいた。「ミスター・フィッツパトリックの経歴についてもっと調べる必要があるわね。ダンブレーは、最近のサー・ジャイルズのふるまいについてなにか言っていた？」

「彼は、サー・ジャイルズは悩んでいたようだと考えていた。サー・ジャイルズは心を乱す情報を受け取ったらしい」

「どういう情報？」

「サー・ジャイルズは言わなかったし、そのふたつ――サー・ジャイルズの精神状態と受け取った情報——が関連しているかどうかダンブレーには断言できなかった」

公爵は顔をしかめた。「関連していない可能性があるというのかね?」

「ダンブレーの話では、サー・ジャイルズの精神状態は、自分が勧誘した人間の命日と関係があるのかもしれないということです——友人の息子、エヴァート・ラーソンの。エヴァートの死とともに友情も途絶えたそうです」

オルドリッジは尋ねた。「その青年はどのように死んだのだね?」

「はっきりとはわかりません。戦争末期にスペインで起こった事件だということです」

「だいぶ前のことだから、サー・ジャイルズの殺人と関係あるとは思えませんけど」サムが言う。

「クロス卿の存在がなければ、わたしもそう言いたいところだ。彼と、もうひとり、モブレー大尉という男は、そのスペインでの事件におけるふたりだけの生存者だ」

ケンドラの首の後ろがちくちくした。「それは単なる偶然とは思えないわね」また石盤まで歩いていって新しい名前を記入する。「スペインで起こったことについて、もっと情報が欲しいわ。エヴァート・ラーソンの父親というのは?」

「ミスター・バーテル・ラーソン。ケンジントンのクロムウェル・ロード沿いで薬種店を開いている」

「〈ラーソン・アンド・サン〉!」サムはパチンと指を鳴らした。「その店ならよく知ってますぜ。家にもそこの薬をいくつか置いてます」

アレックはうなずいて立ち上がった。「かなり繁盛しているようだ」

ケンドラは窓まで歩いていくアレックに目をやった。「その人は息子が死んだことについてサー・ジャイルズを責めているの？」

「わたしの理解では、ミスター・ラーソンはそもそも諜報組織に加わるようエヴァートを説得したことについてサー・ジャイルズを責めているらしい。エヴァートは聡明な男だったようだ」

「ミスター・ラーソンが息子の死についてサー・ジャイルズを非難する気持ちは理解できる」公爵はパイプの火皿で軽く自分のてのひらを叩いた。目は石盤に向かう。「それは非常に個人的な動機だと言える」

ケンドラは石のかけらを揺らしてうなずいた。「同感です」

「だけど、なんで今なんです？」サムは言った。「その若者の死を軽く見るつもりはありませんけど、戦争は一年以上前に終わったし、スペイン独立戦争はもっと前の話でしょう。ミスター・ラーソンがサー・ジャイルズを恨んでたんなら、ゆうべよりもっと前に復讐したんじゃないですか？」

「悲しみに期限というものはないのだよ、ミスター・ケリー」オルドリッジはしみじみと言った。

誰もなにも言わなかった。静寂の中でケンドラは石盤に向き直り、新たな情報を書き加えた。部屋に響く唯一の音として石が板をこする音が強く意識される。彼女は咳ばらいをした。

「おそらく最近、犯行を引き起こす誘因があったのです。たぶん一カ月前に起こったこと。それを調べるべきでしょうね」

昨夜書いた名前に目をやった。ジェラード・ホルブルック。緊張で胃袋がねじれた。これ以上自分の得た情報の公表を先延ばしできない。

「サー・ジャイルズと息子の不仲は、わたしたちが思っていた以上に深刻だったかもしれないことが判明しました」一同のほうを向く。「ホルブルックは女中を妊娠させたようです」

サムの両眉がぱっと上がった。「どこでそんな話を聞いてきたんです？」

ケンドラはその質問を無視して続けた。「それでサー・ジャイルズの堪忍袋の緒が切れたのかもしれません。彼はホルブルックをインドにやる計画を立てていました」

既に高くなっていたサムの両眉がさらに上がって、髪の生え際に隠れそうになった。「インド？」

「それが動機となったのかもしれません」無感情に言い、意図的にアレックと目を合わせるのを避けて時計を見た。「もう行かないと。運がよければ、レディ・ホルブルックがいくつかの疑問を解き明かしてくれるでしょう」

「ちょっと待て」

アレックは声を荒らげなかったが、その短い言葉には恐ろしい響きがあり、ケンドラの背筋が不安で震えた。**まずいわ**。「本当に時間が――」

「きみがどうやってそんな情報を得たのか知りたいんだが」アレックは言葉をさえぎった。

ケンドラは不承不承にアレックを見、たじろぎそうになるのを必死でこらえた。彼の表情は不可解だけれど、緑の目にちりばめられた斑点がぎらぎら光る様子からは怒りが感じ取れる。彼は眉を上げてケンドラをにらんだ。「今は朝だ」言うまでもないことを口にする。「われわれが最後に話したあと、きみはどうやってそんな忌まわしい噂を知ったんだ？　公爵配下の使用人がそんな情報を持っているとも、ましてやそれをきみに伝えたとも思えない」

ケンドラは深呼吸をして、なにも悪いことはしていないのだ、と自分に言い聞かせた。

公爵は立ち上がった。「わたしとミスター・ケリーは失礼して、少しのあいだきみたちをふたりだけにしたほうがよさそうだ」

「そうですね」サムもあわてて立つ。

ケンドラは下唇を噛んで、ふたりを見送った。「わかったわ。怒らないと約束してね」

「なにをしたんだ？」

「遺体を発見したのはスネークよ」ケンドラは冷静な声が出せたのにほっとした。冷や汗をかいているところを決して人に見せちゃいけないのよ。「これが捜査の進め方よ。捜査官は最初に現場を訪れた人間に事情聴取しなければならない」ひどく言い訳がましいわね。「スネークに話を聞く必要があった。だけどあの子の住所を知っているわけじゃないわ」

アレックはじっと見つめている。ケンドラの目は彼のぴくぴく動く顎の筋肉に引き寄せられた。ごくりと唾をのんで待つ。突然訪れた静寂は、既にぴりぴりしている神経をさらに逆撫でした。自分の息遣い、激しい脈拍、時計のチクタクする音が聞こえる。だからこそ、沈黙は事情聴取のテクニックとして非常に効果的なのだ。話しつづけたい、許しを請いたい、沈黙を埋めたいという願望を抑え込む。アレックが黙って見つめているあいだに、文明が盛衰するくらいの時間が経過した気がする。

ケンドラはもう一度深呼吸をした。「こういうことよ。今朝わたしはベアと話をして、スネークに伝言を届けてもらうようにしたの」

「ベアと話をしたのか」

ケンドラは腹に手をあてたが、自分のしぐさに気づいて手を下ろした。「そうよ」

「ベアと話をした――暗黒街の犯罪者と」

「ねえ、あなたが動揺しているのはわかるわ。だけどわたしの評判を心配する必要はないのよ。わたしは女中の格好をしていた。誰もわたしに気づかなかった」微笑もうとしたものの、アレックは冷たい表情になっている。ケンドラはもっと楽しそうな顔をした死刑囚を見たこともある。

「わたしがそのことに動揺したと思っているのか?」やがてアレックは言った。「きみの評判?」いらいらと髪をかきむしって部屋を歩きまわったが、足を止めてケンドラに向き直った。「きみは頭がおかしいのか? ベアは危険なんだぞ。やつは――」ケンドラを見据えて唾をのみ込む。「ああ、やつは去年きみを犯すと脅したんだ。忘れたのか?」

「そしてわたしは、彼のタマを吹き飛ばすと脅したわ」ケンドラは言い返した。「わたしの考えでは、わたしとあいつは対等よ」両手を投げ上げる。「ねえ、あなたと口喧嘩したくないのよ、アレック。もう公爵からはお説教されたし」その言葉はいまだに心に刺さっている。「大事な問題に集中しましょう」

アレックの緑の目がぎらりと光る。「そんなことはどうでもいい！ きみが自殺しようとしているという話に集中しよう。あるいはわたしをベドラムの精神科病院に送り込もうとしていることに！」

ケンドラは鼻梁をつまんだ。いらだちが込み上げる。「わたしは自殺なんてしようとしていなかった。何度言ったらわかるの、わたしは子どもじゃないのよ！ 自分がなにをしているかはわかっている。わたしとベアはある種の合意に達したの」

「神よ、助けたまえ」アレックはつぶやいて天井を仰いだ。「あの悪党と、いったいどんな合意に達したというんだ？」

「わたしが彼を裏切ったら、彼はわたしを殺そうとする。彼がわたしを裏切ったら、わたしは彼を殺そうとする。相互確証破壊（敵国同士が核兵器を保有することで互いの核攻撃を阻止できるという核抑止理論）よ」

「わけがわからん」アレックは痛むかのように顎をさすった。

「今朝あなたの連絡相手に会うとき、従者を連れていった？」

アレックはケンドラをにらんだ。「ばかを言うな。わたしの連絡相手は、以前わたしを半殺しにすると脅した体重一三〇キロの巨漢じゃないぞ」

ケンドラがため息をつき、ふたりはしばらくのあいだ沈黙に陥った。やがてケンドラは少しずつふたりの距離を詰めていった。手を出してアレックの腕に触れる。指先の下の筋肉は硬く張り詰めた。「ごめんなさい、あなたをおびえさせたのだとしたら」おそるおそる言う。

「そういうつもりはなかったの」

アレックの唇が不満げにゆがんだ。「だが、女中に変装して犯罪者の親玉に会うためこっそり抜け出したことは、悪いと思っていないんだな？」

ケンドラはいったん口を開いたあと、また閉じて考え込んだ。「ここのたいていの女性よりも少しばかり多くの自由を求めたことを、悪いとは思わないわ」

「既婚女性にはもっと自由がある」

「夫が許せばね」首をかしげる。「たぶん、いちばん自由なのは未亡人でしょうね」

アレックは顎の筋肉を緩め、唇を曲げてかすかな笑みを見せた。「たとえきみを祭壇に連れていくことができたとしても、わたしは片方の目を開けたまま眠らなくてはならないわけか？」

ケンドラは思わず笑いを漏らした。「先走って考えるのはやめましょう」手の下にあるアレックの腕から力が抜けるのが感じられる。「アレック」手を下へすべらせ、彼と指をからめた。「わたしたち、なんとか妥協点が見つかるわ」

「わたしが精神科病院に放り込まれる前、それともあと？」

ケンドラはにっこり笑った。「できれば前がいいわね」アレックの手を放し、上着の襟を撫で下ろして彼をじっと見つめる。「仲直りできたかしら？」

アレックははっと息を吐いた。「きみをどこかの塔に幽閉すべきだな」

「ひどく中世的なことね。だけど、錠前破りがわたしの得意技なのを忘れているわよ」

「忘れてはいない」アレックは不機嫌な口調で言った。ケンドラの顔を見つめながら体に腕をまわす。「ゆうべは寂しかった」

「わたしも」ケンドラは閉じた扉に目をやった。「公爵が戻るまで、五分ほどはあると思うわ」

アレックの黒い眉が上がり、くっきりしたまつげに囲まれた緑の目がきらめく。「ほう？わたしの体にみだらなことをするつもりか、ミス・ドノヴァン？　わたしにはシャペロンが必要かもしれない」

急に気分が軽くなり、ケンドラは声をあげて笑った。「ええ、もちろんみだらなことをするつもりですわ、閣下。ゆうべの埋め合わせは無理だとしても、五分でどこまでできるかやってみましょうよ」

17

レベッカを実家に迎えに行くため馬車がハーフムーン・ストリートを曲がったときも、ケンドラの唇はキスの余韻でまだしびれていた。乗り込んできて向かい側の席に腰を下ろしたレベッカに微笑みかける。「おはようございます」

レベッカがじっと見つめてきた。「ねえ、どうしてそんなに楽しそうなの？」

「え？　そんなことありません」けれどもレベッカに見つめつづけられると、ケンドラはもじもじしたくなった。

「ふうむ。あなたは……輝いているわ」

「やめてください、ばかなことを言うのは」ケンドラはぼそぼそと言い、馬車が走りはじめたときはほっとした。

馬車の車輪はぬかるみをバチャバチャと跳ねながら道路を進んでいく。太陽は早朝の霧を消し去り、昨夜の雪を解かすほど気温を上げていた。おかげでロンドンじゅうの道が水浸しで泥だらけになっている。道路掃除夫――ほとんどが幼い子ども――の一群が敷石からほうきで泥を掃くのに忙しくしているが、やってくる馬や馬車に轢《ひ》かれないよう跳ねてどくのを遊びにして楽しんでいる。

サー・ジャイルズの住まいはロンドンの高級住宅街、バークレー・スクエアにあった。ケンドラは道中、レベッカに捜査の進捗状況を話したが、ベアと会ったことは黙っていた。あの犯罪者と会ったのは間違いだったと思っているからではなく、この件に関してまた説教されたくないからだ。

「サー・ジャイルズの動揺を引き起こしたことは、殺人に関係あると思う?」ケンドラの話を聞き終えると、レベッカは質問した。

「偶然は好きじゃありませんけど、根拠のない憶測をするのも間違いです。この件については追求する必要があります」ケンドラは下唇を噛み、窓に目をやった。もうバークレー・スクエアに入っている。いつもと同じく、奇妙な既視感《デジャブ》を覚えた。二十一世紀にこの地域を車で通っていたのだ。このあたりは今も未来も一等地だが、多くの建物はオフィスや小売店といった商業スペースに変わっている――今後変えられる。けれど今、このスクエアにはジョージ王朝様式の壮麗な屋敷や集合住宅が並んでいる。サー・ジャイルズの家は、白い軒蛇腹《コーニス》、高い窓枠、勾配屋根から突き出す屋根窓を備えた、堂々とした四階建ての赤レンガづくりの邸宅だった。解けた雪で濡れた板石の小道が、玄関ステップと広いポーチまで通じている。イチイの植え込みや枯れたバラの茂みが玄関を取り囲んでいる。ライオンの頭の形をしたノッカーには、家族に死者が出たことを示す黒い帯が結びつけられていた。

ベンジャミンが馬車を止め、踏み台を下ろすと、レベッカは彼に名刺を手渡した。ケンドラを見る。「こういう訪問はかなり異例なの。レディ・ホルブルックは悲しみのあまり寝込んでいるかもしれない。誰とも会ってくれない可能性もあるわ」

長く待つ必要はなかった。間もなくベンジャミンが戻ってきて、レディ・ホルブルックは

〝在宅〟だと告げたのだ。年老いた執事が扉を開けている。中に入ってケンドラが見まわすと、玄関ホールには黒いちりめんが一面に飾られていた。女中が進み出てふたりの上着、ボンネット、手袋を受け取る。ケンドラは手提げを持っておいた。主な理由は、マフピストルを取り出したくなかったからだ。

執事は階段をのぼり、廊下を通って、ふたりを広くて風通しのいい客間に案内した。壁には淡い緑色のシルクが張られ、家具は脚がヘビのように曲がったギリシャ風。絵画や鏡には、やはり黒いちりめんがかけられている。凝った装飾入りの大理石の煙突がついた上品な暖炉では石炭が燃え、冷気を少しばかり暖めていた。

レディ・ホルブルックは背の高い窓のそばに立っていた。黄褐色の髪を既婚婦人用のレースの縁なし帽にたくし込んだ、小柄で虚弱そうな女性だ。未亡人の象徴である飾りのない黒いドレスをまとっている。両手でティーカップを持っていた。ケンドラは落ち着いた様子の彼女に視線を走らせた。四十六歳のレディ・ホルブルックは夫より十歳ほど年下だが、それよりさらに十歳以上若く見える。非の打ちどころない顔に入っているしわは、鳥の翼のような山形の眉のあいだにできた、長時間しかめ面をしていたかのような縦じわ二本だけだった。

あるいは思い悩んでいたかのような。ケンドラは内心訂正した。

それでも茶色の目は澄んでいる。夫の死を嘆いて昨日一日泣いていたのだとしても、彼女はそれを見事に隠していた。

レベッカは青紫色の瞳に同情を浮かべて歩み寄った。「会うのを承知してくださってありがとうございます、レディ・ホルブルック。おつらいのは承知しています。お悔やみ申し上げます」横を向いて手を上げ、ケンドラを示す。「こちらは友人のミス・ドノヴァンです」

レディ・ホルブルックは首を傾けて会釈した。「ご両親のことは少し存じ上げていますわ、レディ・レベッカ」

「それは知りませんでした」レベッカはささやいた。

夫人は既に視線をケンドラに移していた。「でも、これは弔問ではないのでしょう？　あなたがオルドリッジ公爵の関係者であることは知っています。それに、あなたと公爵閣下が去年ボウ・ストリートに協力したことも。そういう噂は、あまりに信じがたくて真実だとは思えませんでした。でもあなたはここに来た」いったん言葉を切り、ケンドラの顔をじっと見る。『モーニング・クロニクル』を読みました」素っ気なく言った。「夫の死について調べに来たのでしょう」

「そうです」相手がそのことに怒っていないようなので、ケンドラは続けた。「ミスター・ケリーが先に奥さまと話をしたのは知っていますけれど、あといくつか質問に答えていただけると助かります」

レディ・ホルブルックは磁器のティーポットを置いたテーブルまで歩いていき、自分のカップにおかわりを注いだ。「紅茶をもっと持ってくるよう言いつけておきました」ふたりに言い、落ち着いた様子で砂糖壺から砂糖を加える。かき混ぜるとき、小さなスプーンが磁器のティーカップにあたってカチリと音をたてた。彼女はふたりを眺めた。「座りましょうか?」

三人が腰を下ろしたとき、若い女中が紅茶一式を載せたトレイを持ってきた。娘の目が赤く腫れているのに気づいたケンドラは、ご主人さまの死を悲しんで泣いていたのだろうかと考え——明らかに泣いた様子のない未亡人のことを考えた。

「奥さまが最後にご主人にお会いになったのはいつでしょう?」紅茶が配られて女中が下がるやいなや、ケンドラは尋ねた。

レディ・ホルブルックが眉根を寄せると、眉間のしわがいっそう深くなった。「そのことならミスター・ケリーにも言いました。水曜日の朝、夫がホワイトホールへ出かける前に、一緒に朝食を取りました。その後は一度も見ていません」ティーカップに視線を落とし、唇をすぼめる。「昨日の朝、彼が朝食の席にいないのを知るまで、なにもおかしなことには気づきませんでした。スティーヴンズを夫の寝室にやったのですが、そのあとミスター・ケリーが来られたのです……知らせを持って」

レベッカは同情のまなざしを向けた。「お気の毒です。さぞ衝撃を受けられたでしょう」

レディ・ホルブルックはレベッカを見上げた。「ええ。そうでした」

ケンドラは注意深く尋ねた。「最近、ご主人のふるまいに変化はありませんでしたか?悩んでおられる様子は? 動揺しておられませんでした?」

未亡人はそれについて考えているようだった。「夫は多大な責任を負う人間でしたのよ、ミス・ドノヴァン」やがて彼女は言った。「軽薄なところはなく、自分の意見は胸に秘めておきがちでした」

つまり口数が少なかったという意味だろう、とケンドラは推測した。「それでも、夫が動揺していたら妻は気づくものではないでしょうか？　サー・ジャイルズの態度が、たとえばこの一カ月ほどのあいだに変わったことには、お気づきになりませんでしたか？」

レディ・ホルブルックは横を向いた。思い出そうとしているのか、適当な話をつくり上げようとしているのか、ケンドラには判断できなかった。「いつもよりさらにおとなしかったかもしれません」彼女は小声で認めた。「政府の問題に気を取られているのだろうと思いましたし、詮索したくはありませんでした」

「ご主人が最近なにかで脅迫を受けたかどうかはご存じでしょうか？」

未亡人は再びケンドラのほうを向いた。「受けたかもしれませんが、わたしには打ち明けませんでした。わたしに心配をかけたくなかったのでしょう」

「ご主人がサイラス・フィッツパトリックという男について口にされたことはありますか？」

未亡人の顔のしわがますます深くなる。「いいえ、そんな名前に聞き覚えはありません。どうしてですか？」

「クロス卿はいかがですか？」その名前にレディ・ホルブルックが反応を示したのを、ケンドラは見て取った。

「クロス卿なら存じていますわ。社交行事で紹介されましたし……その子爵が関係した昔の事件も知っています」

「どんな事件でしょう？」ケンドラは興味を引かれて尋ねた。

レディ・ホルブルックは束の間黙り込み、ティーカップに視線を落とした。「戦争中の悲劇的な出来事です。夫の配下だった青年が亡くなりました」彼女は小声で話した。

「エヴァート・ラーソンですね」

レディ・ホルブルックがぱっと目を上げて息をのむ。「エヴァートのことをご存じなの？」

ケンドラはうなずいた。「あなたのご家族とラーソン家は親しかったと聞いています」

「ええ。エヴァートが死んだと知ったときは、わたしたちみんな打ちひしがれましたわ」

「わたしたちというのは？」

ケンドラは、レディ・ホルブルックの手が震え、持っているティーカップがカタカタ揺れるのを見た。未亡人は急いでカップを横に押しのけ、両手の細い指を組んで膝に置いた。

「エヴァートの両親、バーテル・ラーソンとアストリッド・ラーソンですわ。サー・ジャイルズとミスター・ラーソンは幼なじみで、両家は何年ものあいだ親しくしていました」

ケンドラは驚きを装った。「エヴァートの死で、それが変わったのですか？」

レディ・ホルブルックの茶色の目になにかがよぎった。「ええ」

「クロス卿はどのようにかかわったのでしょう？」

レディ・ホルブルックは眉をひそめた。「子爵は――いえ、当時あの方はまだ子爵ではなかったのですけれど――」

「ええ、彼が当時まだ爵位を継いでいなかったのは知っています」ケンドラはいらだちを抑えねばならなかった。二十一世紀から来たせいか、あるいはアメリカ人だからか、相続や爵位に関する法律は専制的で時代遅れに感じられる。

「まあ、それはどうでもいいわ。クロス卿の連隊はフランス軍につかまりました。何カ月ものあいだ、ピレネー山脈の薄汚い山村のそばにある捕虜収容所に閉じ込められました。ひどいところだったそうですわ」彼女は小さく身震いした。「エヴァートはスペインで諜報活動に携わっているとき、その収容所を発見したそうです。ところが、なんらかの理由で正体が露見して、彼もつかまってしまいました」いったん唇をきゅっと結んでうつむいた。「具体的なことは存じませんけれど、火事か爆発のようなものが起こったということです。エヴァートはそれに巻き込まれて亡くなりました」

「なんて恐ろしい」レベッカがつぶやいた。

「クロス卿ともうひとりの男性――名前は知りません――は、なんとか脱出できました」

ケンドラは彼女を見つめた。「ふたりはどうやって逃げたのですか？」

だがレディ・ホルブルックはかぶりを振るばかりだった。「存じません。でも、その事件がいくら恐ろしいものだといっても、もう二年も前のことです。それがどうして夫の死と関係するのですか？」

「関係ないかもしれません」ケンドラは認めた。「けれど、クロス卿はご主人が亡くなった夜に、彼と口論しているところを目撃されています。理由はご存じですか？」

「想像もつきませんわ」

「サー・ジャイルズは最近クロス卿の名前を口に出されましたか？」

「いいえ」

ケンドラは相手の顔をうかがい見たが、そこにあるのは純粋な困惑だけだった。話題を変える。「ご主人とご子息の関係は、どのようなものでしたか？」

レディ・ホルブルックはいぶかしげに目を細くした。「どういう意味ですの？　一般的な父親と息子の関係ですわ」

警戒しているわね。ケンドラは未亡人を見据えたまま言った。「たいていの父親と息子は人前で喧嘩をしません」少なくともケンドラはそう思っている。

「あれは不運な出来事でした」レディ・ホルブルックは鋭く言った。弱々しい表情が突然険しくなる。だがそのあと、衝動的な返答を悔やんでいるかのように唇を噛んだ。次に口を開いたときは、言葉を慎重に選んでいるようだった。「あのときジェラードはわれを忘れてしまったのです。おわかりでしょうけれど、若い男の人というのは、ときどき……」どうでもいいと言わんばかりに、華奢《きゃしゃ》な手を持ち上げて振る。

「酔っ払うことがある？」ケンドラは、レディ・ホルブルックがそれを否定するかどうかに興味があった。

未亡人が不満げな表情になる。「残念ながら、ジェラードは友人の影響をあまりにも受けやすいんですの」

「だから、サー・ジャイルズはご子息をインドに送ろうとなさっていたのですか？」

レディ・ホルブルックは小鼻をふくらませた。「誰がそんなでたらめを話したかは存じませんけれど、それは誤解ですわ、ミス・ドノヴァン。息子はあのような、病気のはびこる不潔な国に関心を持っておりません。夫がそんな場所に息子をやるはずもございません。考えるだけでもばかげていますわ」

抗議のしかたが過剰よ、とケンドラは思った。「ご子息は水曜日の夜はどちらにいらっしゃいました？　午後九時から昨日の朝までのあいだです」

「まさか、ジェラードが父親の事件にかかわっているとほのめかしているんじゃないでしょうね？」レディ・ホルブルックは気を高ぶらせて唐突に立ち上がった。レベッカのほうに視線を移す。「レディ・レベッカ、ご両親に敬意を表して、喪に服している中でもあなたに会うことを承知したのです。でも、これは常軌を逸していますわ」

ケンドラも立ち、口をつけていない紅茶を脇に置いた。「ご気分を害されたのは残念ですけれど、これは必要な質問です。わたしが訊かなければミスター・ケリーが訊くことになります」

レベッカが割り込んだ。「質問が無神経だと感じられたならお許しください。でも実のところ、わたしたちはあなたのためを思っているのです。ご主人を殺した犯人を見つけるためには、ご子息の疑いをすっかり晴らしておくほうがいいのです」

レディ・ホルブルックの目をなにかがよぎった。「息子は家にいました」ようやく答え、ケンドラと目を合わせた。「ひと晩じゅう自宅におりましたわ」

「わかりました。ご子息と話をさせてください」

「だめです。息子は父親の死を悼んでいます」未亡人は指の関節が白くなるほど、両手を強く握り合わせた。「どうぞお帰りください」

「レディ・ホルブルック――」ケンドラが言いかける。

「お願いです」

レベッカは身を乗り出してティーカップと受け皿をテーブルに置いた。ゆっくりと立ち上がり、レディ・ホルブルックの視線をとらえる。「奥さまのご気分を害するつもりはなかったのです」

「玄関までお送りしますわ」未亡人はそれだけ言うと、部屋の出口へと向かいはじめた。

ケンドラとレベッカはその後ろからついていったが、出口まで行く前に扉が開き、若い男が入ってきた。彼が誰かはすぐにわかった。ジェラード・ホルブルックは母親によく似ている。濃い茶色の目をして、金色がかった黄褐色の髪を流行のブルータス風に整えている。二十代半ば、とケンドラは見当をつけた。背は高く、前裾を斜めに切った濃紺の上着、黒いベスト、淡黄褐色の長ズボン、ズボンの裾をたくし込んだ光沢ある黒いヘシアンブーツをまとった体はたくましく引きしまっている。少年らしい魅力がある。ただし、ふたりを眺めるときの目のぎらぎらした光やにやりと曲げた唇に、少年らしいところはない。黒い腕章をつけていなかったら、彼が喪に服していることは誰にもわからないだろう。

「お客さまがいらっしゃっていると言われたんです。すぐ僕に知らせてくれなくちゃだめでしょう、母上」穏やかにたしなめる口調だった。レベッカをざっと見てすぐに目をそらしたあと、ケンドラを上から下まで眺める。ケンドラは鳥肌が立った。「紹介してくださいよ」

「レディ・レベッカとミス・ドノヴァンがお悔やみにいらっしゃったの。だけどもうお帰りになるわ」彼の母親は硬い声で言った。

「だめですよ。どうぞいてください。こんな魅力的なお客さまをお迎えすることはめったにないんです」彼は種々のクリスタルのデカンターできらめくサイドテーブルまで歩いていった。ひとつの蓋を開け、ブランデーらしきものをグラスに注ぐ。

「ティーカップをもうひとつ持ってこさせてもいいのよ」レディ・ホルブルックは眉根を寄せて息子を見つめた。

「僕が紅茶嫌いなのはご存じでしょう」

「お父さまのこと、お悔やみ申し上げます、ミスター・ホルブルック」ケンドラは言った。

ホルブルックはケンドラを見ながらグラスを持ち上げ、ゆっくりとブランデーを飲んだ。

「父をご存じだったんですか？」

「いいえ」

彼は唇を不愉快そうにゆがめた。「まあ、父はお高くとまっていましたからね」

レディ・ホルブルックは息をのんだ。「ジェラード、冗談はやめなさい」

彼の目でなにか醜いものが光ったが、すぐに消えた。「すみません、母上。確かに冗談でした。ご婦人方もおわかりだと思いますけど」

「悲しみに対する反応はひとりひとり違いますから」ケンドラは無感情にささやいた。

ホルブルックはびっくりしたようだったが、そのあと満足げに笑った。「そのとおりです。また母を驚かせて狼狽させてしまいました。だけど僕と父はあまり親密じゃなかったんです」

「ジェラード、ミス・ドノヴァンはお父さまの殺人事件を調べておられるのよ」レディ・ホルブルックが息子にかけた言葉には、間違いなく警告の響きがあった。「さっき、わたしたちは水曜日の夜、家にいたとご説明しておいたわ」

ケンドラは腹を立てて歯ぎしりをした。こういうことがあるから、容疑者は事情聴取のあいだ常に分離しておくべきなのだ。情報を教え合ったりアリバイについて口裏を合わせたりするのを防ぐために。

ホルブルックは仰天してケンドラを見つめた。「それはえらく奇妙なことですね。父の死が、あなたといったいなんの関係があるんです？」

「お父さまは殺されました。誰もが殺人犯を見つけることに関心を抱いているはずです」ケンドラは彼が次に言うであろうことに身構えた。

「だけど、あなたは女性でしょう！」

「信じられないかもしれませんけど、わたしはそのことにとっくの昔に気づいていました」ケンドラは彼から目を離さなかった。「〈タッターソール〉で、なにについてお父さまと言い争っておられたのですか？」

ホルブルックの顔から表情が消えた。片方の肩を軽くすくめる。「あんまり覚えていませんね」

「サー・ジャイルズがあなたをインドにやろうとなさっていたことは思い出せますか？　あなたは行きたがっておられなかったそうですが」

レディ・ホルブルックは茶色い目をぎらつかせてケンドラに詰め寄った。「さっきも言ったでしょう、あなたの得た情報は間違いだと。夫が息子をそのような恐ろしい場所へやるはずがありません」

「僕は自分で話せますよ、母上」

「ええ、もちろんそうよね」レディ・ホルブルックはあわてて言った。

ホルブルックはしばらくのあいだケンドラをじっと見た。少年らしい魅力は消え失せている。「僕と父はしょっちゅう口論をしました。多くのことで意見が合いませんでした。父は僕をインドにやるようなことを口にしたかもしれませんが、僕はそんなどうしようもなく文明の遅れた国に行くつもりはさらさらなかった。だからそんな問題を論じるのは無意味なんです」

「お父さまが生きておられたら、この問題についてあなたに選択の余地を与えたでしょうか？」ケンドラは単刀直入に尋ねた。

ホルブルックの唇がいらだたしげにゆがむ。「それはわかりませんね」

ケンドラは一瞬沈黙し、話題を変えた。「サイラス・フィッツパトリックという名前に聞き覚えはありますか？」

ホルブルックが顔をしかめる。「いいえ」

「クロス卿はどうです？」

「エリオット・クロス――クロス子爵？　イートン校で一緒でした。だけど、そんなによくは知りません。どうしてですか？」

ケンドラはレディ・ホルブルックをちらりと見た。「ご子息がクロス卿と学校が一緒だったとはおっしゃいませんでしたね」

「気がつきませんでした。そんなこと、思いもしませんでしたわ」

「当然でしょう」ホルブルックが軽く言った。「同級生じゃありませんから。彼は僕より一学年下でしたし、友人じゃありませんでした。イートン校に何人が在籍しているかご存じですか？　彼と話さなくても、少しも不思議はありませんよ」

「パーティーや社交行事では？」

彼は肩をすくめて酒をひと口飲んだ。「僕たちが同じ社交行事やクリケットの試合などに出席したのは間違いないでしょう。だけどつき合いはありませんでした。さっきも言ったように、友人じゃなかったんです。どういうことですか？」

「クロス卿は水曜日の夜、〈ホワイツ〉でお父さまと話しているところが目撃されています。口論していました。なにについての口論か、心あたりはありますか？」

「想像もできません。父がクロスを知っていたなんて思いませんでした。接点があるとしたらスペインですね」

「エヴァート・ラーソンが死んだとき」ケンドラはつけ加えた。

ホルブルックは眉を上げた。「そうです。エヴァートのことを知っているんですか?」

「ええ」ケンドラは彼の目が興味深げにきらめくのを見た。

「誰が父を恨んでいたかを知りたいなら、バーテル・ラーソンを問い詰めたほうがいいですよ。エヴァートの父親です」

レディ・ホルブルックははっと息を吸った。「ジェラード、そんな冗談はやめなさい」

「冗談じゃないですよ。今回はね」彼は母親に目を向けた。「覚えておられるでしょう、ミスター・ラーソンは父上を殺すと脅したんです」

「二年も前のことよ! バーテルは息子さんが死んだことを知ったばかりだったわ。悲しみのあまり、そんなことを口走ったのよ」

「ときには、過去はおかしなよみがえり方をすることもあります」ケンドラはそっと言った。思いは一瞬ヨークシャー州に向かう。過去と現在と未来が危険にからみ合った場所に。「サー・ジャイルズは最近、ミスター・ラーソンについてなにかおっしゃいませんでしたか? ミスター・ラーソンが最近また脅迫したと示唆するようなことはありませんでした?」

「たとえあったとしても、父は話さなかったでしょうね。いろいろあったけれど、それでも父は常にラーソン一家の味方でしたから」

ケンドラはホルブルックの口調に不可解な怒りを聞き取った。「お父さまとエヴァートはとても親しかったそうですね」

ホルブルックは唇をゆがめて冷笑した。「ええ、すごくね。父はエヴァートを王子さまのように扱いました。まあ、あの一族は北欧の神の子孫ですから」

「北欧の神？」それは十九世紀のはやり文句のようなものだろうか、とケンドラはいぶかった。

「息子は冗談を言っていますのよ」レディ・ホルブルックは急いで言って息子に心配そうなまなざしを向け、ケンドラに目を戻した。「あの一家は、自分たちの血統はノルウェーの王族までさかのぼれると公言しています。もちろん、ばかげた妄想です。だって、れっきとしたイングランド人ですもの」

「エヴァートとデヴィッドはよく神々の自慢をしました。スカンディナヴィアの神話に、すっかり入れ込んでいたんです」

ケンドラが目を向ける。「デヴィッド？」

「バーテルとアストリッドの下の息子さんです」レディ・ホルブルックが説明した。

〈ラーソン・アンド・サン〉の息子《サン》のほうだ、とケンドラは気がついた。「ほかに息子さんがいらっしゃるのは知りませんでした。エヴァートのことしか聞いていませんでしたから」

「当然でしょう」ホルブルックの声には意地悪な響きがあった。「エヴァートがいるところ、ほかの者はみんなかすんでしまうんです」

「ジェラード――」

「エヴァートが十歳で五カ国語を話せたのは知っていますか？　父は感心していました。あまりの感心ぶりに、僕はときどき、エヴァートはほらを吹いているんじゃなく、本当に神の子孫なんだと思いましたよ！　イートンの校長だって、あいつを尊敬していました」

「学校が一緒だったんですか？」

「当然です。僕とエヴァートは年齢が同じでした。だけど、あいつは上級クラスに進級しました」彼はブランデーを飲み干した、ケンドラはその目に怒りもしくは恨みの光をとらえていた。おそらくは両方。彼はサイドテーブルまで行って空のグラスを置いた。「父はエヴァートを励まして、弁護士になって内務省で自分の配下で働くよう説得しました。ふたりには共通点が多くありました」

精神分析医でないケンドラにも、ホルブルックの抱くねたみやその原因は理解できた。サー・ジャイルズについて知ったことからすると、彼は仕事中毒で、自分の務めに忠実で祖国に献身的だったらしい。そして仕事をしていないときは、実の息子よりもエヴァートとの関係を育むほうに関心があったようだ。殺されたのがエヴァートだったとしたら、ケンドラはホルブルックを容疑者リストの最上位に置いただろう。

「エヴァートは頭がよかったけれど、それはあなたも同じよ」レディ・ホルブルックは息子を見つめて話に割り込み、ほとんど懇願するように言った。「お父さまはあなたのことをとても誇りに思っておられたわ、ジェラード」

今回ホルブルックの目に浮かんだのは軽蔑であることが、ケンドラにもわかった。彼は歯を食いしばり、ぞんざいに肩をすくめた。「失礼します、ご婦人方。書斎に戻らないと。今は僕が一家の長ですし、やらねばならないことがたくさんあるのです」

ケンドラは出口に向かう彼を見つめた。「お父さまの書類で捜査に関係ありそうなものが見つかったら、オルドリッジ公爵の住まいまで連絡をいただけますか？」ＦＢＩ捜査官のバッジがない以上、ケンドラは次善の手段を用いざるをえない――公爵の名を口にすることだ。

ホルブルックは足を止め、ちらりとケンドラを振り返った。「あなたのことは間違いなく心に留めておきますよ、ミス・ドノヴァン」彼はばか丁寧に辞儀をして部屋を出た。

ケンドラは目をレディ・ホルブルックに向けた。最初ケンドラたちが来たとき未亡人は冷静な様子だったが、今は老けて見え、顔はこわばっていた。

レベッカが訪問の終わりを告げた。「この大変なときに会ってくださって、本当にありがとうございました」未亡人に目をやったとき、ケンドラが見たのと同じ緊張を美しい顔に見て取ったらしく、つけ加えて言った。「どうぞお座りください……。お見送りはけっこうですわ」

「ミスター・ホルブルックは喪章をつけていたけれど、父親を悼む気持ちは少しもなかったみたいね」年配の執事が玄関扉を閉めたとたん、レベッカはささやいた。ボンネットの紐を顎の下で結びながら、ケンドラをちらりと見る。「サー・ジャイルズをかなり恨んでいたわ」

「ええ、わたしも気づきました。そしてレディ・ホルブルックは息子をかばっていました」

「当然でしょうね、母親としては」

「彼女は難しい立場にいます」ケンドラはそう言ったあと、不審な顔になった。玄関ポーチの横にあるイチイの茂みに注意を引かれていた。風はないのに、枝が揺れている。不思議に思ってポーチの端まで歩いていき、下をのぞき込む。大きな茶色の目が木の葉のあいだから見返してきた。

　ケンドラは少女に微笑みかけた。「こんにちは《ハィ》」

　少女はしかめ面になった。「変なこと言うのね」驚くほどきびきびとした話し方で答える。

「高い《ハィ》？　あたし、全然高くないわよ、身長。それに空も飛べないし」

　ケンドラは目をしばたたかせ、少女をもっと子細に見つめた。「あなたはルースね」サムが、少女が壺の後ろにいるのを見つけたと言っていたのを思い出した。「子守から隠れているのね？」

　茶色の目が丸くなる。「どうしてわかるの？」

「小鳥さんが教えてくれたの」

　ルースは当惑した顔になった。「そんなのありえない。鳥には声帯がないもの。あるのは鳴管よ。鳴管が鳥の喉の奥、肺の近くにあるのは知っている？」

　ケンドラはびっくりして、横に並んだレベッカと顔を見合わせた。

　レベッカが指摘する。「オウムはおしゃべりするでしょう」

「人の話をまねることのできる鳥もいるわ。鳴管で息を吐くことで声を出すの。レディ・ワトリーはオウムを飼っているの。あたしがお母さまと一緒にお訪ねしたら、いつもオウムは叫ぶのよ。〝くそったれ、この生意気なあばずれ！〟って」

「まあ」レベッカは愕然とした。「レディ・ワトリーの飼っておられる鳥が？」

「そうよ」ルースは隠れるのをやめ、地面に膝をついて茂みから這い出てきた。「レディ・ワトリーの甥が旅先からそのオウムを連れてきたの」前屈みになって、ミトンをはめた手でスカートや上着から雪や枯れ葉を払いはじめる。「オウムってすごく頭がいいのよ」

「鳥の中で最も利口なのよね」ケンドラは風変わりな少女を見つめた。決してかわいくはない。細い金色の巻き毛とひしゃげたウールのベレー帽に囲まれた顔は細すぎる。それとは対照的に、茶色の目は顔と不釣り合いなほど大きい。「鳥の研究が好きなの？」

「鳥類学には興味がないわ。だけどそれに関する本は何冊か読んだの。今はサー・ニュートンの『自然哲学の数学的諸原理』を読んでいるところ。鳥よりもずっと面白いのよ。読んだことある？」

「読書リストには入っているわ」ケンドラはぼそぼそと言った。

少女の顔を影がよぎった。「でも最後まで読めるかどうかわからない。お母さまは女の子が読書しすぎるのには反対なの」ルースは胸をふくらませ、母親の口まねをした。「〝つまらない本など読んでも若い女性は夫を手に入れられませんよ〟お母さまは数学にも興味がないのよ」せつなげなため息とともに言う。「お母さまは、そんなのは誰も話題にしたくない面白くない教科だと言うの。刺繍や水彩画をがんばったほうがいいって。だけど、刺繍にはあまり興味がないのよね。絵を描くのは好きだけど」

レベッカが微笑んだ。「わたしも絵を描くのは好きよ。それに、とても頭のいい数学者で結婚した人もいるから、その人たちの夫も数学に興味があったんでしょうね。エミリー・ドゥ・シャトレとか、エレナ・コルナーロ・ピスコピアよ」

ルースはうなずき、敏捷な動きで玄関ポーチのステップをのぼってふたりと並んだ。「うん、知ってる。アレクサンドリアのヒュパティアもでしょ。だけどヒュパティアはキリスト教信者の暴徒に殺されたのよね」

「そうなの」レベッカはその情報にどう対処すべきかわからないようだった。「まあ、それはひどく恐ろしい話だわ」

少女は唐突に尋ねた。「あなたたち、誰？　あたしの名前は知ってるのに、あたしはあなたたちの名前を知らない」

レベッカはにっこり笑い、楽しそうに辞儀をした。「わたしはレディ・レベッカ、そしてこちらはミス・ドノヴァンよ」

ルースは顔をしかめた。「お辞儀しなくちゃいけないのは、あたしのほうね。あなたはわたしより年上だし、地位も高いでしょ。だけどあたし、あなたよりは地位が上かも」ケンドラに視線を移す。「あなた、アメリカ人？」

「そうよ」

ルースは満足した様子でうなずいた。そして、いかにも子どもらしく、また唐突にさっきの話題に戻った。「数学も好きだけど、それよりもミスター・ジョン・ナッシュみたいな建築家になって、立派なお屋敷や公園をつくりたいの」小さな顔が輝いたが、すぐに曇った。「だけどミスター・ナッシュはホイッグだし、お父さまは認めてくれないでしょうね」目を下に落とす。「でもお父さまは死んじゃった」

レベッカはため息をつき、表情を和らげた。「本当に残念だわ。お父さまがお亡くなりになって、さぞ悲しいでしょう」

少女は小さくうなずいて口角を下げた。「お父さま、あんまり家にいなかったけど、あたしに本を読ませてくれたし、お母さまや子守には絶対に告げ口しなかった」物思いに沈んだ顔でしばらく道路を眺める。それから真顔でケンドラとレベッカを見上げた。「お父さま、ただ死んだわけじゃないのよ。殺されたの。お母さまは、たぶんお父さまの敵の仕業だと言ってる。お父さま、政府で働く重要人物だったから」

「ええ、知っているわ」ケンドラはしゃがみ込んで少女と目の高さを合わせた。「わたしは、お父さまに害をなしたかった人物を見つけ出そうとしているの」

ルースはいぶかしげに小首をかしげて、ケンドラをじっと観察した。「どうして？　あなたになんの関係があるの？」

「誰かが傷つけられたなら、誰がなんのためにそんなことをしたのかを見つけ出して、その人が二度と同じことをしないようにするのは、世の中すべての人の義務だと思うわ。そう思わない？」

てるんでしょ」

「そうかも」少女はゆっくりと同意した。「ボウ・ストリートのミスター・ケリーが捜査し

ケンドラは小さく微笑んだ。「わたしはミスター・ケリーの捜査に協力しているのよ」

少女は興味を引かれたようだった。「あなたはアメリカ人だけど、それでも貴婦人でしょ。どうやって、お父さまを殺した人を見つけられるの？」

「質問をすることによってよ。捜査はそういうふうに進めるの。貴婦人だって質問はできるわ」ケンドラはルースを見つめた。「あなたも協力してちょうだい。最近お父さまになにか変わったことはなかった？　なにかに特に動揺しているようなことは？」

ルースは小さな歯で下唇を噛んで考えた。「ええっと、お父さまはジェラードお兄さまのことですごく悩んでた。お母さまがベティを首にしたから」

「ベティって？」ケンドラはわかっていながら尋ねた。

「階下の女中。ベティがいなくなって、マリーはずっと泣いてばかり。マリーは上階の女中よ」ルースは次の質問を予期して言った。

ケンドラはさっき紅茶を持ってきた赤い目の女中のことを考えた。屋敷の主人の死を悲しんでいたのではなく、妊娠して解雇された友人を思って泣いていたらしい。「ルース、水曜日の夜はなにをしていたか覚えている？」

「水曜日の夜何時頃？」

ケンドラは笑顔になった。「七時から真夜中くらいまで」

「ああ、それなら簡単に思い出せる。六時から七時半までは、子守にピアノの練習をさせられたの」

「きっとお母さんは、あなたの演奏を楽しんで聞いておられたでしょうね」

「賭けだったらあなたの負けよ、ミス・ドノヴァン。お母さまは寝室にいて、レディ・ボーモントの舞踏会に行く支度をしてたの。寝室はピアノを置いてる図書室から離れてるから、あたしの演奏は聞こえなかったはず」

「なるほどね」ケンドラはうなずいた。「お母さまは何時にレディ・ボーモントの舞踏会に出かけられたの？」

ルースは小さな顔をしわくちゃにして考え込んだ。「たぶん八時半くらい。舞踏会に最初に着いてもいけないけど、あまり遅くなってもいけないんだって。世の中にはいろんな規則があるのね。そうじゃない？」

「わたしも同じことを考えているわ」ケンドラは心から正直に答えた。少女をじっと見る。

「あなたのお兄さんは、お母さんを舞踏会までエスコートしたの？」

ルースは鼻にしわを寄せた。「まさか。お兄さまは、そういう催しは、堅物連中と、相手に足枷《あしかせ》をはめようとする若い娘だらけだと言ってるわ。本当の足枷じゃないのよ。だってあたし訊いたもの。結婚という意味だって」

ケンドラはさりげなさを装って尋ねた。「お兄さんは家であなたのピアノを聞いていたの？」

「お兄さまはピアノなんかに興味ないわ。それに、夜はめったに家にいないの。水曜日の夜に家にいたのは、あたしと子守だけ。ああ、もちろん使用人はいたけど。練習のあとは食事をしたわ。そのあとは、子守が暖炉でチーズを焼いてもいいと言ってくれたの。すごくおいしかった」

ケンドラは変わった少女をじっと見た。まだ子どもだけれど、妙におとなびている。「確かにおいしそうね」

「幽霊はいると思う、ミス・ドノヴァン、レディ・レベッカ?」

脈絡のない質問にケンドラは戸惑った。「いいえ」

ルースはうなずき、もう少しなにか言おうとしたようだったが、そのとき扉が開いて黒いボンバジーン地のドレスを着たずんぐりした中年女が顔をのぞかせた。「ああ! ここだったんですね、このいたずら娘!」ルースに目を留めて言う。「家じゅうお捜ししたんですよ! そろそろお勉強の時間です」ケンドラとレベッカに目を向けて、いかにも申し訳なさそうな顔になった。「お嬢さまがずっとあなた方をこんなところに引き留めていたのでなければいいのですけれど。サー・ニュートンとかミスター・ナッシュの最近の突飛《とっぴ》な作品の話をして」舌を打ち鳴らし、少女に向かって一本の指を振る。「高貴な方々はそんな話題に興味をお持ちじゃないって、何度言ったらわかるんです?」

ルースは子守を見上げた。「ミス・ドノヴァンはボウ・ストリートの探偵よ」

「もうっ」中年女は目を丸くした。「夢みたいなことばっかり! さ、行きますよ」ルースの肘をつかみ、立ち止まってケンドラとレベッカにさっと会釈した。「失礼します」

ルースは束の間抵抗して振り返り、ふたりを見た。茂みに隠れているのを見つかって以来はじめて、口もとに小さな笑みが浮かんだ。笑みは顔の厳粛さを消し去りはしなかったものの、ケンドラは不思議と笑みに引きつけられた。そのあと子守はルースの腕をきつくつかんでぐいっと引っ張り、屋敷に引き入れて扉を閉めた。

「おかしな子」レベッカは首をかしげた。「建築家になるなんて、女の子にしては珍しい夢ね。女性の建築家はひとりしか知らないわ――メアリー・タウンリーよ」

「夢をかなえられる女の子がいるとしたら、わたしはルースに賭けますね」とはいえ、歴史は少女の夢がかなえられなかったことを物語っている。ケンドラはどんな本でも、ルース・ホルブルックという名前の建築家について読んだことがない。でも、メアリー・タウンリーのことも知らなかった。だから、もしかすると……。

何人、ルースのような女の子が制度と世間の壁に阻まれて夢をかなえられなかったのかと考え、ため息をこらえる。気のめいる話だ。

馬車まで戻ると、レベッカは言った。「レディ・ホルブルックとミスター・ホルブルックは水曜日の夜の行動について嘘をついたわ」

「そうですね」ケンドラはルース・ホルブルックの将来、あるいは将来の欠如についての暗い思いを押しのけた。「レディ・ホルブルックが息子のために嘘をつく必要を感じたのは興味深いと思います。なにか裏がありそうです」

足を止めた。ベンジャミンが馬車の扉を開けて押さえている。「トレヴェリアン・スクエアに行かないといけないの」御者にそう言ったケンドラは、彼が怖い顔になったのを見ても驚かなかった。

「公爵閣下はお喜びになりませんよ」

「閣下は許可をくださったわ」ケンドラは嘘をつき、ベンジャミンの疑わしげな目を見返した。彼が携帯電話を取り出して公爵を呼び出し、ケンドラの話の裏づけを取れるわけではない。「あなたが連れていってくれないなら、貸馬車を止めるわ。そうなったら、閣下はますますお喜びにならないでしょうね」

「お連れしますよ」ベンジャミンはぶつくさ言い、ふたりが乗り込んだあと必要以上に勢いよく扉を閉めた。

レベッカがケンドラを見る。「トレヴェリアン・スクエアになにがあると思っているの？」

「わかりません。でも遺体はそこに遺棄されました。現場を自分の目で見る必要があります」

レベッカはうなずいて席にもたれ込んだ。「レディ・ホルブルックは息子さんに疑いがかかるのを避けたくて嘘をついただけかもしれないわ。母親の保護本能よ」

「その可能性はあります。あるいは、息子が人を殺すこともできると心の奥底では思っているから、嘘をついたのかもしれませんね」

18

トレヴェリアン・スクエアはロンドンの、もっと広くていかがわしいイーストエンドの一部であるタワー・ハムレッツ自治区内に位置する、狭い街区だった。ベンジャミンは馬車を操って、貸馬車や荷車や馬で混雑する大通りを進ませた。目が痛くなるほどの不快な悪臭が泥だらけの道からのぼってくるようだ。においの原因の一部はこの地区に下水がないことだ。だが、金属的な強い血のにおいもする。おそらくは、この地域にある食肉処理場から漂ってくるのだろう。少なくとも食肉処理場であることを願っているわ。

「ネズミ捕りだよ！　ネズミをつかまえてやるよ！」

「獣脂蝋燭はどうだい――二本で六ペンスだ！」

窓越しに行商人の叫び声が聞こえてくる。ベンジャミンは馬車をある通りに入らせ、さらに別の曲がりくねった小道を進んでいった。徐々に人けがなくなっていき、やがて聞こえるのは、馬車を引く二頭の馬の足音の響きと、ゴトゴトという車輪の音だけになった。今走っているのは古くからある道らしく、どんどん細くなっていき、ついに近代的な馬車は通れなくなった。ベンジャミンはしかたなく、近くの歩道沿いで馬車を止めた。御者台から飛び降りて扉を開ける。

「ここはお行儀のいい地域じゃありませんよ」彼は警告した。手は、広い革ベルトに押し込んで常に携行しているラッパ銃にそろりそろりと近づいていく。彼は不安そうに、道の両側に並ぶ荒れ果ててすすだらけの石づくりの建物をきょろきょろと見た。

「それは控えめな言い方ね」ケンドラは声をひそめた。御者が踏み台を出すのを待つことなくぴょんと飛び降りる。ベンジャミンは明らかに気分を害してケンドラに気難しい顔を向けたが、すぐに踏み台を広げて、レベッカがちゃんとした貴婦人らしく降りられるようにした。

「馬を放ってくわけにはいきませんよ」彼は不満げに言った。

「少し先に教会が見える。ここから歩いていけるわ」ケンドラはベンジャミンの心配そうな表情をとらえた。「手提げは持っているから」

彼はきょとんとした。「それでなにするつもりなんです？　そんな小さい袋で相手を殴るんですか？」

ケンドラはにやりとした。「役に立つのは袋の中に入っているものよ」いったん足を止め、すぐにマフピストルを取り出せるよう口の紐が緩んでいることを確認した。

「ここのほうが空気はさわやかなのが、せめてもの救いね」歩きだすと、レベッカは言った。

「誰も住んでいないみたいだからでしょうね」ケンドラはスカートをつまみ上げてぬかるみを跳び越えた。建物の影になっているところには、まだ黒く汚れた雪が残っているけれど、ほとんどは解けて割れた石畳のそこここに水たまりをつくっている。ケンドラは、崩れた石の建物やガラスがなくなったり割れたりしている窓に目を走らせた。「でも、見かけにだまされることもあります」そっと言う。誰かに見られているような気がして、うなじの毛が逆立った。

レベッカは身震いして、馬車の横で待つベンジャミンをちらりと振り返った。「ミスター・ケリーとサットクリフを連れてきたほうがいいんじゃないかしら」

「たぶん誰もいないでしょう。いるとしても、不法に住み着いた無害な人間くらいです」それでもケンドラは手提げに手を入れ、拳銃に指をまわした。「行きましょう」

足を速めて教会まで行き、二段の階段を駆けのぼる。重いオークの扉は半開きになっていた。足音が、床に広がる氷水を飲んでいた二羽のハトを驚かせた。ハトはすぐさま飛び立って、教会の身廊に通じる扉をくぐった。ケンドラは注意深く前進し、上方へと飛んでいくハトを目で追った。ハトが円天井にある多くのくぼみや割れ目のひとつに止まると、何本かの羽根が落ちてきた。床に何層にも重なった白い糞や灰色の羽根からすると、この教会はずいぶん前からハトのねぐらになっているらしい。

ケンドラは広く薄暗い内部を眺めつづけた。ステンドグラス越しに陽光が差し込んでいるけれど、特に見るべきものはない。教会は空っぽだった。

「どうしてここに来たの?」レベッカは腕組みをして、そわそわとまわりを見た。

「ミスター・ケリーは、殺人犯は遺体を遺棄するのにこの教会を利用したと考えています」ケンドラは聖具室の扉に向かった。扉を開けて暗い部屋をのぞき込む。なにもない。

「それを疑っているの?」

ケンドラは肩をすくめて扉を閉じ、身廊のほうを向いた。「疑うわけではありませんが、彼は血液がないことを根拠にそう推測しています。舌は死後に切り取られたので、それほど血は流れなかったはずです」床を眺めて眉をひそめる。「そして、少量の飛び散った血なら、人が歩いたとき靴で消されてしまったでしょう」

ルミノールの瓶とブラックライトがあったら、なにが見えるのかしら？ 積もった泥や汚れを踏み荒らした靴跡に目を据え、そんなことは考えまいとした。

「なにが見えるの？」レベッカが訊く。

お粗末な現場保存よ。ケンドラはそう言いたかった。「今ですか？　特になにも。でも、地面の跡から、遺体が引きずられたか運んでこられたかがわかる場合もあります。残念ながら、この現場は荒らされているのでわかりません」

レベッカは興味を示して目をきらめかせた。「それによって犯人の肉体的な力の強さがわかるんでしょうね。遺体が運んでこられたとしたら、犯人はかなり力があるはずよ」

「力の弱い人間でも遺体を運ぶ方法はあります」ケンドラは消防夫搬送のことを考えた。小柄な人間でもずっしり重い体を落とさず十五メートルを運んでいけるよう考案された担ぎ方だ。レベッカを見る。「でも一般的には、遺体が運んでこられたとしたら、ホシは男性だと想定できるでしょう。逆に引きずられたのなら、可能性は広がります」

「だけど、サー・ジャイルズが引きずられたとしたら、遺体に痕跡が残るんじゃない？」

「裸で道を引きずられたわけではないでしょう。ホシが別の場所で遺体にしるしを描いて舌を切ったのなら、サー・ジャイルズの体をなにかでくるんでここまで持ってきたことになります。この前の道でサー・ジャイルズの首を絞めたなら——ここは表通りから引っ込んでいるので人目につかないでしょうし、犯行そのものは比較的短時間でした——くるむ必要はなかったでしょう。単に中まで引きずってきて、ここで服を脱がせ、残りを行えばよかったのです」

ケンドラの視線はステンドグラスの窓に引き寄せられた。日光があたって空気中の細かな埃がきらめいている。「犯行は夜……だからここは真っ暗闇だった。ホシはそのことも計画に入れていたのかしら？」今朝使用人階段をのぼったとき、自分が暗闇を予期していなかったことを思い起こす。

「いたと思うわ」レベッカは言い、ケンドラがぱっと振り返ると小さく肩をすくめた。「犯人はそれ以外のこともすべて計画していたんでしょう？」

「ええ、そうですね。ホシは計画的な人間です。犯行に衝動的なところはひとつも見られません。つまり、この現場も選んでいたわけです。なぜ？　ここは人通りから外れている」ケンドラはいったん言葉を切った。「でも、市内のもっと行きやすい場所にも打ち捨てられた建物はあるはずです。だったら、なぜここなのか？」

「遺体に描かれたしるしは宗教的な意味があると示唆しているわ。カトリックには独自の儀式やシンボルがある」彼女はふと眉根を寄せた。「といっても、多くの宗教に同じことが言えるわね。それでも、この教会は無人で放置されている。それは必要な条件だわ。活動中の教会に遺体を持ち込むことはできないもの。司祭や教区民に目撃されかねないから」

「あのしるしが宗教的なものだと想定しておられますね」

「十字架よ。どうして宗教的じゃないということがありうるの？」

「十字架に見えるだけです」ケンドラは首を横に振った。「あまりにも多くの不確定要素がありうる。ホシがサー・ジャイルズの発見を望んでいたかどうかも不明です。遺体が発見されたのは、スネークが夜警から逃げようとしたからにすぎません」

「だけど、いずれ発見されるとは思っていたはずよ。そうじゃなければ、どうしてわざわざ遺体にあんなことをするの？」

「わかりません」不確定要素よ。ケンドラはまたしてもそう考えた。「ホシはなんらかの方法で遺体に注意を引くつもりだったけれど、スネークと夜警のせいでそれが予定より早まったのかもしれません」

ケンドラはなにもない内部を見まわした。頭上ではハトの鳴き声や羽ばたきの音が高い天井に反響している。ここに来れば十九世紀の捜査官が見逃したものを見つけられると期待していた。それは思い上がりだろうか？　おそらく。だが、彼らが現場保存という概念を理解していないのは間違いない。たとえ物理的な証拠が残されていたとしても、今は失われているだろう。

「殺人犯はこのあたりに土地勘があったのでしょうね」ケンドラは場所の選択の話題に戻った。「大通りからは引っ込んでいます。人がたまたま入り込むようなことはありません。これは検討すべき手がかりです。ミスター・ケリーがこの地域、この教会について、なにか発見してくれるかもしれません。あるいは――」彼女は突然口をつぐんだ。腕を寒けが通り過ぎる。

「どうしたの？」レベッカは恐怖のまなざしであたりを見た。

重苦しい静寂が広がる。やがてなにかが聞こえた。小さくきしる音、たとえば靴底が石をこするような。

ケンドラは手提げに手を突っ込んでマフピストルをつかみ、扉に向かって駆けだした。

「ケンドラ！」

玄関の間に出る扉の向こうで動く黒い人影が目に入った。そして走る足音と、外の扉がバンと閉じられる音。玄関の間を走り抜けるとき、ケンドラの動悸は激しくなった。外の扉を押し開けるのに少し手間取る。ようやく扉をくぐると歩道に飛び降りて、荒廃した街区を見渡した。誰もいないのは瞬時にわかった。**くそっ！　どこへ行ったの？**

呼吸を整えようとしながら、崩れかけた無人の建物や割れた窓に視線をめぐらせる。破れた灰色のカーテンが、開いた窓枠に泣き妖精《バンシー》の指のごとく巻きついていた。ますます強くなる風に吹かれて、さらに多くのカーテンがはためいている。太陽はまだ頭上高くに出ているのに、なぜかこの荒涼とした区画はよそより暗く感じられる。周囲の建物によってつくり出された都会の谷間。人影がないのは不気味で、人類滅亡後の世界を思わせた。

「ケンドラ」レベッカが息を切らせて後ろから走ってきた。

視界の端になにかが映り、ケンドラは振り向いた。

あそこよ。道をはさんで向かい側の建物の入り口の中でなにかが動いた。光と闇のあいだを行き来している。

それとも、わたしの想像の産物？

レベッカが心配そうに言う。「ベンジャミンを呼んでくるべきだと思うわ」

ケンドラは無視して道を渡った。扉は割れて傾いたまま放置されている。彼女は武器を取り出して玄関ステップに近づいていった。背後でレベッカがいらだちの息を吐くのが聞こえる。ケンドラは耳を澄ませてほかの音を聞き取ろうとした。**なにかあるはずよ……。**

ステップをのぼって扉をくぐろうとしたとき、誰かが節くれ立った手を振りながら突進してきた。

「出ていけ！　出ていけ！　出ていけ！」

レベッカは息をのんだ。

「なんなの！」驚いたケンドラはステップを踏み外し、なんとか尻もちをついたりうっかり老女を撃ったりせずにすんだ。胸の鼓動は激しく、血は血管を激しく駆けめぐる。呆然として、金切り声をあげる女を見つめた。

老女は不潔な黒いドレスを着て、虫食いだらけのニットのショールを痩せた肩にきつく巻きつけている。くしゃくしゃの白髪を覆うリネンの縁なし帽はかつて白かったのかもしれないが、今は灰色がかった茶色になっていた。顔は深いしわだらけで、あたかもばらばらに切り裂かれたあと縫い合わされたかのようだ。目は落ちくぼんでいるが、ケンドラを見つめるとき濃い青色の瞳はぎらりと光った。

「しぃっ、しぃっ！　しぃっ、しぃっ！」老女は節くれ立った指を自分の薄い唇にあてがった。にやりと笑うと、六本ほどのゆがんで腐りかけた歯が見えた。「出ていけ！　しぃっ、しぃっ！」

「この人は無害だわ」レベッカは同情のまなざしでつぶやいた。

老女は首を傾け、狂った目でレベッカを見据えた。「この人は無害」おうむ返しに言って、甲高く笑った。「しぃっ、しぃっ。この人は無害！」

老女がゆっくり前進してきたので、ケンドラはじりじりと後ろに下がった。怖いからではなく――レベッカの言うとおり、老女は気が触れているが人に危害は加えそうにない――ただ、シラミかなにかの寄生虫だらけなのは間違いない。老女が「しぃっ、しぃっ。この人は無害！　出ていけ！」と笑って言いながらふたりの横をすり抜けていくとき、漂ってきたにおいを嗅いでケンドラは嫌悪感で鼻にしわを寄せた。

「まいったわね」ケンドラはつぶやいた。

老女が通りをよたよたと歩き、ベンジャミンとすれ違い、角を曲がって消えていくのを、ふたりは見送った。

レベッカが咳ばらいをする。「ここの用事は終わり？　グローヴナー・スクエアに戻りましょうか？」

「そうですね」そう言いながらも、ケンドラは街区を眺めつづけた。肌がぴりぴりする。耳を澄ませたけれど、聞こえるのは、巣ごもりするハトの鳴き声と、都会の谷間を吹き抜けて朽ちたカーテンをはためかせる風の音だけだった。「ええ、終わりです」拳銃を手提げに戻す。「でもあと一カ所、寄るところがあります」

19

ロンドンのコーヒーハウスは二十年前ほど人気はないものの、アレックとサムが着いたとき〈リーベル〉はにぎわっていた。顧客は裕福層で、商人から、銀行家、事務員、若い伊達男、道楽者まで多岐にわたっている。道楽者は、わずかに馬のにおいをさせておしゃれな乗馬服を着ていることから、容易に見分けられた。

アレックは客に目をやって、誰がアイルランドの諜報員で誰がフランスの諜報員かと考えた。ナポレオン戦争は独裁者をセントヘレナ島に流したことで終わったとはいえ、情報収集に終わりはない。**双方ともにな。**〈リーベル〉でコーヒーを飲む少なからぬ客が、人々の会話に耳を傾けて、蔓延《まんえん》していると思われる扇動的な思想を報告するためホワイトホールから送り込まれたイングランドの工作員らしい、というダンブレーのほのめかしが思い出される。

アレックとサムは暗黙の了解によって店に入っていき、高い羽目板で区切られた隅の仕切り席に腰を下ろした。

隣のテーブルでは三人の紳士が、摂政皇太子が派手な浪費によって王室を崩壊させるであろうことについて熱心に議論していた。何人かがそちらのほうに首を傾けている。**イングランドの諜報員もいるぞ。**アレックは少々面白がって考えた。

店内の静かなささやき声にかぶせるように、別の会話が聞こえてきた。近くのテーブルにいるひとりの男が、婦人も投票権を与えられるべきだと論じている。連れはその意見に賛成でないらしく、大笑いして、男より小さな脳を持つ女に政治にかかわれるような知性がないのは科学的事実だと高らかに言っている。アレックは束の間、ケンドラがその男の横っ面を張り倒すところを空想した。

かわいい顔をした女給が陶器のカップ二個と銀製のコーヒーカップを持ってきた。「なにかお食べになりますか？」カップを置いてコーヒーを注ぎながら笑顔で言う。

「いや、いい。店の主人と話をしたいんだが」アレックは言った。「サイラス・フィッツパトリックと」

女給は上目遣いにアレックを見た。「どちらさまですか？」

アレックは微笑んだ。「アレック・モーガン、サットクリフ侯爵だ」

彼女はサムに目を向けた。

「サム・ケリー、ボウ・ストリートの探偵だよ」

女給は眉間にしわを寄せた。だが侯爵がボウ・ストリートの探偵と一緒にいるのは奇異だと思ったとしても、その思いは顔に出さなかった。それ以上なにも言わずにテーブルを離れる。アレックたちは、彼女が店内をまわってコーヒーのおかわりを注ぐのを見守った。店の奥にあるテーブルのひとつで立ち止まって屈み込み、男に耳打ちする。男はぱっと顔を上げてアレックたちのほうに頭をめぐらせた。アレックは相手と目を合わせ、挨拶代わりにコーヒーカップを持ち上げた。

サイラス・フィッツパトリックは椅子を後ろに押しやって立ち上がった。彼は中背で、白いシャツ、茶色いツイードの上着、淡黄褐色の長ズボンに包まれた体は引きしまっていてたくましい。クラヴァットは無造作に結ばれている。あんなだらしのない結び方を見れば、アレックの従者ならぞっとするだろう。だがアレックは、それは意図的ではないかと考えた。フィッツパトリックは遊び人という印象を与えたがっている。あるいは、〈リーベル〉に来る諜報員に自分の正体を知らせる合図かもしれない。そういう策略は諜報の世界ではよく用いられるのだ。

彼はアレックより二、三歳上の三十代半ばだろう。黒髪は襟に届きそうなほど長く伸ばしている。くっきりした輪郭、日焼けした肌の細面の顔には、荒々しい魅力がある。コーヒーハウスの経営者には少々似つかわしくないが、諜報員としてはまったく変ではない、とアレックは思った。

フィッツパトリックは口もとに笑みを浮かべつつも、濃い灰色の目で冷たく値踏みするようなまなざしを投げかけ、アレックたちのテーブルまでやってきた。「わたしと話をなさりたいとか?」

〈リーベル〉が開店したのが二年前なのをアレックは知っている。しかしサイラス・フィッツパトリックにアイルランド訛りはあまりなく、もっと長くイングランドにいるように思われた。

「そうだ」アレックは慎重な笑顔で相手を見返し、仕切り席の自分の向かい側を手で示した。

「座ってくれたまえ」

フィッツパトリックは躊躇したが、やがてぞんざいに肩をすくめた。腰を下ろして尋ねる。「なんのお話ですか？　あなた方がうちにコーヒー豆を納入する業者の名前を知りたがっているとは思えないんですがね」

サムは言った。「それは今度にしよう。今は、水曜日の夜におまえさんがどこにいたかを知りたい」

フィッツパトリックは驚きを装おうともしなかった。「なるほど。サー・ジャイルズが殺された件ですね」

サムは彼をじっと見た。「知ってるのかい？」

フィッツパトリックが鼻を鳴らす。「ロンドンじゅうの誰もが知っていますよ」彼はくつろいだ姿勢になり、両腕を背もたれの上に伸ばして足を広げた。ふたりににやりと笑いかける。「教会で首を絞められたそうですね」

「サー・パトリックが殺されて、やけに嬉しそうだな」

「あいつが死んで残念だってふりをする気はありません。そんなでたらめ言ったら、親父は墓の中でのたうちまわりますよ。サー・ジャイルズはアイルランド解放の敵でした」

アレックが言う。「イングランド人の半分はアイルランド解放に反対している」

フィッツパトリックはアレックに目を移した。「まあ、あなたは貴族だから、われわれ庶民の苦しみなんてわからないでしょうね」

「つまらんことを言うな、フィッツ」サムはぴしゃりと言った。「質問に答えろ。水曜日の夜はどこにいた？　夜の九時以降だ」

フィッツパトリックの表情が険しくなった。「なんでそんなことを訊くかはわかっていますけど、お役に立てませんね。家にいましたから」

サムは眉を上げ、不信感を隠そうともしなかった。「おまえさんみたいなやつが、夜の九時に家にひとりでいたってのか？　このコーヒーハウスは十一時まで営業してんだろう」

「店じまいはあそこにいるブルーにまかせています。あの子のことはお店の金庫と命を預けてもいいくらい信用していますよ——それに、わたしはひとりで家にいたなんて言ってませんが」

アレックは彼をうかがい見た。「では、一緒にいた愛人の名前を教えてくれたら、われわれは引きあげる」

「そりゃあ言いたいですよ、言えるもんなら」フィッツパトリックは軽く伸びをして、耳の後ろをかいた。「ほんとに言いたいんです。だけど愛人ってわけじゃありません。あの女がコベント・ガーデンで仕事をしているときに会ったんです。お気づきでないかもしれませんけど、寒い日でね。夜、女にベッドを温めてもらいたいと思ったのもしかたないでしょう」

サムは言った。「おまえの話の裏づけを取るから、女の名前を教えろ」

「ドロシー……ダイアナ……いや、ドーラだったかな？」フィッツパトリックは笑顔を崩さないまま肩をすくめた。「あんまり話はしなかったんでね。もしまた会ったら、忘れずにその女の子をボウ・ストリートにやりますよ」

サムは硬い表情になった。「おまえさん、サー・ジャイルズに面倒をかけてたのか？」

「なんでわたしがそんなことを？」

アレックは相手を見つめて身を乗り出した。「彼がおまえにとって脅威になったからかもな」

フィッツパトリックは巧みに当惑を装った。「どういうことです？」

「内務省がこの店のことを知っているのはわかっている。サー・ジャイルズは、おまえが同志のアイルランド人に情報を渡したり、反逆的な話や謀反をあおったりしているのを突き止めたんだろう。暴動教唆で投獄される人間もいる」アレックは相手を見据えた。「おまえはニューゲート監獄に放り込まれたくないだろう」

「放り込まれたいなんて思ったとしたら、わたしは変人じゃないですか？」フィッツパトリックは鼻の脇をこすってにやりとした。「サー・ジャイルズが、このみすぼらしい店を不埒な犯罪行為の最前線だと考えていた、というのはそのとおりです。だけど、いくらあいつがスパイを送り込んでも……」

彼は客たちを眺めた。「あいつには証拠がなかった」アレックに目を戻す。「証拠がないから、あいつはわたしを脅した――その逆じゃなくてね。あいつには謝ってもらいたいところですよ」

サムはフィッツパトリックをにらんだ。「サー・ジャイルズが亡くなった以上、謝ってもらうことはできないよな？」

「そうでしょうね。あの野郎が悪魔のとこへ行ったことで満足すべきなんでしょう。さて、そろそろ……」フィッツパトリックは運動家のように機敏に立ち上がった。

「ちょっと待ってくれ」アレックは穏やかに言った。背を向けかけていたフィッツパトリックは動きを止め、片方の眉を上げて、アレックが先を続けるのを待った。「おまえがサー・ジャイルズを殺したんじゃないなら、誰がやったと思う?」

アレックは意味のないおしゃべりで話をはぐらかされるのを予期していた。だがフィッツパトリックがクラヴァットと同じくらい無造作にまとっていた愛想よさは突然消え失せた。

「あいつの戦略のおかげでみじめな生活を余儀なくされた哀れな人間なら誰でも、可能性はあると思いますよ」灰色の目がきらりと光る。アレックはその目に浮かぶ感情を怒りだと認識した。「わたしじゃありません。だけど、やつの息の根を止めた人間には最高級のコーヒーをおごってやります。では失礼します、仕事があるので。ごきげんよう」

ふたりはコーヒーの代金を払って店を出た。仕切り席をそっと離れてあとをつけてきた男の存在には気づきもせずに。

「手下にフィッツパトリックの近所を聞き込みさせて、水曜日の夜に誰かあいつを見なかったか調べさせます」サムが言う。

「誰も見つからないという予感がするんだが」

「はい。あっしも、やつが家にいたとか都合よく娼婦と一緒だったとかいうのは嘘だと思います。だけど、この手がかりを追う必要はあります」

アレックは笑顔でボウ・ストリートの探偵を見やった。「まるでケンドラ――ミス・ドノヴァンみたいな言い方になってきたぞ」

「ま、あの人の話し方には説得力がありますから。理にかなってますし」

アレックはうなずいた。思いが今会ったアイルランド人に戻ると、顔から笑みは消えた。

「フィッツパトリックはサー・ジャイルズへの憎しみを隠さなかった」

「みんなが知っているからですよ」ふたりの背後から声がした。

アレックとサムが振り返る。

「マルドゥーン」ボウ・ストリートの探偵は呪いの言葉のようにその名前を口にした。「また盗み聞きか?」

記者はにやりと笑った。「言ったでしょう、それが情報を集めるのに最高の手段だって。残念ながら、遠すぎてフィッツパトリックがおふたりになにを話したかは聞こえませんでした。教えてもらえませんか?」

「明日の新聞にわれわれのことが載るのか?」アレックは前を向き、最初向かっていたほうへと早足で歩きはじめた。サムとマルドゥーンがあわててあとを追う。

「あなた方の名前は書きませんよ」マルドゥーンは言った。

アレックは目を細くして相手をにらみつけた。「オルドリッジ公爵とミス・ドノヴァンの名前を書かなかったようにか?」

「ええ、書いていないでしょう！　お気づきじゃないかもしませんけど、ロンドンには高位の貴族がわんさかいるんです」

「殺人事件にかかわった公爵が？　若い女性と一緒に？　わたしをばかだと思っているのか？」

「まさか。だけど、公爵閣下とミス・ドノヴァンの殺人への関心が珍しいものだというのは、あなただってお認めになるでしょう」

「だからこそ書いてほしくなかった」アレックは素っ気なく言った。

「了解です」記者は躊躇なく同意した。「〈リーベル〉でなにをなさっていたんです？　ミスター・フィッツパトリックと熱心に話し合っておられたみたいですけど」

サムが怖い顔になった。「おまえこそ、あそこでなにやってたんだ？」

マルドゥーンはにやりと笑いかけた。「手に入った情報を追いかけていたんです」

「どんな情報だ？」サムは問い詰めた。「覚えてるだろう、サー・ジャイルズ殺人についてのどんな情報も共有するって約束したのは」

「対等な情報交換だと思っていましたけど」マルドゥーンは答えたが、サムのしかめ面を追い払うかのように手を上げた。「わかりましたよ。ミスター・フィッツパトリックのコーヒーハウスが外国の諜報員の密会場所だとサー・ジャイルズが考えていたことは、周知の事実です。なにしろ店名が〈リーベル〉（ラテン語で〝自由〟の意味）ですからね。フィッツパトリックがどんな思想を持っているのか、よっぽどのばかじゃなければわかるでしょう」

「その点に関してきみがどんな思想を持っているのかを知るのも、そんなに苦労しないだろうな、ミスター・マルドゥーン」アレックは無感情に言った。「アイルランド独立へのフィッツパトリックの献身は、サー・ジャイルズの注意を引いただろう。だがサー・ジャイルズに対するフィッツパトリックの敵意は度を超しているように思える。政治的、愛国的な熱意が狂信的になりうるのは理解しているが、これは――それだけではないようだ」

マルドゥーンはうなずいた。「ミスター・フィッツパトリックがサー・ジャイルズに抱いている敵意はよく知られていて、僕も調べる気になったんです。僕自身アイルランド人なんで、エリン（アイルランドの古名）の社会にはってがありましてね」アレックの大きな歩幅に追いつこうと、彼は少々息を切らせた。「閣下がご想像のとおり、これは個人的な恨みです。少なくともフィッツパトリックにとっては」

それを聞いたアレックは立ち止まって記者に顔を向けた。マルドゥーンが侯爵に衝突せずにすんだのは、優れた反射神経のおかげだった。「どういう意味だ？」アレックが答えを迫る。

マルドゥーンの顔から愛想のいい表情が消えた。「フィッツパトリックは、妹の死についてサー・ジャイルズに責任があると考えています」

サムが大きく息を吐く。「そりゃあ恨むだろうな。なにがあったんだ？」

「三年前、クロンドーキンというアイルランドの村がイングランドの支配に抵抗してちょっとばかり面倒を起こしていました。サー・ジャイルズはイングランド軍に、大きくなる前に反乱の芽を摘むよう命じました。その村にひとりの娘がいました。僕の聞いた話じゃ、かわいい子だったそうです」マルドゥーンはいったん唇を引き結んだ。「娘はイングランド人兵士のひとりに襲われました。兵士は彼女を犯し、そのあと殺しました。素手で首を絞めたんです」

アレックは愕然として記者を見つめた。「絞め殺した……」つぶやいて、娘とサー・ジャイルズの殺人の類似点に思いを馳せる。サムの金色の目が疑わしげに光ったことからすると、彼も同じことを考えているらしい。

「娘はフィッツパトリックの妹だった」アレックはゆっくりと言った。「そしてフィッツパトリックは、軍隊を村に送る命令を出したことでサー・ジャイルズを非難した」

マルドゥーンがうなずいたとき、アレックは彼がもうひとつの関連にも気づいているだろうかと考えた。〝悪いことを口にするな〟ということだ。フィッツパトリックが犯人だとしたら、イングランド軍をクロンドーキンに送る命令を出して彼の妹の残忍な死を招いた男への異様な報復として、サー・ジャイルズの舌を切り取ったのか？

サムは首を横に振った。「だったらフィッツパトリックは気が変ってことだ。その娘の身になにが起こるか、サー・ジャイルズに予想できたはずないんだから」

アレックは暗い目でボウ・ストリートの探偵を見やった。「サー・ジャイルズになされた仕打ちも正気の沙汰ではなかった、とわたしは思う」

「話はそれだけじゃないんです」マルドゥーンは言った。「村人たちはその兵士を裁判にかけるよう要求しました――兵士の名前はロビン・クレイ軍曹です。裁判が行われていたら、彼は有罪になって絞首刑にされていたでしょう」

「そいつがやったって証拠はあったのかい？」サムが訊く。

マルドゥーンの目が光った。「目撃者がふたりいました。それに、娘がいつも首にかけていたロケットが兵士の宿舎で見つかりました」

「そりゃクロだ」サムはつぶやいた。「で、どうなった？」

「サー・ジャイルズが介入しました。イングランドで裁きを受けさせるという名目で、軍曹を呼び戻しました。クロンドーキンでは、いやそれを言うならアイルランドでは、公平な裁判を受けられないだろう、と言って」マルドゥーンの口調は辛辣《しんらつ》だ。「だからクレイ軍曹は帰国しました。裁判は一時間もかからず、やつは無罪放免になったそうです。僕は今、そいつの居場所を調べています」

記者は厳粛な表情になった。小声で言う。「娘はたったの十二歳だったんですよ。動機を探しておられるなら、幼い妹の死への復讐以上のものは考えられません。閣下には考えられますか？」

20

ベンジャミンはケンジントンのクロムウェル・ロード沿いにあるラーソン家が経営する薬種店にケンドラを連れていきたがらなかった――それは驚きでもなんでもない――ので、長広舌を振るって寄り道するよう彼を説得するには数分を要した。彼がついに承知したときも、レベッカの穏やかな介入があったためしかたなく同意したのではないか、とケンドラは考えている。

残念ながら、前方で事故があって渋滞に巻き込まれたため、移動には予想より長い時間がかかった――ベンジャミンはきっと御者台の上で心ひそかに悪態をついていただろう。荷車が氷のかたまりに乗り上げて転覆し、何樽分ものエールがこぼれたのだ。渋滞の様子はケンドラが遭遇した二十一世紀の交通渋滞と奇妙なほど似ていて、いらだちでぴりぴりしたまわりの空気も同じだった。怒った運転手が不満を込めて鳴らすクラクションはないけれど、人々は悪罵の言葉を吐き、何人かは怒りのあまり暴れだしそうだった。

ようやくクロムウェル・ロードに着いたとき、ケンドラは薬種店に行くのに道を訊かねばならないだろうと思った。だが幸い、バーテル・ラーソンは自分の家名に誇りを持つ男だった。ジェームズ一世様式の赤レンガの建物に〈ラーソン・アンド・サン薬種店〉と書かれた看板が上がっていたのだ。その看板にふたつの大きな鉤十字が描かれているのを見て、ケンドラは少々うろたえた。だが、このしるしはヒトラーが採用して純粋な悪のシンボルに変えてしまうまで何千年ものあいだ、ほぼすべての国や文化で用いられていたことを思い出した。ヒトラーが第三帝国を築く前、このしるしは永遠の命、幸運、至高の存在の象徴だったのだ。すべて薬種店にふさわしいものと言えるだろう。

看板の下には大きな張り出し窓がある。近代の小売商と同じく、窓には有望な客を呼び込むための商品や広告が並んでいる。ケンドラは店の外で立ち止まり、青と白に塗られたデルフト陶器の壺を眺めたあと、ピラミッド状に積んだ器の上に掲げられた大きな表示に目を移した。〝ハミルトンの無害なヒ素入りカシェ剤。肌を白くします！　赤み、吹出物、染みを取り去ります。たったの四シリング！〟

女が顔色をよくするため危険なヒ素を少量摂取するのが一般的に行われていたことを、ケンドラはすっかり忘れていた。この流行は三十年後、さらに人気を博することになる。ヴィクトリア朝時代の女たちがまるで死にかけているように見せたがった時代に――千九百九十年代にモデルによって人気を博したヘロイン・シック（病的にも見える悪い顔色にすること）の流行と似ていなくもない。もちろん、ヴィクトリア朝時代の女にとっての皮肉は、その毒を摂取することで多くの女が本当に死に至ったことだ。

レベッカが待っているのに気づいたケンドラは、窓の陳列品から離れて赤い扉に向かった。中に入ると、再び立ち止まって広い店内を見渡した。実際の大きさよりも狭く見えるのは、棚やカウンターに種々の商品がぎっしり並べられているからだろう。薬局であり、珍妙なものを売る店でもある。**本当に珍妙だわ。**ケンドラは棚で剥製のオウムの隣に置かれた五本足のワニの剥製を眺めた。ルースが話したレディ・ワトリーの生意気なオウムのことが思い出されて笑みがこぼれる。

店内には刺激的なにおいから花の芳香まで、さまざまな香りが混ざり合っていた。四人の女——ふたりは明らかに貴婦人、ふたりはその侍女——とひとりの紳士が店内をぶらぶらと歩き、ラベンダーのローションから人を元気づけるという薬草、咳止めシロップから——**やめてよ**——生きたヒルに至る商品を見定めている。

ケンドラは好奇心に駆られて、でこぼこした包みを取り上げた。ミセス・ミドルトンの顔用石鹸《せっけん》の原料として挙げられているのは、動物の油、バラ香水、灰汁、昇汞《しょうこう》だ。首をひねって包みを棚に戻す。昇汞は有毒な水銀化合物だ。この時代、人はそれで顔を洗っている。といっても、ケンドラのもといた時代では、ボトックス——人類が知る中でもきわめて致死性の高い毒素であるボツリヌス菌から抽出された薬品——を注射してもらうのに人が大金を払っているのだ。この時代を批判できるのか？

「ミセス・ミドルトンの石鹸を買ったことはありますか？」レベッカに尋ねた。

「いいえ。うちの厨房担当の女中が石鹸をつくってくれるから」

大きな屋敷で自給自足が行われているのは幸いだった。ケンドラは「よかった」とだけ言って、長いカウンターの向こうにいる女性店員のほうに向かった。店員は十代後半、室内帽から栗色の髪がのぞいている。スプーンですくった入浴剤らしきものを古めかしい天秤の皿に慎重に移すことに専心していた。ケンドラたちが近づくと顔を上げ、スプーンを置いた。

「なにかお探しですか?」微笑むとえくぼが出た。

「ミスター・ラーソンに会いたいの」

「あら。今は研究室なんです。でも、あたしでもお役に立てると思います」店員の視線はレベッカに向かった。「お顔をなめらかにする、よく効く軟膏がありますよ」

ケンドラの目の端で、悪気のない侮辱にレベッカが身を硬くするのが見えた。レベッカは冷ややかに言った。「いえ、いいわ。ミスター・ラーソンとお話ししたいだけなの」ひと呼吸置いてつけ加える。「ミスター・ラーソンに、レディ・レベッカ・ブラックバーンとミス・ドノヴァンがお話があると伝えてちょうだい」

レベッカの称号と上流の話し方は効果を発揮した。「ミスター・ラーソンに、お嬢さまがお話しなさりたいとおっしゃっていることを伝えてきます」店員はカウンターの奥にある自在扉まで歩いていき、押し開けてくぐっていった。

ケンドラは店員の無神経さについて謝ろうとレベッカのほうを向いたけれど、レベッカは故意に横を向き、陳列されたハーブティーを眺めていた。彼女は物心ついてからずっと、不親切で薄情な発言をされつづけてきたのだ。

店員が自在扉を開けて戻ってきた。後ろからは、茶色い髪、鋭く冷たいまなざしの青い目をした、長身で肩幅が広く、人目を引くハンサムな男性がついてくる。二十代前半から半ば、とケンドラは見当をつけた。予期していたミスター・ラーソンではない。レディ・ホルブルックの言った、下の息子のデヴィッドに違いない。

「いらっしゃいませ」彼は進み出た。「サリーから、僕とお話しなさりたいと聞きました。レディ・レベッカでいらっしゃいますか？」

「いいえ。わたしはケンドラ・ドノヴァンです。レディ・レベッカはこちらです」

「失礼しました。どういうご用件でしょう？」

「ごめんなさい。実はミスター・ラーソンとお話ししたかったのです——エヴァート・ラーソンのお父さまと」

男の表情がわずかに変化した。「兄は亡くなりましたが」

「知っています。お気の毒です。お父さまはこちらにいらっしゃいます？」ケンドラは自在扉に目を向けた。

「いいえ。父は……父は家です」聡明そうな青い目が曇る。「僕も訓練を受けた薬種商です。デヴィッド・ラーソンと申します。どういうお話でしょう？」

「サー・ジャイルズの件です」ケンドラは彼の美しい顔をさまざまな感情がよぎるのを見つめた。「先日彼が殺されたのはお聞きになっていますか？」

彼の顎がこわばった。「はい。それが父となんの関係があるんですか？」

「お兄さまが亡くなるまで、両方の家族は親しくしておられた、と聞きました。お父さまはサー・ジャイルズを非難されたそうですね」

「もちろん父は悲しみに暮れました」デヴィッドの目つきが険しくなった。「エヴァートは弁護士になるための教育を受け、仕事を始めたばかりでした。戦争に行く気などなかったのです。ところがサー・ジャイルズは、すべてをなげうって諜報員として自分の配下で働くよう兄を説得しました。名誉と栄光という夢を吹き込んで兄を惑わしたのです」

ケンドラはデヴィッドを観察した。サー・ジャイルズの死を願う人間は、家族にひとりだけではなかったようだ。「あなたとお兄さまは仲がよかったのですか?」

「ええ」彼は素っ気なく答えた。

「お兄さまは飛び抜けて頭のいい方だったとうかがっています」

「そうです」デヴィッドは顔をそむけたが、ケンドラはその前に彼の目に絶望が浮かぶのを見て取っていた。彼はしばらく黙り込み、気持ちを落ち着けた。「エヴァートは……万能でした」やがて口を開いた。「抜群に頭のいい人間でした。子どもの頃から明らかでした。兄は二歳年上で、僕は兄とジェラードのあとをついてまわって困らせましたよ」昔を思い出してデヴィッドの口もとに小さな笑みが浮かんだが、すぐに消えた。

「サー・ジャイルズのご子息、ジェラード・ホルブルックのことですね?」

彼はうなずいた。「はい。エヴァートとジェラードは同い年でした。友人同士でしたよ、しばらくは」

「しばらくは?」

デヴィッドは言いよどんだが、やがて彼の目でなにかが光った。「成長するにつれて、ジェラードはエヴァートに腹を立てるようになりました」

「サー・ジャイルズがあなたのお兄さまをかわいがったからですか?」

「ええ、ほかにも理由はありますが」デヴィッドは不愉快そうな顔になった。「サー・ジャイルズがご自分の息子にもっと関心を持ってくれたらよかったのに、と心から思いますよ。そうしていたら、兄はまだ生きていたかもしれない」

ケンドラはしばらく彼をじっと見つめた。「きっと、あなたもサー・ジャイルズを恨んだでしょうね」

「兄は死んだんです――悲惨に」デヴィッドが声をあげたため、近くで商品を見て歩いていた女のひとりがちらりとこちらを見た。注意を引いていることに気づいたデヴィッドは、ケンドラとレベッカについてくるよう合図し、客のいない店の隅に向かった。再びケンドラを見つめる。「なぜそんなことをお訊きになるんですか？」

「わたしの後見人」――その言葉はいまだに喉につかえてしまう、なにしろ二十六歳なのだから――「オルドリッジ公爵とわたしは、サー・ジャイルズ殺人事件の捜査でボウ・ストリートに協力しています」デヴィッドが驚いて眉を上げたのを見て手を上げる。「ええ、自分が女なのはわかっています」

デヴィッドは眉を下げてしかめ面をつくったが、なにも言わなかった。

「水曜日の夜、九時から真夜中まではどこにいらっしゃいました？」

デヴィッドは唖然とした。

ケンドラは手袋をした手を広げた。「わたしがお尋ねしなければ、ボウ・ストリートが質問することになります」

デヴィッドは横を向いた。店の反対側では、買い物をしていた紳士が選んだものを持ってカウンターに向かっている。店員のサリーが駆け寄って手を貸した。そのとき扉が開き、ひとりの中年女性が入ってきた。困ったような顔をした侍女がいくつもの箱と藁《わら》編みの籠を持ってついてきた。

「どうしてもとおっしゃるならお答えしますが、僕はここにいました」デヴィッドはようやく言った。

ケンドラは彼から目をそらさなかった。「九時から真夜中までずっとですか？　それを裏づけられる人はいます？」

「いいえ。店は五時半に閉まりますけど、僕はよく仕事で遅くまで研究室に残ります。僕たちは薬種商なんですよ。〈ラーソン・アンド・サン〉は独自の治療薬を調合します。地元のお客さまのためにいろいろな薬を調剤しています」

「つまり、深夜まで働くのは、あなたにとっては普通のことだと？」

「そう言ったつもりですが」デヴィッドはカウンターに歩み寄る中年女性に目をやった。「お客さまのお相手をしなければなりません。もういいですか？」

ケンドラはうなずいた。「今のところは」

彼の目をなにかがよぎったが、ケンドラが解き明かす前にそれは消えた。彼はさっと辞儀をした。「失礼します」

ケンドラとレベッカは黙ったまま、新しい客にデヴィッドが近づくのを見守った。客は白髪交じりの茶色いソーセージ状の巻き毛がふくよかな顔をきれいに縁取る年配女性だ。かぶっているベルベットのボンネットは、レースのひだ飾り、花、シルクのリボンで飾られていて、ちょっとごちゃごちゃしすぎているとケンドラは思った。濃い青のマントは、この天候に合うよう毛皮の裏がついている。マントの下に着ているのは短黄色と白の縦縞入り馬車用ドレスで、裾には金色のひだ飾りが三重についている。

ケンドラは彼女がひだ飾りを好きなのを知っている。前回ロンドンにいて、アレックの元愛人レディ・ドーヴァーの殺人事件を捜査していたとき、レディ・セントジェームズに紹介されていた。この伯爵夫人は公爵の妹の友人だ。そしてロンドンでも無類の噂好きである。殺人事件の捜査において、詮索好きな人間は常に貴重な情報源だ。

見ていると、レディ・セントジェームズはデヴィッドに媚《こ》びるような笑顔を向けた。彼が少なくとも三十は年下であることなどおかまいなしだ。「ミスター・ラーソン、こんにちは。すぐに薬を調合していただきたいの」彼女が侍女に合図をするなり、侍女は抱えている箱の山をずらして、腕にかけた藁の籠の蓋を開けた。琥珀色の薬瓶をカウンターに置くと、ガラス同士があたってカチカチいった。

デヴィッドは伯爵夫人に礼儀正しい笑みを見せ、瓶のひとつをつかんでラベルを確認した。

「承知しました。これをお飲みになって、よくお眠りになっておられますでしょうか？」

「お父さまのお薬のおかげで、夢も見ずにぐっすり眠れているわ」彼女は首を傾け、好奇心たっぷりの明るい目をデヴィッドの顔に据えた。「それで、お父さまはどうしていらっしゃるの？　近いうちに仕事にお戻りになるのかしら？」

子細に見つめていなかったなら、ケンドラはデヴィッドの広い肩が張り詰めたのを見逃したかもしれない。「まだなんです。父は自分の病気を治すことに精いっぱいでして」

「あらまあ」伯爵夫人は同情するようにチッチと舌を打ち鳴らした。「まあ、あなたという息子さんがいて幸運だったわね」

「恐れ入ります、奥さま」デヴィッドは小さく頭を下げたあと、瓶をまとめた。「失礼して、ご注文の薬を用意してまいります」見つめられていることを意識して、ケンドラとレベッカに一瞥をくれる。口もとをこわばらせたあと、身を翻してカウンターの向こうへまわり、自在扉をくぐっていった。

カウンターの端では、サリーが紳士の接客を終え、待っていた女の相手を始めていた。女はそれぞれの手に緑と琥珀色の瓶を持っている。彼女も睡眠薬を買うのだろうか、とケンドラは考えた。その薬に夢を見ない眠りに誘い込むためのアヘン――完全に合法なもの――が含まれているのは間違いない。

ケンドラはレディ・セントジェームズに歩み寄った。夫人は今、自分の歯を保つのに役立つという触れ込みで陳列されている木炭性歯磨き粉を眺めている。

「レディ・セントジェームズ？」ケンドラは夫人が瓶を置いて振り返り、こちらを見るのを待った。

相手はケンドラが誰かわかったようだ。「ミス・ドノヴァン。それにレディ・レベッカ！

これは嬉しい驚きだわ。ご機嫌いかが？」

レベッカは膝を折ってさっと辞儀をした。「おかげさまで元気にしております。奥さまは？」

「ええ、わたしもすこぶる元気よ」夫人はさっきデヴィッドに父親のことを尋ねたときと同じくらい好奇心をあらわにして、ふたりを見つめた。「ロンドンにはなんの用でいらっしゃったの？」

レディ・セントジェームズがこちらに向ける目つきは、まるでネズミの穴の外で待ち構える猫のようで、ケンドラは彼女が答えを知っているのではないかと思った。「サー・ジャイルズが殺されたことはお聞きになりました？」

「ええ、聞いたわ！」意味ありげな笑みを浮かべた。「では、『モーニング・クロニクル』に載っていた若い女性というのは、あなたのことだったのね。本当に変わっているわね、あなたと公爵閣下が犯罪に興味を持つというのは。不可解だわ。だけど……」夫人は身を乗り出して声をひそめた。「とっても楽しそう。これまでになにがわかったの？」

「まだ捜査は始まったばかりです」伯爵夫人になにを言おうと、彼女が最初に会った知人にそれを伝えることは、ケンドラにもわかっている。「ミスター・ラーソンと話しておられるのが耳に入ってしまいました。この店にはよくいらっしゃるのですか？」

「〈ラーソン・アンド・サン〉に？」レディ・セントジェームズはその質問に驚いたようだった。「ええ、もう何年にもなるわ。かかりつけのお医者さまが、わたしのちょっとした症状についてお父さまのほうのミスター・ラーソンを紹介してくださったの。最初はそんなことをされて戸惑ったわ。わたしは病気の治療を薬種商に託されるような庶民じゃないのよ！」当時の憤りがよみがえったのか、彼女は鼻息を荒くした。だが、それはすぐにおさまった。「だけど、お父さまのミスター・ラーソンが低級の薬種商でないことはすぐにわかったわ。あの人の仕事ぶりと薬にはおおいに満足しているの。彼はぜひお薦めするわ――そして若いほうのミスター・ラーソンも。ふたりとも優秀な薬種商よ」

「お父さまのほうはご病気らしいですね」

レディ・セントジェームズはまたしても同情に舌を打ち鳴らした。「ええ、そうなのよ、お気の毒に」

「いつからご病気なのでしょう？」

「えぇっと、ちょっと考えさせてね」唇をすぼめて考え込む。「最後にお話ししたのはクリスマスの頃だったわ。気持ちを静める薬を買ったとき。グロースターシャー州にある息子の領地に行くことになっていたの。孫はとてもかわいいんだけど、正直言って絶えず双子にわめかれていると神経がおかしくなるのよ。そのあと二回来たときには、お父さまのほうはおられなかったわね。だけどさっきも言ったように、息子さんのほうもお父さまと同じくらい優秀なのよ」

「では、ミスター・ラーソンは少なくとも一カ月は病気だということですね」ケンドラはゆっくりと言った。サー・ジャイルズが悩んでいるように見えはじめたのと、ほぼ同時期だ。

「そうね」レディ・セントジェームズはケンドラをじっと見た。「それは大事なことなの？」

ケンドラは正直に答えるのを避けた。「ただの病気にしては、かなり長期間に思えますね」

「ええ、そうよね。とりわけミスター・ラーソンのような人にしては。彼はとても頑健で魅力的な紳士なのよ」夫人の目が驚くほどみだらに光る。

レディ・セントジェームズが〈ラーソン・アンド・サン〉をひいきにしているのは、父親のミスター・ラーソンの薬種商としての腕前よりも魅力が関係しているのだろうか、とケンドラはいぶかった。

伯爵夫人は続けた。「ねえ、いったいどういうこと？　どうしてわたしのひいきの薬種商にそんなに興味があるの？」

ケンドラは質問を無視して尋ねた。「ミスター・ラーソンの息子さん、エヴァートをご存じでした？」相手がぽかんとしたので、つけ加えた。「戦死した人です」

「彼のことなら知っているわ、もちろん。だけど紹介はされなかったわね。そうでしょう？　わたしたち、社会階層が違うもの」夫人は少し見下すように笑った。「アメリカ人のあなたは、まだここの社会がよくわかっていないみたいね」

「ミスター・ラーソンが息子さんについて話したことはありましたか？」

「いいえ、その人のことは亡くなったときにはじめて知ったのよ。二年か、二年半くらい前だったかしらね。お父さまのミスター・ラーソンが店に来なくなった一度目だったわ」夫人は前屈みになってささやいた。「憂鬱症よ。復帰するまで下の息子さんに薬種店の世話をまかせることができたのは幸運だったわ」

「一度目は、どれくらい店に来なかったのですか？」

レディ・セントジェームズは隣の陳列物、ピラミッド形に積んだ入浴剤と香水瓶のほうに移動した。ひとつの瓶を取り上げてにおいを嗅ぐ。「そう、数カ月だったわね。息子さんは、お父さんはしばらくロンドンを離れてバースに行ったと話していた気がするわ」彼女は瓶を置いた。「バースのお湯は神経症によく効くから」

ケンドラとレベッカは彼女のあとについていった。「サー・ジャイルズとはお知り合いでしたか？」ケンドラは尋ねた。

伯爵夫人は意味ありげに微笑んだ。「サー・ジャイルズと、奥さまのレディ・ホルブルックには紹介されたことがあるわ。国王はサー・ジャイルズを准男爵に叙せられたのよ。十五年前――もしかすると二十年前かしら？　それであの方たちは上流階級の仲間入りをしたわけ。レディ・ホルブルックとご子息はよく社交行事に顔を見せたわね」

「サー・ジャイルズは違うと？」

レディ・セントジェームズは別の香水瓶を取り上げた。「あの方はいつもホワイトホールで仕事に励んでおられたから。もちろん、それはしかたないわね。あのちびの暴君ナポレオンと戦争していたんだもの。サー・ジャイルズが次の首相になるという噂もあったから、彼に招待状を送らない人はいなかったでしょう」鼻にしわを寄せる。「まあ、ホイッグの中でも急進的な人たちは別かもしれないわね。だけどそういう不届き者だってためらったでしょう、サー・ジャイルズが摂政皇太子と親しくしておられたことを考えると」

彼女は侍女を手招きして、持っていた香水瓶を渡した。

ケンドラは侍女が数歩下がるのを待ってから質問した。「サー・ジャイルズのご子息、ミスター・ホルブルックについて、どんな印象をお持ちですか？」

「会ったときは素敵な若者だと思ったわ。だけどそのあといろいろと話を耳にして……」

ケンドラは喜んで餌に食いついた。「どういう話でしょう？」

伯爵夫人は顔を近づけ、またしても秘密を打ち明けるように声を低めた。「あの若者はお父さまと喧嘩して、〈タッターソール〉で殴りかかったのよ。最初は信じられなかったけれど、本当だったの」

「ええ、わたしたちも聞きました」

「あら」レディ・セントジェームズは一瞬、その情報を伝えるのは自分が最初でなかったことに落胆したようだ。「噂によると、サー・ジャイルズはご子息に立腹して、インドにやろうとなさっていたらしいわ」

「どうしてそんなことをご存じなのですか？」伯爵夫人がそのような情報まで手に入れたことに、ケンドラは感心していた。とはいえ、ベアが知っているなら、レディ・セントジェームズが知っているのは当然かもしれない。

夫人はにっこりした。「まあ、そこここで耳に入ってくるものよ」

レベッカが割り込んだ。「でも、本当の話なのですか？」

黒い目がきらめく。「そうよ。レディ・ホルブルックは反対だったみたいだけど、確かな筋によると、サー・ジャイルズは単に問い合わせを行った程度じゃなく、船の予約を取ろうとなさっていたそうよ。実のところ、来週そうする予定だったらしいわ」

ケンドラは眉を上げた。それは初耳だ。「そんなに差し迫った話だったのですか?」

伯爵夫人はうなずいた。「ミスター・ホルブルックは難しい立場にいるわね。いくら親子の仲が悪かったとはいえ、やはりサー・ジャイルズの死を悼んでいるはずよ。それでも、インドへの追放が立ち消えになったことには安堵しているでしょうね」

三人は黙り込んでそれについて考えた。ケンドラは話題を変えた。「クロス卿をご存じですか?」

レディ・セントジェームズは唇をすぼめた。彼女の頭の中で歯車がまわっているのが、ケンドラには見えるような気がした。「エリオット・クロス卿ね。キャンベイ伯爵の次男。伯爵は西のほうの州に狭い領地を持っているわ。たぶんデヴォン州。ドーセット州だったかしら? まあ、どちらでもいいわ。彼はめったにロンドンに来ないけれど、吝嗇《りんしょく》家で有名よ。息子さんのエリオットは、去年キャンベイの長男が馬車の事故で死んだため子爵になったの。年収はそれほど多くない――二千ポンドね」彼女は顎を叩きながら考えた。「子爵はもうすぐ、もっと裕福な妻を探しはじめるといわれているわ」

ケンドラは感銘を受けて相手を見つめた。レディ・セントジェームズがいたらフェイスブックなど不要になるだろう。

伯爵夫人は息継ぎをして話を続けた。「社交界で子爵に紹介されたことがあるけれど、それだけよ。まあまあ感じのいい若者に見えたわね」目を細くしてケンドラを見る。「どうして？　それがサー・ジャイルズの殺人とどんな関係があるの？」

「ないかもしれません」ケンドラが言うと、明らかに新たな噂の種を得ることを期待していた夫人は不満げに顔をしかめた。

デヴィッド・ラーソンが薬を満たした瓶を持って自在扉から出てきたので、ケンドラはほっとした。そちらに注意を引かれたレディ・セントジェームズはカウンターまで足を急がせ、大儀そうな侍女もあとを追った。

「ほかにご用はございますか、奥さま？」デヴィッドは侍女に瓶と、追加で購入された香水を渡した。レディ・セントジェームズについてきたケンドラとレベッカには目もくれず、伯爵夫人に視線を据えている。

夫人の顔に媚びるような表情が戻った。「それだけよ。あなたはわたしの救い主だわ、ミスター・ラーソン」

「恐れ入ります」デヴィッドは会釈した。最後に、警戒心をむき出しにしてケンドラを見る。「僕は仕事に戻らなければなりません、ミス・ドノヴァン。質問にはすべてお答えしたと思います」

ケンドラも思わず彼のしぐさをまねて会釈した。「ありがとうございました」

レディ・セントジェームズが横目でケンドラを見る。「ここのご用が終わったのなら、ミス・ドノヴァン、レディ・レベッカ、ちょっと一緒に歩きませんこと？」

ふたりは店を出て夫人と並んで歩き、侍女は後ろからついてきた。遠くまで歩く必要はなかった。ケンドラの思い違いでなければ、公爵の控えめな馬車の前に止まっている明るいカナリア色の馬車はレディ・セントジェームズのものだ。ベンジャミンはもうひとりの御者とおしゃべりをしていたが、今は話をやめている。レディ・セントジェームズの御者が急いで馬車の踏み台を広げ、扉を開け、侍女の手から嚢の籠と箱の山を受け取った。

伯爵夫人が足を止める。「お尋ねするのを忘れていたけれど、わたしのお友達のレディ・アトウッドもあなたたちと一緒にロンドンに来ておられるの？」

ケンドラは答えた。「そうです」

「まあ、ぜひ訪問しなくては。きっとレディ・アトウッドも、今夜のスミスホープ卿ご夫妻の舞踏会に招待されてらっしゃるでしょうね。大変な人出になりそうよ」

「ふむ」ケンドラに言えたのはそれだけだった。特に理由がないかぎり、上流社会と交流する必要は感じない。けれどもレディ・アトウッドが招待を受けているのなら、逃げるのは難しいだろう。

レディ・セントジェームズは猫のように狡猾そうににやりと笑った。「あなたも出席することをお勧めするわ、ミス・ドノヴァン。たぶんクロス卿もいらっしゃるでしょうから。わたしの勘違いでなければ、キャンベイ伯爵とレディ・スミスホープは親戚よ。遠縁だけれど。クロス卿が招待を断るのは無礼だと思うわ」

「ありがとうございます、奥さま。スミスホープ家の舞踏会が楽しみになってきました」

伯爵夫人は笑った。「そうだと思った」次の瞬間笑みは消え、彼女は目を細くしてケンドラを見つめた。「それで、あなたはどうしてここにいるの、ミス・ドノヴァン？　ロンドンという意味じゃないわよ。ここ——この店に。あなたが入浴剤や歯磨き粉を買いに来たなんて、これっぽっちも思わないわ。わたしが来たとき、あなたは若いほうのミスター・ラーソンにしつこく質問していたでしょう。そしてわたしには、お父さまのミスター・ラーソンについて」

相手もばかではない。だからケンドラは慎重に言葉を選んだ。「両家は知り合いです。ミスター・ラーソンとサー・ジャイルズは幼なじみで、ミスター・ラーソンの息子のエヴァートは、戦争中サー・ジャイルズの下で働いていました」

伯爵夫人が眉を上げる。「そうなの？　そういう関係だとは知らなかったわ」それについて考えているようだ。「まさか、ミスター・ラーソンがサー・ジャイルズの殺人に関係しているなんて思っていないでしょうね？」

「父親が、それとも息子がですか？」

「とぼけないでよ」夫人は面白がってささやいた。

ケンドラは首を横に振った。「正直なところ、わたしたちは誰がサー・ジャイルズの死を望んでいたのか突き止めるために質問をしていただけです」

「ふうむ。サー・ジャイルズが内務省で高い地位にいたことを考えると、イングランドの敵なら誰でもあの方の死を望んでいたでしょうね。実のところ、あなたはアイルランドの過激分子に目を向けるべきよ」

「そちらの方面にも聞き込みをしています」

「いいわ」夫人はうなずいてケンドラを見据えた。「率直に言うわね。ミスター・ラーソンが――お父さまでも息子さんでも――サー・ジャイルズの事件に関係していると考えているなら、赤っ恥をかくわよ。だって、あの人たちは薬種商よ。薬種商を信頼できないなら、いったい誰を信頼できるというの？」

ケンドラは笑った。「アメリカ人がその意見に賛成するかどうかはわかりませんけれど」

背を向けて馬車の踏み台に片方の足をかけていたレディ・セントジェームズは、ケンドラに顔を向けた。眉を高く上げて、フリルだらけの服装にはそぐわない高慢な表情を見せる。

「あら、どうしてアメリカ人は薬種商が嫌いなの？」

「嫌いというわけではありません。でも信頼はしていないでしょうね――ベネディクト・アーノルドは薬種商でした」

夫人は首をかしげてにっこり笑った。「それは見方によるわね。ミスター・アーノルドは信頼できる人間だったわ――イングランド人にとっては（アーノルドはアメリカ独立戦争で活躍したあとイギリスに寝返った裏切り者として知られている）」

21

「ドクター・マンローはサー・ジャイルズの胃から、ザルガイとヨーロッパアカザエビ、アスパラガス、ビートの根を見つけた」オルドリッジは書斎のテーブルについた一同に告げた。ケンドラ、アレック、レベッカ、サム、公爵が薄く切ったハムとローストビーフ、サマセットチェダーチーズとスウェイルデールチーズ、黒パン、エッピングバターで軽い昼食を取りながらサー・ジャイルズの最後の食事について話し合っているのを、ケンドラは少々皮肉だと感じた。けれどほかの人は誰もそう思っていないようなので、彼女は口を閉じておいた。

公爵が続けて言う。「中身は容易に判別できた」

「ああ、それはよかった」ケンドラはチーズとハムでサンドイッチをつくりながらうなずいた。

レベッカがいぶかしげな顔になる。「どうして?」

「サー・ジャイルズがクラブで食事を取ってから亡くなるまで、それほど時間はかからなかったという意味だからです。これで死亡推定時間の幅を二時間ほどに絞れます。二時間たつと、胃の内容物は……判別しにくくなります」頼んで煮沸してもらった水のグラスを取り、ゆっくり飲みながら時系列について考えた。「これは助けになります」グラスを置いて言う。「サー・ジャイルズが九時前後に手紙を受け取り、その後すぐにクラブを出たのはわかっています。今、彼がそれから二時間以内に殺されたのが判明しました。つまり十一時までには亡くなっていたわけです」

公爵は目を輝かせてテーブルの向こうからケンドラを見やった。「そこには貸馬車が彼を目的地まで連れていった時間も含まれる。もしも貸馬車の御者が殺人犯だとしたら――」

「そいつが犯人ですぜ」サムがハムを噛みながら言った。「すみません、閣下」

公爵は眉を上げてボウ・ストリートの探偵に目を向けた。「間違いないのかね？」

「はい」サムは口の中のものを噛んでのみ込んだ。「あっしの手下が貸馬車の本当の御者を見つけました――ミスター・リチャードソンです。その男はブロンプトン・ロードの外れで仕事をしてたんですけど、何個か木箱が転がってて道をふさがれたんで、しかたなく止まったんです。木箱を動かそうと馬車を降りたとき、背後から殴られました。一時間後、近くの家の戸口で目が覚めました。頭にはガチョウの卵くらいのこぶがあって、酔っ払ったみたいな気分だったそうです。地元の夜警に、馬車が盗まれたことを報告しました。そしたら、馬がスピタルフィールズで馬車を引っ張って歩いてるのが見つかって、ミスター・リチャードソンはほっとしたそうです。財布に金は入ったままだったんで、強盗の仕業じゃありませんでした。おおかた、酔った若造がちょっと悪ふざけしたんだろうと考えたそうです」

「背後から殴られたため、不運な貸馬車の御者の話からはなにもわからないのだな」オルドリッジはがっかりしてつぶやいた。

「それは違います。ミスター・リチャードソンは殺人犯を見ていないかもしれませんが、わかったことはあります」ケンドラは言った。「その行動からホシについてわかることがあります。彼は貸馬車の御者を殺さなかった。殺そうと思えば簡単に殺せたにもかかわらず。雪と暗闇のせいでほかの馬や馬車に轢かれるような、道の真ん中に放置することもなかった。リチャードソンを家の戸口まで運んでいきました。リチャードソンは大男なの？」

「いいえ。けっこう小柄ですね。一四ストーンかそれくらい」

ケンドラは頭の中で、六五から六八キロくらいと換算した。「いいわ。それだと誰も容疑者から除外できない。やはり今のところわかっているのは、サー・ジャイルズとだいたい同じ身長で、まずまず力の強い人間だということね」

「でも、貸馬車の御者が殺人犯だったとしたら」レベッカが割り込んだ。「クラブの夜間担当の給仕が顔を見たんじゃない？」

レベッカがこの前の話し合いの席にいなかったことを、ケンドラは忘れていた。「屋外で働く人間の大部分は、上着、スカーフ、手袋、帽子を身につけています。それはその人の正体を隠すのに利用できます」

「ああ、そうね。それは気づかなかったわ」

一同はその後しばらく食事に集中した。ケンドラはサンドイッチを平らげたあと席を立った。部屋を横切って石のかけらをつかみ、新たな情報を石盤に書き入れはじめた。「サー・ジャイルズは命をねらわれていました」一歩下がって石盤を眺める。「それはわかっています。でもホシは、目標に近づくため不必要な殺しはしたくありませんでした。それは、ある程度思いやりを持った人物であることを示しています」

「そうとは言いきれない」アレックは反論した。「頭の傷は危険なものだ。貸馬車の御者はその傷がもとで死んだかもしれなかった。それに、犯人が御者を移動させたのは、彼があまり早く見つかって警戒されるのを防ぐためだったかもしれない」

「まあ、そういう可能性はあるわね」ケンドラは譲歩し、石のかけらをもてあそびながら再び考え込んだ。「だけど、御者にとどめを刺して、遺体を見つからないよう戸口に捨てることもできたはずよ。そうしなかったことには、なんらかの意味がある。思いやりは不適切な言葉かもしれない。ホシが残忍なのは明らかよ。それでも、わたしたちが最初考えたほど冷酷無情ではないかも」

「少なくともサー・ジャイルズ以外の人間にとってはな」公爵はそっと言った。

ケンドラはうなずき、公爵と目を合わせた。「そのとおりです。目標を殺すためならほかの人間を始末することになんのためらいも覚えない殺人犯は、驚くほど多く存在します」FBIにいたとき、ケンドラはジョン・〝ジャック〟・ギルバート・グレアムについて調べたことがある。彼は千九百五十五年、四十四人が乗る飛行機を爆破した。たったひとりの乗客を殺すために――自分の母親を。今相手にしているホシは、グレアムほどの異常者ではないようだ。

ケンドラはみなにじっと見つめられていることに気がついた。「すみません、ちょっと別のことを考えていました」ぼそぼそと言う。飛行機がなにか知らないサムとレベッカに、この話をできるはずがない。

咳ばらいをしてサムを見た。「リチャードソンは、あとをつけられていたとか、監視されているみたいだったとかいうことは言っていた？」

サムはかぶりを振った。「いいえ。犯人は単に運がよかったんでしょう」

計画的よ、とケンドラは再び考えた。「これは思いつきによる犯罪じゃないわ。ホシはそういうことを運にまかせはしない。こいつは戦略を立てる。すべてお膳立てしているのよ」

公爵はティーカップを持ち上げて縁越しにケンドラを眺めた。「では、きみは殺人犯がリチャードソンのあとをつけていたと考えているわけだ。貸馬車の御者というのは、決まった経路をたどるものかね？」

「はい」サムが答える。「それぞれ縄張りがあって、通る道は決まってます」

「おそらくホシは何台かの貸馬車に目をつけていたんでしょう」ケンドラは言った。「そしてリチャードソンを選んだ。彼の縄張りや日課が好都合だったから。木箱を転がして道をふさぐためには、その時間にその道を馬車で通るのがリチャードソンひとりだと確信できなければならなかった。それには計画が必要だわ」

アレックは言う。「そして計画には時間が必要だ」

「サー・ジャイルズについては、そんなに時間をかけなくてもよかったでしょうね」サムが指摘した。「あの方の日課は決まってましたから」

ケンドラはうなずいた。「ホシは手紙を送るだけでよかった。そうしたらサー・ジャイルズは出てくる」

「賢いやつではないか?」公爵はゆっくり紅茶を飲みながら、しみじみと言った。

「ばかではありません」ケンドラが肩をすくめると、公爵はにやりと笑った。「おっしゃるとおりです。われわれが相手にしているのは、平均以上の知性や狡猾さを持つ人間です」

「ミスター・ホルブルックがそこまで賢いと思う?」レベッカが訊いた。

歩きまわっていたケンドラは足を止めて彼女を見た。「そう思わないのですか?」

レベッカは両手を広げた。「正直言って、彼は尊大で甘やかされた若者だと思うわ。上流社会にいる典型的な人間。だけどそれほど賢くはない。あなたの意見は違うの?」

「まだ先入観で決めつけはしないでおこうと思います」ケンドラは石のかけらをもてあそびながら考えた。「サー・ジャイルズは高いIQの持ち主でした。娘もです。ホルブルックが同じくらい知的ではないと考える理由はありません」

サムはかすかに微笑んだ。「風変わりな娘でしょう?」

ケンドラはうなずいたものの、なにも言わなかった。自分自身変わり者だとよくいわれてきたので、面白いとは思えなかったのだ。**これはわたしの泣きどころね。**「事実としてわかっているのは、一週間前ホルブルックは借金に苦しんでいて、父親は彼をインドにやろうとしていたということ。でも父親の死に伴い、ホルブルックは今や一家の長となった。つまり財産を管理する権利も手にした。もう誰も、彼になにかをするよう命じることはできない。そして彼は絶対にインドへは行かない」

「そんなふうにまとめると、ホルブルックには確かに父親を殺す動機がある」公爵は言った。

ケンドラは肩をすくめた。「もっと弱い動機で殺人を犯す人もいます」

サムは残っていたパンを食べ終えて皿を横に押しのけた。「ちょっとおうかがいしたいんですけど、ＩＱってなんです？」

ケンドラは目をぱちくりさせ、どう言うべきか少し考えた。「あら。単に、人の知性を表すアメリカでの言い方よ」

もちろん、実際には″知能指数《IQ》″は、ポーランドのヴロツワフ大学で働くドイツ人心理学者がつくった用語だ。ポーランド人を低能扱いするジョークが数多くあるのは、皮肉としか言いようがない。

「レディ・ホルブルックは水曜日の夜にご自分と息子さんがどこにいたかについて嘘をついたわ」レベッカはそう言いながら、立ち上がってティーポットを取りに行った。

アレックが眉をひそめる。「まさか、レディ・ホルブルックが夫の死にかかわっていると言うつもりじゃないだろうな？」

「違うわ」ケンドラは言った。「今もまだ犯人から女性を除外はしていないけれど、レディ・ホルブルックは小柄なの。物理的に、サー・ジャイルズの首にああいう絞め跡をつくることは不可能だわ。脚立にでも乗っていないかぎり」

「息子を守るために嘘をついたんでしょう」サムは興味なさそうに言った。

「わたしもそう思う。でも、それは拙速だったわね。ルースは、あの夜母親は舞踏会に行ったと話してくれたわ。どうして母親は、息子にアリバイが必要だと考えたのかしら？」

公爵がじっと見つめてきた。「息子がサー・ジャイルズを殺したかもしれないと思ったからだろう」

それは質問ではなかったが、公爵の答えにケンドラはうなずいた。「その可能性を考えたのは間違いありません。でなければ、あんなにあわててアリバイを主張しなかったはずです」

「きみはどう思うんだ?」アレックはケンドラに尋ねた。

「さっきも言ったように、まだ先入観で決めつけはしないでおきたいわね。ホルブルックはレディ・レベッカが言ったとおりの男よ——甘やかされた、尊大な若者。だけど頭はいいと思う。母親がそばにいないところで、もう一度話を聞きたいわね。ああいう若者は頭がよすぎて墓穴を掘ることもあるから」

オルドリッジが言う。「絞殺はまあ考えられるとして、遺体にしるしを描く? 舌を切り取る? 前にもこの話はしたが、子どもが親に対してそのようなことをするなど、いまだに信じられんのだ」

ケンドラは唇を噛んだ。頭には残忍な連続殺人鬼エド・ケンパーのことが浮かんでいる。母親を撲殺したあと喉笛をむしり取って生ごみとして捨てた男だ。サー・ジャイルズの舌は、ホルブルックにとって同じような象徴的な意味を持っているのかもしれない。

ケンドラは一同を見渡し、ケンパーの恐ろしい凶行については話さないことにした。「サイラス・フィッツパトリックについてなにかわかった?」

「彼もサー・ジャイルズを憎んでいた。それにはもっともな理由がある」アレックは、マルドゥーンの突き止めたフィッツパトリックの妹の殺人について話した。

レベッカが大きく息を吐く。「まあ、かわいそうな女の子。サー・ジャイルズはその子の死に直接かかわったわけではないけれど、それでも彼のしたことはひどいわ」

ケンドラはアレックとサムを見た。「彼に事件の夜のアリバイはあるの？」

サムは口を開けたあと、レベッカに目をやった。「あの、ええっと……忙しかったと言ってました」

レベッカの目が光った。「つまり、彼は遊女と一緒だったということね。わたしは子どもじゃないのよ、ミスター・ケリー。子ども扱いするのはやめてちょうだい！」

「すいません、お嬢さま」サムはもごもご言った。

よくやったわ。ケンドラはレベッカにそう言いたかった。でも事件に集中しなければならない。「フィッツパトリックの言うことを信じないの？」

「なんとも言えませんけど、ミスター・フィッツパトリックはつかみどころのない男に見えます。あっしは手下に、〈リーベル〉周辺の店をあたらせてます。誰かがなにかを見たかもしれませんから」

「いい考えだわ。何人かに、〈ラーソン・アンド・サン薬種店〉の近辺の店と、ホルブルック家のあたりも調べさせてくれない？　この一カ月に、近所の人が変わったことに気づかなかったかどうか」

「たとえば？」サムが訊く。

「具体的にはわからないけれど」ケンドラは正直に言った。

公爵が立ち上がった。困った顔をしている。「ミスター・フィッツパトリックについても、ミスター・ホルブルックについてと同じ疑問がある。首を絞めて殺したのは理解できる。恐ろしいことではあるが。しかし、なぜ舌を切り取り、遺体にしるしを描くのだね？」

「どちらも象徴的な意味があります」ケンドラは言った。「彼は妹を殺した犯人を無罪放免にするよう命じた男の舌を切り取ったのかもしれません。十字架はカトリック的な意味を持つのかも。ひとつの仮説です。

同じ仮説はラーソン家にもあてはまります。わたしたちはバーテル・ラーソンと話すため〈ラーソン・アンド・サン〉を訪れました。彼はいませんでしたが、息子がいました。デヴィッドです」

公爵は机の後ろに腰を下ろした。「それで？」

「わたしの印象では、デヴィッドも、サー・ジャイルズが諜報員になるようエヴァートを説得したことをかなり恨んでいます」ケンドラはデヴィッドの顔に垣間見た怒りと絶望を思い出していた。「少し妙なことがわかりました。バーテル・ラーソンは一カ月ほど前から店に来ていません」

「病気なのよ」レベッカが言った。

ケンドラは彼女を見た。「そうかもしれません」

「一カ月……」サムの目は石盤に記された時系列に向かった。「サー・ジャイルズの様子がおかしくなったのと同じ頃だ。そいつはにおいますね」

「同感よ。ミスター・ラーソン——父親のほう——に話を聞く必要があるわ。デヴィッドには事件の夜のアリバイがない。父親にはあるかどうか興味があるわね」

公爵は言った。「明日わたしときみとでミスター・ラーソンをお訪ねしよう」

「社交訪問ではありません」ケンドラが警告する。

「それは、午前中に訪問したいということかね？」

「時間を無駄にしたくないんです」ケンドラはそこで言いよどんだ。「そういえば……〈ラーソン・アンド・サン〉でレディ・セントジェームズに偶然お会いしました。今夜スミスホープ家で舞踏会が開かれるそうです」

アレックは眉を上げた。「きみも招待してほしいんじゃないだろうな？」

「レディ・セントジェームズは、クロス卿が出席すると考えておられるの」

「なるほど」彼はうなずいた。「それで急に社交行事に参加したくなったわけだ」

ケンドラは微笑んだ。社交の催しは事情聴取を行うのに理想的な場所ではないが、それでもなんとかできるようになっていたのだ。

サムは石盤を見つめている。「クロス卿の名前と、サー・ジャイルズに描かれた十字架《クロス》に、関連はあると思いますか？」

公爵ははっと息を吸った。「なんと、それは考えたこともなかったな」ケンドラと目を合わせる。「だが、きみは考えていた」

「考えていました。殺した被害者の体に自分の名前を残すのは、かなり大胆ですね。彼に会うまで判断は留保しておきます」

「見えないインクで描かれていたんでしょう」レベッカが声をあげた。「見つかるとは思っていなかったのかも」

「その可能性はあります」ケンドラは言った。

公爵は立ち上がった。「キャロと話をしてくる。招待状を整理しているのは彼女だからな。たぶんスミスホープ家からの招待状も来ているだろうが、たとえなくても、手に入れるのは難しくないだろう」

ケンドラは思わず微笑んだ。オルドリッジ公爵ほどの有力貴族とつながりを持つことには利点がある。望まずして時間旅行を体験したのは不幸だったとはいえ、オルドリッジに拾われたのは幸運だった。そうでなければどうなっていたかは、想像もできない。

「わたしは家に帰らないと」レベッカはぴょんと立ち上がった。「スミスホープ家の舞踏会に出るよう母を説得できるとは思います。でも両親が別の計画を立てていたなら、今夜わたしもご一緒させていただくようお願いするのは無礼でしょうか、公爵閣下？」

「きみがそうしてくれなかったら、わたしはがっかりするよ」公爵は色の薄い目をきらめかせて名づけ子に笑いかけた。「玄関まで送ろう。そしてハーディングに馬車をまわさせる」

「あっしもおいとまします」サムも席を立った。

ケンドラとアレックは彼らを見送った。意図的かどうかはわからないが、公爵は扉を閉めて彼らをふたりきりにした。たいていの未婚女性は、結婚適齢期の独身男性とふたりだけになるのを許されない。それは両者を守るためのものだ――未婚女性が体を奪われるのを防ぎ、独身男性が望まぬ結婚を強いられるのを防ぐ。

ケンドラとアレックにそのような保護は必要ない。ケンドラはアレックに奪われてもかまわないし、アレックはむしろ彼女との結婚を強いられたいからだ。

「なにがそんなに面白い？」アレックは石盤の前に立つケンドラのところまでやってきた。

「規則について考えていただけ」ケンドラはにっこり笑い、彼に腕を撫で下ろされて息をのんだ。彼のてのひらの熱を感じて、袖の下の肌がしびれる。ああ、いつかはこれに慣れるのだろうか？

ケンドラの笑みが大きくなった。手が彼の胸をのぼっていって首に巻きつく。「ちょっと規則を破りましょ」

アレックはかすれた笑い声をあげながらケンドラの体に腕をまわし、しっかりと抱き寄せた。ケンドラの血が勢いよく流れる。いつもこの激しさには驚いてしまう。顔を上げてアレックの緑の目を見つめた。金色の斑点が揺らめいている。

「わたしの記憶が正しければ、前回ふたりきりだったときは五分間でかなりのことができた」アレックはそっとささやいた。

「ええ、わたしも覚えているわ。その記録を破りましょう」

22

オルドリッジは自分の馬車にレベッカを乗せて帰したあと、スミスホープの舞踏会について尋ねようと妹に会いに行こうとしていた。彼女が反対するとは思えない。キャロは彼にオルドリッジ公爵としての義務を果たせと言って叱るのを楽しんでいる。義務とは、社交界で行われる多くの催しにたまには顔を出す、という意味だ。

「閣下」

公爵はいちばん下の段に足をかけたまま動きを止め、静かに近づいてくるハーディングに顔を向けた。執事が慎重につくった冷静な顔をうかがい、いぶかしげに眉を上げる。「なんだね？」

「若い……人間が裏口に来ております。ミス・ドノヴァンとお話しなさりたいとのことです。去年の騒動のときにここに来たのと同じ子どもだと思います」

「ああ、そうだ。スネークだな」

「残念ながら、そういう名前でございます」

オルドリッジの唇はぴくぴくしたが、すぐに笑いを抑え込んだ。「その子を書斎に通しなさい」

たいていの執事と同じく、ハーディングはどんな状況でも無表情を保つことに大きな誇りを抱いている。だが浮浪児を公爵の屋敷に招き入れて書斎に通すことを思ってぞっとしたらしく、彼は鼻孔を広げた。「しかし、旦那さま。本当にかまわないのでございますか？　ミス・ドノヴァンと厨房で会っていただいては？　あるいは厩舎のほうがよろしいのでは？」

「残念ながら書斎にしてもらう。おまえがここまで連れてきてくれたら、あとはわたしが案内するぞ」

ハーディングは愕然としてあんぐり口を開いたものの、すぐさま威厳を取り戻して閉じた。

「仰せのままに」ついにきわめて堅苦しく言うと、下がっていった。

二分もすると、ハーディングは少年を引き連れて戻ってきた。なんとか、スネークに触れないようにしている。オルドリッジに執事を責めることはできない。少年は、頭に載せたひしゃげた茶色のウールの縁なし帽のてっぺんから、首に巻いたニットのスカーフ、茶色いコート——すり切れていてその下の上着とスモックまで透けて見える——、継ぎはぎだらけの長ズボン、靴に至るまで、とてつもなく不潔なのだ。スネークは玄関ホールをきょろきょろ見ている。オルドリッジはその目に狡猾な光を見て取った。

「こんばんは、スネーク」声をかけたが、小さな顔を見て眉根を寄せた。前回会ったときよりさらに痩せている。

「旦那」スネークが小生意気ににやりと笑う。

少なくとも大胆な態度は同じだ、と思って公爵は笑みを押し殺した。不機嫌な見張り番よろしくそばに立っている執事に一瞥をくれる。「料理人に、ローストビーフ、ハム、チーズ、パンを載せたトレイを用意させて届けてくれ」スネークの目がきらりと光る。「それと牛乳を」

少年はぞっとした顔になった。「牛の乳なんていらねえや！」

ハーディングが怖い顔を見せた。「目上の方の前では言葉遣いに気をつけろ」

その叱責を意にも介さず、スネークは無遠慮な笑みを執事に見せた。

「ついてきなさい」オルドリッジは階段のほうを向いた。段をのぼりながら少年に目をやる。

「ところで、きみの名前はなんだね？」

「スネークだよ」

「洗礼名のことだ」スネークが〝小さなスネークマン〟の略であるのは知っている。スネークマンとは、小さな体を生かして狭い空間に入り込み、おとなの押し込み強盗が入ってこれるよう目的の屋敷の扉を内側から解錠する犯罪者——主に幼い子ども——のことだ。

「ああ」スネークはしかめ面になった。「覚えてねえよ。母ちゃんはパンをかっぱらったところをつかまって、ボタニー湾に流されちまった。おいらはまだ小っちゃかった」少年の目は物欲しげに階段の上部を取り囲む絵や花瓶に向かった。「姉ちゃんがおいらをベアに売って、そこでおいらはスネークマンの仕事を覚えたんだ」

「お姉さんがいるのかね？」

「うん。仕事をしてるとき、おいらがちょろちょろしてたら邪魔だって」

公爵は唇を引き結んだ。スネークの姉がどんな仕事に携わっていたかは充分見当がつく。

「お父さんは？」

「へっ」スネークはどうでもいいと言わんばかりに鼻を鳴らした。母ちゃんが流される前に、縛り首人《ジャック・ケッチ》にやられちまったよ」

オルドリッジは無言だったが、スネークの身の上が珍しくないのは知っている。イングランドの厳しい法律制度は、スネークのような孤児を何千人と生み出している。都会の生活より田舎のほうを好み、政治に関心はない公爵も、法律を変えるための陳情書には数知れず署名していた。とはいえ、なにひとつ成果は得られていないようだ。

スネークは彼を見上げた。「あの貴族の姉ちゃん——ミス・ドノヴァン——が、この前おっ死《ち》んでたやつのことでおいらと話したがってるってベアに言われてさ」

「そのとおりだよ」公爵は少年の痩せた肩に手を置いて書斎の扉のほうを向かせた。普通より長くわざとノブをガチャガチャいわせたあと扉を開け、ケンドラとアレックがぱっと体を離したのには気づかないふりをした。「お客さまだよ」

ケンドラはいつもより赤い唇に心からの笑みを浮かべて、早足で進み出た。「スネーク！」少年をじっと観察する。ケンドラのもともと瑪瑙《めのう》のように濃い茶色の目が、心配でさらに色濃くなったように、公爵には思えた。「大きくなったわね」やがて彼女は言った。

「うん」少年はケンドラに微笑み返した。彼はかつてケンドラ誘拐に加担したが、ケンドラは別の貴婦人の顔を殴って血だらけにしたとき少年の敬意を勝ち取ったのだろう、と公爵は推測した。

「食べ物を用意するよう命じてある。それでスネークはさらにもう少し大きくなれるだろう」

スネークは見るからにぞっとして顔をゆがめた。「もう、仕事ができないくらい大きくなっちまったよ」

ケンドラは渋い顔になった。「座ってちょうだい。わたしがあなたと話をしたかった理由は知っている？」

一同はテーブルに移動した。席についているとき扉がまた開き、女中が昼食のトレイを運んできた。食べ物を盛った皿を見てスネークが目を丸くする。女中がトレイを置いたとたん、分厚く切ったパンを取ろうとしたが、公爵を見てぎりぎりのところで手を引っ込めた。

「食べなさい」公爵はうながした。「さぞ空腹だろう」

「うん！　腹ぺこなんだ」許可を得たスネークは間髪を入れずにパンをちぎってバターを塗り、口の中に押し込むと、すぐさま肉とチーズに移った。ケンドラに目を向ける。「教会で死んでた裸のおっさんのことを訊きてえんだろ」口いっぱいにほおばったまま言う。

「そうよ。あなたが夜警に追いかけられていたのはわかっているわ。夜警は、教会に着いたとき特になにも見なかったと言っているの。だけどあなたのほうが先だったでしょう。なにか見ていない？」

少年の顔に狡猾な表情が浮かんだ。「ええっと、ちょっと考えなくちゃなんねえな」

「一シリングあれば記憶は戻りそう？」ケンドラは素っ気なく訊いた。

スネークは欲張りなシマリスのように頬をふくらませていたけれど、それでもなんとか笑みをつくった。「うん、それは役に立つかも」

「今は財布を持っていないから——」

「ほら」アレックは上着の中を探って硬貨を取り出した。彼がそれをテーブルに置くやいなや、スネークは垢じみた手でひったくってコートのポケットに押し込んだ。

「あの、そうだな……」くちゃくちゃと咀嚼《そしゃく》する。まだそれをのみ込みもしないうちから、さらに食べ物を口に押し込んだ。取り去られるのではないかと恐れているかのように。「考えさせてくれよ……」

「なにも見ていないのなら、でっち上げるのはやめてね」ケンドラは警告した。「嘘は、真実を話さないこと以上に捜査を妨害するの。なにも見ていなくても、お金は返さなくていいから」

安堵らしきものが少年の顔を横切った。「ならいいや。誰も見てねえよ。あのお偉いさんだけさ」

アレックは興味を引かれて少年を見つめた。「あれがサー・ジャイルズだとわかったのか？」

「いいや」スネークは口に食べ物を入れたままもごもご言った。「あんなおっさん、見たことなかったよ」

「だったら、なぜ紳士だとわかった？」

「だって、きれいな体してただろ？　優男そうだった、舌べロは切り取られてたけど」

オルドリッジは驚いた。「よく気がついたな」

少年が肩をすくめる。「おいらにゃ目ん玉がついてるんだ。それをちゃんと使ってるのさ」

そしておそらくは、その目の玉で玄関とこの部屋にあるすべての貴重品を数え上げたのだろうな。オルドリッジは苦々しく考えた。

「それに」少年が話を続ける。「最近じゃ庶民はトレヴェリアン・スクエアに寄りつかねえだろ、幽霊が出るから」

ケンドラは眉を上げた。「幽霊？」

「おいらがなんであそこに逃げ込んだと思う？　夜警《チャーリー》のやつ、あそこまでは追っかけてこねえと思ったからだよ」

オルドリッジはケンドラの顔をうかがい見た。「どうしたのだね？」

「たいしたことではありません。ルース・ホルブルックに、幽霊を信じるかと尋ねられたのです」

「その子はなぜそのような質問を？」

「わかりません」ケンドラはスネークに目を移した。「トレヴェリアン・スクエアに走り込むとき、あなたは怖くなかったの？」

スネークは一瞬不安な表情を見せた。「まあ、あんときゃまだ朝だったたし。それに、長居するつもりはなかったんだ。走り抜けようって思っただけで」

ケンドラは不審顔になった。「どうして、トレヴェリアン・スクエアに幽霊が出ると思われているの?」

スネークは皿の上のものを平らげた。「はっきりは知らねえよ。二、三年前から住人が出ていきはじめたんだ。何人かの貧乏人はまだ残ってたけど、そいつらも最近悪魔を見て逃げてったらしい。今じゃ誰も寄りつかねえよ」

「まだそこに行く人もいるわ」ケンドラは言った。「わたしたち、お婆さんに会ったの」

「はっ! そりゃアニー婆さんだろ」少年は自分のこめかみを指で突いた。「気が変になってんだ。まともな人間はあんなとこに行かねえ」

「法律を犯して逃げている場合を除けば」ケンドラがささやく。

スネークはにっと笑い、コートの内ポケットから銀色の小瓶を取り出した。

ケンドラは瓶を奪い取った。「だめよ」

「おい!」

ケンドラは牛乳の入ったグラスを彼のほうに押しやった。「このテーブルでウイスキーを飲むのは許しません。牛乳を飲みなさい。飲まないなら、わたしが口に流し込んであげる」

アメリカ人と泥棒とが演じる意志と意志とのぶつかり合いを見守るあいだ、公爵は笑いをこらえねばならなかった。どちらが勝つか予想はできなかったが、やがてスネークが降参して、小さな顔を不快そうにゆがめてグラスをつかみ、音をたてて牛乳を飲み干した。

「大きくなって今の仕事ができなくなったら、どうするつもり?」ケンドラが尋ねた。「ベアが顔から天性の生意気な表情が消え、彼は細い肩をぐいっと引き上げてすくめた。

なんか別の仕事を見つけてくれると思う」しばらく空の皿を見つめたあと、立ち上がった。顎を突き出して一同を見る。「もう帰らなきゃ。酒を返してくれよ」

ケンドラはなにも言わず、悲しげに少年を見つめた。スネークはじっと見られて、落ち着かなげにそわそわと足を動かした。

「誰かに仕事を提供されたらどうする？」ケンドラが訊く。「合法的な仕事よ」

「どんな仕事だい？」スネークはいぶかしげに聞き返した。

「わからない。たとえば馬番とか。公爵閣下？」

ケンドラに哀願の目を向けられてオルドリッジは唖然とした。この若き犯罪者の面倒を見るよう求められたら馬番頭のハドリーはどんな反応を見せるだろう。そしてキャロは……。いや、妹のことは考えないほうがよさそうだ。公爵はゆっくりと言った。「まあ、オルドリッジ城か別の領地のどれかで、この少年に仕事を見つけることは可能だと思うがね」

スネークの口角が下がった。「ロンドンを離れるってこと？」

公爵は浮浪児に目を向けた。「たぶんね」間違いなく。「そして、守らねばならない規範もある」

少年が目を細めて公爵を見る。「どんな規範？」

「清潔にすること」オルドリッジは口調を強めた。「定期的に入浴せねばならん。少なくとも週に一度か二度は」それどころか、少年に宿っているであろう見えない虫を除去するためにはウイスキーで体を洗わねばならないのではないか、とオルドリッジは考えた。

「うへっ！」

「盗みなどの犯罪行為はまかりならん」

「くそったれ！」

「そして悪態もついてはならない――少なくとも女性の前では」オルドリッジはそう言ったものの、アレックのにやついた笑いを見なくとも、その条件がいかにばかげているかは自覚している。なにしろ、この場にいる唯一の女性はまるでレディらしからぬ悪態をつく傾向があるのだから。

少年は呆然とした。「あんたらクエーカー教徒か？」

オルドリッジは思わず微笑んだ。「いいや。しばらく時間をかけて、この提案について考えたらどうだね？」

スネークは下唇を噛んで空の皿にさっと目をやった。「わかったよ、旦那……ちょっと考えてみる。もう帰らねえと」

「わたしも失礼します」アレックはゆったりと言った。緑の目が面白そうにきらめく。「玄関まで送ろう、スネーク。ごきげんよう、公爵、ミス・ドノヴァン」

甥が屋敷の外まで少年を追いやろうとしているのは、銀の燭台がなくならないようにするためではないか、とオルドリッジは思った。

アレックは出口の手前で立ち止まってケンドラを振り返った。「きみは人に思わせている以上に心が優しくて気前がいいよ、ミス・ドノヴァン」

ふたりが去ると、ケンドラは公爵を見やった。「ええ、わたしは優しくて、気前よくあなたのお金や食べ物を人に与えていますね、閣下。すみません。どうしてあんなことを言い出したのか、自分でもわかりません」

「悩む必要はない。わたしの財布は痛まんよ」

ケンドラは首を横に振り、いらだったように鼻梁をつまんだ。「そういうことじゃないんです。くそっ!」

悪態をつかないとの規則を思い出させるべきだろうかと公爵は考えたが、彼女は動揺しているらしいので、からかわないことにした。

「衝動的でした」ケンドラは手を下ろした。「わたしは衝動的な人間じゃないのに。それに、こんなことをしたのは二度目です」

ケンドラがフローラのことを言っているのはオルドリッジにもわかっている。フローラはケンドラがヨークシャー州で救った、農夫の夫に虐待されていた妻だ。今は公爵のランカシャー州の領地、モンクスグレーで数少ない使用人のひとりとして料理人の助手をしている。

「ちくしょう、わたしは本当にクエーカー教徒に変身しているのかも」ケンドラはつぶやいた。

今度こそ公爵は笑った。「そうは思わんよ」そんな水夫のような口の悪さではな。「きみは、スネークは間もなく大きくなりすぎて、ベアの犯罪組織でしている仕事ができなくなると気づいているのだろう。そうなったら、ベアはあの子を放り出すか、押し込み強盗よりもっと悪質な犯罪をするよう訓練するかのどちらかだ」慰めるようにケンドラの肩に手を置き、悩ましげな表情をうかがい見る。「どうして、自分が親切であることをそんなに思い悩むのだね？」

ケンドラはしばらく黙り込んだあと、重々しくため息をついた。「説明したらばかみたいに聞こえるでしょうね。自分らしくないことをすると……自分自身を失っているみたいな気がするのです。もう自分が誰かわからないみたいな。誰になろうとしているのか。それに、閣下に対して申し訳ないんです。わたしがスネークに仕事を与えるわけではない——与えるのは閣下です。わたしは気前よくありません。気前よくするよう閣下に無理強いしています」

「きみは心配しすぎる。わたしは、ロンドンの浮浪児すべてを引き取ることはできないとしても、幼い少年ひとりくらいなら引き取れるのだよ」公爵はケンドラの肩をぎゅっと握った。「もちろん、スネークが申し出を受けたとしたら、オルドリッジ城か、どこか今の仲間とは遠く離れたところへやらねばならんだろうな」

ケンドラはまだ渋い顔をしながらもうなずいた。「おっしゃるとおりですね。ありがとうございます。そろそろ今夜の支度をしないといけません」部屋を出ようとして、扉の前で躊躇した。振り返って公爵を見る。「本当に、どうしてあんなことを言い出したのかわかりません。次に同じようなことをしたら、石かなにかでわたしの頭を殴ってください」

「暴力に訴える必要はないと思うがね」公爵は低く笑った。

「急に騎士気取りの衝動に駆られるのを抑えられなかったら、わたしが路上で拾ってくる新しい使用人すべてを住まわせるのに、閣下は新たな領地を買わないといけなくなります」

公爵は眉を上げた。「それは考えていなかった。やはり石を見つけておいたほうがいいかもしれんな」

今回、笑ったのはケンドラのほうだった。

公爵は部屋を出るケンドラを笑顔で見送った。そのあと机まで歩いていってパイプを取り出す。いつもしているように、火皿にタバコの葉を入れて押し込み、暖炉の炎を取った棒で火をつけた。机の後ろの椅子に深く座り込んでパイプをくゆらしながら、これまでのことに思いを馳せた。

ケンドラがはじめて未来から現れたとき――今でもそれを考えると驚嘆してしまう――彼女は用心してこの世界から距離を置くようにしていた。それでも殺人事件の捜査に関与したし、ここの人々と親しい関係を結んだ。彼は故意に、彼女が甥と結んだ関係については思いをそらした。今後社会が変わるのは知っているが、自分はこの社会の人間だ。甥と被後見人が快楽を求めるなら結婚してほしいと望むのは、間違っているのか？

椅子にもたれて渦巻く灰色の煙を見ながら考えはじめる。ケンドラがいつも周囲の世界に関与することに対して慎重だった。彼女はかつて、世界のある場所で蝶が羽ばたいたら別の場所でハリケーンが生じるといった、ばかげた話をしたことがある。

だがヨークシャー州でなにかが変わっていた。ケンドラははじめて、第三者という立場を踏み越えた。フローラを助けるという積極的な行動に出た。

そして、今度はスネークだ。

公爵はゆっくりと微笑んだ。徐々にではあるが、彼の世界はケンドラの世界になりつつある。

本人がまだそれに気づいていないだけだ。

23

レディ・セントジェームズの予言は正しかった。スミスホープ家の舞踏会は大変な人出になっている。上流社会の面々はこのベルグレイヴ・スクエアの邸宅にぎゅうぎゅう詰めになっていて、明日の朝までに胸にあざができたり足の指の骨が折れたりする客が何人かはいるはずだ、とケンドラは思った。公爵とアレックとケンドラにつき添ってきたレディ・アトウッドは、混雑した玄関ホールをひと目見て、レディ・スミスホープは接待役《ホステス》として絶大な成功をおさめたと断言した。

中央階段に向かう人の群れに加わったとき、レディ・アトウッドはケンドラをちらりと見た。「忘れないでね、ミス・ドノヴァン、ひと晩のうちに同じ殿方と二回以上ダンスをしてはいけませんよ」

「ダンスするつもりはまったくありません。クロス卿に会いに来たのです」

「ワルツがスミスホープ家の舞踏室にまで浸透していればいいんですが」アレックはそっと言い、口もとに小さな笑みを浮かべた。彼の緑の目は燃えていて、ケンドラの腹が熱くなった。

レディ・アトウッドが鼻息を吐く。「そんな破廉恥なものが上流社会まで届いていないことを願うわ。

もしもダンスをするのなら、ふたり以上と踊らないといけないのを忘れちゃだめよ、ミス・ドノヴァン」レディ・アトウッドは小声で続けた。手首からぶら下がる象牙色の扇を広げて、むっとする暑さを払いのけようとする。「サットクリフだけと踊るのはだめよ。わかった？　彼があなたをひとり占めしているような印象を与えてはいけないの」

アレックがケンドラをひとり占めするのなら、なぜ非難されるべきなのは自分のほうなのか、とケンドラは不思議に思った。

「だけど」レディ・アトウッドは根気よく、断固として続けた。「ひとりの殿方の誘いを断ったなら、ダンスを申し込んできた殿方全員をお断りしなければならないわ。ひとりをお断りして別の人とダンスするのはみっともないから」

ああ、もう。この時代の規則は大嫌いだ。ひと目見たものを写真のように頭に焼きつける直観像記憶に近い能力を持っているけれど、無数にある規則を覚えるのには苦労している。矛盾しているものが多く、たいていはばかげているからだ。

「今のうちにサットクリフに断りを言っていいですか？　そうしたら全員とのダンスを避けられますから」

レディ・アトウッドはむっとして唇を真一文字に結んだ。「面白くないわよ、ミス・ドノヴァン」

今のは冗談ではなかったと白状しようかとケンドラが考えているとき、公爵が割って入った。「ミス・ドノヴァンはちゃんとやってくれるよ、キャロ」そう言って、ケンドラににやりと笑いかける。「彼女は……イングランド滞在が充分長いので、そういうことが大切なのは理解しているよ」

「まじめな話なのよ、オルドリッジ」レディ・アトウッドは声をひそめ、ケンドラを射貫くように見つめた。「あなたの礼儀作法は人から観察されるのよ。自分自身やオルドリッジの評判に傷をつけないでね」

「はい、奥さま」ケンドラはこぶしを握って、敬礼しそうになるのをこらえた。

レディ・アトウッドはいぶかしげに目を細くした。ケンドラが即座に承知したことに皮肉の意図が含まれているかどうか見定めようとしているらしい。

「行こう、キャロ」公爵は妹の肘をつかんで引っ張り、前に進ませた。一同は中央階段の下まで来ていた。階段は一度にふたりしかのぼれない。ケンドラの頭にふと、自分たちはみなノアの方舟の階段をのぼる珍しい動物のようだ、という妙な思いが浮かんだ。

アレックが彼女の手袋をした手をつかんで、自分の肘にかけさせる。顔を寄せて耳打ちした。「わたしはもう、今夜のきみは美しいと言ったかな、ミス・ドノヴァン？」

ケンドラのドレスはクリーム色のサテンのアンダースリップの上に透き通るような淡いピンクの薄織物を重ねたもので、袖は長く、襟ぐりは危険なほど深い。ウエストラインの高いボディスにちりばめられた小さなバラ飾りや小粒真珠は蝋燭の光を反射し、スカートは一歩進むごとに足首にまとわりつくようだ。リーバイスのジーンズに楽なコットンのTシャツとカーディガン、あるいはコットンにスパンデックスを混紡したズボンとブレザーという、動きやすい服装がどうしようもなく恋しくなることもよくあるけれど、子山羊革の白い長手袋をつけ、凝って高く結い上げてモリーが真珠のネットをかぶせた髪をした今夜は、確かに自分が優美だと感じられる。

「ありがとう」ケンドラは小声で言い、ゆったりと微笑んで、まつげ越しにアレックを誘惑のまなざしで見つめた。「あなたもそんなに悪くありませんわ、閣下」

実のところ、それはひどく控えめな言い方だ。ダークブルーの燕尾服、銀の刺繍が入ったベスト、クリーム色の膝丈ズボン《ブリーチズ》をまとったアレックは、うっとりするほど素敵だ。彼の従者は、純白のクラヴァットをひだや結び目をふんだんに使った形に結んでいた。これがアレック以外だったら派手すぎて男らしくないと思われただろう。

ケンドラの発言を聞いてアレックは緑の目を瞬間的に大きく見開き、笑いを漏らした。彼のおばが首をめぐらせ、渋面を見せる。ケンドラはレディ・アトウッドに叱られるのを半ば予期した。〝それから、殿方を笑わせてはいけませんよ〟

スミスホープ卿夫妻は舞踏室の扉の手前で堂々と立って客に挨拶をしている。紹介されたケンドラは、夫妻から子細に観察されているのを意識しつつ、礼儀正しくあたり障りのないことをぼそぼそと口にした。そしてアレックとともに背の高い両開きの扉をくぐって舞踏室に入った。そこは――ありがたいことに――玄関ほど混雑しておらず、呼吸も楽にできる。

舞踏室には淡青色のシルクの壁紙が張られ、金縁の額入り絵画や鏡が飾られている。ダイヤモンドをぶら下げた巨大なシャンデリア二台から燦々《さんさん》と放たれる蝋燭の光が、手袋に覆われない指にはめた指輪、ネックレス、イヤリングのきらめく宝石に反射する。両開きの扉のそばにひっそり位置している楽団が、ダンスフロアに出ている人々のために、既にスコティッシュリールの演奏を始めていた。部屋の脇では既婚婦人が集まって座り、扇の陰で噂話をしながら、踊り手たち、壁際に立つ独身の娘たち、ダンスフロアのまわりをぶらぶら歩くカップルなどを鋭い目で観察している。

なじみのある蝋燭が燃える蜜蝋のにおいが舞踏室に漂い、客がつけている香水やコロンのもっと強いにおいと混ざり合う。ケンドラは過去の経験から、夜が深まって女たちが控室に行って汗のにおいを抑えるため香水を体に振りかけるようになると花や麝香《じゃこう》のにおいがいっそう強くなるのを知っている。レディ・スミスホープが気を利かせて窓を開けてくれることを願うばかりだ。

レディ・セントジェームズがトレードマークのひだ飾りをなびかせた赤紫色のイブニングドレス姿で早足でやってきた。若い紳士を連れている。せいぜい二十五歳くらい、愛想よくて特徴のない顔は金色の巻き毛で縁取られているが、その髪は舞踏室の蒸し暑さのため早くもぺちゃんこになっている。入念に結われたクラヴァットに目をやったケンドラは、さっきの思いは正しかったと思った。アレックなら、こういう結び方でも派手すぎると思われずにいられる。この人には無理だ。

「こんばんは、公爵閣下、そして愛《いと》しのレディ・アトウッド！」レディ・セントジェームズはさっと辞儀をした。上体を起こして言う。「ミス・ドノヴァン、サットクリフ卿。あなた方がいらっしゃって、本当に嬉しいわ。ミスター・ハンフリーを紹介させてちょうだい」若者が非の打ちどころない辞儀をすると、彼女はケンドラに意味ありげな笑みを向けた。「ミスター・ハンフリーはコルター卿のご子息よ。ぜひともあなたとお知り合いになりたいんですって、ミス・ドノヴァン」

それは本当かどうかケンドラが考える間もなく、若者は恥ずかしそうに微笑みかけてきた。「次のダンスを踊ってくださったら光栄です、ミス・ドノヴァン」

驚きでケンドラの唇が開く。「は?」

「もちろん、ミス・ドノヴァンは喜んであなたと踊りますわ、ミスター・ハンフリー」レディ・アトウッドはすぐさま承知し、断るのは許さないと言いたげにケンドラに冷酷無情な視線を投げかけた。「嬉しいでしょう、ミス・ドノヴァン?」

ちくしょう。ケンドラはそう思いながらも、なんとか笑顔をつくった。「もちろんです。ありがとうございます」レディ・セントジェームズに視線を移して尋ねる。「クロス卿とはお会いになりました?」

相手の笑みが大きくなった。「ええ、出席しておられるわ。今どこにいらっしゃるかはわからないけれど」

ケンドラはアレックをつかんでひと部屋ずつ捜索しようかと考えたけれど、手遅れだった。楽団が演奏していた音楽が止まって現在のダンスが終わったとたん、笑顔のハンフリーが進み出て腕を差し出したのだ。人気のダンスをするため彼に導かれてダンスフロアまで出るとき、ケンドラは怖い顔にならないように努めた。男と女がそれぞれ列をつくって並び、パートナー同士が向かい合う。ケンドラは束の間、手袋をはめていてよかったと思った。楽団が新たなメロディーを演奏しはじめたとき、てのひらは汗で湿っていたのだ。男たちが頭を下げ、ケンドラは女たちとともに辞儀をする。男女がすべるような足取りで互いに近づいたとき、クリスマスのあいだ耐えてきたダンスのレッスンがケンドラの中でよみがえった。緊張が徐々に解けていく。

ハンフリーと手をつないで輪になって動きながら、相手を見た。「サー・ジャイルズが殺されたことはご存じですか？」

彼は仰天して目をぱちくりさせた。普通は、殺人がダンスフロアで話題にされることはないのだろう。だが、どうしてもダンスをせねばならないのなら、その時間を活用するのが理不尽だとは思わない。一石二鳥、というわけだ。

「はい」ハンフリーは立ち直って言った。同情と恐怖を示すように唇をすぼめる。「恐ろしい悲劇です」

「彼にお会いになったことは？」

「いや、お近づきになったことはありません。でもご子息のジェラード・ホルブルックは知っています。イートン校で一緒だったので」

ケンドラはそれほど驚かなかった。いわゆる上流の人々は、軟らかい粘土を形づくるように、いつの日か大英帝国を導けるようにするため子どもを同じ学校へやるのだ。「お友達でしたか？」

「いえ、友人ではありませんでした」

「彼をどういう人間だと感じておられます?」

だがハンフリーが答える前にダンスのステップが変わり、ふたりは離れざるをえなかった。ケンドラはじりじりと、ぐるりとまわって彼のところに戻るのを待った。リズムに乗るのには少し時間を要した。さっきの質問を繰り返そうとしたとき、彼は答えた。「ホルブルックは僕の一年上でしたけど、まあ好感の持てる男だと思いました。誰かに邪魔されないかぎりは」

「あなたは彼の邪魔をしたことがあるのですか?」

「一度か二度は」ハンフリーは唇をゆがめて苦笑した。「あまりに人から悩まされたら、彼はその相手にいやな思いをさせることができる、とだけ言っておきましょう。だけど、僕たちは子どもでした。十三歳というのは、男の子にとっては難しい年頃です。僕には兄がふたりいますが、子どもの頃、やつらは僕とふたりの妹をいじめるのを楽しんでいましたよ」

ケンドラは彼に目を据えていた。「ミスター・ホルブルックは変わったということでしょうか?」

ダンスの中でふたりが離れたので、彼女はまたしても返事を待たねばならなかった。「僕たちは同じ階層に属していますが、友人ではありません」彼はやがて言ったあと、声をあげて笑った。「ミス・ドノヴァン、あなたにダンスをお願いしたとき、こんな会話をするとは想像もしませんでした。あなたは本当に風変わりな女性ですね」

ケンドラはたじろぐまいとした。彼の発言に非難やあざけりの響きはなく、愛想のいい表情は変わらなかった。「どんな会話を想像なさっていたのですか？」

「ああ、よくある会話ですよ。レディ・セントジェームズはあなたがアメリカ人だとおっしゃっていましたから、当然僕はあなたのアメリカの故郷や、イングランドへの旅について尋ねたでしょう。イングランドをどう思うか、そして滞在を楽しんでいるかと訊いたはずです」彼は微笑みかけた。「この会話は、それよりはるかに興味深い。あまり……よくあるものじゃない」

ケンドラも笑みを返した。「それでは……クロス卿については、なにをご存じですか？」

彼の目がちらりと動いた。「あまりよく知りません。学校は一緒でしたけど、彼も僕より一年上でしたから」

「クロス卿とホルブルックは友人でした？」ケンドラはふたりが離れる前に訊いた。

「ふたりが特別親しかったという記憶はありませんね」ふたりがまた近づき、手を取り合って前に進むと、彼は言った。「友人じゃなかったと言っているわけじゃありません。ただ、僕は気づかなかったということです。僕たちは一緒に行動しなかったので」

「デヴィッド・ラーソンとエヴァート・ラーソンはどうですか？」

ハンフリーは笑った。「僕がイートン校で一緒だった人間全員について質問するつもりですか？」

「彼らで終わりにします」ケンドラは彼に笑みを向けた。それが礼儀正しさのためでなく心から浮かべた笑みだったことに気づいて、自分でも少し驚いた。

「デヴィッドはまじめな学生だったという記憶があります。そしてエヴァートは……彼は由緒ある家の出身ではありませんでしたが、男の子のほとんどは彼を英雄崇拝していました。といっても、僕はあの兄弟とも友人ではありませんでした。つき合う仲間が違う。興味の対象も違う。正直、何年も彼らのことは考えもしませんでした。今どこにいるかも知りません」

音楽が変わった。終わりに近づいている。「デヴィッドは父親を手伝って薬種商をしています」

「ああそうだった。彼の家がなにかの商売をしていたのを思い出しましたよ」

「エヴァートは戦死しました」

ハンフリーの顔を衝撃が、続いて悲しみがよぎる。「それはお気の毒に」音楽が終わったので、ふたりは動きを止めた。ハンフリーが頭を下げ、ケンドラは辞儀をした。

「こんな気のめいる話で終わるつもりはなかったのですが」彼につき添われてアレック、レディ・アトウッド、公爵が待つところまで戻ると、ケンドラは謝った。

「気にしないでください。面白みのない若い娘ばかりの中で、あなたは目新しくて新鮮でした。実際、気がめいりますよ。あなたに比べたら、ほかのダンスのお相手はちっとも面白くなさそうですから」ハンフリーはケンドラを見つめたまま、手を取ってその上に屈み込んだ。

「また近いうちにお会いできることを祈っていますよ、ミス・ドノヴァン」

「またお会いすることはあるでしょうね」

彼はにやりと笑って去っていった。

「大変うまくやったわね、ミス・ドノヴァン」レディ・アトウッドは満面の笑みを向けてきた。

ケンドラはなにか皮肉なことを言おうかと考えたが、そんな値打ちはないと判断した。それよりは彼女を喜ばせておくほうがいい。

「上機嫌みたいだな」アレックがにこりともせず小声で言う。「ミスター・ハンフリーはダンスの相手として満足だったか?」

「実のところ、彼は感じのいい人だったわね」そして有益な情報源よ。とはいえ、レディ・アトウッドの前でそれを言うわけにはいかない。「思ったほどひどくなかったわ」

「きみが伊達男どもの相手で忙しくなる前に、わたしは次のダンスに誘ったほうがいいかもしれない」

アレックの声には険がある。ケンドラはびっくりして彼を見やった。「今夜ダンスに誘ってくるのはミスター・ハンフリーが最後だと思うわ。もちろん、あなたと公爵は別として」

それは間違いだった。ほかの男たちも紹介を求めてきたのでケンドラは唖然とし、気がつけばそのあと三曲続けてダンスをしていた。残念ながら、ほかのパートナーはハンフリーほど愛想がよくなかった。最初の相手はでっぷり太った男で、踊りの動きで顔は真っ赤になり、ダンスが終わる頃には彼に心肺蘇生法をほどこすことを余儀なくされるのではとケンドラは心配になっていた。二番目は中年の貴族で、目はケンドラの胸に釘づけになっているようだった。最後のダンスをしたミスター・ローランドは、オルドリッジ公爵との関係についてケンドラを質問攻めにするとき、目から強欲な光を隠すことができなかった。

ケンドラは彼の質問に答えながら部屋を見まわした。クロス卿はこの人混みの中にいるのだろうか。舞踏室の反対側にはレベッカと両親が来ていた。レベッカと母親はレディ・アトウッドやレディ・セントジェームズが交流する輪に加わり、父親ブラックバーン卿はアレックと公爵が数人の紳士と話しているところへ移動した。

アレンがケンドラを、今夜公爵とともにシャペロンを務めるレディ・アトウッドのところに戻したとき、公爵はレベッカをダンスフロアに連れ出していた。ほかの人間が近づいてくる前に、ケンドラはアレックの腕をつかんだ。

アレックがいぶかしげに眉を上げる。「ダンスをしたいのか？」

「もう、やめてよ！　どうしたらクロス卿を見つけられるの？」

アレックはおばのほうを向いた。「ミス・ドノヴァンは空腹だそうです。わたしが軽食室までエスコートします」

「ダンスなんて習わなければよかった」廊下に出ると、ケンドラは愚痴を言った。

アレックが奇妙な顔を向ける。「自分の成功に大満足していないのか？　きみは第一級のダイヤモンドだと認められたんだ。すぐにロンドンのしゃれ者たちが訪問してくるぞ」

ケンドラはアレックの顔をうかがった。「あなた、怒っているの？」

アレックは無言だったが、顎はこわばっていた。

「しゃれ者たちの訪問だなんて、あなたがこれまでに言った中でいちばん恐ろしいことだわ」

アレックは笑いを漏らした。「きみのような成功をおさめたら、たいていの女は大喜びするのにな」廊下に集まる若者の群れをよけてケンドラを導く。「若造どもが先を争ってきみの気を引こうとするのを止める方法が、ひとつだけある」

「どんな方法？」

彼はケンドラの耳に顔を寄せた。「わたしと結婚するんだ」

「もう、それこそ、あなたが言ったいちばん恐ろしいことだわ」ケンドラは彼の顔が怒りといらだちでこわばるのを見て、過ちを犯したことに気がついた。「冗談よ」

アレックはなにも言わない。

ケンドラはため息をついた。結婚は、アレックと絶対に意見が合わないただひとつの話題だ。「ダンスでひどく時間を無駄にしたわ。わかったのは、ジェラード・ホルブルックはガキ大将だったということだけ」

アレックは不審な顔になってケンドラを横目で見た。「いったいどうやって、そんなことがわかったんだ？」

「ミスター・ハンフリーが学校で彼と一緒だったの。イートン校よ」

「おいおい」アレックは首をめぐらせてケンドラをじっと見た。「ダンスフロアでサー・ジャイルズの殺人についてミスター・ハンフリーを質問攻めにしたなんて言わないでくれよ」

「ほかになにを話していいかわからなかったから」

アレックが声をあげて笑ったので、ケンドラは自分への怒りが消えたのを感じ取った。

「ジェラード・ホルブルックの不愉快な性格が新発見だとは思えないんだが」

「まあね、だけどこちらの思い描く人物像は正しいことを裏づけてくれるわ」まわりに目をやったケンドラは、アレックにカード室に連れられてきたのを知って驚いた。「軽食を取るのだと思っていたのに」

「わたしは、きみがクロス卿と話したいのだと思っていた」アレックは通りかかった従僕が持つ銀のトレイからシャンパングラスを二個取った。

スミスホープ家は客間をカード室に変えていて、緑のベーズを張ったテーブルが少なくとも六台置かれている。紳士も淑女も、ハザード、バカラ、ホイストといったカードゲームに興じている。ゲームは娯楽のためで賭け金は少額のはずだが、いくつかのテーブルの参加者は張り詰めた顔をしており、笑い声は剃刀のごとく鋭くとがっていた。

「残念な頬ひげの男がクロス卿だ」アレックはグラスをケンドラに渡しながらささやいた。

ケンドラはシャンパンをすすりながら人々の顔に目を走らせ、やがて問題の男を発見した。アレックの言うとおり、彼のひげは残念だった。クロスは二十代半ば、痩せた青白い顔をし、薄茶色の髪はカールして入念に整えられている。頬ひげは細い顔に似合わないほどふさふさして広がっている。鼻は細くて長く、薄い青色の目は小さい。フェレットみたいだ、とケンドラは思った。もちろん、その原因は豊かすぎる頬ひげだろう。

「これからどうするの?」ケンドラは尋ねた。

「待つ」

クロスがついに椅子を後ろに押しやってゲームから抜けると宣言したのは二十分後だった。アレックとケンドラは、大股でカード室を出てきた彼を止めた。

「あっ、クロス卿? ちょっといいかな?」アレックは微笑みかけた。「わたしはサットクリフ——アレクサンダー・モーガン、サットクリフ侯爵だ。こちらはミス・ドノヴァン、オルドリッジ公爵の被後見人だ」

クロスの小さな目は、その名前に聞き覚えがあることを示していた。顔がこわばる。おそらく、できるものならふたりから逃げる口実を考えようとしているのだろう。「閣下、ミス・ドノヴァン」彼は簡単な辞儀をした。「はじめまして」

「ちょっとわれわれと一緒に歩いてくれ」アレックは言い、ケンドラの腕を取って応接間のほうへと歩きはじめたので、クロスはしかたなくふたりと並んだ。「わたしのおじがサー・ジャイルズの死について調べているのは知っているだろう」

クロスは口もとをこわばらせた。「公爵には珍しい趣味ですね。それとも、別のおじさまのことを言っておられるのですか?」

「いや、そのおじだ。われわれは捜査に協力している」

「それが僕となんの関係があるのです？　僕はサー・ジャイルズを知りませんでした」

カード室の向かい側のアルコーブで立ち止まると、ケンドラは彼に目を据えた。「本当に？　水曜日の夜——サー・ジャイルズが殺された夜——に彼と夕食をともにしたでしょう」単刀直入に言い、クロスの細い顔に浮かぶ感情を見た。恐怖。狼狽。「それなのに彼を知らないなんて、変ですね」

クロスは怒りの表情をまとった。「わざと僕を挑発しようとしているんですね。親しい知り合いではなかった、という意味ですよ。それに、一緒に夕食を取ったんじゃありません。ちょっとのあいだ、彼のテーブルに同席したんです。それだけです」

「そもそも、どうして同席したのですか？　親しい知り合いではなかった人に、なんの話があったのです？」

「覚えていません。つまらない話題でした」

「どちらですか？　覚えていない、それともつまらない話題だった？」ケンドラが問い詰める。

クロスは仏頂面になった。「つまらない話題です」

ケンドラは冷淡に言った。「あなたとサー・ジャイルズが熱心に議論していたと証言する目撃者がいたとしたら？　それを口論と呼ぶ人もいるかもしれません」

クロスのふさふさした頬ひげが細かく揺れる。「誰がそんなことを言ったのか、見当もつきませんね」

アレックは片方の眉を上げて相手を見た。「生きているサー・ジャイルズを最後に見た人間として、きみは捜査に協力したほうがいいと思うが。さもないと、きみはなにか隠しているという印象を与えてしまうぞ」

クロスは素早く四度続けてまばたきをした。「隠すことなんて、なにひとつありません」

「でしたら、サー・ジャイルズと話をするためクラブまで会いに行った理由を話すことに問題はないはずです」ケンドラはクロスがカード室の入り口に目をやるのを見た。たぶんテーブルを離れたことを後悔しているのだろう。

彼は息を吐いた。「私的な話し合いです。それならお話ししますが、サー・ジャイルズは僕が目をつけていた馬に高値をつけて買ったんです」

「馬のことで口論を?」ケンドラは疑念を隠そうともしなかった。

クロスは急いでうなずいた。「言ったでしょう、つまらない話題だって」

「いいでしょう」ケンドラはうなずいた。「どの馬ですか? どこで競売されていたのでしょう? レディ・ホルブルックに、ご主人が購入された馬について尋ねて確認しておきます」

「そしてサー・ジャイルズの事務処理担当者にも」アレックがなめらかに話に割り込む。「それとも、きみはほら話をやめて、サー・ジャイルズと本当はなにについて言い争っていたのかを教える気になったか?」

クロスは貧弱な顎をこわばらせた。「なにも言うことはありません」

「スペインについての話ですか？」それはあてずっぽうだったが、ケンドラはクロスの顔に恐怖がよぎるのを見て興味深く感じた。

「スペイン？」クロスが弱々しく言う。「スペインになんの関係があるんです？」

ケンドラは言った。「あなたがスペインでの事件に関与しているのはわかっています」

「関与？　なにが言いたいんです？　僕は何カ月もフランス軍の捕虜になっていたんだ」クロスの体が小刻みに震える。「恐ろしい期間だった。ひどかった。思い出したくない」

「お気持ちはわかります」ケンドラは言った。「連隊のほとんどが死にました。あるひとりの若者も一緒に。エヴァート・ラーソン。ご存じですね？」

クロスは目をしばたたかせた。「いいえ」

アレックが声をあげた。「それは妙だな。彼はきみともうひとりの兵士を助けようとして死んだんだぞ」

「もちろん、名前は知っています」クロスはあわてて言った。「個人的にミスター・ラーソンは知らなかった、と言いたかっただけです」

「イートン校でも？」ケンドラが穏やかに尋ねる。

「学校でミスター・ラーソンと交流はありませんでした。彼は商人の息子です……でした」

ケンドラは話題を変えた。「スペインでなにがあったのですか？　エヴァートはどんなふうに死んだのです？」

「それがサー・ジャイルズの殺人となんの関係があるんですか？」

「捜査の過程でその話が浮上しました。わたしたちはあらゆる手がかりを追っています」ケンドラはクロスを見つめた。彼の上唇には汗が浮き、ひどく酒を求めているように見える。

「〈ホワイツ〉を出たあとはどこへ行きました？」

「クロス卿」誰かが呼びかけた。

新参者のほうを向くとき子爵の顔に安堵が浮かんだのを、ケンドラは見て取った。彼女も現れた人間に目を向けた。長身で肩幅は広く、赤褐色の髪、彫りの深い容貌をしている。美男子で、それに自信を持っているようだ。

男はクロスに言った。「きみはちょっとカード室を出ただけで、次の勝負には戻ってくると思っていた」彼が微笑むと、きれいにそろった白い歯が見えた。笑顔であるにもかかわらず、ケンドラとアレックを見たとき濃い灰色の目には不思議なほど表情がなかった。「紹介してくれないのか？」

「するよ。サットクリフ卿、ミス・ドノヴァン、こちらはモブレー大尉です。モブレー大尉、サットクリフ侯爵とミス・ドノヴァンだ」

アレックが言う。「ちょうどいいところでお目にかかった。わたしとミス・ドノヴァンはサー・ジャイルズ殺人事件についてクロス卿と話していたところだ」

モブレーはけだるげに片方の眉を上げたが、そのしぐさはわざとらしく思えた。「それは、舞踏会のような浮ついた場にふさわしい話題ではなさそうですが」

「そうかもしれないが……」アレックは同じようにけだるげに肩をすくめ、なにがふさわしいかふさわしくないかに関心はないことを伝えた。「きみとクロス卿はスペイン独立戦争でともに軍務についていたそうだな」

「はい」モブレーはクロスに険しい顔を向けた。「まさかこちらの方々に戦争の話などしていないだろうね。これは女性に聞かせるような話ではない」

「わたしはいろいろな話を聞いてきました」ケンドラはかすかな笑みを浮かべた。「必ずしも聞いたことすべてを信じるわけではありません」

「ほう」モブレーが言ったのはそれだけだった。

「エヴァート・ラーソンをご存じでしたか？」目を凝らして見ていなかったとしたら、ケンドラは相手がわずかに躊躇したのを見逃していただろう。

「はい、といっても、話を聞いたことがあるだけです」やがてモブレーは言い、胸ポケットに手を入れて小さく上品な磁器の器を取り出した。嗅ぎタバコ入れだ。指で蓋をはじいて開ける。「彼が命の恩人であることは知っています」

「どういう意味ですか？」

モブレーはクロスを一瞥した。「話していないのか？」器から嗅ぎタバコをひとつまみ取って鼻の穴に入れ、勢いよく息を吸った。「わたしとクロス卿の所属していた連隊はスペイン山中で攻撃を受けました。われわれはフランス軍の捕虜になりました。それは……つらい期間でした。ふたりの兵士は戦いによる負傷ですぐに死に、フランス人将校は楽しみのためひとりを射殺しました」

クロスは震える息を吸ったものの、なにも言わなかった。

「ミスター・ラーソンがわれわれを発見しました」モブレーが話を続けた。「彼は近くの村にいて、行商人に変装していたようです。彼は収容所に潜り込みました」濃い灰色の目が暗くなる。「なにがあったのか正確にはわかりませんが、フランス軍は彼が諜報員であることを見抜いてつかまえました」嗅ぎタバコ入れの蓋を閉じてポケットに戻す。

「彼はつかまるまで、どのくらいのあいだ収容所を動きまわっていたのですか?」

「はっきりとは知りません。たぶん二日くらいでしょう」

ケンドラはクロスを見やった。「あなたの記憶はどうですか?」

子爵は口をとがらせた。「彼はもう少し長く収容所に潜伏していたかもしれません。よくわかりません。僕には彼が見分けられませんでした。髪を黒くして、粗末な格好をしていました」

ケンドラはうなずいた。スペインにも生まれながらに金髪の人が住む地域はあるが、エヴァートがスペイン人の大部分に紛れ込むため変装していたのはうなずける。「そのあとどうなったのです?」

「ミスター・ラーソンは脱走を試みたのだと思います。でも確かなことは言えません。爆発があり、火事が起こりました。その混乱の中でわたしとクロス卿はなんとか逃げ出すことができました」

アレックは唇を引き結んだ。「仲間を置いて逃げたわけだ」

今はじめて、モブレーの目に熱いものが光った——おそらくは怒りが。「手遅れだったんですよ。死んだ人間のために、わたしたちが自分を犠牲にすればよかったとでも？」

誰もなにも言わなかった。

モブレーは歯を見せてアレックに微笑みかけた。「さっきも言いましたが、あれはつらいときでした。あまり思い出したくもありません」ひと息置く。「スペインがサー・ジャイルズの殺人とどう関係あるのですか？」

ケンドラはその質問を無視した。「サー・ジャイルズのことはよくご存じでしたか？」

「はい。戦争中ではなく、戦後です。わたしは今ホワイトホールで働いています。内務省です。サー・ジャイルズの直接の部下ではありませんでしたが、彼は無視できない存在感のある人でしたから」

「彼を殺す理由を持つ人間に心あたりは？」

モブレーはしばらくそれについて考えていたようだが、やがてため息をつき、首を横に振った。「誰かがあんなことをするなんて、想像もできません。ましてや、あれほど残忍なことを」

ケンドラはクロスに注意を移した。「〈ホワイツ〉を出たあとどこへ行ったのか、まだお話しくださっていませんね」

「そうでしたか？」クロスは目をしばたたかせた。「特に決まった目的地はありませんでした。適当にぶらぶらしました。ロンドンにはいろいろな娯楽がありますから。そのあと家に

「帰りました」

「何時に？」

「わかりません。二時くらいだったかな」

「そういう娯楽の場で、あなたを見かけた人はいますか？　あなたがいたことを証明できる人が」

「ミスター・ハントリーに訊いてください——彼のお父さんはウィンスロップ卿です。ああ、それに、あそこにはたくさんの男が——」クロスは唐突に口をつぐみ、顔を赤らめた。ケンドラをちらりと見る。彼は売春宿など、女性の耳に聞かせるのにふさわしくない下品な施設を訪れたのだろう、とケンドラは推測した。

「その場所の名前を言っていただかなくてはなりません。わたしは卒倒しませんから」ケンドラは淡々と言った。

クロスは身を硬くしてケンドラをにらみつけた。

大尉は声をあげて笑ったが、目には警戒のまなざしを浮かべたままだった。「そこでハントリーに会ったとしたら、〈ブルー・ボア〉じゃないか？」

「そうだよ」クロスは不承不承に言った。

「だと思った」モブレーは笑みを浮かべたが、そのあと真顔になった。「なかなか興味深い話でしたが、わたしはそろそろ失礼します。ロンドンにはスミスホープ家の舞踏会以外にも楽しみはあるので。クロス、一緒にどうだい？」

「え？　ああ、そうだな。ごきげんよう、閣下」クロスは用心深くケンドラを見た。「ミス・ドノヴァン」

廊下に群がる人をかき分けていくふたりを、ケンドラは目で追った。「まあ、モブレーの言ったとおりね――なかなか興味深い話だったわ」そっと言う。クロスのほうが血筋は高貴だが、自信たっぷりだったのは大尉のほうであることには気づいている。モブレーが余裕しやくしゃくで大股で歩いているのに対して、クロスは追いつこうとちょこまか足を動かしていた。

「サムに〈ブルー・ボア〉とミスター・ハントリーに聞き込みをさせて、クロスが本当にそこにいたのか、それが時系列とどうかかわるかを確認しなくちゃいけないわね」ケンドラはまだシャンパングラスをつかんでいるのに気づき、持ち上げて中身を飲み干した。「でも、全体的に見て、クロスは嘘がすごく下手だと思ったわ」

「モブレー大尉は？」

彼女はアレックと目を合わせた。「彼はもっと上手ね」

24

「あいつらになにを話した？」

クロスは不安げにモブレーを見た。この大尉は、激怒しているとき決して声を荒らげない。むしろ低める。相手の腹に剣を突き立てる直前、刃がシャッと鳴るかすかな音のように。通りを走る馬車の薄暗い光の中でモブレーの冷たい目を見たとき、クロスは身震いを止められなかった。夜の渋滞の中、御者は馬車を巧みに操って曲がりくねる道を進んでいく。

「なにも話していない、本当だよ」クロスは喉まで込み上げた恐怖のかたまりをのみ込んだ。

「あいつらはサー・ジャイルズの死について調べているんだ」

「そんなことはわかっている。『モーニング・クロニクル』を読んだ。名前は出ていなかったが、去年わたしがロンドンにいたとき、きわめて興味深い噂が広まった。オルドリッジ公爵とその被後見人が、レディ・ドーヴァーが死んだ事件を捜査しているという噂だ」

「その噂なら覚えているよ。だけど、貴族がそんなことに首を突っ込むなどという話は、ちっとも信用しなかった。そして女が。誰がそんなことを信じる？」

「ミス・ドノヴァンはでしゃばりの厄介女だ」モブレーは嗅ぎタバコ入れを取り出した。

「アメリカ人か」クロスは不愉快そうに唇をゆがめた。「あれが、あのとんでもない後進国での典型的な女だとしたら、男にはよほど強い覚悟が必要だな」

大尉は嗅ぎタバコ入れに指を突っ込み、左右の鼻の穴に少量のタバコを入れて吸い込んだ。

クロスは少しねたましげな目でそれを見つめた。彼自身は嗅ぎタバコを吸うたびにくしゃみをしてしまうのだ。

「同感だ。しかしあの女を見くびるのは間違いだぞ」モブレーは嗅ぎタバコ入れを内ポケットに戻した。「スペインに関する鋭い質問には、なにか目的がある」

「あの女が知るはずは——」

「おまえがサー・ジャイルズから離れていたら、あの女になにも知られずにすんだんだ」モブレーのきつい口調に、クロスはたじたじとなった。「わたしは、あいつから離れておけと言ったよな」

「だけど……会わなくちゃならなかった。呼び出されたんだよ。スペインのことを訊かれた」クロスはぴくぴく痙攣《けいれん》しはじめた右目を指で押さえた。「僕は——サー・ジャイルズに理を説こうとした。過去に起こったことは変えられないんだと」

モブレーは軽蔑のまなざしを向けた。「どうしようもないばかだな。彼になにを言った？」

「なにも。誓うよ！」

「わたしもサー・ジャイルズに呼ばれたが、事態にうまく対処したぞ」

クロスははっと息を吸い、向かい側に座る男を凝視した。「まさか——きみが殺したのか？」

モブレーはしばらく相手を見つめた。「ばかなことを言うな」やがて彼は言った。

クロスのてのひらに汗が噴き出した。モブレーの否定を信じられればいいのだが。思いはスペインに戻っていく。あのとき自分が臆病者だったのはわかっている。だがモブレーは……モブレーは……邪悪だった。腕に寒けが走る。

大尉に半ば伏せた目で見つめられているのを意識して、クロスは無理に笑ってみせた。「もちろん、たとえきみがやったんだとしても」突然乾いた気がする唇をなめる。「それはしかたないと思うよ。きみはホワイトホールで、そして政治家のあいだでも高く評価されている」べらべらしゃべっているのは自覚しているが、どうしても止められなかった。「きみは近々庶民院の議席を得られるらしいね」

モブレーは無言で向かい側からクロスをじっと見ている。緊張でクロスの背中がしびれ、モブレーがついに口を開いたときは安堵で膝から崩れ落ちそうになった。

「そのとおりだ」大尉はゆっくりと言った。「スペインでの出来事が明るみに出たら、わたしには失うものがあまりにも多い。しかし、おまえの立場も同じくらい危ういはずだ。そろそろ、まともな家から妻を娶ることになるんだろう。おまえの過去の行動が知られたら、上流社会の扉は閉ざされる。おまえの恥は家族にまで及ぶ」彼の目はクロスにしっかり据えられている。「そういうことに、おまえの父親はどんな反応を示すかな？」

クロスはまたも襲ってきた震えをこらえねばならなかった。父親が知ったら許してくれないのはわかっている。そもそもスペインに行ったのは、当時まだ兄が生きていて、父親が将校任命辞令を買ったからだった。父伯爵は、自分の息子を都会の楽しみを追い求める怠惰な道楽者にさせるつもりはない、と公言していたのだ。

今、クロスは嘆願するように手を上げた。「僕たちは同じ側の人間だ。過去を明るみに出したくないと思う気持ちは、僕もきみと同じだよ」でも、きみはそれを阻止するため実力行使したのか？「言い争うのはやめよう」

モブレーはクロスを見つめつづけている。クロスは、彼に頭の中まで見通されているような不穏な思いを抱いた。「いいだろう」モブレーは少し身を乗り出して天井を叩き、馬車を止めるよう御者に合図した。「降りてもらおうか」

クロスは唖然として、窓から外をのぞき見た。馬車はピカデリーのバース・ホテルそばの道沿いに止まっている。「こんなところに僕を置き去りにする気か？」

「このあたりならいくらでも貸馬車を止められる。わたしにはほかに行くところがある。それに、きみは……きみは気を楽にするべきだ。娼婦でも見つけろ。ひどく緊張しているぞ」

クロスは否定しようと口を開けたものの、また閉じた。確かに緊張している。彼は革紐をつかんで立った。御者が扉を開ける。

「それと、クロス？」

クロスは足を止め、振り返ってモブレーを見た。「うん？」

「今後は発言に気をつけろよ……誰かがおまえの舌を切り取りたいという誘惑に駆られないように」

25

翌朝、ケンドラと公爵は地道な捜査のためにあらゆる社交上の礼節を無視した。つまり、朝の九時半という非常識な時間にミスター・バーテル・ラーソンの家の扉をノックした。正確には、ベンジャミンに公爵の名刺を持たせてノックさせたのだが。

早朝に訪問客があるのは異例だったらしく、ラーソン家の執事はすぐに名刺を受け取ろうとせず、扉から頭を出して自分の目で馬車についた公爵の紋章を確認した。ケンドラは、彼が奇妙な悪ふざけの対象にされているのでないことを確かめている、という印象を受けた。

五階建ての赤レンガのジョージ朝様式の邸宅を眺める。頭上の空は、何百回も洗濯されてあせたデニムの色に、ほんの少しセピアの色調が混じっている。午後遅くには濃くなる黄色っぽい煙霧に比べると、朝の空気はいつもさわやかに感じられる。低い気温と微風もそれに寄与している。今日も昨日と同じく、寒いけれどさわやかに始まっていた。けれどもケンドラはイングランドに来てけっこうたつので、天気が気まぐれであることを知っている。午後には雨か雪が降るかもしれない。テレビの陽気な気象予報士がおらず気象衛星による天気図もないため、天気を予測することはできない。いや、二十一世紀でも、天気予報はまだあてにならないのだ。

「薬種屋の商売はとても儲かっているみたいですね」ケンドラは屋敷に目を向けたまま言った。

「それには驚かんな。医師の治療費は払えなくても薬種店の商品なら買えるという人間は多い」公爵は答えた。「それに、レディ・セントジェームズが彼らの店をひいきにしていることを考えると、彼らには裕福な顧客層がついているらしい」

ベンジャミンが、ラーソン家は在宅だという知らせを持って戻ってきた。執事は扉の前でふたりを出迎えて外套を受け取ったあと、広い廊下を進ませ、大階段を通り過ぎて背の高い扉をくぐり、広々とした風変わりな客間に案内した。チッペンデールのサイドボードやテーブルにイングランド製の部品がいくつか見られるものの、全体としてイングランド風ではない。渦形に巻いた肘掛けや脚、ライオンの頭の彫刻がほどこされた土台など、家具のほとんどに古代ローマ風の装飾が用いられている。ケンドラはまた、ラーソン家のスカンディナヴィアの先祖に敬意を表した家具にも目を留めた。様式化した幾何学的な花や木の葉を引き出しや扉に手描きした、伝統的な文様ローズマーリングのサイドキャビネットなどだ。

長身で威厳ある婦人が客間のパラディオ式大型窓の前に立って、外を眺めている。執事が客の来訪を告げると、彼女は振り返り、先祖がかつて航海したであろうフィヨルドのごとく冷たく青い目でふたりを見つめた。淡い色のリネンの縁なし帽をかぶっているが、熟した小麦色の幾筋かの巻き毛がほつれて落ち、雪花石膏のごとく色白の頬にかかっている。アストリッド・ラーソンは四十代だろう、とケンドラは見当をつけた。美人だが、それは人を寄せつけない美しさだ。長い鼻、ミケランジェロその人が彫ったかのような高くてくっきりした頬骨。豊かな唇に笑みはない。エヴァートが自分の一族は北欧の神の子孫だと主張していた、とジェラードがあざけるように言ったのを、ケンドラは思い出した。こうしてアストリッド・ラーソンを見ていると、信じてもいいと思えてくる。

「このような無礼な時間にお邪魔したのを許してくれたまえ、ミセス・ラーソン」公爵が静かな礼儀の言葉で口火を切る。

「どうぞご心配なく、公爵閣下。わたしと夫は昔から流行に反して早起きでしたの。といっても、正直申しまして公爵をおもてなしするのは——午前でも午後でも——はじめてのことですわ」彼女の唇が曲がってかすかな笑みを形づくったが、窓に目を戻したとき笑みは消えた。「すぐに夫もまいります。暖炉のそばに座りましょう。紅茶をお持ちするよう申しつけております。それともエールのほうがよろしいでしょうか?」

外に目をやったケンドラは、屋敷の横に巨大なガラス張りの建物があるのを見て驚いた。

「温室があるのですか?」窓に歩み寄って尋ねる。

「夫と息子は薬種商ですのよ。多くの薬草や香草を育てて、それを混ぜて自分で薬をつくっておりますわ」

非常に利口なやり方だ、とケンドラは思った。裏庭も雪に覆われていないときは、近所の家ほど観賞的ではないのだろう。

遠くに、ひとりの人物の姿が見える。窓を背にして、細長い石板のほうを向いている。大外套を着ているが帽子はなく、茶色の髪が冷たい風になびいていた。ケンドラは一瞬、デヴィッドかと思った。だが若い女中が駆け寄って彼が振り向いたとき、間違いを悟った。距離はあるものの、ハンサムな顔には深いしわが刻まれていて、もっと年配であることが見て取れる。

「あれは興味深い彫刻だね」公爵が言う。石板は赤く塗られ、模様が刻まれている。

「ルーン文字の石碑ですわ。夫が息子エヴァートを追悼するために建てましたの」アストリッドは小声で言って横を向き、暖炉の前のソファや椅子のほうへと歩いていった。ケンドラは暖炉の上に飾られた巨大な油絵を見ながらついていった。絵は家族の肖像画だ。アストリッドが金張りの彫刻入り椅子に威風堂々とした姿勢で座っている。夫バーテルは横に立って片方の手を妻の肩に置いている。反対側にはふたりの息子、エヴァートとデヴィッド。家族全員、うっとりするほど美しい。

「この絵は五年前に描かせたものです」アストリッドはケンドラの視線を追って言った。

「もっと幸せだった頃に」

「おはようございます」背後からバーテル・ラーソンが部屋に入ってきた。雪と寒さのさわやかなにおいが漂う。彼は先ほどの大外套を脱いでおり、見事な仕立ての上着、ベスト、長ズボンをまとっていた。ズボンの裾はすり減ったヘシアンブーツにたくし込まれている。デヴィッドは父親から彫りの深い顔、くっきりした口もと、鋭い顎の線を受け継いでいた。バーテルの茶色い髪は息子より色が薄く、白いものが交じっている。妻や息子よりも淡い青色の目には、消えることのない憂鬱が浮かんでいた。

ケンドラは、彼が一カ月ほど店に出ていないことを思った。彼の病気は体でなく心のものだったらしい。

「オルドリッジ公爵とミス・ドノヴァンが訪ねていらっしゃったのよ」アストリッドが言う。

不必要に、とケンドラは思った。それは女中が既に告げているはずだ。

「こんな早い時間に押しかけて申し訳ない」公爵は言った。

バーテルは公爵をじっと見つめた。「ジャイルズのことですね？」

ふたりが答える前にアストリッドが口をはさんだ。「座りましょう」彼女はソファに腰を下ろして光沢ある茶色のスカートを足のまわりに広げ、夫が横に座るのを待った。ケンドラと公爵がそれぞれ椅子に腰かけたとき扉が開き、若い女中が紅茶一式を載せたトレイを持って入ってきた。アストリッドの横のテーブルに注意深くトレイを置き、アストリッドが客の好みを尋ねるあいだ黙って待機する。アストリッドがそれぞれのカップに紅茶を注ぐと、女中はそれを配った。

アストリッドは女中が下がるのを待ってケンドラに目を向けた。「ミス・ドノヴァン、あなたが昨日店にいらっしゃったことはデヴィッドから聞いております。サー・ジャイルズ殺人事件を調べておられるそうですわね」

「はい」ケンドラはバーテルを見やった。「最後にサー・ジャイルズに会われたのはいつでしょうか、ミスター・ラーソン？」

バーテルの顎の筋肉がぴくりと動く。「エヴァートが死んだという知らせを受け取ったあと、言葉を交わしました。二年前です」

「それ以来会っておられないのですか？」

彼は言いよどんだ。「彼は会おうとしましたが、わたしには……あの男と話すことなどなにもありませんでした」

「サー・ジャイルズはいつあなたに会おうとなさいました？　最近では？」

アストリッドは夫の手に自分の手を重ねた。「数週間前、サー・ジャイルズはこの家までいらっしゃいました。でもわたしたちはお会いしませんでした」

「では、そのときサー・ジャイルズと言葉は交わしておられない？」

「そうです」

ケンドラはバーテルに目を移した。「あなたはご子息の死についてサー・ジャイルズを責めましたね？」

彼の表情が硬くなる。「実際、あの男のせいでしたから」

ケンドラの視線は暖炉の上の肖像画に向かった。エヴァートとデヴィッドは双子と言っても通用しそうなほど似ているが、画家はデヴィッドの謹直そうな顔に比べてエヴァートの容貌に少し活気を描き加えていた。

「エヴァートには生計手段がありました」バーテルは続けた。「貧しい家庭の出身者や上流家庭の次男のように軍隊に入る必要などなかったのです。ジャイルズがあの子をたぶらかして、大陸で命の危険を冒させました」

ケンドラはバーテルの顔に目を戻した。「あなたとサー・ジャイルズとはどういうお知り合いですか？」

彼はなぜそんなことが関係あるのかわからず困惑したように眉根を寄せたが、それでも答えた。「ハマースミスで幼なじみでした。植民地で暴動が起きたとき、われわれは志願して入隊しました」自虐的に唇をゆがめる。「熱狂的な愛国心に駆られたのです。しかし戦場で血が流されるのを見て、わたしの熱狂はすぐに冷めました。しかしジャイルズは……ジャイルズは活躍し、戦略の才に長《た》けていることを上官に対して証明しました。彼はとんとん拍子に出世しました」

「そして爵位を与えられた」公爵が言う。

バーテルはうなずいた。「ジャイルズはそのまま政府で働くようになりました。彼は昔から野心的でした」手に持つティーカップに目を落とし、昔を思い出したのか表情が和らいだ。

「かつて、わたしがそれに感服し、彼を誇りに思ったときもありました」

ケンドラは待った。客間で聞こえるのは、暖炉で薪がはぜるパチパチという音だけ。やがて先をうながした。「でも、彼がご子息を勧誘したとき、それが変わったのですね？」

バーテルは目を上げた。ケンドラはその淡い色の深みに怒りの炎を見た。「あいつはエヴァートを勧誘したのではありません。惑わしたのです。息子の名誉心、冒険を求める気持ち、生来の好奇心につけ込みました。わたしは、そのような熱狂は誤っていると言ってエヴァートを説き伏せようとしました。しかし、あの子は耳を貸しませんでした」ティーカップを持つ手が震え、磁器がカチャカチャと鳴る。彼はテーブルにカップを置いた。

アストリッドは夫の腕に手をかけた。「あなたのせいじゃないわ」

彼には妻の声が聞こえないようだ。ハンサムな顔が苦痛でゆがむ。「情けないことに、わたしが彼らの交流をうながしたのです。エヴァートが子どもの頃は、それに重要な意味があるとは思いませんでした。息子が成長すると、ジャイルズはエヴァートをわたしの社会的地位より上の人脈に紹介できる地位になっていました」彼は両手を握りしめた。「よき友がわたしの息子を危険な道に誘い込むことになるとは、思いもしませんでした。やつはエヴァートを自分の子どものように思っている、と考えていたのです」

「本当の息子以上に？」ケンドラは興味を引かれて尋ねた。

その質問にバーテルは驚いたようだった。「以上、ということはありません。ジェラードは、やつの血を分けた実の息子です」口をつぐんで立ち上がる。アストリッドの慰めの手が離れた。窓辺まで歩いていって外を眺める夫を見守る彼女の美しい顔に浮かぶ気遣いを、ケンドラは見て取った。彼は息子を追悼するため建てた石碑を見ているのだろうか、とケンドラは考えた。「エヴァートとジェラードは同い年でした」彼はゆっくりと言った。「男の子たちはみな一緒に遊んでいました。デヴィッドもです。デヴィッドはふたりにあこがれていました」

〝もっと幸せだった頃〟ね。

「しかし、エヴァートがあらゆる分野において抜きん出て優秀であることは、すぐに明らかになりました」バーテルは窓に背を向けてこちらを見た。「ジャイルズも気づきました。やつがエヴァートと過ごす時間が増えていきました。エヴァートは法廷弁護士になることを夢見ており、ジャイルズはその夢をあと押ししました」

ケンドラは尋ねた。「父親があなたの息子に関心を抱いたことに、ジェラードはどんな反応を見せましたか？」

「少し憤りはあったかもしれません。ジェラードには短気なところがあり、すぐ不機嫌になりがちでした。男の子の中にはそういう者もいます」バーテルはどうでもよさそうに肩をすくめた。

「ジェーン――レディ・ホルブルック――がジェラードを甘やかしていたのは残念ですわ」

アストリッドが紅茶を飲みながら静かに言った。

気まずい沈黙が広がる。ケンドラは言った。「ご子息は英雄です。彼は捕虜になった兵士を助けようとして亡くなったと聞きました」

「それでわたしの気が休まるとでも？」バーテルは怒りに鼻孔を広げた。「息子はひとりきりで、苦しんで死んだのです」

アストリッドがティーカップを置いて立ち上がり、急いで夫のそばまで行った。「あなた」ささやいて腕に触れる。彼の気を落ち着かせるように。

バーテルは妻を無視してケンドラに目を据えた。「あなたはまだ独身でしょう、ミス・ドノヴァン。子どもを奪われるのがどういうことかわかっていない。エヴァートは成人でしたが、それでもわたしの子どもでした。しかも、きちんとした葬式を挙げてやることもできず……」くるりと後ろを向き、身を震わせる。「あなたにはわからないんだ」

公爵は顔を曇らせた。「ご子息の遺体は返還されなかったのかね？」

アストリッドの美しい顔にさまざまな感情がよぎったが、それはすぐに消えたので見分けることはできなかった。「爆発と火事があったのです」素っ気なく言う。

「あなた方の苦悩は理解できる」オルドリッジの青い目が暗くなる。彼が六歳の娘シャーロットのことを思っているのは、ケンドラにもわかった。シャーロットは彼の妻とともに船の事故で死んだ。アラベラの遺体は打ち上げられたものの、娘は海にさらわれていた。「わたしも子どもを亡くし、訪れるべき墓地はない」彼は震える息を吐いた。「わたしにあるのは過去の思い出と、決して実現しないものへの切望だけだ」

バーテルはゆっくり振り返って公爵を見た。「お子さまは親友の野望の犠牲になったのですか？」

「いいや。恐ろしい事故だった」

「では、閣下がわたしの苦悩を本当に理解することはできません。息子の死は事故などではありませんでした」

相手の声の辛辣さに、公爵はどう答えていいか途方に暮れたようだった。

アストリッドが沈黙を埋めた。「エヴァートの死がサー・ジャイルズの殺人と関係あるとは思えません。わたしたちになにを求めておられるのですか？」

ケンドラはふと、彼女にも殺人を犯すことは可能だったと思った。彼女は背が高く、力も充分ありそうだ。アストリッドの近寄りがたそうな美しさを見たとき、盾の乙女――バイキングの女戦士――の物語を思い出し、アストリッドがその役割を演じるところが容易に想像できた。敵を打ち倒すところ――あるいはサー・ジャイルズの舌を切り取って、裸の遺体に丹念に十字架を描くところが。

「おふたりが水曜日の夜どちらにいらっしゃったかお教えいただけると助かります」ケンドラは夫妻をじっと見つめた。

アストリッドは一八〇センチ近い長身をまっすぐに伸ばして冷たくケンドラを見た。「わたしたちは家におりました」

「使用人はそれを証言できますか?」

夫人はしばらくケンドラを軽蔑の目で見つめつづけた。ケンドラは今ほど、王族を前にした農民のような気分になったことはなかった。レディ・アトウッドでも、ここまでケンドラを卑屈に感じさせることはできなかっただろう。座っていると不利な立場にあるように感じたので、ティーカップと受け皿を置いて立ち上がった。

「証言できるのは間違いありません。でも彼らを下品な犯罪者のように尋問していただきたくありません。夫はサー・ジャイルズを殺しておりません。あなたが本当に知りたいのはそういうことでしょう?」

「なんの騒ぎだ?」デヴィッドが突然部屋の入り口に現れた。怒りを込めてケンドラをにらんだあと、窓辺に立つ両親に駆け寄る。父親の顔を見たとき、不安で彼のまなざしが曇った。

「気分はどう?」

バーテルは手を上げ、拒絶するように手を振った。「わたしは大丈夫だ。心配するな」

デヴィッドは振り返ってケンドラと目を合わせた。「どういうことですか? 父は具合が悪いと言ったでしょう」

「すみません、でもお話を聞く必要があったのです」

家族を見たケンドラは、彼らが意図せずして肖像画と同じ位置取りをしていることに気がついた。アストリッドは立っているけれど、夫と息子にはさまれて、家族の絆を示している。エヴァートは家族とともに立ってはいないが、それでもそこにいるとケンドラには感じられた。幽霊としてではなく、もっと強い存在として、愛した者たちの記憶に刻み込まれているのだ。

死んだ息子や兄のそういう愛情に満ちた記憶は、今や不健全な怨恨や復讐への渇望とから み合っているのか? 〝以前〟と〝以後〟。唐突にそんな思いが頭に浮かぶ。以前、彼らは悲劇に見舞われることなく、家族として団結していた。そして今、すなわち〝以後〟、彼らは打ちひしがれている。

アストリッドはケンドラを見た。「話は終わりですわね。サー・ジャイルズやホルブルック家について、これ以上言うべきことはございません」

「クロス卿はどうですか?」ケンドラはデヴィッドに目を戻した。「彼をご存じですか?」

デヴィッドがいぶかしげな顔になる。「学校で一緒でしたが」

「友人ですか?」

「いいえ。学年は僕より上でした」彼は少したためらった。「兄がクロス卿やモブレー大尉を救おうとして命を落としたのは知っています」

ケンドラは家族を見つめた。「水曜日の夜にクロス卿がサー・ジャイルズと会った理由について、心あたりはありますか？」

バーテルは顔をしかめたものの、なにも言わなかった。

デヴィッドは警戒の表情で首を横に振った。「いいえ、少年時代以来エリオット・クロスには会っていません。社会的地位が違うので」無感情に言う。

「モブレー大尉は？　彼のことはご存じですか？」

「いいえ」デヴィッドは唇を引き結んだ。「会ったことはありません。でもときどき新聞で彼のことを読みます。政治的に高い野心を持っているらしいですね」

アストリッドはデヴィッドと腕を組んだ。険しい顔でケンドラを見る。「わたしたちはその方を存じません」冷淡に言った。「この尋問は終わったと思いますわ、ミス・ドノヴァン」立ち上がった公爵に目を向ける。「公爵閣下」

「会ってくれてありがとう、ミセス・ラーソン、ミスター・ラーソン」公爵は言った。「きみたちをこれ以上苦しめたいと思っているわけではない。真実を見いだしたいだけなのだ。サー・ジャイルズを殺した人間は、まだ大手を振って歩いているのだよ」

アストリッドはベルの引き紐のところまで移動した。「ワイマンに玄関まで案内させますわ」

「いえ、けっこうです」ケンドラは公爵と並んで扉に向かった。敷居のところで立ち止まり、振り返って家族を見る。「あとひとつ。見えないインクの製法はご存じでしょうか？」

一瞬、場は静まり返った。「秘密のインクの製法はいくつか知っています」やがてバーテルは戸惑った顔で答えた。「それがなにか？」

ケンドラは彼をじっと見た。最初庭から現れたとき以上に緊張して見えるのは思い過ごしだろうか、と考える。「ちょっと気になっただけです。ありがとうございました」

今回は公爵にエスコートされて部屋を出た。

「いや、今のは思っていた以上に気がめいったな」馬車に乗ってベルベットの房飾りのついた席にもたれ込むと、公爵は言った。ケンドラと顔を合わせたとき、彼は悩ましげな表情を見せた。「聞き込みをする必要があるのは充分承知している。殺人が行われたのだ。しかし、息子や兄を失った苦しみに心を痛めずにいるのは難しいな。きみも彼らの苦しみは感じただろう？」

「はい。でもそういう苦しみが、彼らのひとりを殺人者に変えたのかもしれません」

公爵はしばらく無言だったが、やがて大きくため息をついた。「きみの言うとおりだ。しかし……気の毒な男だ。そんなふうに子どもを失うのがどういうことか、わたしにはわかる。悲しみのあまり彼の気が触れなかったのが不思議なくらいだ……」声が小さくなっていき、彼は窓の外を眺めた。

公爵の顔に浮かんだ尽きない悲しみを見たとき、意外にもケンドラの喉が詰まった。はじめて十九世紀に来て厨房で働きはじめたときのことが思い出される。あのとき、妻と子どもを失ったあと公爵は一時的に気が触れた、という話を聞かされたのだ。

誰かがサー・ジャイルズの服をはぎ取り、時間をかけて見えないインクで遺体にしるしを描き、舌を切り取った。

〝悲しみのあまり彼の気が触れなかったのが不思議なくらいだ……〟

公爵の言葉を頭の中で再生する。もしかすると、彼は――あるいは彼女は――気が触れたのかもしれないわ。

26

ケンドラは深呼吸をして両腕をまっすぐ上に伸ばし、指を組んだ。息を吐いて体をぐいと右側に曲げる。普段、ヨガは早朝に自分の寝室でしている。そうしたらもっと緩くて楽なシュミーズとコルセット姿で、モリーだけに見られて、モリーが妙なアメリカの習慣だと考えることを行える。けれど今朝ラーソン家を訪問する前に行う時間はなく、戻ってからは十五分かけて石盤と捜査記録帳を更新した。捜査記録帳は遺体や現場の絵や観察結果を記入するファイルだ。そういう記録帳を使うのは標準的な捜査手順であり、ここでの仕事の経過を残すため最近記録をつけはじめていた。

公爵は自然史学会に出かけた。アメリカの奴隷廃止論者でクエーカー教徒のイライアス・ヒックスがそこで講演を行う予定になっている。ケンドラはその名前になんとなく聞き覚えがあったものの、はっきりとはわからなかった。一緒に行こうと言う公爵の誘いは断った。アメリカ人に紹介されることだけは絶対に避けなければ、と思いながら、腕と胴体をさらにもう少し伸ばす。相手がケンドラの故郷について話をしようとしたら、どうしたらいい？イライアス・ヒックスのアメリカは、ケンドラのいたアメリカではない。ふたりの話は食い違うだろう。ケンドラが住んでいたバージニア州のアパートメントがある場所は、今はおそらくプランテーション経営者の所有する綿花かタバコの畑だ。それに、現在奴隷制度の中で行われている胸の悪くなるぞっとする出来事については考えたくもない。**そんなの、絶対に**

わたしのアメリカじゃないわ。

目を閉じる。息を吸って。吐いて。

目を開けてゆっくりと体を起こし、三つ数えるあいだ天井に向けて伸びをしたあと、今度は左に曲げる。

この新たな生活に順応しつつはある——それは本当だ——が、かつては歴史書にしか存在していなかった人物に実際に会う可能性を考えるたびに、狼狽で胸が苦しくなる。理由の一部は、うっかり歴史を変えてしまうようなことを言ったりしたりするかもしれない、という恐怖だ。でも、そういう出会いはとにかく気味が悪いと感じているからでもある。そんな歴史上の人物とは関連を持たないほうがいい。たとえ、今は自分自身がその歴史の中で生きているとしても。

関連……。

横に体を伸ばしながら、石盤に目を戻す。関連について考える必要がある。

「いったいなにをしているの?」

ケンドラは頭を後ろにめぐらせ、レベッカとアレックが部屋に入ってくるのを見た。差し込んだ陽光がレベッカの赤褐色の髪を明るく照らす。彼女の髪は頭上高く結い上げられ、飾り気のないモスリンのドレスの色と合わせた桃色のリボンが編み込まれている。アレックは乗馬に出ていたようだ。広い肩を覆う鶸萌黄色《ひわもえぎいろ》の乗馬用上着はぴんと張り、長い足は黒いヘシアンブーツにたくし込まれた鹿革のブリーチズに包まれている。従者はこのブーツを美しく輝かせるため、かなりの時間をかけて磨いたに違いない。

「考えています」ケンドラは体をまっすぐ起こした。ストレッチによって凝りがほぐれてよかったと思いながら肩を動かす。

レベッカは疑わしげに眉を上げてみせた。「いいわ、あなたがそう言うなら。公爵閣下は？」コーヒーと紅茶のポットが置かれたサイドボードに向かう。

「自然史学会です」

「そうだったわね」レベッカはティーポットを持ち上げて自分用に紅茶を注いだ。「父も出席しているわ」

アレックは胸の内ポケットから紙切れを取り出した。ケンドラに近づいて手渡す。

「なんなの？」ケンドラは紙に目をやった。

「ミスター・ケリーからの手紙を届けてきた少年から受け取った。彼はホルブルック家を首になった女中を見つけたらしく、話を聞くつもりのようだ」

「よかった。不満を持つ元使用人は最高の情報源よ」

「その女中はミスター・ケリーにどんな情報を提供すると思っているんだ？」

「彼女が首になる前、ホルブルック家でなにが起こっていたかを話してほしいわね。サー・ジャイルズの気分が変化したとされるとき、彼女はまだ働いていたから」

「女中が不満を抱いているなら、本当のことを言っていると信じられるのかしら？」レベッカはアレックをちらりと見た。「サットクリフ、紅茶かコーヒーはいる？」

「コーヒーをもらうよ、ありがとう、ベッカ」

ケンドラは肩をすくめた。「人はさまざまな理由で嘘をつきます。ミスター・ケリーは優秀なコップ——あの、ボウ・ストリートの探偵です。女中が信用できるかどうか、もとの雇い主に恨みを持っていて正直に話していないのか、彼なら見分けられるでしょう」絶対的な真実を話したと自覚しても、ケンドラはそれほど驚かなかった。サム・ケリーは本当に優秀な警察官《コップ》だ。

紙切れを置いて近くのぼろ布を取り、水差しの水で湿らせる。石盤は黒板と似たようなものだが、書かれているものを消すためには濡れた布で拭かねばならない。

「なにをしているの?」レベッカは湯気の上がるコーヒーカップをアレックに渡した。

「ちょっと書き直しています」ケンドラは再びサー・ジャイルズの名前を書いた。右にサイラス・フィッツパトリックの名前を書いて、ふたりを線でつなぐ。「いいでしょう。フィッツパトリックにはサー・ジャイルズを殺す動機がある。でも、どうして今?」

アレックは石盤を見つめながらコーヒーを飲んだ。「妹の死とはあまり関係がなく、今〈リーベル〉で起こっていることに、もっと関係しているのかもしれない。サー・ジャイルズはコーヒーハウスを監視下に置いている。彼はフィッツパトリックが罪を犯していることを示す証拠を発見し、それを知ったフィッツパトリックがサー・ジャイルズを殺した可能性がある」

ケンドラは石のかけらを手の中で動かした。「フィッツパトリックはどうして、そういう証拠のことを知ったの？」

「彼自身も諜報員のネットワークを持っていないと言えるのか？」

ケンドラはアレックを見た。「フィッツパトリックもサー・ジャイルズの行動を監視していたと思うの？」

彼は肩をすくめた。「対立する双方が互いに相手を監視するのは、少しも珍しいことじゃない」

確かに、二十一世紀でも同じようなことが行われている。諜報活動と対敵諜報活動は軍隊や特殊部隊の屋台骨だ。「そのとおりね。だけど舌を切り取ったり、見えないインクを使ったりするのは……どうかしら。それは政治的暗殺にはそぐわない」

「両方ということはない？」レベッカが訊く。「ミスター・フィッツパトリックが、サー・ジャイルズを……排除する必要があると悟ったのだとしら、妹になされた仕打ちへの復讐として個人的な行為をつけ加えたのかも」

ケンドラはびっくりして彼女を見やった。「その可能性はありますね」それで、フィッツパトリックの名前は石盤に残った。もうひとつ名前を書き加え、サー・ジャイルズまで線を引く。「ジェラード・ホルブルックには父親殺しを行う明らかな理由があります。ただ、彼にこのような犯行を計画するほど激しい気性があるかどうかはわかりません」

レベッカはかぶりを振った。「わたしにはそう思えないわ」

「サー・ジャイルズがここ数週間息子のふるまいに悩んでいたと考えるのは理にかなってい

るし、最近の彼の気分の説明になるぞ」アレックが言う。

ケンドラはうなずいた。「インドに送り込まれると知ったことは、明らかにホルブルックにとっての引き金になったでしょうね。彼は父親の日課を知っている。サー・ジャイルズを罠にかける計画を立てるのは、それほど難しくない。フィッツパトリックが殺人に脚色を行った可能性があるのと同じように、ホルブルックにもその可能性はある。ただし彼の目的は捜査の攪乱ね。息子が父親を殺すことは信じられても、舌を切り取ったり、見えないインクでしるしを描いたりするかしら？　それは別の人間を指し示すことになる」レベッカのほうを見る。「そういう理由があるから、あなたはホルブルックが犯人だとは考えられないのでしょう？」

「それだけじゃないわ。昨日会った人について考えているの」レベッカは反論した。「彼は悪人に見えなかった。甘やかされていて、傲慢《ごうまん》だけど、邪悪ではない。自分の父親にあんなことをするのは、よほどの悪人だわ！」

「悪人はどのような顔をしていますか？　普通の顔の下に邪悪な性質が隠れうるのは、あなたもたいていの人よりよくご存じでしょう」ケンドラはレベッカと目を合わせ、彼女がはっと気づいたのを見て取った。レベッカは正常さの裏にひそむ悪に自ら遭遇した二度の体験を思い出しているようだ。「悪というのは主観的なものです」ケンドラは早口で続けた。「事実だけに集中しましょう。ホルブルックには動機があった。そして父親が殺された夜の自分の居場所について嘘をついた」

「正確には彼が嘘をついたんじゃないわ――レディ・ホルブルックが嘘をついて、息子のアリバイを証言したのよ」

「そうですね。それは事実を言わないことによる嘘です。彼は母親の証言を訂正しませんでした」

ケンドラは進み出てクロス卿の名前を書き入れ、そこからも線を引いてサー・ジャイルズとつなげた。

アレックが言う。「クロスとサー・ジャイルズの関係はもう少しあいまいです」

「クロスはサー・ジャイルズが殺される直前に会いに行き、彼と激しく言い争うところが目撃されている。それはあいまいじゃない。それに、自分たちの話し合いについてごまかした。サー・ジャイルズが馬に高値をつけて買ったというやつの主張はまったく信じられない」

「彼は間違いなくなにかを隠している」ケンドラは同意した。「だけど、それは殺人と関係があるかしら?」ケンドラは石のかけらで自分の顎を叩いて考えた。「正直言って、彼は殺人を犯しそうな気質を持っているようには思えなかった」

レベッカは眉を上げた。「もしかして、彼は悪人に見えないからとか?」

ケンドラは笑った。「一本取られましたね。でも、本当に彼の気質を言っているのです。彼は見るからに神経質になっていて、嘘をついたときは非常に下手でした。われわれが相手にしているホシはもっと冷酷で抜け目のないやつです。彼の友人、モブレー大尉のような」

大尉の名前をリストに加え、また線を引く。「モブレーと被害者との関連は、さらに希薄だわ——少なくとも現段階では。彼とサー・ジャイルズは互いを知っていた。ふたりとも政府で働いていた。彼についてはもっと情報が必要ね。われらが友人の記者、ミスター・マルドゥーンが助けになるかも」

「サー・ジャイルズとの関連がそんなに薄いなら、そもそもどうして大尉の名前が出てくるの?」レベッカが問う。

これが微妙なところだ。ケンドラは動かせない事実よりも直観に頼っているのだから。

「モブレーはクロスをわたしたちの尋問から救っていたという印象を受けました」ゆっくりと言う。

「どうしてそんなことをしたのかしら?」

それに答える代わりに、ケンドラは身を乗り出して石盤にさらに別の名前を書いた。

「エヴァート・ラーソン」レベッカが読み上げてケンドラを見る。「どうして二年前に死んだ人が、ふた晩前にサー・ジャイルズが殺されたことに関係があるというの?」

「つながりです」ケンドラはそっと言い、エヴァートからクロスとモブレー、そしてエヴァートからサー・ジャイルズへと線を引いた。「エヴァートはこれらの人間をつなぎ合わせます」

アレックが言う。「わたしの連絡相手の話では、サー・ジャイルズは最近エヴァートの名前を口にしたそうだ」

ケンドラは石盤にバーテル、デヴィッド、アストリッドの名前を加えた。「その人は、一カ月前にサー・ジャイルズがなにかに動揺していたとも言ったのよね」

「受け取った情報に心を悩ませていた」アレックが正確に言う。

「そして一カ月前、バーテル・ラーソンもなんらかの悪いことに直面した。一種の病気にかかった。少なくとも、そういうふうにいわれている。偶然にしてはできすぎね」ケンドラは首を横に振った。「気に入らないわ」

「それであなたは、その情報がエヴァート・ラーソンに関するものだと思っているわけ？」

「わかりません。でもエヴァートは全員を結びつける人物です。フィッツパトリックを除いて。そしてもちろん、彼の家族は長年ホルブルック一家と親交がありました。けれどエヴァートの死によって両家は仲たがいしました」ケンドラはバーテルの目に浮かんだ激しい怒りを思い出していた。「ミスター・ラーソンは、諜報員になるようサー・ジャイルズがエヴァートを説得したのを、エヴァートの死に直接つながる裏切りだと考えています。息子が死んで二年になりますが、彼の怒りはおさまっていません」部屋の中をせかせかと歩きはじめる。

「もっと最近、なにか殺人につながるきっかけがあったはずです」

「サー・ジャイルズが一カ月前に知った情報だ」アレックは言った。

ケンドラはうなずいて自分のコーヒーカップをつかみ、サイドボードまで行っておかわりを注いだ。今朝はこれで七杯目だが、数えてなんになる？「エヴァートはクロスやモブレーとも強いつながりがある。彼らを助けようとして死んだのよ。わたしたちがエヴァートについて尋ねたとき、クロスは見るからにびくついた。最初、彼を知っているかどうかについて嘘をついた。イートン校で一緒だったのに。なにか隠しているわ」

レベッカが訊く。「なにを？」

「まだわかっていません。それを突き止める必要があります」ケンドラはコーヒーをすすった。「クロスとモブレーが今も親しそうなのは興味深いですね。社会階層は違うのに」

「フランスの捕虜収容所で一緒だった。生き残ったのはあのふたりだけだ」アレックが指摘する。「そういう経験は非常に強い絆を生むことが多い」

「確かに……でも、わたしがゆうべ見たのはそれとは違う」

レベッカがケンドラをうかがい見る。「なにを見たの？」

「主従関係です。モブレーはわたしたちが何者か、クロスとなににについて話していたのかを知っていました。そして止めました。なぜ？」

「クロスがなにを言うか不安だった」アレックは言った。

「そうね」ケンドラはうなずいた。「クロスはサー・ジャイルズと別れたあとのアリバイを話したわ。もちろん、それは確認しなくちゃならない。もう一度クロスに話を聞きたいわね。邪魔される恐れのない状況で」あのとき子爵はしきりにまばたきをし、上唇には汗が浮いていた。彼を落とすのに、それほど強くプレッシャーをかける必要もなさそうだ。

レベッカはけげんな顔で石盤を見つめた。「ミセス・ラーソンの名前もそこに書いているわね。彼女がサー・ジャイルズを殺した可能性もあると思っているんじゃないでしょう？」

「彼女を除外すべき理由は見つかりません。非常に背が高いので、ホシであってもおかしくありません。絞殺で重要なのは、力をうまく伝えることです。前にも言ったとおり、ある程度の腕力は必要ですが、平均以上は必要ありません」

「貸馬車の御者を殴って家の戸口まで運んだのは?」

「御者が戸口まで担いでいかれたとはかぎりません。引きずられたかもしれません。サー・ジャイルズが絞め殺されたあと引きずられた可能性があるのと同じように。犯人の素顔は外衣で隠されていました。女だったかもしれません」ケンドラはアレックを見たが、彼は首を横に振った。

「それには同意できない。女にこんなことができたとは思えない」

ケンドラは、当面その問題には触れないことにした。「エヴァート・ラーソンの死が真実だと確認できないのは残念だわ」

レベッカは愕然とした。「まさか、彼が自分の死を偽装したなんて思っていないでしょうね! どんな目的があるというの」

アレックは眉を上げてケンドラを見た。「それはあまりにも信じがたい考えだ」

「偽装したとは言っていないわ。ただ、確認できればよかったと言っているだけ」ケンドラは肩をすくめた。「その糸をたぐるのは難しそうね」

「だけど、偽装の可能性はあると思っているの?」レベッカは問い詰めた。

ケンドラは少し考えた。「そういうわけではありません」やがて言った。「今判明していることと適合しません。ラーソン家は愛し合う家族です。エヴァートの死で彼らは心に傷を負いました」バーテルの顔に深く刻み込まれた悲しみが思い出される。「今なお苦悶しています。エヴァートが両親や弟をそんなふうに苦しませるとは思えません」

「そんなことができるとしたら、彼は人でなしだわ」

「それは、今まで聞いてきた話とは違います」

ケンドラはまた石盤のほうを向いたが、書斎の扉が開いたので振り返った。レディ・アトウッドが、レースの縁なし帽が飛んでいきそうになるほどの勢いで駆け込んできた。ケンドラを見据える目はきらめき、常にケンドラが彼女から感じるいつもの非難は感じられない。それどころか、レディ・アトウッドはケンドラに微笑みかけた。「ミス・ドノヴァン。支度してちょうだい。お客さまよ」

驚きでケンドラの口があんぐり開く。「はあ?」

「お客さまなの。紳士のお客さまよ」

ケンドラは呆然とした。

レディ・アトウッドは話を続けた。「わたしの危惧に反して、あなたはゆうべの舞踏会でうちの家族に恥をかかせなかったわ。ミスター・ハンフリーとミスター・ローランドが訪ねていらっしゃったの。客間におられるわ。紅茶とケーキをお出ししているところ。さ、すぐに部屋に戻って着替えなさい!」

「はあ?」

伯爵未亡人の青い目が鋭くなる。「そういうばかみたいな言い方はやめてくれない?それと、口を閉じなさい。あくびするみたいにあんぐり口を開けて突っ立っているのはお行儀が悪いわ。あなたにお客さまなのよ。ミスター・ハンフリーのお父さまはコルター卿だけど、お兄さまがふたりおられるから、伯爵位を継ぐ予定はないわ。だけどミスター・ローランドは将来爵位を得られるの。お父さまは子爵で、いずれオグルソープ卿になられる。といっても残念ながら、噂では一族は貧窮しているそうよ。彼がお金持ちの娘を探しているのは間違いないから、わたしたちは不必要に彼の求婚をうながさないほうがいいわね」

〝わたしたち〟？　ケンドラの頭はくらくらした。〝求婚〟？

レディ・アトウッドはレベッカを見やった。「この人、どうしちゃったの？」

「殿方が訪問してきたことに衝撃を受けているんだと思いますわ」

「正直言って、わたしもびっくり仰天したわよ」伯爵未亡人は胸に手をあてた。「とても若い娘とは言えないもの。さ、身支度をしてきなさい、ミス・ドノヴァン。十分後には下へきてちょうだいね」

「わたしが手伝いますわ」レベッカが言うと、レディ・アトウッドは輝かしい笑みを見せた。

「がんばってちょうだいね」目をアレックに向け、渋面になる。「あなたは帰ったほうがいいと思うわ、サットクリフ」

「わたしはそう思いません」

「まあいいわ」彼のおばは、思いどおりになりそうにないと悟ったようだ。「ではお行儀よくしてね」扉まで足を急がせたが、いったん立ち止まってケンドラに厳しい目を向けた。

「十分よ、ミス・ドノヴァン！」

「ちくしょう」レディ・アトウッドが去ると、ケンドラはつぶやいた。「そんな暇はないのに」本当に時間はない。首の筋肉がこわばるのが感じられる。

レベッカは笑った。「そんなに時間は取られないわ。どんな紳士でも三十分以上滞在するのは無作法にあたるもの」

「三十分？　なにを話したらいいんです、三十分も？」

「社交辞令を――ばちあたりな言葉抜きで。それに、十五分ほどで終わるかもしれないわ。行きましょう。ロンドンのしゃれ者たちのために支度をしなくては」

ちくしょう。ケンドラはまたもや思った。レベッカに連れられて出口に向かったが、そこでちらりとアレックを振り返った。この予想外の展開には、ケンドラ同様不満そうだ。レディ・アトウッドになにをされるか恐れていなかったなら、帰ってくださいと訪問客に告げる手紙を客間まで届けたいところだ。

長いため息をつく。「わかりました。じゃあ、さっさとこの面倒なやつを終えてしまいましょう」

27

この奇妙な儀式には規則がある——規則があるのは当然だ。ケンドラはいらだちが血に乗って全身をめぐるのを感じつつ、客間で待っている紳士は昨夜ケンドラに紹介されているはずだとレベッカが話すのに耳を傾けた。「紳士は紹介されていない女性を訪問しないのよ」

「つまり、これはゆうべダンスをしたことでわたし自身が引き起こしたんだと言うんですね」ケンドラは愚痴を言いながら化粧室で手を洗い、顔に水をかけ、洗面台の取っ手にかけたタオルで拭いた。急いで寝室に戻って、モリーがほつれ毛をピンで留めて髪を整えられるよう鏡台の前に腰を下ろす。モリーが手を下ろして頰をつねったので、ケンドラはびくりとした。「なんなの？　なにをするの？」

「奥さまにこうするよう言われたんです、そしたら頰に赤みがさすからって」

「頰にあざができるわ」

「行きましょう」レベッカは笑いをこらえ、ケンドラを立たせて廊下まで引っ張っていった。

「そんなに長時間じゃないから。さっきも言ったように、紳士の訪問は十五分から三十分で終わるのよ」

「わかりました」

「話題にしていいことと、してはいけないことがあるわ」

「でしょうね」

「殿方の外見を褒めてはだめ」

「今日は特別素敵に見えても？」

レベッカは廊下を歩きながら横目でケンドラを見やった。「冗談だと思うから、その質問には答えないでおくわ。殿方があなたの外見について発言しても、それは無作法だと見なされる」

「つまり、男性がわたしをきれいだと言っても、それは無作法ということですね？」

「そうよ。褒め言葉は親しい友人や家族のあいだでだけ許されるの。それから、公然のスキャンダルや広まっている噂についての発言はすべきじゃないわ」

「了解です。面白いことはだめなんですね」

レベッカは笑った。「それと、お願いだから身体機能について話さないでね。妊娠とか出産とか病気とか」

「そんなことを話題にする理由があるとも思えませんけど。でも、なにを話していいかを教えてくださるほうが簡単かもしれませんね」階段まで来たふたりは、段を下りはじめた。

「あなたが望むなら、手を動かしていられるよう刺繍道具を取ってきて手芸にいそしんでもいいのよ」

「あなたこそ冗談をおっしゃっているんですよね」

レベッカはにっこり笑った。「ちょっとね」

「まあ、少なくともわたしたちのうちのひとりは、この状況を面白がっているというわけですね」客間に向かいながら、ケンドラはぶつぶつ言った。部屋の近くに立っていた従僕が急いで進み出て扉を開ける。

ふたりが入っていくと、ハンフリーとローランドはティーカップと皿を置いて立ち上がった。アレックは最初から立っていて、くつろいだ姿勢で炉棚に寄りかかっていた。部屋の奥にいる彼と目が合ったとき、ケンドラの体はほてった。これだけ距離があり、他人の目があるにもかかわらず、奇妙なほど親密な瞬間だった。そのあとレディ・アトウッドが呪縛を解き、男たちをレベッカに紹介して、一同に座るよううながした。伯爵未亡人が手芸にいそしめるよう刺繍道具を持ってきていることに、ケンドラは気がついた。

目をアレックから引きはがし、男たちの会釈に短い辞儀で応える。ハンフリーは昨夜と同じく愛想のいい表情だった。ローランドはケンドラが財産ねらいと考えた男だ。ダンスのあいだじゅう彼女の胸を見つめていた貴族と、今にも心臓発作を起こしそうだった男に関心を寄せられなかったのは、せめてもの救いだった。

「公爵閣下はお元気ですか？」ハンフリーは腰を下ろすとケンドラに微笑みかけ、会話の口火を切った。

「もちろんです」ケンドラは不審顔になった。「元気でないはずないでしょう？」

ハンフリーはぽかんとした。

「閣下はお元気ですわ、ありがとうございます」レベッカが割って入った。妙に唇が震えている。そのあと咳をした。「今は自然史学会に出ておられますの。ミス・ドノヴァンの同郷の方が講演なさっていますのよ」

「その講演者とはお知り合いですか、ミス・ドノヴァン？」ローランドがねっとりとしたまなざしをケンドラに向ける。

「いいえ」ケンドラはさらに言うことがないかと頭の中を探ったけれど、なにも出てこなかった。

気まずい沈黙のあと、ハンフリーが言った。「ロンドンを楽しんでおられますか、ミス・ドノヴァン……レディ・レベッカ？」彼は会話に加われるようレベッカにも目を向けた。

「正直なところ、わたしは田舎のほうが好きです」レベッカは丁寧に言った。「でもロンドンにはいろいろと楽しみがありますわ」

「あなたはいかがです、ミス・ドノヴァン？」ローランドが訊く。「ロンドンはお気に召しましたか？」

ケンドラは解剖台に横たわるサー・ジャイルズのことを考えた。「確かに興味深いと思います」時計を盗み見たが、まだ数分しかたっていないのを知ってがっかりした。この調子だと、五分後には窓から飛び出したくなるだろう。残念ながら、ここは一階だ。この場を辞して階段をのぼり、そのあと窓から身投げするところを空想した。

「ミス・ドノヴァン？」

ふと気がつけば、レディ・アトウッドに名前を呼ばれていた。「すみません、なんとおっしゃいましたか？」

「ミスター・ローランドが質問なさったのよ」彼女の視線は見間違えようもない警告を込めてケンドラに据えられている。

「ごめんなさい」ケンドラは財産ねらいのほうに顔を向けた。「なにをおっしゃったのですか、ミスター・ローランド？　ちょっと別のことを考えていたので」

彼の唇が笑みを形づくったが、それは劣った者を見下すような笑みだった。「かまいませんよ。女性は男性よりも繊細な性質であることは存じていますから」

ケンドラは眉を上げた。「そんなことをご存じなのですか？」

「女性の繊細な性質をどのように考えておられますの？」レベッカは柔和に尋ねたが、それに反して目には危険なきらめきがあった。

「もちろん、守られるべきだと思っていますよ！」ローランドは優越感たっぷりの笑みをレベッカに向けた。「そして、人生における、より面倒な決断においては導かれるべきだと」

レディ・アトウッドがわざとらしく咳をした。会話が危険な方向に舵《かじ》を切ったことに気づいたようだ。「ミスター・ハンフリー、お父さまのコルター卿はお元気でいらっしゃいますの？」つくり笑いで尋ね、会話をもっと無難なほうへと導く。

「ええ、相変わらず頑健です」

「レディ・コルターはいかが？」

「母も健康そのものです」ハンフリーはケンドラに目をやった。「明日ハイドパークで一緒に走りませんか、ミス・ドノヴァン？　もちろん天気がよければ、ということですが」

ケンドラは目をしばたたかせた。「馬に乗ってですか？」

「ええ、もちろん……そうですが」

「残念ながら、ミス・ドノヴァンはまだ乗馬の技術を身につけていない」アレックが暖炉の前からけだるげに言った。「きみはアマチュアスポーツマンかな、ミスター・ハンフリー？」

「いやいや、とてもそんなふうに呼ばれる域には達していません。そういう人は馬の達人ですよ。でも――」小さなノックに続いてハーディングが入ってきたので、彼は言葉を切った。

執事は花束と、白い薄葉紙で包んでシルクの黒いリボンを結んだ小箱を持っている。

「お邪魔して申し訳ございません」レディ・アトウッドを見て言った。「今これがミス・ドノヴァン宛てに届きました」

「まあ。なんて美しいの」レディ・アトウッドは立ち上がり、ハンフリーとローランドに一瞥をくれた。ケンドラはそれを見て、この予想外の贈り物は伯爵未亡人が手配したのだろうか、といぶかった。レディ・アトウッドは刺繍道具を脇に置いて執事に歩み寄った。「ミス・ドノヴァンには崇拝者が大勢いますわね」特に誰にともなく言う。

「そうでしょうね」ハンフリーはケンドラに笑顔を向けた。「ミス・ドノヴァンには崇拝すべきところが多くありますから」

ケンドラはハンフリーに好感を持っているけれど、あきれ顔を向けないようにするには努力を要した。

「お花を入れる花瓶を見つけて、玄関ホールに置いてちょうだい、ハーディング」レディ・

アトウッドが指示する。

「承知いたしました」執事は小箱を彼女に手渡し、会釈してあとずさりで部屋を出た。

「訪問してこず贈り物だけを届けるというのはずうずうしい」ローランドは不満そうだ。

「実にあつかましい」

アレックは姿勢を正し、黒い眉をひそめた。「誰からですか？」

レディ・アトウッドは箱をひっくり返した。「手紙は添えられていないわ」

「箱の中にあるんじゃありません？」レベッカが言う。

「それを知る方法はひとつだけです」ケンドラは少々ぶっきらぼうに言った。これ以上の崇拝者は必要ない。彼女に言わせれば、この部屋にふたりいるだけでも既に多すぎるのだ。

「開けたらどうですか？」

伯爵未亡人をうながす必要はなかった。彼女が素早く指を動かしてシルクの紐をほどくと、薄葉紙が開いた。「たぶんお花かお菓子でしょうね」笑顔で箱の蓋を開け、中をのぞき込む。「マジパンか、それとも……」驚愕で大きく目が見開かれ、顔が恐怖で震えた。箱を落としよろよろとあとずさって、耳をつんざくような悲鳴をあげた。

「なんなの？」ケンドラが椅子から飛び出した。

アレックが突進して、気を失ったおばが床に倒れる前に抱き留めた。「どういうことだ？」

レディ・アトウッドを抱えて後ろを向き、近くの椅子に下ろす。

全員が立って、ひっくり返った箱を凝視した。「さわってはいけない！」ケンドラが屈み込むと、ローランドは命じた。ケンドラはそれを無視し、用心して箱と薄葉紙を持ち上げ、ペルシャ絨毯《じゅうたん》の上に横たわる物体を見おろした。長さは六センチあまり、分厚いほうの端は四角く切られ、反対側の端は細くて先端が丸い。それがかつては健康的なピンク色をしていたことを、ケンドラは知っている。だが今は黒ずんで少ししなびており、横は丸まっていた。

そばにいたハンフリーは叫び声をあげ、その物体からあとずさっていった。それが自分に飛びかかってくるのを恐れるかのように。ローランドはじっと立っているものの、顔は恐怖と嫌悪でゆがんでいる。「なんと、もしかしてそれは……?」

ケンドラはゆっくりうなずいた。「サー・ジャイルズの舌が見つかったようです」

28

遠くで黒雲が現れはじめた。ロンドンがみぞれか雪に覆われるという陰鬱な予兆だ。だが今のところ、サムは運に恵まれている。太陽はまだ上空で輝き、先ほどのホルブルック家の厩舎訪問は予想外の成果をもたらしていた。ホルブルック家を首になった女中ベティを捜して長い一日を過ごす覚悟をしていたが、馬番は驚くほど協力的で、ベティの新たな住まいを教えてくれたのだ。ベティは幸運にも姉と義理の兄に引き取られたらしい。

公爵とミス・ドノヴァンに運のいい発見を知らせる手紙を急いで書いたあと、ベティが家族と暮らすアール・ストリートの新たな家へと向かい、ベティの姉からチャタム・スクエアの〈キングズ・アームズ〉亭の場所を教えてもらった。ブラックフライアーズ橋からほんの十歩のところにある、ベティが今女給として働く店だ。

天井が低く黒い羽目板が張られた酒場の中には、十数人の客がいた。水夫や港湾労働者だろう、とサムは粗末な服から推測した。だが客の中に密輸業者がひとりふたり交じっていたとしても驚かなかっただろう。彼らは荒っぽく、いつでも喧嘩に応じるように見える。用心深くサムを見る目つきからすると、後ろ暗いところがありそうだ。サムは酒場では壁に背中をつけて店内に目を配るようにしている。これらの人々の中では、それは単なる好みというより、必要なことだ。

店の奥まで進んでいくと、卵と脂ぎったベーコンと炒めたタマネギのいいにおいが漂ってきた。それとともに、気の抜けたエール、煙、汗、尿といった、もっと不愉快なにおいもする。あいている仕切り席に座ったサムは、店内をまわっているかわいい顔の女給に目を留めた。髪は白と言ってもいいほど色が薄く、それを赤、黄、緑といった色彩豊かなハンカチでまとめている。ハンカチの下からは、長く白い首の優美な曲線や、粗野な上っ張りからのぞく丸い肩がよく見える。壁のランプと暖炉ではぜる炎が象牙色の肌を金色に染めていた。

サムの視線に気づくと、女給は自信たっぷりの笑みを向けた。カウンターの端に立つ大男のほうに酒を満たしたジョッキをすべらせたあと、店内を横切り、緩やかに腰を振りながらサムのところまでやってきた。愛敬たっぷりの顔は、腹のわずかなふくらみから相手の気をそらしている、とサムは思った。

「なんになさいます、旦那?」サムがテーブルにクラウン金貨を置くと、彼女は嬉しそうに大きく目を見開いた。

「おまえさん、ベティかい?」

笑みが消え、かわいい顔が突然険しくなる。「あんた誰?」

「サム・ケリーだ」サムはベティに見えるよう、ポケットから警棒の先端を慎重にのぞかせた。

ベティの目が再び見開かれたが、今回は喜びではなかった。そこにあるのは恐怖だ。「なにやってんだい?」彼女は声をひそめた。「そんなの、しまいなよ!」誰も見ていないことを確かめるため、ちらりと後ろを向く。

「あいつらはあっしのことなんて見てねえよ」サムは安心させるように言った。何人かの目がどこに向けられているか、サムが言う必要はない。「ちょっとおまえさんと話をしたかっただけだ」

「なんの話？」

サムは人さし指で硬貨を少し前に押しやり、彼女が目を細くしてその動きを追うのを見た。ベティはさっとまわりを見ると、肩をすくめ、仕切り席にすべり込んだ。小さな手が金貨をすくい上げ、しっかり握ってテーブルの下に隠れる。「あたし、誰も売ったりしないからね」

「おまえさん、首になる前はホルブルック家の下級使用人だったんだろ？」

しわの入っていたベティの額が、安堵したのかなめらかになった。「訊きたいのはそのこと？　そうよ」彼女はサムをじっと見た。「この前、ご主人さまは死んじゃったんだってね。あたしは関係ないよ。二週間前、奥さまに首にされたんだ。推薦状も出さずにさ。あのアマ！」

「奥さまは自分がお祖母ちゃんになるのを知って、ご機嫌を損ねたんだな？」

女給は鼻を鳴らした。「ふん、ミスター・ホルブルックはあつかましいやつだったよ、つまらないお世辞ばかり言って、あたしのあとを追いかけてさ」

サムは眉を上げた。「そのお世辞が効いたんじゃねえのか」

驚いたことに、ベティはにやりと笑った。「まあそうだけど、あたしのいい人はミスター・ホルブルックだけじゃなかったよ」

サムはうなった。「ミスター・ホルブルックと父親の仲はどうだった？」

「まあ、妙だったよね。なんであの人がご主人さまを憎んでたのかわかんないよ。サー・ジャイルズはほとんど家にいなかったんだから」ベティは肩をすくめた。「ミスター・ホルブルックがサイコロ博打に入れ込んでて、ご主人さまがどっかの外国にやるって脅してたからだろうね」

「サイコロをやってたのか？」

「そう。でも下手でさ。気がつけば借金漬けってわけ」

そのことは知っていたが、サムは彼女に話を続けさせることにした。こちらから直接的な質問を浴びせるよりは、証人をおだてて話させるほうが、より多くの情報を得られるものだ。

「そりゃ、サー・ジャイルズも困っただろうな」

「まあ、喜んじゃいなかったね。だからどっかの外国に息子を行かそうとしたんだよ」

「それに対してミスター・ホルブルックはどうした？」

「行くつもりはないって言ってた」ベティはサムの後ろの壁に目をやって考え込んだ。「あの人があんなに怒ったところは見たことなかったね。だけど、あの人はどうすりゃよかったんだい？　ジェラード――ミスター・ホルブルックは、いつでも柔らかいベッドとおいしい食べ物が好きだったんだよ」

「ベッツ！」カウンターの後ろから店の主人がベティをにらんで声を張りあげた。「無駄話はやめろ。喉の渇いた客が待ってるぞ！」

ベティは目をむいた。「あれは、あたしの義兄さんだよ。正確に言うと、姉ちゃんの旦那の兄さん。この店の主人だよ。あたしは下級使用人として雇われたけど、いつか侍女になりたかったんだ。でも、もうそれは無理みたい。それでも仕事はしなくちゃね、さもないと姉ちゃんに横っ面張られるから」指を広げて両手をテーブルにつき、立ち上がろうとする。サムはその手の上に自分の手を置いて止めた。

「あとちょっと」ベティをじっと見る。「ミスター・ホルブルックにサー・ジャイルズを殺せたと思うかい？」

「はっ、なんてこと言うのさ！　あの人は貴族じゃないかもしれないけど、それでもお偉いさんだよ」しかしそれは反射的な返事で、サムが見ているとベティの表情は変化した。「お偉いさんだって人を殺すことはある」サムは小声で言った。

ベティは唇を噛んだが、首を横に振った。「ううん。そんなこと想像できない」

サムは手を離して椅子にもたれた。「やつがおまえさんに、父親に死んでほしいと言ったことはあるかい？」

「まあ、あるかもしれないけど、それは酔ってるときの話だよ。殺すために計画を立ててたわけじゃない。そうなったらいいと思ってただけさ」ベティは束の間うつむき、横目でうかがうようにサムを見た。「あの人がやったと思ってんの？」

「それを調べてるとこだ」

「ベッツ！」主人が怒鳴った。

ベティはそれを無視してサムを見つめつづけた。「あたしがあんたにしゃべったって、あの人に言わないでくれる？　面倒はごめんなんだ」

サムは皮肉めかして眉を上げ、酒場にいる男たちに目を向けた。

ベティはその視線に気づき、短気に手を振った。「あの人たちは、あたしに面倒をかけてないよ。たとえかけたとしても、それは庶民のあいだのことさ。だけど、お偉いさんたちとは面倒を起こしたくない」

サムは納得してうなずいた。「サー・ジャイルズについては？」

彼女は困惑してきれいな額にしわを寄せた。「あの人は死んだよ。死人はあたしに面倒をかけない」

「あっしが言いたかったのは、最近あの人の様子が違うのに気づかなかったかってことだ。一カ月ほど前、なにかで動揺したって聞いたんだが。おまえさん、なにか変わったものを見なかったか？」サムはベティを子細に見つめ、薄い色のまつげがぴくりと動くのに気がついた。「なにを見たんだ？」

ベティは肩をすくめた。「はっきりした日付は覚えてないけど、一カ月ほど前だったかもしれない。あたしの腹が大きくなったのを奥さまが知って首にするちょっと前だった……。ご主人さま、なんかそわそわしてた。あの小さい子、ルースも気がついた。変わった子だろ？　あの子が最後にあたしになんと言ったと思う？」

「なんだ？」

「お父さんは幽霊のことを心配してるって言ったんだ」ベティは小さく笑った。

「幽霊？」

「そう。言っただろ、あの子は変わってるって。あたしは言ってやったよ。〝お父さまはお強いから幽霊なんて怖がりませんよ〟って。〝お父さまなら、ばかな幽霊どもを殴り倒してくれます、だから心配いりませんよ〟そしたらあの子、なんて言ったと思う？　幽霊は物理的な実体がない存在だ——そう言ったのさ。物理的な、実体がない、存在だって」ベティは慎重に発音した。「つまり体がないってことで、体がないなら、誰も殴り倒せないってさ！　屁理屈言って！」ベティは頭を揺らした。「なんで幽霊の話をしてるのかってあたしが訊いたら、あの子、幽霊の話をしたのはお父さんだと言ったんだ」

「そりゃどういう意味だろうな」

「あの子は頭がおかしいって意味だよ。ご主人さまが悩んでたのは幽霊のことじゃない。女さ。外国人の女」

サムは目を見張った。「なんでわかるんだ？」

ベティはいわくありげな顔で身を乗り出した。「あたしの仕事のひとつは、家じゅうを掃除してまわることだった。で、片づけをしようと書斎に入ってったとき、ご主人さまは部屋にいて、机について、執事のじじいが手紙を持ってくるのに使う銀のトレイの上で紙を燃やしてたんだ」

「手紙か？」

「そう」

「ベッツ！」主人がまたしても怒鳴った。

「もう、うるさいんだから」ベティはため息をつき、まわりを見まわした。「行くよ！　大声出さなくてもいいだろ！」

サムはもう一枚硬貨を取り出してベティのほうにすべらせた。「ホットウイスキーをもらおうかな」

ベティはにやりとした。「あいよ」

ベティが立ち上がって急いでカウンターに向かうと、サムはその場で考えた。ベティと主人が激しく言い争うのが聞こえる。やがてベティがホットウイスキーを持って戻ってきた。サムは先をうながした。「そのあとどうなったか教えてくれ」

ベティは座らなかった。「まあ、言うことはそんなにないんだけど。ご主人さまはぱっと手をかぶせて火を消して――そんな大きな火じゃなかったよ――なにも言わずに立って部屋を出てったんだ」

「それは妙なことなのか？」

「ご主人さまがあたしに話しかけることはないよ。だけどあの顔は……」ベティは少し考えた。「よくわかんない。ご主人さまらしくなかったのは確かだね。ゲロ吐きそうな顔だった。気分が悪かったんだ。病気ってことじゃないよ、わかると思うけど」ベティは唐突ににやりとした。「もしかしたら、ほんとに幽霊を見たのかもね」

サムはベティから目をそらさなかった。「で、おまえさんはどうしたんだ？」質問はしたものの、見当はついていた。

「白状すると、気になったんだ、ご主人さまがあんなに……妙な顔してたから」彼女にも顔を赤らめるだけの慎みはあった。「トレイに残ってた灰を探った。ほとんど燃えてたけど、ちょっとだけ言葉が見えた」

サムは驚いてホットウイスキーを持ち上げる手を止めた。「おまえさん、字が読めるのか？」

きれいな顔が屈辱で赤くなった。「あたしと姉ちゃんは、小さいとき牧師さまの奥さんに読み書きを教わったんだよ」

「すまねえ」サムは謝り、グラスを傾けて、温かなウイスキーが喉をなめらかにすべり落ちる感触を楽しんだ。ため息をつき、傷だらけのテーブルにトンと小さく音をたててグラスを置く。「なにが読み取れたんだ？」

「さっき言ったじゃないか。外国の女の名前だよ――マグダレーナ。あれはちょうど、ご主人さまがなにかに悩みはじめた頃だったと思う」ベティは訳知り顔でうなずいた。なぜかサムの視線はふくらみかけた腹に向かった。あわてて目を戻すと、ベティは狡猾そうな笑みを浮かべていた。サムの思いがどこへ向かっていたかを知っているかのように。

「そうだよ」暗い秘密を共有しているようにうなずく。「ご主人さまが抱えてたのは幽霊の問題じゃない。女の問題だったのさ」

舌だけが解剖台に載せられ、マンロー、バーツ、アレック、ケンドラ、そしてレベッカまでもが――彼女はハンカチをしっかり鼻に押しあてていたが――それを見下ろしているのは、なんとなく滑稽《こっけい》に感じられた。

一時間前、公爵邸を訪れていたハンフリーとローランドのふたりが逃げるように帰り、気つけ薬で意識を取り戻したレディ・アトウッドが神経はずたずたになったと宣言してベッドに連れていかれたあと、ケンドラは床に散らばった薄葉紙でこの柔らかな器官をつかんで箱に戻した。そのとき唯一考えられたのは、包みをドクター・マンローの解剖学校に届けて見てもらうことだった。

「サー・ジャイルズのものだと推定されます」マンローは黒い眉を寄せて切断された舌を見下ろし、ゆっくりと言った。

「推定？　ロンドンにはほかに舌を切られて走りまわっている人がいるのですか？　それとも先生は、舌のない遺体に遭遇されたのでしょうか？」ケンドラはグロテスクな物体に目を戻した。

丸メガネの奥でマンローの目が面白そうにきらめく。「ご存じのとおり、わたしは完璧主義者なのですよ、ミス・ドノヴァン。昨夜、サー・ジャイルズのご遺体を、埋葬できるようご子息のミスター・ホルブルックに返還しました。そのため遺体と照合はできず、ゆえにこの舌がサー・ジャイルズのものだと百パーセント断言することはできません。しかしながら……」拡大鏡を持って舌を観察する。「同種のナイフで切られたように見えます。お気づきでしょうが、きれいに切断されています。非常に鋭利な刃が用いられ、短時間で切り取られた——それはサー・ジャイルズの遺体の様子と合致します」

レベッカが突然息の詰まったような声を出した。「ごめんなさい、わたし……ちょっと……」背を向けて扉へと駆けていく。急に目の前に現れた硬い体にぶつかって、小さな悲鳴をあげた。

マルドゥーンはレベッカの肩をつかんで支えた。「おや、お姫さま、悪魔が追いかけてきたんですか？」

「まあ、あなた……うぐっ！」レベッカは彼の腕を払いのけ、そのまま解剖室から走り出た。

記者は心配そうに顔を曇らせてしばらく彼女の後ろ姿を見送り、そのあと振り返って一同と向き合った。「なにがあったんです？」

ケンドラが渋い顔を見せる。「あなたこそなにをしているの？」

マルドゥーンはひしゃげた三角帽を脱いで部屋に入ってきた。「サー・ジャイルズの事件に関して進展があったか確かめるため、毎日午後にドクター・マンローをお訪ねしているんです」

「そうです」マンローは不機嫌に記者を見た。「死者からわかることはかぎられているし、サー・ジャイルズの秘密は解剖したときにすべて明らかになった、とわたしは言いつづけているのですが」

「だけど現に、今は人が集まっているじゃありませんか、先生」記者は小ざかしくにやりと笑って解剖台に目をやった。ケンドラが見ていると、マルドゥーンは目を丸くし、早足にやってきて、驚愕して解剖台の黒ずんだ筋肉組織を眺めた。「なんてこった、これは僕が考えているとおりのものですか？」

ケンドラが言う。「もしもそれがサー・ジャイルズの舌だと考えているなら、そのとおりよ」

「まだ断定できませんが」マンローが訂正し、また屈み込んで、拡大鏡で舌の幅広い部分を観察した。「さっき言っていたように、鋭利な刃が用いられ、きれいに切断されています。そして腐敗の進行度もサー・ジャイルズと合致します。三日前、この舌はまだ持ち主についていたと思われます」

「どこで見つけたんです？」マルドゥーンが呆然と訊く。

「舌がわたしたちを見つけた、とも言えるわね」ケンドラは言い放った。

アレックの顎がぴくりと動き、ケンドラに据えた緑の目には怒りが浮かんだ。「われわれではない――きみだ。誰かがきみに送りつけたんだ」

マルドゥーンは金色の眉を上げてケンドラを見た。「なんで犯人は、あんたにサー・ジャイルズの舌を送りつける必要を感じたんです？」

「わたしもそれを知りたい」アレックは言った。

マルドゥーンは自らの質問に答えた。「あんたを怖がらせようとしているんだ。でも、なんでです？　あんたはなにを知っているんですか？」

ケンドラは鋭い目つきでじっと見つめられていることに気がついた。首を横に振る。「なにも知らないわ。今の段階では」

「ってことは、犯人は次の段階を心配しているわけだ」マルドゥーンは耳の後ろをかいた。「あんたは誰かを不安にさせている」

ケンドラはなにも言わなかった。マルドゥーンは正しい。舌を送りつけるのは、舌を切り取るのと同じく、なにかのメッセージだ。見えないインクによるしるしや舌の切断の背景をケンドラは知らないけれど、このメッセージの意味なら充分想像できる。〝この件にかかわるな〟ということだ。

「これを放っておくつもりですか、ミス・ドノヴァン？」マルドゥーンが問う。ケンドラはまたしても、彼の視線が重みを持ってのしかかってくるように感じた。

アレックは記者をにらみつけた。「おまえのせいだぞ、マルドゥーン。おまえが利口ぶってミス・ドノヴァンのことを新聞に書かなかったら――」

「書いていませんよ」

「わたしをばか扱いするな。彼女の名前こそ書かなかったが、それ以外のことは充分書いただろう」

マルドゥーンは首をかしげてアレックの敵意に満ちた目を見返した。「僕としては、このささやかな贈り物は、この女性がうろうろして殺人について人に訊いてまわっていることのほうに関係があると思いますね。犯人は自分の正体を暴露されたくないのかもしれませんよ」彼は皮肉を込めて言った。

アレックが詰め寄り、記者は冷静に何歩か下がった。

「もういいでしょう!」ケンドラはアレックの前に立って胸に手を置いた。「やめてちょうだい。ふたりとも」マルドゥーンに警告のまなざしを送り、手を下ろす。「捜査に集中しましょう。マルドゥーンの言ったとおりだわ――わたしは誰かを不安にさせている。それは、こちらにとっていいことだわ」

記者の眉が驚きで跳ね上がる。「いいんですか?」

「犯人は意図せずして、容疑者の絞り込みに協力してくれた。サイラス・フィッツパトリックはリストから消せるわ。わたしは彼に事情聴取していない。会いもしなかった。彼がわたしにこれを送りつける理由はない」

アレックが怖い顔になる。「やつは『モーニング・クロニクル』を読んでいるかもしれないぞ」

「これは警告だけど、個人的なものよ。特にわたしだけに向けた警告」

「それはなんの慰めにもならない」アレックはつぶやいた。

ケンドラはそれを無視することにしてマルドゥーンに向き直った。「あなたと話したかったの。モブレー大尉を知っている?」

「評判だけは。この一年でホワイトホールでの彼の株は上がりつづけていますし、議員に立候補するんじゃないかという噂もあります。今は内務省で働いています」マルドゥーンは少し考えた。「経歴に傷はありません」

「スペインについては？」

「スペインでの戦争中第五二歩兵連隊に所属して、フランス軍に捕虜にされました。なんとか脱出しました。詳細は覚えていません。なぜです？　それがサー・ジャイルズとどう関係するんですか？」

ケンドラは質問で返した。「モブレー大尉がつかまって脱出したいきさつについて、詳しいことを調べてくれない？」

「公式な報告書を手に入れられるかもしれません。しかし戦争は終わったんです。それが三日前のサー・ジャイルズの殺人と、いったいどんなかかわりがあるというんです？」

「わからない——今はまだ」ケンドラは認めた。「エヴァート・ラーソンとクロス卿について聞いたことはある？」

「エヴァート・ラーソン……聞き覚えがありますね。クロス卿は知りません。何者です？」

「エヴァート・ラーソンはサー・ジャイルズの下で諜報活動に従事していた。クロス卿はモブレー大尉と同じ軍に所属していて、一緒に捕虜になったの」

「そして一緒に脱出した」アレックは暗い顔で割り込んだ。「エヴァート・ラーソンはそれほど幸運ではなかった。彼は捕虜になったイングランド人兵士を救出しようとして死んだ」

マルドゥーンは顔をしかめた。「その事件なら覚えている気がします。兵士は全員死んだんじゃないですか？」

アレックはうなずいた。「モブレー大尉とクロス卿以外は」

「ふうむ」記者は顎を撫でて考え込んだ。「なんとかして報告書は手に入れます。だけども一回お尋ねしますが、そんな昔の事件が、サー・ジャイルズの殺人とどうかかわるんです？」

「二年というのは、それほど長い期間じゃないわ」ケンドラはそっと言った。

悲しみと怒りに苦しむラーソン一家、そして憤りに暮れるジェラード・ホルブルックのことを考える――苦しみはいつまでも消えない。そしてモブレー大尉とクロス卿は？　彼らはこの構図にどうあてはまる？　サー・ジャイルズが殺される前にクロス卿と行った緊迫した話し合いについて、そしてモブレー大尉の冷たく用心深い灰色の目について考えた。

エヴァート・ラーソンとイングランド人兵士が死んだ以外にも、スペインでなにかが起こった。それは間違いない。だが、その悲劇がサー・ジャイルズ殺人事件とかかわりがあるかどうかについては、まだわからない。

30

ケンドラとレベッカとアレックがグローヴナー・スクエアに戻ったのは、公爵が馬車から降りたのと同時だった。「やあ」彼は笑顔で挨拶をした。「きみのお国の人、ミスター・ヒックスは、忌まわしき奴隷制度に反対する熱のこもった演説をしたよ」

「それはよかったです」ケンドラはぼそぼそと言い、一同は一緒に玄関ステップをのぼっていった。ハーディングが扉を開けて押さえている。

「父は、自分のおじからバルバドスの砂糖プランテーションを相続して、それが奴隷労働によって運営されていることを知ったとき、心底ぞっとしていましたわ」レベッカはボンネットの紐をほどいてハーディングに渡した。「予想より長くはかかりましたが、なんとか彼らを解放することができました。それでも父は、おじがそんなものにかかわっていたこと、しかも黒人の愛人を囲っていたことには、心を乱していました」

公爵がそれを聞いて驚いた様子はなかった。「きみのお父上とその話をしたことがある。彼のおじがそうした嫌悪すべき習慣に加担していたのは残念だった。アメリカが近いうちにミスター・ヒックスの先導に従って、奴隷制度を廃止することを願う。どうだね、ミス・ドノヴァン？　きみのお国の人々は、いずれこの醜い習慣に終止符を打つだろうか？」

ケンドラは公爵の鋭い目を見た。彼が、ケンドラの予想を尋ねているのではなく、実際どのようになるのかを訊いているのはわかっている。「時間はかかるでしょうが、いずれミスター・ヒックスと同じ意見を持つ人々の要求が通ると確信しています」彼女は慎重に言った。

「それはいいことだ」公爵は笑顔になり、胸ポケットをぽんぽんと叩いた。「講演のあとしばらくミスター・ヒックスと話をして、これをもらったのだよ」彼は灰色の石を取り出した。長さは二、三センチ、叩いて研がれ、先端がとがっている。

「矢じりですね」ケンドラは手袋を脱ぎながら言った。

公爵は石を見つめたままうなずいた。「われわれイングランド人も原始人が使っていた矢じりを発見したことはある。だが、ただの石が地面から拾われ、気高い野蛮人によって武器として形づくられ、自分の家族を養ったり守ったりするのに使われたと考えると……実のところ、非常に驚嘆すべきことだ」

ケンドラは待機している女中にマント、手袋、ボンネットを渡した。「閣下は矢じりを手に入れられました。わたしは舌を手に入れました」

「そうか。いや、待て。なんだって？」公爵はぱっとケンドラを見やった。「それは冗談かね？」今の発言の意味を理解して青い灰色の目をきらめかせ、愕然とする。「なんと、きみが言っているのはサー・ジャイルズの舌のことではないだろうな？」

「家じゅう大騒ぎでございました」ハーディングは公爵の大外套を受け取って自分の腕にかけた。非難するようにケンドラをちらりと見て、重々しい口調で言う。「奥さまは寝込んでおいでです」

「なんと」公爵は繰り返した。「どこにあるのだね……それは？」

アレックが言った。「ドクター・マンローのところに持っていって、そこに置いてきました」

オルドリッジはうなずいた。「それが賢明だろう。だが、どういう意味だ？」そこで首を横に振る。「すまない、これは玄関ホールの真ん中でするような話ではない。ハーディング、紅茶一式のトレイを——コーヒーも——書斎に届けてくれ」

一行が階段のそばまで行ったとき、玄関扉がノックされた。厨房に向かっていたハーディングが即座にきびすを返して応答する。「ミスター・ケリーでございます」彼は横にどき、ボウ・ストリートの探偵を招き入れた。

ハーディングは感情を顔に出さないよう努めたものの、あきらめの表情を隠すことはできなかった。彼女が現れるまで、ボウ・ストリートの探偵や切断された舌といったものが決して標準的な存在でなかったのは、ケンドラにもわかっている。

サムは玄関ホールにたたずむ人々を眺めて眉を上げた。彼らの顔になにかを見て取ったらしく、金色がかった目を細め、警察官らしい感情のないまなざしを向けた。「なにがあったんです？　どうしたんですか？」

「書斎でくつろぐとしよう」公爵はケンドラに一瞥をくれた。「長い話になりそうな気がする」

話自体はそれほど長くなかった。だが公爵、そしてサムまでもが衝撃を受け、落ち着くのを待つため、ケンドラは一、二度話を中断せねばならなかった。

「なんてこった」話が終わると、サムはつぶやいて頭をかかえた。ケンドラを見て尋ねる。「犯人はなんであんたに、そんなものを送ってきたんです?」

「マルドゥーンは——ドクター・マンローのところでマルドゥーンに会ったのよ——犯人がわたしに警告している、捜査によって不安になっている、と考えているわ」

サムは唇をすぼめた。「はい、確かにそう思えますね」

「だとしたら、わたしはなにかを見落としているんだわ」ケンドラはつぶやいた。手に持ったカップを持ち上げ、石盤を見つめてコーヒーを飲む。書かれているのが象形文字に見えてきたが、それを解読するためのロゼッタストーンは持っていない。サムに目を向けた。「ホルブルック家の元女中とは話ができた?」

「ええ、してきましたぜ。チャタム・スクエアにある、義兄の店で女給をやってます。予想してたほどには、首になったのを不満に思ってませんでした」

「素直に話してくれた?」

「はい。ホルブルックが父親を殺したかもしれないなんて話は信じられないみたいでした。やっこさんはそういうことを口にしたんですけど、それは計画というより願望だったそうです」

「ちょっと待ってくれ」公爵は驚いた様子で手を上げた。「ミスター・ホルブルックは、父親が殺されればいいという願望を、実際に口にしたということかね?」

「そうみたいですね。少なくとも、父親に都合よく死んでほしい、と」

「機能不全の家族ね」ケンドラはつぶやいた。「でも、なにかを望むのと実行するのとは、まったく別のことだわ。続けてちょうだい、ミスター・ケリー」

「首になる前、サー・ジャイルズが妙なふるまいをしたりなにかに気を取られたりするのに気がつかなかったか、と訊いてみました」

「それで？」

「確かに、なにかに気を取られてたってことです。あの女の子——ルース——も気がついて、おかしなことを言ったらしいです。父親が幽霊のことを心配してる、とか」

「幽霊だと？」公爵が眉を上げる。「いったいどういう意味だね？　まさか文字どおりの意味ではないだろうが」

ケンドラは言った。「ルースは物事を文字どおりに解釈するようです。サー・ジャイルズは、あの子にそういう印象を与えることを言ったに違いありません。ルースはわたしにも、幽霊を信じるかと訊いてきました」

「よくわからん。サー・ジャイルズは自分が幽霊に取りつかれていると思っていたのかね？」

「そうとも言えません。ルースは言葉を文字どおり受け取ったかもしれませんが、サー・ジャイルズがそういうつもりで言ったということにはなりません」ケンドラは石盤に目を移した。「ルースとふたりきりで話す機会があればいいんですが」

「あの子を尋問したいの？」レベッカが訊く。

「話を聞きたいんです」

サムは顎をさすった。「ベティのことを尋ねたとき、ホルブルック家の馬番たちは親切に教えてくれました。あの子が家の外で過ごすのに決まった日課があるんなら、あいつらが教えてくれるかもしれません」

「子守があの子を公園へ散歩に連れ出すのは充分ありうるわね」レベッカが言う。

ケンドラは窓を見やった。思い違いかもしれないが、数滴の雨粒が落ちたのが見えた気がする。「これ以上天気が悪くなったら、公園までルースを連れていかないでしょう」

「そうともかぎらないわ。こういうお天気のとき子どもを野外活動に参加させるのを奨励するお医者さまは多いのよ。冷たい空気は体を活性化させるし、若い肺には絶好なの」

サムが言う。「あっしが訊いてきます。あと、話はそれだけじゃありません。首になった女中は、サー・ジャイルズが悩んでたのは幽霊のことじゃないと思ってます」ケンドラを見て少しためらう。「ベティは、サー・ジャイルズは女のことで悩んでたんじゃないかと考えてました。マグダレーナって女です。サー・ジャイルズがその女からの手紙を燃やしてるのを見ちまったんですよ」

「マグダレーナ？」ケンドラは興味を示して聞き返した。「誰なの？」

サムは鼻の脇をかいた。「たぶん、レディ・ホルブルックには知られたくない女だったんでしょうね。だから手紙を燃やしたんです」

「その女はサー・ジャイルズの殺人とはなんの関係もないかもしれない」アレックは指摘した。「まったく別の話という可能性はある」

「まあね。だけどベティは、それがちょうど、サー・ジャイルズがなにかに悩みはじめたのと同じくらいのときだと思うと言ってます」

「アレックの言うとおりかもしれない」ケンドラは譲歩した。「それでも、調べてみる必要はあるわ」犯罪とは無関係に思えた手がかりがいったんは放置されたあと、結局それが糸口になって事件が解決された、という事例は非常に多い。結果論というのは厄介なもので、多くの場合マスコミにマイクを突きつけられ、どうして誰もその手がかりを最初から追おうと考えなかったのかと質問されることになる。

目は石盤に戻った。「マグダレーナ。エヴァート・ラーソンが死んだのがスペインで、サー・ジャイルズに手紙を書いた女性がスペイン名だというのは、単なる偶然？」ケンドラはそっとつぶやく。「それとも、これも新たなつながりなの？」

31

エラ・ブラウンの足取りは、二時間前、十二人の客を取る前は今よりずっとしっかりしていた。〈ベル・アンド・スワン〉亭裏の路地でひとりの客を取るたびに、自分への褒美としてジンを一杯やっていた。今、頭は気持ちよくくらくらして金色の靄がかかっているけれど、これまでに稼いだ硬貨のうち数枚は貯め込んでおくべきなのは、ある程度理解している。そうすればいずれは、ペギーやエスターと同居するのでなく、自分ひとりの部屋を借りられるようになる。同居自体がいやなわけではないが、週に一度くじを引いて、誰が商売のために部屋を使えるかを決めねばならないのだ。今夜はエラが使える番ではなかった。

現金が充分貯まったら、ヘイマーケット・ストリートに女を買いに来る男たちを、暖かく心地よいベッドで迎えられる。でも、この商売を始めてから三年間、どうしてもジンの甘い誘惑には抵抗できないでいた。クエーカー教徒などの輩は、ジンのことを悲しき破滅《ブルー・ルーイン》と呼んでいる。しかしエラ自身は、この酒を錬金術師の霊薬だと考えている。一杯のジンには、昔の暗い思い出を追い払い、現在をきわめて気持ちよく輝くものに変える力があるからだ。エラがしらふのとき――最近そんなことはどんどん少なくなっている――世界は醜く残忍な場所だ。おいしい霊薬によってよりよい現実を追い求めるのは、当然ではないか？

今、彼女はあちこちから伸びてきて尻を叩いたり探ったりする手を無視して、〈ベル・アンド・スワン〉亭のテーブルのあいだを千鳥足で縫って歩いた。カウンターの後ろにいる大男にぼんやりと微笑みかけ、最後の一枚の硬貨を放る。「ほら、ジョージ。もう一杯おくれよ」

男は鼻を鳴らした。その音を、エラは軽蔑でなく笑いだと考えようとした。指なし手袋をはめた両手をカウンターに置いて身を乗り出す。それは間違いだった。世界がぐらりと傾いたからだ。「ちぇっ」つぶやいて体を起こし、また危うく倒れそうになる。体勢を立て直したとき、なぜか自分の置かれた状況がとんでもなく面白く感じられ、大笑いしてまた崩れ落ちそうになった。

「おめえ、王さまみたいにひどく酔っ払ってるぜ、エラ」ジョージは瓶のコルクを抜きながら言った。

「違うよ。貴族みたいに酔ってるだけさ」エラは楽しくてくすくす笑った。

「貴族といえば」ジョージはグラスにジンを注いでエラのほうに押しやった。「もうちょっと商売したいんなら、あそこにふたりほどめかし屋がいるぜ。ひとりはセレナがつかまえてるけど、もうひとりは……」

エラはグラスをつかみ、ジョージが指し示したほうを向いた。視界は少々かすんでいるけれど、セレナの金色の巻き毛が見えた。ふたりの紳士と一緒のテーブルについている。ひとりの膝に座って首に腕を巻きつけ、男の大外套と上着の下に手を入れて撫でている。もう片方の手はジンのグラスを握っていた。エラは目を細くしてもうひとりの男を見つめた。顔についているのはなんだろう？

「ひどいね、ありゃ」それが頬ひげだと気づいて、ジョージにささやきかける。「ネズミが二匹、顔に這いのぼったのかと思ったよ」

ジョージは笑った。

エラはジンを飲み干してグラスをドンと置いた。かぶっているベルベットのボンネットをまっすぐ直し、酔った状態で可能なかぎり腰を振って、もじゃもじゃした頬ひげの紳士のほうへと歩いていった。「ねえ旦那、お友達ばっかり楽しんでるみたいだね。旦那もちょっと楽しまないかい？」

セレナを抱いている紳士が友人ににやりと笑いかけた。「少しは楽しめよ、クロス。今夜はずっと暗い顔をしているじゃないか」

「そうよ」セレナも話に加わった。「さ、行っといで！　エラがいい思いをさせてくれるよ。そうだろ、エラ？」

「そのとおりさ」エラは請け合い、誘うように男の肩に手をすべらせた。「行こうよ。損はさせないから」

クロスと呼ばれた男はエラの全身を眺めた。エラは自分が一級品でないことを知っている――赤毛と緑の目は流行に合っていない――けれど、男は文句がないらしく、立ち上がってエラの腕をつかんだ。「おまえの部屋はどこだ？」息に混じったブランデーのにおいが嗅げるくらい彼女を近くに引き寄せる。

「あの、それなんだけどさ……」エラは男のクラヴァットをいじった。「外に出て裏できるよ」

男は眉間にしわを寄せた。「外は寒いぞ！」

「温め合えばいいじゃないか」エラは手を下ろして男と指をからめ、裏口まで引っ張っていった。ふたりの交わりがそれほど時間を取らないだろうという予想は口にしなかった。

「ほら」扉を出たところで男がためらい、テムズ川から立ちのぼる湿った霧に目を凝らしたので、エラはうながした。少なくとも霧雨はやんでいる。街灯の明かりは霧のせいでぼんやりしていた。

儲けの種を失うことを恐れたエラは、男に体を押しつけてキスをした。相手が反応しかけると、エラは息を切らして笑いながら体を引いた。「こっちよ」男に微笑みかけ、路地の入り口まで引っ張っていく。近くの窓からこぼれ出た光が、石壁に寄せられた空の木箱や樽の輪郭を照らし出しているものの、路地の大部分は真っ暗だった。

「ここまで来れば充分だろう」エラは彼をもっと奥のいつもの場所まで導いていこうとしたが、男は低くうなり、エラの手をきつく握って引き留めた。荒々しく肩をつかんで、彼女を壁に押しつける。重ね着していても、エラは生地越しに石から発せられる冷気を感じた。

エラはふっと笑った。「旦那の身ぐるみはごうなんて思ってないよ」

男はうなり、長ズボンのボタンを外すことに専念した。

「だけど、この取引はただじゃないよ」エラは警告した。

「一ファージングやる」

「ちょっと、あたしをなんだと思ってんの？　一シリングだよ！」

「わかった」男がぴしゃりと言う。

エラはにっこり笑って手を伸ばし、彼の不器用な指を払いのけて残りのボタンを外しはじめた。男は時間を無駄にせず、エラのスカートをつかんで膝の上までめくろうとした。

「ちょっと、落ち着いてよ」エラが息を吐く。

エラがようやくボタンを外し終えると男はうなったが、そのあとすぐに耳障りな大声をあげ、痙攣したように動きはじめた。

「なんだよ、旦那、あたしなしで終わっても代金はもらうからね」エラはそう言いかけたものの、なにか変だと気がついた。男はエラから身を引き、必死で自分の喉をつかんで、苦しげにもがいている。

エラは息をのんだ。狼狽して男を押しのけようとしたものの、壁と男の痙攣する体にはさまれていて動けない。男の後ろに立つ人影を見たとき、彼女の肺から空気が漏れた。**なによ、あの顔……。**

狼狽は恐怖に変わった。金切り声をあげ、横に動いて逃げようとしたが、足がスカートに引っかかって倒れてしまった。いやなドスッという音がして腰が歩道に打ちつけられる。銅のような血の味が口の中に広がったが、舌を噛んだ痛みはほとんど感じなかった。必死で立ち上がろうとする。心臓の音は耳の中でうなりをあげた。

悲鳴をあげて路地から飛び出す。〈ベル・アンド・スワン〉亭に駆け込んでからも、悲鳴はなかなか止まらなかった。

32

早朝の薄暗い中、ケンドラは横たわったエリオット・クロス卿の遺体を見下ろした。酒場から五、六人の男が路地に出てきている。彼らの多くが持つ松明の光が、死んだ男を金色に染めていた。野次馬の向こうでは、霧と闇が渦を巻いていた。

「この格好で見つかったの？　誰も動かしていない？」ケンドラは訊いた。

「ああ。誰も手を触れてねえよ」背後から男たちのひとりが答えた。

ケンドラは男の声に極度の不快感を聞き取った。その気持ちは理解できる。子爵はとても見て楽しい姿ではない。ちらちら揺れる光の中で、彼の開いた目が見える。点状出血で赤くなった、死んだうつろな目。顔はふくれ、口は開いている。普通なら舌が突き出されているはずだが、それは切り取られていた。

ケンドラは遺体の目視を続けた。服装は大外套、上着、ベスト、長ズボン、ブーツ。クラヴァットは破れている。犯人がクロスの後ろに立ち、喉に麻縄をまわして強く引っ張っているところが想像できた。サー・ジャイルズと同じく、クロスは喉をかきむしり、クラヴァットを破り、自分の皮膚を引っかき、やがて意識を失ったのだろう。長ズボンの前立てのボタンは留められていない。彼が路地でなにをしていたのかと考える必要はない。クロスと一緒にいて大変なショックを受けた娼婦は、今は〈ベル・アンド・スワン〉亭にいる。ケンドラの目はベストとシャツに向かった。生地は切られ、開いたところが引っ張って重ねられており、服が少しよじれている。面白いわね。「あいつら、指一本触れてませんぜ」サムが小声でつけ加えた。

ボウ・ストリートの探偵はケンドラの横に立ってランタンを持っている。反対側には公爵がいる。サムの言う〝あいつら〟が、〈ベル・アンド・スワン〉亭のがっしりした体の経営者ジョージ・ベル、最初に現場に呼ばれた夜警、そのあとに呼ばれてきた巡査なのは、ケンドラにもわかっている。それ以外の見物人――ほとんどが〈ベル・アンド・スワン〉亭の客――は粗野な格好をした男たちだ。ケンドラと公爵が到着する前にはもっと多くの見物人がいたらしいが、死者を眺めているのはそれほど楽しくなく、野次馬はかなり減っていた。

夜警に呼ばれた巡査は『モーニング・クロニクル』を読んでおり、またしても人が絞め殺されて舌を切り取られたのは偶然にしては妙だと考えてサムに連絡を取った。時刻が遅いのを考慮して――午前二時近く――サムは躊躇したものの、遺体がまだあるうちにケンドラが犯罪現場を見たがるのは知っているので、結局は公爵邸に知らせを届けた。イーサン・マンローにも連絡を取ったが、彼はまだ到着していない。

ケンドラは詳しく見ようとしゃがみ込んだ。「ここをもっと明るくしてくれる？」

人の動く音がして、誰かがランタンを近づけた。公爵が手近なランタンをつかんだのだと気づいたのは、彼が口を開いたときだった。「これでいいかね？」

「ええ、よく見えます、ありがとうございます」身を乗り出し、重ねられたベストとシャツの生地のあいだに手袋をした指をそっと入れて開き、クロスの痩せた青白い腹を露出した。

「これは新しい手口ね」彼女はつぶやいた。誰かが息をのみ、遺体が見えるほど近くにいた男たちのささやき声がした。ケンドラはそれを無視して、遺体に刻まれた大きな十字架と見えるものに目を凝らした。クロスの胸骨の根もとからへそのすぐ下にかけて描かれている。油のように黒ずんだ血が傷から染み出ていた。といっても、それほど大量の血ではない。しるしが刻まれたとき、被害者の心臓は既に止まっていたのだ。

「ホシは見えないインクを使う時間がなかったみたいね」

「おい、そりゃいったいなんだ？」ざらついた声がする。

サムは野次馬を無視した。「犯人はなにをする時間もそんなになかったでしょうね、エラ・ブラウンのせいで。そいつがエラの息の根も止めなくて幸運でしたよ」

「犯人には目標があり、その目標以外を殺すことに興味はなかったようね」

ケンドラが立ち上がったとき、声が響いた。「どいてくれ！　失礼——道をあけてくれ！」マンローが人をかき分け、遺体が横たわるところまでやってきた。彼のかけているメガネのレンズにランタンや松明の炎が反射する。彼は状況を見て取った。「公爵閣下、ミス・ドノヴァン。あなた方がここにいらっしゃるのを見て驚く必要はないのでしょうが、実際驚いています。この不運な被害者は誰ですか？」

「エリオット・クロス卿です」ケンドラはマントの襟を首のほうまで引っ張った。天気はまた変わっていた。それまで降っていたみぞれはやんだが、気温はかなり下がっていて、人の吐く息は白くなっている。「彼は容疑者リストに載っていました」

マンローの黒い眉が寄せられた。「今はもうそのリストから消されたようですな」

「はい。リストから逃れるのに、もっと簡単な方法もあるんですけど」ケンドラはサムを見やった。「目撃者の話を聞きに行きましょう」

三人は〈ベル・アンド・スワン〉亭の薄汚れた内部に足を踏み入れた。梁《はり》をめぐらせた低い天井からぶら下がるランタンが重い木製の椅子、テーブル、長いカウンターに暖かな光を投げかけている。石づくりの暖炉では石炭の炎が燃えているが、それでは店内の湿った冷気を追い払うには不充分だ。店内に残っているのは数人の客。ほとんどは男で、カウンターの前に座り込んでいた。彼らは低い声で話していたけれど、ケンドラとサムと公爵が現れると、とたんに口をつぐんだ。ケンドラは彼らの視線の重みを感じつつ中に入っていった。彼らの視線は意にも介さず、カウンターの端にいる、真っ赤な口紅を塗った金髪女に目を留める。店にいるあともうひとりの女はテーブルに突っ伏していた。片方の腕を伸ばしていて、指なし手袋に包まれた手が見えている。その指は空のグラスを軽く握っていた。

「多くを聞き出せるとは期待しないでくださいよ」サムはケンドラに警告して女に近づいていった。

「エラ!」女の肩をつかんで体を揺さぶる。「おい、エラ。起きろ!」

テーブルに近づいたとき、ケンドラはジンの強いマツの香りを嗅いだ。

女は顔をテーブルに押しつけていて、ベルベットのボンネットはつぶれて頭の脇にずれている。赤毛のほとんどはヘアピンから逃れて顔の前に落ちていた。「失せやがれ!」女はそう言って、サムの手から肩を外した。

「おい、起きろって！」

「うるさい！」女はもごもご言うと、はっと意識を取り戻した。唐突に体を起こしてサムに殴りかかったものの、彼はやすやすと防いだ。

「エラ！　落ち着け。おまえさんに危害を加えるつもりはねえんだ」

「ああ！　ごめんよ！」もつれた赤毛の隙間から、フクロウのように丸くした緑の目がまばたきをする。女は髪を顔から押しのけてボンネットを脱いだ。「あんた、盗賊捕り方だよね？」

「ボウ・ストリートのもんだ」サムはむっとして訂正した。「しゃきっとしろ。路地で起こったことについて質問に答えてもらうぞ」

「言っただろ。あたしはやってないって！」

ケンドラは金色のそばかすが散る痩せた顔を観察した。三十代に見えるけれど、荒れた生活のせいで実年齢より老けていて、本当はまだ二十代前半なのだろう。「あなたがやっていないのはわかっているわ、エラ」ケンドラは相手を安心させた。「だけど、あなたは被害者が殺されたとき一緒にいたでしょう。いくつか訊きたいことがあるのよ」

女はぼんやりした目でケンドラを不審そうに見た。「あんた誰さ？　ジョージはどこ？」

カウンターのほうを振り返る。

サムは店の主人です。路地にいた大男ですよ」

　ケンドラはうなずき、女の隣に座るため椅子を引いた。椅子の脚が床をこする。「エラ、クロス卿になにがあったのか話してちょうだい」

「ふん！　ラバに踏まれたみたいに頭が痛いんだよ」エラはこめかみをさすりながら、横目でケンドラを見た。「クロス卿って？」

「あなたが路地で一緒にいた男の人」

「ああ。そうだった。あいつの友達がそんなふうに呼んでた気がするよ、思い出してきた。ジョージは、あの人は貴族だと言ってた」

「友達？　ひとりで来たんじゃなかったの？」

「違うよ。セレナがもひとりと一緒にいたんだ。ふたりは女を買いに来てたみたいだから、あたしはちょっと楽しまないかと言ったのさ。一シリングで。それ以下で寝る気はなかったよ！　あのしみったれ、最初は一ファージングだってほざきやがって！」

　サムは言った。「セレナってのは、カウンターにいる黄色い髪の娼婦です。あっしはあの女と話しました。クロス卿の友達はウェントワースって名前だそうです。子爵です。あっしがここに来たときは、もういませんでした」

「ウェントワース卿」公爵がつぶやいた。「キャロに確かめねばならんが、たぶんスタンディッシュ卿の世継ぎだ」

　ケンドラはうなずいた。「その人にも事情聴取して、なにか見なかったか訊く必要がありますね」視線をエラに戻す。「それで、なにがあったの？」

エラは唇をとがらせた。「一杯やっていいかい？　喉がからからなんだよ」

「いいわよ」ケンドラはサムを見、彼はうなった。後ろを向いてカウンターまで行く。

「ジンを頼むよ！」エラが呼びかけた。

ケンドラは彼女に濃いコーヒーを頼もうかと考えたが、やめておいた。「エラ、こっちを見て。わたしを見るの。なにがあったか話してちょうだい」

痩せた顔が痙攣し、ケンドラは緑の目に恐怖を見て取った。「あいつを連れ込む部屋はなかった。だからあたし――路地に連れてったんだ」エラはごくりと唾をのんで口をこすった。「いつも男とそうやってて、面倒なことは今までいっぺんも起こらなかった」

サムが戻ってきてテーブルにグラスを置くと、エラの顔が明るくなった。だがケンドラは彼女がグラスをひったくる前に、その上に手を置いた。穏やかに言う。「話が先よ。そのあと飲んでいいわ」そして肝臓をアルコール漬けにするのね。

エラは渋面になったが、ケンドラは相手の顔をしっかりと見据えた。「話して」

エラは言いよどんだものの、やがて肩をすくめた。「言っただろ。裏の路地まで連れてって、それから……」突然ひっと息をのむ。「あいつ、急にぴくぴく動きはじめたんだ。最初思ったのは、あいつはもう、ほら、わかるだろ……だけど違った。そのときあたしは顔を上げて、見たのさ……」唇をなめ、声を落とした。「悪魔を」

ケンドラは顔をしかめた。「その悪魔はどんな顔をしていたの？　人相を教えて」

「違う、あんたはわかってないんだ」エラは身震いした。思い出してうつろな目になる。

「あれは人間じゃなかった。今言ったじゃないか。正真正銘の悪魔だよ」グラスに伸ばした手は激しく震えていた。「お願い、わかってよ」

ケンドラは冷静な警察官の顔をしたサムと目を合わせた。彼は無表情だ。既にエラからこの話を聞いていたらしい。「悪魔がどんな顔をしているか教えて」エラに言う。

「悪魔みたいな顔だよ」エラはいらだっているようにも怖がっているようにも聞こえた。両手を顔の前まで上げて、眉根を寄せて円を描くように手を動かす。「普通じゃなかった、赤くてうろこだらけだった。目は真っ黒。不吉だった。そのときわかったんだ……」恐怖で喉が詰まり、彼女はささやき声になった。

ケンドラはエラのほうに身を乗り出してじっと見つめた。エラの目は緑の虹彩がほとんどなくなるくらい瞳孔が広がって、黒に近くなっている。

「なにがわかったの、エラ?」

「わかったんだ、そいつは人間じゃないって」エラはそっと言った。「あいつは地獄からやってきた悪魔なのさ」

「ジンの飲みすぎで、エラの頭はまともに働いてないんですよ」外の霧と冷気の中に足を踏み出すと、サムはケンドラに言った。

「ふむ」ケンドラの返事はそれだけだった。

一台の馬車が到着して、ふたりの男がエリオット・クロスの遺体を後部に運び込んでいた。

それを見ていたマンローがケンドラたちのところにやってきた。「解剖は明日行います。正確に言うと、もう今日ですが。日曜日なので、午後まで待つつもりです。一時に始めますから、立ち合いたければどうぞ」

「ありがとう、先生」公爵は言った。「行かせてもらうよ」

マンローは逡巡したあとケンドラを見た。「同じ狂人の仕業のようですね。事件が解決するまでに、さらなる被害者が出るでしょうか？」

ケンドラは首を横に振った。「その答えがわかればいいのですが」

彼は悲しげなため息をつき、会釈した。「それでは、また明日」背を向けて近くの馬車へと歩いていった。

公爵はサムに向き直った。「きみの家まで送っていこうか？」

「そりゃ助かります」

「ちょっと待ってください」ケンドラは路地のほうへと移動した。野次馬は消え、〈ベル・アンド・スワン〉亭と隣の男性用雑貨店のあいだの細い隙間に人はいない。

「なにやってんです？」サムが尋ねる。

「ちょっと確かめたいことがあって」

クロスの遺体が横たわっていたところまでゆっくり歩いていき、振り向いて背中を酒場の石壁に押しつける。路地には腐敗、尿、嘔吐《おうと》物のにおいが漂っていた。「ミスター・ケリー、わたしの前に立ってみて。閣下、ミスター・ケリーの後ろに来てくださいますか」

公爵はにっこり笑った。「なるほど、検証だね」

ケンドラはサムの背後に立った公爵を注意深く見つめた。闇は深いが、真っ暗というわけではない。街灯の光はなんとか路地まで届いており、サムと公爵の顔が青白く見える。「わかりました」うなずいて横を向く。三人は大通りまで歩きはじめた。「エラはなにかを見ました」

サムは眉を上げて横目でケンドラを見やった。「悪魔を？」

「悪魔払いはしなくていいと思うわ」ケンドラは無感情に言った。「エラがしらふのときに話を聞いて、犯人の人相をもう少し詳しく知りたいわね。犯人を地獄まで捜しに行かずにすむように」

33

ケンドラは時間をかけてゆっくりコーヒーを飲んだ。睡眠不足の脳から靄を払うためにはカフェインの刺激が必要だ。ようやくベッドに転がり込んだのは午前三時頃だが、そのあとも奇妙な夢のせいで熟睡できなかった。内容は覚えていないものの、悪夢には切断された舌や悪辣《あくらつ》でうろこだらけの顔をした悪魔が主演していた気がする。

七時半に目が覚め、もう一時間眠ろうかと考えたけれど、しばらく寝返りばかり打った末にあきらめた。ベッドから出てよろよろと化粧室に行き、ざっと体を拭いたあと、ゆったりした朝用ドレスに着替えた。使用人のあいだに騒ぎを生むとわかっていながらも、階段を下りて厨房に入っていった。厨房にはミセス・ダンベリーがいた。非難——毎度なじみのもの——を込めた灰色の冷たい目で見られたが、女中頭を恐れる気持ちよりコーヒーを求める思いのほうが強かったのだ。その場で一杯飲むことができ、あとで新たに書斎までコーヒーポットを届けるという約束も取りつけられた。

八時半には公爵の机の後ろに心地よく座って、コーヒーを飲みながら、屋敷の中や外の広場での日曜日の静かな雰囲気を味わっていた。間もなく公爵とレディ・アトウッドは使用人の半分とともに英国国教会での礼拝に出かけるだろう。残りの半分は、使用人用の広間で祈りを捧げたあと仕事を続けることになる。

ケンドラは束の間の貴重な静寂を堪能した。それから立ち上がり、石盤の前へと移動した。

エリオット・クロスの殺人は事情を一変させた。サイラス・フィッツパトリックの容疑は既に薄れていたが、彼と子爵のあいだになにかの関係があったと判明しないかぎり、彼は完全に容疑者リストから消せるだろう。ジェラード・ホルブルックも、完全に除外はできないとしても、リストの下位に落ちた。ホルブルックがイートン校時代にクロスを知っていたとはいえ、ふたりが当時も現在も友人同士だったとは思えない。彼らの生活に少々重なる部分はあったとしても――同じパーティー、似たような社会階層――ケンドラの知るかぎり、ふたりは実質的に見知らぬ他人だ。

ただし……ただし、ふたりが共謀している可能性はある。ホルブルックが父親を殺すのにクロスが協力しているケースだ。

いや、それは無理な想像だ。クロスにはなんの得もなく、それで利を得るのはホルブルックだけ。しかも、クロスはサー・ジャイルズと口論らしきものをしていて、彼と一緒にいるところを目撃された最後の人間だった。サー・ジャイルズの息子と共謀していたとしたら、あまり賢明な行動ではない。クロスに共犯者がいたとしたら、それはモブレー大尉だろう。

ケンドラの視線は石盤に書かれた名前に向かった。文字の大きさはほかと変わらないのに、彼女が書いたほかの名前を凌駕《りょうが》していると感じられる――エヴァート・ラーソン。

彼は二年前に死んでいるが、ケンドラの勘は、現在起こっていることに彼がなんらかの形で関係していると告げている。勘とは、一般に思われているほど非科学的なものではない。FBI脳内で処理されて潜在意識に沈んだ何千という細かな瞬間によって形成されるのだ。

で捜査官として過ごした六年間と、それに先立つ教育と訓練の歳月を通じて、ケンドラは自分の勘を信じるようになった。論理と石盤の観察がその勘をあと押しした。エヴァートはサー・ジャイルズとクロスやモブレーを結びつける共通要素だ。

ケンドラは人さし指でコーヒーカップを叩きながら考えた。フィッツパトリックとホルブルックを容疑者から除外すれば、中心にくるのはエヴァートだ。では、死者が現在の出来事にどうかかわってくるのか？

エヴァートはスペインで死んだ。それは戦時中の出来事だ。戦場では非道な行為がなされる――そして捕虜収容所でも。人間の性質は予測不能なものだ。戦争は穏やかな人間を、とてつもなく勇敢なことを実行する英雄に変えうる。だが戦争は、人間のきわめて邪悪な衝動を喚起することもある。生き延びるためなら、人は不道徳で口にするのもおぞましいことを行う。

ひとたび戦争が終わったなら、人は秘密を守るためなにをするだろう？

モブレーの警戒した灰色の目が脳裏に浮かんだ。あの男にはクロスと比べて情け容赦ないところが感じられる。彼女はクロスを……弱い人間だと感じた。強く圧迫されたら秘密を漏らすほど弱いか？　そうだと思う。ひとりのところで問い詰められたら、彼は落ちたはずだ。

モブレーとクロスがスペインにいるとき共通の秘密を持ったのなら、大尉はもはやクロスがしゃべることを危惧しなくていい。死者はしゃべれないのだから。

ケンドラの視線はもうひとつの名前に向かった。マグダレーナ。これもスペインとのつながりか？　スペインの名前だが、だからといってこの女がスペイン人とはかぎらない。いや、そもそもマグダレーナは女でないかもしれない。なにかの作戦、あるいは別のスパイの暗号名だったとしたら？　それでも、エヴァート・ラーソンがスペインで死に、一カ月ほど前サー・ジャイルズがスペイン名を持つ者から手紙を受け取ったというのは、奇妙な偶然だ。マグダレーナが女だとしても、百万人以上の住む都会でサムが彼女を見つけられる可能性はどれくらいある？　名字も、人相もわからない。マグダレーナは貴族の一員、それとも郷士階級、商人、あるいは下層階級か？

ため息が出た。二十一世紀であっても、これは干し草の山の中から針を捜すようなものだ。だが少なくとも未来ならデータベースを照合することはできる。フェイスブック、クレジットカード、街角の防犯カメラがあるデジタル時代だ。身を隠すことはできても、永遠に隠れつづけるのはますます困難になっている。しかし十九世紀にマグダレーナを捜し出すのは絶望的に思える。

ケンドラは思いを手紙自体に向けた。サー・ジャイルズが手紙を燃やしたことから、誰かにとって不利な、あるいは危険な情報が書かれていたと考えられる。だがサー・ジャイルズは諜報機関の長だ。手紙を燃やすのは彼にとって普通のことだったのかもしれない。

とはいえ、ケンドラにはそう思えなかった。

扉が開いたので振り返ると、女中がお待ちかねのコーヒーポット、ドライフルーツ入りパン《ホットクロスパン》、攪拌《かくはん》したエッピングバターとマーマレードの小さな皿を載せたトレイを運んできた。「ほかになにかご入り用ですか？」テーブルにトレイを置いて訊く。

「これだけでいいわ、ありがとう。公爵閣下は起きておられる？」

「はい。閣下と奥さまはもう少ししたら教会に行かれます」女中はさっと辞儀をして部屋を出た。

ケンドラはカップにコーヒーのおかわりを注ぎ、砂糖を加えてかき混ぜた。腹が鳴ったので、まだ温かくて湯気が立っているパンを取ってふたつに割る。バターとマーマレードを塗ってひと口食べると、思わずうめきそうになった。現代生活では炭水化物を含む食べ物ならなんでも〝食べてはいけない〟リストに載せる――その炭水化物が樹皮のようにまずい場合を除いて。ケンドラもかつては炭水化物の摂取に気をつけていた。今は、自家製の焼きたてパンがなかったらどうやって生きていけるかわからないくらいだ。

食べながら石盤の前まで戻る。そこに書かれた別の名前に目を向けた。バーテル、アストリッド、デヴィッドのラーソン一家。ラーソン家の人間はみなサー・ジャイルズと直接的なつながりを持つが、クロス卿と直接かかわったことがあるのはイートン校で一緒だったエヴァートとデヴィッドだけだ。

寄宿学校については考えなくてもいいだろう。あまりにも昔のことだし、彼らは当時まだ少年だった。とすると、残るのはもっと最近の、スペインにおけるエヴァートとクロスのつながりだ。

馬車の車輪の音と馬の足音に思考をさえぎられ、ケンドラは窓に目をやった。眼下にレデイ・アトウッドのボンネットに飾った紫色の羽根が見える。彼女は馬車に乗り込み、そのあとから公爵も続いた。ベンジャミンが扉を閉めて踏み台をたたみ、急いで御者台に戻る。彼が手綱をつかむと、馬車は動きはじめた。ケンドラは広場を見渡した。霧は晴れ、空は日光に照らされて水色に染まっている。といっても、二時間後も同じ空模様かどうかは誰にもわからない。

パンを食べたケンドラはコーヒーポットのところまで行ってさらにおかわりを注ぎ、もうひとつパンをつかんだ。せかせかと歩きまわりながら、パンを食べてコーヒーを飲み、またもやスペインに思いを馳せる。二年というのは長い時間だ。もっと最近、事件の引き金となるものがあったはずだ。**それが謎のマグダレーナ？** 確かにタイミングは合う。

カフェインと、砂糖と炭水化物たっぷりのパンとジャムのおかげで、今ははっきりと覚醒している。それなのに、事件解決には少しも近づいていない。いくつかの疑念が頭の奥で厄介な虫のごとくブンブンうなっている――でも、それは単にカフェインの作用かもしれない。もっと情報が必要だ。マグダレーナを見つけねばならない。

二個目のパンを食べ終えたときも、彼女はまだ歩きまわっていた。別の角度から事件を見るべきかもしれない。

なぜ舌を切り取ったのか？　誰かにメッセージを送るため？　あるいは犯人自身の衝動を満足させる儀式にすぎないのか？

足を止めて目を閉じる。問題を整理して考える必要がある。行為そのものについて考えるのだ――被害者についてではなく。舌を切り取ることにはどういう意味がある？　旧約聖書の時代、舌を切るのは偽証、誹謗《ひぼう》中傷、嘘といった罪に対する罰だった。ケンドラは目を開けてカップを持ち上げ、コーヒーを口に運んだ。ハンムラビ法典は、他人の名誉を毀損《きそん》した人間の舌を切り取ることを許していた。犯人は、サー・ジャイルズとクロスがなんらかの形で自分の名誉を毀損したと思い込んでいたのか？　あるいは偽証したと？

そして、なぜ十字架を描いた？　これは宗教的なシンボルだ。しかし十字というシンボルはキリスト教以外の多くの文化にも見られる。ラーソン家もモブレー大尉も英国国教会に所属していると思われる。とはいえ、十字架は宗派を問わないシンボルだ。それでも、犯人にとってクロスの体にこのシンボルを描くことは重要だった。

そこで別の問題が持ち上がる。ホシはなぜクロスをそんなに急いで殺したのか？　クロスが娼婦との性交を終えるまで待つこともしなかった。

ケンドラの肌がぴくぴくした。犯人はエスカレートしているのか？　サー・ジャイルズの殺人は慎重に計画されたものだった。ところがクロスの殺人はもっと衝動的だ。無秩序というわけではないけれど――。

「ミス・ドノヴァン」

ケンドラは声に勢いよく振り返った。考えにふけっていたので、ハーディングが扉を開ける音も部屋に入ってくる足音も聞こえていなかった。「驚かせて申し訳ありません」彼は謝った。

「いえ、いいの。ちょっと考えごとをしていたから。なに？」

「ミスター・ケリーが下にいらっしゃっています。ウェントワース子爵の住所を突き止めた、お嬢さまと公爵閣下も一緒に行かれるだろうか、とお尋ねです。もちろんわたくしは、閣下はお留守だと申し上げました」

ケンドラはコーヒーを飲み干してカップを置いた。「待つように伝えてちょうだい。わたしは一緒に行くわ。コートを取りに行かないと」それと室内便器を使わないと。

ハーディングの表情は険しく、ケンドラは彼がテレパシーでミセス・ダンベリーと交信しているのだろうかと考えた。「侍女を連れておいきになるでしょうね？　シャペロンなしでミスター・ケリーとお出かけになることはできません」

「ええ、ええ」反論するだけ無駄だろう。「上着を取って侍女を連れてくるわ」

ウェントワース子爵はメリルボーン・ロードから少し入ったリージェンツパークそばの、ジョージ朝様式の白い化粧漆喰《しっくい》仕上げの狭いテラスハウスに住んでいた。応答した白髪の執事は名刺を持たない客を通してくれそうになかった。ケンドラはオルドリッジ公爵の被後見人だと告げたものの、効果はなかった。なにしろそれをアメリカ訛りで話したのだから。そしてサムの先端が金色の警棒も冷笑を誘っただけだった。堪忍袋の緒が切れたケンドラは執事を押しのけた。

「なりません、お嬢さん！」執事は憤慨した。

サムは執事に詰め寄った。「ウェントワース卿はゆうべ殺人事件に巻き込まれたんだ。あんたが旦那さまをここに連れてこないんなら、あっしらのほうから行かせてもらう。あんたが決めろ」

執事はあんぐり口を開けた。「これは……これは、常軌を逸しています！」

サムが言う。「大事なことなんだ、ミスター――？」

「トンプソンです」

「ミスター・トンプソン、あっしらは、クロス卿が殺された件で、おたくの主人と話をしなくちゃなんねえんだよ」

「しかし、旦那さまは決して……クロス卿？」執事はその名前に気づいて目を見張った。

「クロス卿がお亡くなりに？」

ケンドラは執事をじっと見つめた。「ええ。ウェントワース卿はなにも話しておられないのですか？」

トンプソンはもじもじした。「今朝は旦那さまを見ておりません。まだ十時半です。ご主人さまはまだベッドに入っておられます」

「わたしたちがお話しできるよう、起こしてもらえませんか」ケンドラは執事の顔に不安がよぎるのを見てつけ加えた。「お待ちしますから」

執事は彼らを放り出すのと降参するのとで迷っているようだった。やがてやれやれとため息をついた。追い出すのは難しそうだと悟ったのだろう。「わかりました。どうぞこちらへ」

トンプソンは、深緑と青色の宝石で飾られて、どっしりした男らしい家具の置かれた客間へと彼らを案内した。彫刻入り暖炉の上には、ギリシャ風ソファにけだるげに横たわる裸で金髪の妖婦の油絵がかかっている。じっくり観察しなくても、その絵がボッティチェリの作品でないことはケンドラにもわかった。ヌード写真の十九世紀版だ。そしてこの部屋は十九世紀版の独身男性用アパートだった。

「うわ」モリーは裸婦像をじろじろ見ている。

「従僕に上着をお預かりさせます」

ケンドラはトンプソンに向き直った。「長居はしません。ウェントワース卿に二、三質問をしたいだけです」

それでも彼は逡巡していた。「紅茶をお持ちしましょうか？ エールはいかがです？」

「いえ、けっこうです」ケンドラが言う。

「いらねえぜ」サムが言い添えた。

執事が小さく辞儀をして部屋を出る。残された三人は部屋の中をぶらぶらと歩いた。

サムは言った。「さっき、ゆうべの娼婦にもう一回会ってきましたよ」

ケンドラはボウ・ストリートの探偵を見た。「しらふだった？」

「あの女にしちゃ、あれがいちばんまともな状態なんでしょうね。だけど言うことは変わりません。今でも、地獄から悪魔がクロス卿を殺しに来たんだと言ってます」

ケンドラは首を横に振った。「唯一の目撃者は役に立ちそうにないわね」

「その人、ほんとに悪魔を見たんですか？」モリーは目を丸くした。

「もちろん違うわ」ケンドラが言う。

「だったら、なんでそう言うんです？」

「酔っ払ってたからだ」サムは答えた。

扉が開いたので振り返ると、ウェントワースが部屋に入ってきた。推定で二十代半ば、砂色の髪は穏やかな容貌の長い顔のまわりでぺちゃんこになっている。本来は魅力的なのだろうが、死人のような顔色とげっそりした様子のおかげで少なくとも十歳は老けて見える。青い目は痛々しいほど充血していた。最悪の二日酔いの症状を示しているようだ。

「おはよう」彼はおそるおそる挨拶した。ケンドラとモリーを見たあとサムに目を留め、顔をしかめる。「クロスのことなんだろう？」

サムはうなずいた。「そうでさ」

「ああ」ウェントワースは震える手を額に押しあてた。「僕には……本当かどうかわからなかったんだ。恐ろしい悪夢であることを願っていた。どうぞ座ってくれたまえ」彼は座るというより、椅子のひとつに崩れ落ちた。

ケンドラとサムは彼と向き合って座り、モリーはよき使用人として後ろに立って家具と同化しようとした。

「ゆうべなにがあったのかお教えください」ケンドラは言った
子爵は首を横に振ったが、苦しそうな表情になった。頭を動かしたのを後悔しているらしい。「本当にわからないんだ。娼婦が悲鳴をあげて店に駆け込んできた。ジンを飲ませて、なんとか落ち着かせた。そうしたら女は、悪魔が人を殺してまわっていると言った。最初僕は冗談だと思ったんだが、そのあと……」唇をなめる。顔には激しい嫌悪が浮かんだ。「そのあと僕たちは路地に出た。ちくしょう、僕はそのときにあいつを見たんだ。気の毒に。誰かが——誰かはわからない——夜警を呼べと叫んだ」

ケンドラは彼をじっと見つめた。「あなたは夜警が来るのを待たなかったのですか？」

「僕は……そうだ。腹の中のものを戻した」ウェントワースは顔を赤らめ、ケンドラは路地の吐瀉物《としゃぶつ》のにおいを思い出した。

「そのあとは、とにかくあの場から離れたかった。貸馬車を止めて家に帰った。あそこにいても、クロスのためになにかできたわけじゃないから」ウェントワースは弁解口調になった。「夜警にとって、僕がなんの役に立つ？　僕はなにも見なかったんだ！」

「クロス卿と旦那は、なんで〈ベル・アンド・スワン〉亭に行かれたんです？」サムが質問した。

「僕はクロスを劇場に誘った。父はドルリー・レーンにボックス席を持っているんだ」

ケンドラは彼をうかがい見た。「クロス卿とはどういうお知り合いですか？」

「父親同士が知り合いだ。それに、僕たちは学校が一緒だった」

「イートン校ですね」ケンドラが言う。

ウェントワースは眉間にしわを寄せた。「どうしてわかったんだ？」

「人気のある学校ですから。エヴァート・ラーソンとデヴィッド・ラーソンはご存じですか？」

彼は驚いた顔になった。「ああ、イートン校でね。だけどあいつらは、学校の外でも交流するような相手じゃない。あの一家は商人だから。しかし、きみが彼らの名前を出したのは妙だな。僕はあのふたりについて考えもしていなかったのに、ゆうべクロスはエヴァートの名前を口にしたんだ」

ケンドラはサムと目配せをした。ボウ・ストリートの探偵が身を乗り出して金色の目を細くした。「クロス卿はなんておっしゃったんです？」

「あの、それについてだが、ゆうべの記憶はあいまいなんだ」子爵は指で自分の目を押した。頭の中から記憶を押し出そうとするかのように。そのあと手を下ろした。「戦争に関係ある話だったと思う。お兄さんがもっと早く死んでいたら、自分が世継ぎになっていて、スペインなどには行かずにすんだのに、という文句……」肩をすくめる。「クロスはいつもそのことについて愚痴を言っていた。フランスのカエル野郎どもに捕虜にされたんだ。その経験があいつに悪影響を及ぼした。ちょっと暗い人間になってしまった」

ケンドラは尋ねた。「クロス卿は、捕虜にされていたあいだのことについて、あなたに話しました？」

「いや、少しも。僕も詮索しなかった。過去は忘れて前に進むほうがいい」

「でも、クロス卿は軍隊に入ったことで文句を言っておられたんですよね」

「酒が入ったときだけだ。自分があそこにいなかったら、と考えていたようだ……ああ、そのときエヴァート・ラーソンのことを口にしたんだ。罪悪感を覚えていたらしい」

「なにについての罪悪感ですか？」

ウェントワースはかぶりを振った。「よくわからない。戦争中起こったことで自分を責めてもしかたないのに。そうだろう？」

そこでなにをしたかによるわね。「クロス卿がマグダレーナという女性の名前を口にしたことはありますか？」

「女？　それはつまり……娼婦のことかい？」ウェントワースは少し顔を赤らめた。これが女性相手にするには不適切な会話であることに、今はじめて気づいたようだ。

ケンドラは肩をすくめた。「かもしれません」

普段なら、マグダレーナという名前をケンドラから言うことはしない。できれば証人自身の口からそれを聞きたいからだ。偽りの記憶を植えつけるのはあまりにたやすく、証人を操るのもあまりにたやすい。しかし昨夜ウェントワースは酔っていたので、こちらから刺激して記憶を呼び起こさせたほうがよさそうだった。

「マグダレーナ」彼はつぶやいて眉をひそめた。「いや、なかったと思う」

「モブレー大尉については？」

「ゆうべについては覚えていないが、クロスが今までにモブレー大尉について話したことはある。やつらはスペインで一緒だった」ウェントワースは下唇を噛んで考え込んだ。

ケンドラは彼を子細に見つめ、表情がわずかに変わったのに気がついた。「なんですか？」

「なんでもないことかもしれないけど……」

「なんでもないことも、意味あることに変わる可能性があります」

「いや、ゆうべのことはわからないが、以前クロスがモブレーについて話すとき、あいつを好きじゃないという印象を受けた」

「ほかには？」

「僕の思い違いかもしれないけど、クロスはモブレーを恐れているみたいだった」

「あなたはモブレー大尉にお会いになったことがありますか？」

「紹介されたことはないな」

「クロス卿はサー・ジャイルズのことをおっしゃっていましたか？」

ウェントワースは顔をしかめた。「うん、だけど内容は覚えていない。クロスとあの人の関係は知っている。それにもちろん、ゆうべはあの人が殺されたことについて話した。恐ろしいことだ」

ケンドラは子爵に目を据えつづけた。「クロス卿は、サー・ジャイルズが殺された夜に彼と話したことは言っていましたか？」

ウェントワースが目を丸くする。「いや、知らない」

「この一カ月、クロス卿に関していつもと違うことにお気づきになった点はありますか？クロス卿の様子に変化は？」

「いいや。僕はクリスマスのあいだロンドンを離れて領地にいた。先週戻ったばかりだ」彼は身震いした。「すぐ田舎に帰りたいよ。ここロンドンに常駐の警察組織を設立するという話は聞いたことがあるし、今は僕も賛成だ。クロスがあんな姿になって……ひどい話だ」

「殺人はそもそもひどい話です」ケンドラは事情聴取を終えて立ち上がった。「お時間を取っていただいてありがとうございました。ゆうべのことでなにかほかに思い出したことがあれば――どんなことでもかまいません――オルドリッジ公爵邸にいるわたしか、ボウ・ストリートのミスター・ケリーにご連絡をお願いします」

34

「すぐモブレー大尉に話を聞く必要があるわ」外に出るなりケンドラは言った。ここへは貸馬車で来ていたので、新たに一台を止めねばならない。「彼にゆうべのアリバイがあるかどうか知りたいわね。それと、容疑者全員にアリバイを確認しないと。容疑者を絞れればいいんだけど」サムをちらりと見る。「そして、どうやってマグダレーナを見つけるかを考えなくちゃ」

「手下に聞き込みさせてます」

「どこで？」ケンドラは女を見つけることについてさっき感じた絶望を思い出し、十九世紀の探偵がどんな方法をとるのか知りたいと心から思った。「彼女についてはなにもわからないのよ。手紙がロンドンで送られたのか、そもそもイングランド国内からかも不明だわ」

「まあ、そこは問題ですね」サムは認めた。「今は何人かを、スペインからの移民が住んでるあたりに行かしてます。調べは市場や教会から始めます。人は食わなきゃ生きていけないし、たいていはミサに行きますから」

出発点としては悪くない、とケンドラは考えた。ロンドンは巨大都市だが、人種のるつぼというわけではない。人々は社会階層に分かれているのと同じく、民族、人種、宗派でも分かれてそれぞれの生活圏で暮らしている。

「女がロンドンにいるなら、必ず見つけます。ちょっと時間はかかるでしょうけど」

ケンドラは無言だった。視線は歩道沿いで止まった馬車と、そこから降りてきた長身の人物に向かう。アレックだ。山高帽を手に持っており、そのためこちらへ歩いてくるとき微風がダークブラウンの髪を乱した。いつも以上にいかめしい顔をし、緑の目は射貫くようにケンドラを見つめている。

「クロス卿のことは聞いた」近くまで来た彼は挨拶代わりに言った。「いったいどうなっているんだ？」

「わからない。わたしたちがここにいるのが、どうしてわかったの？」

「ハーディングが、きみとミスター・ケリーがウェントワースに会いに行ったと教えてくれた。ゆうべクロスと一緒にいた男なのか？」彼は背後の家に目をやった。

「ええ」

「なにかわかったか？」

「期待していたほどには。ウェントワースもエラ・ブラウンも、ゆうべは意識変容状態にあったと言えるわね」

アレックの陰鬱な表情が少し和らぎ、眉が上がった。「意識変容状態？」

「すっかり酔っ払ってたんですよ」サムが口をはさんだ。

ケンドラは馬車を見た。「乗せてくださる？　そうしたら貸馬車を止めずにすむわ」

「仰せのままに、お嬢さま」今、形のいい唇は笑みを浮かべた。アレックは馬車の扉を開けた。「グローヴナー・スクエアまで？」

「実は、まずはモブレー大尉の家よ」一同は馬車に乗り込んだ。「クロス卿、サー・ジャイルズ、エヴァート・ラーソン。共通点は？」

「スペインだ」アレックは即答した。「モブレーもその点で彼らと共通している」

「ええ、そういうこと。ひとつ大きな事実を除いて」

サムは顔をしかめた。「それはなんです？」

「三人とも死んだ。モブレーは生きているわ」

サムがモブレー大尉の住まいをすぐに見つけたことに、ケンドラは感心した。モブレーの経歴と現在ホワイトホールで働いていることから考えて、サムはまず兵士や公務員が集まるコーヒーハウスに向かったのだ。彼は、モブレーはピカデリーのそば、サックヴィル・ストリートに部屋を借りているという情報を持って戻ってきた。

モリーに馬車で待つよう言いつけ、三人は階段をのぼって大尉の部屋がある三階へ向かった。貴族でも、地主階級でも、ラーソン家のような成金でもないため、扉を開けたのは彼自身だった。ケンドラはモブレーをじっと観察した。予想外の客に驚いたことを示す唯一の兆候は、目じりがわずかにこわばったこと。それを除けば、彼の表情は読み取りがたいままだった。ポーカーをやらせたらさぞ強いだろう、とケンドラは考えた。

口火を切ったのはケンドラだった。「モブレー大尉、入ってもよろしいでしょうか？」

彼はそれに応えて横にどき、扉を大きく開けた。「もちろん。なんのご用ですか？」

三人は狭い応接間に入っていった。不思議なことに、房飾りつきの背もたれが低い革椅子やソファを置いた部屋には、まるで二十一世紀のような雰囲気がある。流れるようなデザインを彫刻したオーク製のサイドテーブルや戸棚はあっさりしていて、男らしい感じがする。この部屋をケンドラの時代にある男の隠れ家《マンケイブ》部屋と区別するのは、70インチの大画面テレビがないことだけだ。

　モブレーの赤褐色の髪は少し湿っていて、顎は赤みがかっている。ついさっき入浴してひげを剃ったらしい。「最後にクロス卿にお会いになったのはいつですか？」ケンドラは尋ねた。

「クロスに？　なぜ？」

　ケンドラは小さな笑みを浮かべた。「お答えください」

　モブレーはソファと椅子を手で示した。「悪いが飲み物はお出しできません。家事全般を引き受ける女中はいるのですが、日曜日は休んでいますので。座りませんか？」彼は三人が腰を下ろすのを待ち、自分も椅子に腰かけた。三人を眺めたあとケンドラに目を据える。

「妙な質問ではありますが、お答えしましょう、ミス・ドノヴァン。スミスホープ家の舞踏会ですよ。どうしてですか？」

「彼が動揺していた理由はありますか？」

「動揺？　気づきませんでしたね。舞踏会では動揺していませんでしたが」

　ケンドラは驚きを装った。「本当ですか？　わたしは、取り乱しておられると思いましたが。特にエヴァート・ラーソンと、スペインでの出来事について話したときには」

「ほう……」モブレーは上着のポケットに手を入れて磁器製の嗅ぎタバコ入れを取り出した。

「それは当然でしょう。われわれふたりにとって、スペインは楽しくなかった。忘れるほうがいいのです」

「忘れられますか？」

「わたしは忘れました」彼は少量の嗅ぎタバコをつまんで左右の鼻の穴から吸い込んだ。ケンドラを無視してアレックに目をやる。「どういうことですか？」

ケンドラは身を乗り出し、再びモブレーの目をとらえた。「マグダレーナという名前の女性をご存じですか？」彼の灰色の目が少し動いた気がする。

「いいえ」

「昨夜はどこにいらっしゃいました？　午後十時から午前二時までのあいだ」

モブレーはケンドラをまじまじと見た。「昨夜？　なぜです？　なにがあったんですか？」

質問に質問で答えるのはよくある時間稼ぎの作戦だ。彼がしているのもそれだろうか、だとしたらなぜ時間を稼ぐ必要があるのか、とケンドラはいぶかった。アリバイをでっち上げるため？「答えていただけますか」

彼が不機嫌なのは見ればわかる。それが女に命令されているからか、質問を気に入らないからかはわからない。

「ゆうべはここにいましたが」やがて彼は言った。「なにがあったんです？」

「それを裏づけられる人はいますか？」

モブレーの口もとがこわばる。ケンドラが質問に答えてくれないことにいらだっているようだ。「いいえ。ひとりでしたから」

「土曜日の夜に？」ケンドラはいかにも疑わしげに尋ねた。それが彼を怒らせることは知っている。

モブレーは灰色の目を細くした。「それがなにか？　昨日も内務省で仕事をし、夜は読書をして過ごしました」

この時代に週末というものがほとんど意味を持たないことを、ケンドラは思い出さねばならなかった。〝週末《ウィークエンド》〟という呼び方自体、生まれるのは六十三年後だ。自分の時代にはあたりまえだった概念がここではまだ知られていないのは妙な感じだ。週五日制が導入されるのは二十世紀初頭。ニューイングランドの工場が土曜日の安息日を守るためユダヤ人労働者に休みを与えたことによる副産物だった。それまでは、土曜日は仕事をした。つまり、花金《TGIF》も、土曜日の朝にバスローブ姿でくつろぐこともないわけだ。

「なにをお読みになりましたか？」ケンドラは訊いた。

モブレーの冷たい灰色の瞳が面白がるように一瞬きらめいた。「政府の報告書ですよ。機密文書なので、あなたや閣下に見せるわけにはいきません」あからさまにサムを無視してアレックを見やる。ボウ・ストリートの探偵の社会的地位が内務省で働く大尉よりはるかに下であることは、言われるまでもなくケンドラにもわかっていた。

彼女はちらりとサムを見た。彼は無表情だったが、顎がこわばっている様子から、モブレーに偉そうに無視されるのに腹を立てているようだ。

モブレーが質問した。「なんの話か教えてもらえませんか？」

「昨夜クロス卿が殺されました」ケンドラは唐突に言い、彼をじっと見た。「〈ベル・アンド・スワン〉亭の裏の路地で。その酒場はご存じですか？」

一瞬モブレーは凍りついた。それから立ち上がり、呆然とケンドラを見る。「クロスが死んだ？　どうしてです？」

ケンドラも立った。「絞め殺されました。おそらく麻縄によって。舌は切り取られ、体には十字架のしるしがつけられていました」

「十字架。なんてことだ。なぜですか？」

彼の恐怖は本物に見える。けれど、二十世紀の連続殺人鬼テッド・バンディの同情だって、彼がボランティア活動をしていたレイプ被害者ホットラインに電話をした女には本物に思えたはずだ。

モブレーは続けて言った。「忌まわしいローマカトリック教徒の仕業かもしれない。こちらがなんらかの手を打たなければ、やつらはわれわれをみな殺しにしますよ」

「そうは思いません。これはスペインと関係があると考えています」

モブレーの顔がこわばった。「どうしてスペインのことにこだわるんです？　あれは過去の話です」彼は大きく息を吸った。「お帰りください。クロス卿は友人でした……わたしが悲しむのは当然でしょう」

アレックとサムも既に立ち上がっていた。サムが言う。「お悔やみ申し上げます。しかし、犯人逮捕につながりそうなことをなにか思い出したときは、どうぞご連絡ください」

モブレーは返事をしなかった。

ケンドラはひと息置いてから言った。「あなたも用心なさるようご忠告申しておきます、大尉。あなたはこれがスペインでの出来事と関係ないとお考えかもしれませんが、わたしから見れば、それがサー・ジャイルズとクロス卿を結びつける唯一のものであり、あなたもそれに関係しているのです」

モブレーは挑発に乗らなかった。「お見送りします」

サムは全員が馬車に乗り込むまで待って口を開いた。「あいつは嫌いですけど、クロス卿が死んだと知らされたときは本当に驚いてたみたいですぜ」

ケンドラは肩をすくめた。「そうかもね」

アレックは眉をひそめた。「きみは本気で、これがスペインと関係あると考えているのか?」

ケンドラはためらった。「大尉に言ったとおりよ――それがモブレー、クロス、サー・ジャイルズを結びつける唯一のつながりなの。そしてエヴァート・ラーソンと」

「幽霊」サムが唐突に言った。「ルースが言ったとおりだ。戦場に送り込まれて、家族と祖国から遠く離れた場所で死んだ若者の霊以上に、復讐に燃える者は想像できませんね」

「わたしはそれ以上に復讐に燃える者を想像できるわ」ケンドラはサムと目を合わせてゆっくりと言った。「その死者を悼む家族よ」

35

エリオット・クロスはドクター・マンローの解剖台に横たえられている。上方で輪になって吊り下げられたランタンの琥珀色の光を浴びていても、皮膚は色を失って気味悪いほど白い。目のまわりの点状出血、喉の生々しい絞め跡、腹に刻まれた十字架を除いて。もじゃもじゃの頬ひげはクロスが生きていたときと同じく不自然だ、とケンドラは思った。そして、彼女が公爵、アレック、サムとともに一時に地下の解剖室に来たときクロスの腰にバーツがあわててかけた布も不自然だった。

サムは遺体を見下ろした。「この事件について、とっくにわかってること以外に新たな発見があるとは思えませんね、先生。犯人はサー・ジャイルズを殺したのと同じやつに決まってますよ」

「そうだ、しかも同じ縄を使ったらしい」マンローは言った。「サー・ジャイルズと同様、犯人はこの被害者も絞殺した。だが傷はサー・ジャイルズよりも深いから、より強い力が加えられたと推測できる」

「アドレナリンだわ」ケンドラはつぶやいた。

マンローが目を向ける。「その言葉は初耳ですね」

ああ、しまった。答えられない質問を誘発することなく、どのように説明すればいいだろう？「それは体が過度に興奮したときの現象です」ケンドラはしばらく考えてから言った。

「アドレナリンは神経系に大量分泌されます。すると人は正常よりも強い力が出せるのです」

メガネの奥に見えるマンローの灰色の目には当惑が浮かんでいる。彼はそのまましばらくケンドラを見つめつづけた。「確かにそういうことはあるでしょうね」彼は認めた。「激しい怒りや恐怖にさらされている人が、とてつもない力を出したのを目にしたことがあります」目を遺体に戻す。「クロス卿の死は素早く、情け容赦ないものでした。この狂人が縄でなく針金を使っていたとしたら、その力で首を切断することもできたでしょう」

「うへえ」サムがつぶやく。

「切断されなかった代わりに、普通より深い跡が残りました」ケンドラは言った。「あれを――」バーツが拡大鏡を押しつけてきたので、ケンドラはにっこり笑った。「ありがとう。わたしも自分で拡大鏡を持ち歩くようにしないといけませんね」

彼女が拡大鏡をクロスの喉に近づけたとき、マンローは言った。「あなた方がいらっしゃる前に、何本かの繊維を取ることができました。ご自分でごらんになりたいなら、顕微鏡のところにありますよ」

公爵がカウンターまで行って顕微鏡をのぞき込む。「ふむ。麻のようだな」

マンローはうなずいた。「それがサー・ジャイルズの喉に食い込んでいたのとまったく同じものだと百パーセント断言はできませんが、非常に似てはいます」

「うむ、そうだな。撚《よ》った麻だ」公爵は言った。

「二重撚りの糸、縄一本につき糸九本です」マンローがつけ加える。

ケンドラは笑みを押し殺した。マンローと公爵は、二十一世紀で見てきた研究おたくによく似ている。

「使われた刃も同じなんでしょうね」サムは舌の切断面から腹の切り傷へと視線を動かした。

「同じだ。刃はとんでもなく鋭い。まっすぐ――ぎざぎざでなく曲がってもいない」マンローは十字架を指さした。「わたしはこれを興味深く感じた」

サムは顔を近づけた。「なんです?」

だがケンドラには医師がなにを指しているかわかっていた。「ためらい傷だわ」腹についたわずかな切り傷三つを見てそっと言う。「確かに興味深いですね」

アレックはケンドラを見た。「なぜ?」

「それは……」ケンドラは適切な表現を考えようとした。「例外だから。犯人は性的交渉を行おうとしている被害者を往来で絞殺するくらい大胆なやつよ。エラがどうするかはわかっていなかったでしょうけど、まさか彼女がその場にずっととどまって次の被害者になるつもりはなかったことくらい推測できたはず。かなりタマが据わっているわね」

サムはケンドラの言い方に一瞬戸惑ったが、そのあとにやりとした。「そうですね」

アレックの咳は、笑い声のように聞こえた。「ああ、そうだな、まあタマはどうあれ、犯人はクロスの首を絞めることに専念していた。やつのねらいはクロスであり、娼婦ではなかった。ふたりを一度に殺すことはできなかった」

「できたはずよ、ナイフを使ったとしたら」ケンドラは反論した。「だけど彼女は殺さなかった。彼女が助けを呼びに行くのはわかっていたのに。見つかるまでに数分しかなかった」

屈み込んで顕微鏡を見ていた公爵は体を起こしてケンドラを見た。「しかし、絞殺には数分もかからず、数十秒もあればいい、という話ではなかったかね？」

「でもそのあと、犯人はクロスの服を切り裂く必要がありました――ベストとシャツを」ケンドラはマンローに目をやった。「先生がおっしゃったとおり、非常に鋭い刃が用いられました。腹部を露出したあと、犯人は切ろうとしましたが、そこでためらいました。一度。二度。三度」ひとつずつ傷を指さす。「四度目の試みで、ようやく長い線を描いたのです」

「かなり深い傷です――少なくとも八センチ」マンローは言った。

「アドレナリンだわ」ケンドラが言った。今回は説明する必要がない。「そのときには、犯人の気は高ぶっていました。見てわかるとおり、横の線にはためらい傷がありません」

アレックは言った。「犯人は時間がないのを知っていた。これ以上ためらっている余裕はなかっただろう」

「そうね、だけどそもそも最初にためらったのは興味深いわ。犯人は大胆不敵なやつよ。攻撃的。前にも人を殺している。酒場で人殺しと叫ぶ女がいる。それでも最初ためらいを覚えた？　それは不可解よ」

サムはうなった。「犯人がこのしるしをつける必要を感じたこと自体、あっしには不可解ですね。とりわけ、今にも見つかりそうだってときに」

ケンドラはボウ・ストリートの探偵を見た。「そうせずにはいられなかったんでしょうね。

あるいは、この殺人をサー・ジャイルズの殺人とはっきり関連づけたかったのかも。わたしたちにも関係がわかるように」

アレックは尋ねた。「なぜそんなことが重要なんだ?」

「わからない。単なる仮説よ」ケンドラは顔をしかめ、しるしを見つめた。「これは見えないインクで描かれたのよりもかなり大きいわ。こんなふうに拡大されると、十字架というよりむしろ小文字の〝t〟に見える。この小さな曲線は」――彼女は少し右にカーブした縦の線の下部を指さした――「サー・ジャイルズに描かれていたときは、単なる筆遣いのせいだと思ったわ。でもここでもそうなっているから、意図的に曲げているのよ」

公爵も解剖台に歩み寄った。「犯人は十字架でなく、ふたりの遺体に〝t〟と書いたのだと? 〝t〟はなにを意味している?」

「これは英語で最も多く用いられる子音です」ケンドラは言ったものの、一同がぽかんとしたので手を振った。「すみません。思いついたのはそれだけだったので」**もうっ、わたしったらルースみたいになっているわ。**「まあ、犯人がわれわれに英語のレッスンをしようとしているとは思えんな」公爵が淡々と言う。

ケンドラの口から笑いが漏れた。「違うでしょうね。彼――もしくは彼女――はなにか理由があってそうしているのです」

「彼女。きみはまだ、アストリッド・ラーソンがこんなことをした可能性もあると考えているのか?」アレックは疑わしげだ。

「彼女を容疑者から除外すべき理由はまだ見つかっていないわ。アドレナリンは男性だけにかぎられない。女性もその作用でかなりの力が出るのよ」

「襲ってきたのが女だったとしたら、クロスと一緒にいたヘイマーケットの娼婦が気づいたと思うんだが」

「エラは悪魔がクロスを殺しに地獄からやってきたと断言しているのよ。うろこだらけの赤い顔をした悪魔が相手だという彼女の証言がなかったとしても、犯人はおそらく顔を隠していて、見分けられないようにしていたでしょうね」

ケンドラは石壁の時計をちらりと見た。「ラーソン一家に話を聞く前に、もう一度レディ・ホルブルックと話をしたいわ。女同士として」

公爵はケンドラに目を向けた。「つまり、レディ・ホルブルックとふたりだけで話したいということだね」

「それがいいと思うのです」

サムは不審顔になった。「今でもまだ、ミスター・ホルブルックが父親とクロス卿の殺害にかかわってると思ってんですか？」

「いいえ。だからこそ、もう一度話す必要があるのよ」ケンドラはボウ・ストリートの探偵に微笑みかけた。「息子がもう容疑者でないとわかれば、レディ・ホルブルックはもっと協力的になってくれるはずよ。息子を守るための嘘をでっち上げるのに時間を費やすんじゃなく、今度こそ真実を話してくれるんじゃないかしら」

36

公爵はケンドラを仲間外れにする口実を上流社会に与えたくないため、モリーを連れていくよう言い張った。ケンドラは、サー・ジャイルズの舌を送りつけられたことで既に社交界の招待客リストから自分が外されているであろうことを指摘する気にはなれなかった。

とはいえ、レベッカなしで訪れてレディ・ホルブルックがケンドラに会ってくれるかどうかはわからない。公爵の被後見人というのは、伯爵の娘よりもずっと低い地位にあるだろう。それでも、公爵の紋章を扉につけた豪華な馬車でホルブルック家に乗りつけるのには効果があるかもしれない。

結局のところ、なぜレディ・ホルブルックが会うことにしてくれたのか、ケンドラにはわからなかった。会うことができてほっとしただけだ。モリーを玄関ホールで待たせ、年配の執事のあとについて、喪中を示す重苦しい黒ちりめんで覆われた陰鬱な廊下を進んで客間に入っていった。

「ミス・ドノヴァン」ケンドラが入るやいなや、レディ・ホルブルックは読んでいた本を置いて声をかけた。執事が部屋を出て扉を閉める。レディ・ホルブルックは立ち上がろうとも微笑もうともせず、黙って自分の向かい側の椅子を指し示した。

「会っていただいてありがとうございます」ケンドラは座って相手を見つめた。レディ・ホルブルックは喪服をまとい、地味なリネンの縁なし帽をかぶっている。顔は青白いが落ち着いている。きれいな茶色の目は警戒してケンドラを見つめていた。

「紅茶をお飲みになります？　持ってこさせますわ」

「いえ、けっこうです。ご迷惑だとは存じますが、いくつかまた質問させてください」

「息子のことなら――」

「ご子息が事件にかかわっているとは考えておりません」

レディ・ホルブルックは眉を上げたが、すぐに下ろした。表情がわずかに変化して和らぐ。

「もちろんかかわっていません。そう考えること自体ばかばかしいですわね」

ケンドラは必ずしも同感ではなかったが、反論しても得るものはない。せっかく未亡人の協力を得られそうなのだから。「ご主人について二、三お尋ねしたかったのです。この前、ご主人はこの一カ月ほどのあいだ、なにかに気を取られているようだとおっしゃいましたね。もう一度お訊きしたいのですが、その理由に心あたりはございませんか？」

未亡人が顔をしかめると、眉間のしわがいっそう深くなった。彼女はしばらく黙っていた。

「実は、この前あなたが来たときそれを訊かれてから、いろいろと考えてみましたの。それで、確かに主人は少しおかしなことを言ったのを思い出しました」ゆっくりと言う。

ケンドラは待った。

「前にも言いましたように、主人は一日じゅう仕事をしていました。重い責任を負っていたので、彼がなにかに気を取られるのは珍しくありませんでした。それはわかっていただけますわね」

「こういうのは言いたくないのですけれど……」

「わかります」

「レディ・ホルブルック、ご子息はもう容疑者ではありませんが、ご主人を殺した人間はまだ野放しになっています。どんなことでも、おっしゃっていただけたら役に立ちます」

「でも、そこが問題なのです。これがどんな役に立つのかわかりませんわ」未亡人は深く息を吸った。

「主人は無神論者ではなかったけれど、信仰心が篤《あつ》いわけでもありませんでした」やがて彼女は言ったものの、そこからどう続けようか戸惑っているようだった。

ケンドラは驚きを見せまいとした。まさか未亡人がそんなことを言い出すとは、まったく予想していなかった。そのときサー・ジャイルズの体に描かれたしるしのことを思い出した。

「ご主人はなにか宗教的なことをおっしゃったのでしょうか？」

「いいえ、そういうわけではないのです」未亡人は立ち上がった。「どう説明していいかわかりません」

ケンドラも立った。「ご主人がなにかおっしゃったとき、奥さまとご主人がなにをなさっていたかをお話しいただけますでしょうか」口の重い証人の記憶を引き出すためには、日常的なことから話を始めるとうまくいく場合がある。

レディ・ホルブルックはうなずいた。「朝食を取っていました。だから、変だと思ったのかもしれません。わたしは主人に、前の日に出席したサロンのことを話していました。そうしたら彼は、罪を隠すとか哀れみを受けるといったことについて、なにかわたしに尋ねたのです。なんの脈絡もなく」今思い出しても不可解だと言いたげに顔をしかめる。「もちろんわたしは、いったいなんの話かと聞き返しました。すると主人は、それは聖書の『箴言《しんげん》』からの引用だと言いました」

ケンドラはためらいがちに尋ねた。「それが妙なのですか？」

「主人がなにかを引用するのは珍しくありませんでした。でもたいていの場合、引用したのは哲学者や政治家の言葉です。だけど聖書を引用？　それはとても妙でしたわ」

「なんという文句ですか？　正確には」

「残念ですが、わかりません。実を言うと、あなたがこの前訪ねてくるまで、そのこと自体すっかり忘れていたのです」

「ご主人は動揺なさっていましたか？」

「動揺はしていませんでした。憂鬱そうでしたわ」

「いつのことでしょう？」

レディ・ホルブルックは首を横に振った。「正確な日付は覚えていませんが、二週間ほど前だったと思います。ミセス・ブラクストンが主催なさったサロンの翌日の朝だったはずです」

「わかりました」ケンドラは未亡人から視線をそらさなかった。「ご主人はなにを言いたかったのだと思われますか？　罪を隠し、哀れみを受けるというのは？」

「見当もつきません。どういう意味か詳しく訊きもしませんでしたし」茶色の目が暗くなった。「訊いておけばよかったですわね」

ケンドラはしばらく待ったが、未亡人が口をつぐんでしまったので質問した。「ご主人は最近、マグダレーナという女性の名前を口にされませんでしたか？」

未亡人をじっと観察していたけれど、目を合わせるのを避けたり妙に顔を赤らめたりするといった、相手をだまそうとするような態度は見受けられなかった。

彼女はかぶりを振った。「マグダレーナ？　いいえ。誰ですか？」

「まだわかっていません。スペイン人かもしれません」

「スペイン？」レディ・ホルブルックの唇が開いた。優美な顔にはっとした表情が浮かぶ。「あなたはどうしても、エヴァートが死んだことがこの事件と関係あると思いたいのですね？」

ケンドラは答える代わりに新たな質問を投げかけた。「ゆうベクロス卿が殺されたことはご存じでしょうか？」

レディ・ホルブルックは目を大きく見開き、手を喉にあてた。「まあ、そんな。いいえ、なにも聞いていませんわ。どういうことですの？　それが夫の――ジャイルズの身に起こったことと関係があるのですか？」彼女の声は弱々しい。「ロンドンは物騒な都会です。二件の殺人が関連しているとはかぎりませんわ」

「ふたりは同じ手口で殺されました」ケンドラはそれだけを言った。

レディ・ホルブルックの目に恐怖が浮かぶ。「あなたまさか……ジェラードは大丈夫なんでしょう？　犯人は息子をねらったりしないでしょうね？」

「そういう心配をするべき理由はありません」

レディ・ホルブルックは一瞬唖然としたあと、ため息をついた。窓まで行く。「いったいなにが起こっているのか、さっぱりわからないわ」つぶやいて外を見つめた。

「ご主人とクロス卿を唯一結びつけるものは、スペインでエヴァートが死んだことです」ケンドラは言った。「ご主人がスペインでの出来事について話されたことはありますか？　エヴァートがどんなふうに死んだかについて」

「ええ、もちろんそのときは、彼も話題にしましたわ。だけど最近はありませんでした」

「ご主人はなにを話されましたか――そのときは？　ご記憶でしょうか？」

レディ・ホルブルックは困った顔になった。「エヴァートは火事で死んだ。思い出せるのはそれだけです」ささやくような声で首を横に振った。「ひどい悲劇ですわね。わたしはエヴァートが大好きでした――エヴァートもデヴィッドも」

ケンドラは未亡人に目を据えつづけた。「ラーソン家の誰かがご主人を殺した可能性はあると思われますか？　そしてクロス卿を」

優美な顔を衝撃が襲う。「いいえ！　思うわけないでしょう。考えるだけでもばかばかしい。あなたはどうしてそんなことを考えられるのですか？」

「エヴァートの身に起こったことに対して、あの家族の誰かが復讐を果たしたというのは、そんなに信じがたいですか？」ケンドラは穏やかに尋ねた。

「でも……わからないわ」レディ・ホルブルックは首を横に振った。額にはしわが入っている。「エヴァートの身に起こったのは恐ろしいことですし、そのせいで両家のあいだにはひびが入って、決して修復できないでしょう。だけど、あれは戦時中の出来事ですのよ。エヴァートは捕虜にされて……」色白の手を上げたが、力なく落とす。「亡くなった。スペインで起こったことについては誰も主人に責任を問えない。そしてクロス卿……あの人もフランス軍の捕虜になったのでしょう」

「そして生き延びました」

「あなたがなにを言いたいのかわかりませんわ」

ケンドラも、なにを言おうとしているのか自分でもよくわかっていなかった。だが頭の中では、ある考えが形をなしつつあった。あいまいな手がかりが少しずつ具体的になろうとしている。今はもっと情報が必要だ。

「お嬢さんと話をさせていただけますか？」

「ルースと？　どうして？」

「ときには、子どもはおとなが見落としたものを見たり聞いていたりするものです」とりわけルースのような女の子は。

レディ・ホルブルックは少し考えた。「子守のハウがあの子をハイドパークに連れていきました」やがて言った。「池のそばにいるはずです。カモにやるからパンをくれと頼んできましたから」

「ありがとうございました。お見送りはけっこうです」

ケンドラは未亡人に別れを告げた。彼女は本をソファに残したまま、悩ましげな顔でぼんやりと窓の外を眺めていた。


ルースと子守はサーペンタイン池のほとり、この人造池が東に曲がるところに立っていた。冷たい風が水を波立たせているが、点在するカモは満足げに波に乗って浮かんでいる。低い気温とときおり吹き寄せる雪にもかかわらず、このあたりは子どもたちがよく集まる人気の場所に思える。医師は子どもを屋外に出して冷気を満喫させるよう親をうながしている、というレベッカの言葉は正しかったらしい。といっても、あたりを見ても親はいないようだ。硬い草の上を走りまわったり大きな声をあげたりしている十人あまりの子どもたちは、みな子守や家庭教師に見守られている。

ルースは騒がしい子どもの群れに加わっていなかった。黒ずくめ——淡い青色のミトンを除いて——の彼女はひとりで立っている。ケンドラは、少女の目が元気よく遊ぶほかの子どもたちを追うのを見つめた。がっしりした体格の子守は一メートル半ほど離れたところに立ち、パンをちぎっては池のカモに投げてやっていた。

「どうしてみんなと一緒に遊ばないの？」ケンドラはルースに歩み寄って尋ねた。「ほかの子どもたちと。きっと、あなたも一緒に遊ばせてくれるわよ」

ルースは鼻にしわを寄せた。「あの子たち、なにかゲームをして遊んでるわけじゃないわ。ばかみたいに走りまわってるだけ」

ケンドラは少女を見つめた。自分とルースには共通点があるかもしれないけれど、これについては違う。ケンドラは寂しかった子ども時代を思い出した。機会さえあれば、自分はほかの子どもたちと一緒に遊んだだろう。少なくとも輪に加わろうと試みはしたはずだ。

「あたしはいっつも、ほかのお子さんたちのところへ行って話しかけるように言うんです」子守のハウが近づいてきた。「こんなところでなにもせず突っ立っているよりはね」

「なにもしてないことない。あたしはサーペンタイン池を見てるの」ルースは子守にしかめ面を見せた。「これは自然の池じゃないのよ。ウェストボーン川がせき止められてできたんだから」

「もういいでしょ、お嬢さま、考える必要のないことばっかり考えて!」子守はあきれ顔になった。表情を和らげてケンドラに微笑みかける。「こんにちは。子守のハウと申します。あなたのことは覚えてますよ。この前お屋敷にいらっしゃったでしょう。ごめんなさい、お名前を思い出せないんですけど」

ルースが声をあげた。「ミス・ドノヴァンよ。ボウ・ストリートの探偵なの。といっても……」真顔になってケンドラを見上げ、知的な目で見つめる。「子守は、あなたがほら吹きだって言うの。だって、女の盗賊捕り方なんてこの世にいないから」

「もう、お嬢さまったら、あたしはミス・ドノヴァンがお嬢さまをからかってらっしゃったルースの顔がさらに赤くなる。半ば申し訳なさそうに、半ば恥ずかしそうに、横目でケンドラを見た。「女の人がボウ・ストリートの探偵にならないことは知ってますよ、特に良家のお嬢さんが」

ルースはますます渋い顔になった。「嘘、ほら吹きだってはっきり言ったじゃない。あたし、記憶力はいいんだし、あなたがどう言ったかわかってるんだから」

「そうでしょうね」ケンドラは急いで割り込み、怒っていないことを示すため子守に笑みを向けた。視線を少女に戻す。「実のところ、あなたの記憶力が期待どおりに優秀であることを願っているの。そうしたらわたしを助けられるから」

ルースの顔がぱっと明るくなる。「どうしたらあなたを助けられるの？」

「この前わたしと会ったとき、幽霊を信じるかと訊いたでしょう。どうしてそんな質問をしたの？」

「ああ」少女は地面に目を落とし、足を出して石を雪に押し込んだ。

子守が不安そうな顔になる。「なんのことです、幽霊って？」

ケンドラは無言でルースを見つめた。少女は足で押し込んだ石に目を向けていたが、やがて言った。「あなたが、お父さまはなにかに悩んでたかって訊いたでしょ。あたしは幽霊を信じたことないけど、お父さまは信じてるみたいだったの」

「幽霊のことで悩んでおられたの？」

ルースはうなずいた。「うん」

「どうしてわかるの？」

「あたし、本を借りようと思ってお父さまの書斎に行ったの。お父さまが家にいるなんて思わなかった。いつもはいないから。だけど机の後ろに座ってた。部屋は真っ暗だった。お父さまに、蝋燭をつけましょうかって訊いたの。そしたらお父さま、幽霊は闇の中で対処するのがいちばんいいと言ったのよ」ルースはケンドラに目をやった。「そんなこと言うなんて、変じゃない？」

「お父さまはどうしてそんなことをおっしゃったんだと思う？」

「わからないけど、お父さまは悩んでるみたいだってベティが言ったとき、あたしベティにその話をしたの。お父さまは幽霊に悩んでるんだって。そしたらベティは、幽霊のことは心配しなくていい、お父さまは強いから幽霊なんて殴り倒せる、と言ったのよ」ルースは軽蔑したように鼻にしわを寄せた。「ばかみたい。物理的な実体がない存在と戦うことなんてできないのに。物質界の人間じゃないんだもの。ばかみたいでしょ？」

「お父さまはほかになにかおっしゃった？」

「あたし、ほんとに幽霊がいるのかって訊いたの。だけどお父さまは、これは自分のジレンマだし、あたしは心配しなくていいと言ったわ」

「その言葉をお使いになったのね？　ジレンマと？」

「そう。〝心配するな、ルーシー。これはわたしのジレンマなのだ〟」その言い方から、ルースが父親の言葉を一言一句復唱していることがケンドラにはわかった。少女は首をかしげ、ルー茶色の目で一心にケンドラを見つめている。「これが、お父さまを殺したやつを見つける助けになるの?」

「たぶんね」ケンドラはゆっくりと言った。「いろいろと考えさせられる材料をもらったわ。ありがとう」

「あなたは幽霊を信じるの、ミス・ドノヴァン?」

ケンドラは否定しようと口を開けたものの、もっと複雑な返事を考えた。幽霊はさまざまな形を取りうるものであり、死者の霊だけとはかぎらないのだということを。だがルースの小さな頭では理解できないだろうから、にっこり笑ってウインクをした。「先入観で決めつけることはしない、とだけ言っておくわね」

37

馬車を好きに使えることで、自由になったように感じてケンドラは嬉しかった。ジャガー――いや、どんな車でもいい――のハンドルを握ってどこへでも行きたいところへ行けるのとまったく同じではないけれど、それに近い感覚だ。彼女はグローヴナー・ストリートに戻るのではなく、ラーソン家の住まいに行くようベンジャミンに指示した。ベンジャミンが新たな命令に反論しなかったのは勝利と言っていいだろう。彼はむっとして――とはいえ、それはこの御者の普段からの表情だ――あきれ顔らしきものを見せたけれど、最終的には肩をすくめて応じた。もしかすると、公爵の使用人はケンドラに慣れはじめているのかもしれない。あるいは単に、ケンドラに根負けしたのか。いずれにせよ効果はあったわけだ。

馬車が動きはじめると、モリーはもじもじしはじめた。「家に帰らないんですか？」

「まだよ。もう少し事情聴取をしたいの。わたしが向こうの家にいるあいだ、あなたは馬車で待っていればいいわ。そんなに時間はかからないはずだから」

その提案にモリーはぞっとした顔を見せた。「だめですよ、お嬢さま。おひとりでよその家に入っていくなんて、礼儀に反してます」

ケンドラはしばらくなにも言わなかった。誰が誰を根負けさせているんですって？　彼女は自嘲ぎみに考えた。「わたしがラーソン一家と話しているあいだ、あなたは使用人に話を聞いてくれない？」やがて言った。「ゆうべ十時以降、あの家族がどこにいたか聞き出せる？」

モリーは目を丸くしながらもうなずいた。「はい。ちょっと紅茶を飲ませてって頼んでみます」

「ラーソン家が使用人を何人雇っているかも調べておいて」ケンドラは二日前に公爵の家からこっそり出ようとしたときのことを考えた。公爵は数多くの使用人を雇っているけれど、それでも彼女は屋敷から人知れず抜け出せたのだ。

馬車はラーソン家が住む赤レンガの屋敷の前で止まった。ベンジャミンが踏み台を広げ、ケンドラは扉を開けて降りていった。名刺は持っていないので、自ら玄関まで行ってノックする。おそらく礼儀にかなっていないことなのだろう。ベンジャミンがぶつくさ言うのが聞こえたけれど、彼はケンドラを止めようとはしなかった。

扉を開けた執事はケンドラとモリーを見て眉を上げた。

「ラーソンご夫妻とお話をしたいんです」ケンドラが言う。

執事は逡巡したものの、一歩下がってふたりを玄関ホールに入れた。「ここでお待ちいただければ、ミスター・ラーソンがご在宅かどうか確認してまいります」ケンドラのコートや手袋を受け取ろうとも、狭い客間に通して待たせようともしない。「ミス・ドノヴァンでいらっしゃいますね？」

「そうです」

ケンドラは執事の後ろ姿を見送った。今日は日曜日なので、ラーソン家は家にいるはずだ。

でも、彼らがケンドラに対して在宅だと答えるかどうかは別の問題だ。もし断られたらどうすればいいか、ケンドラにはわからない。公爵と一緒にまた来るべきだろうか。**そんなの面倒じゃない？**

数分後、執事が再び現れた。「どうぞこちらへ」

ケンドラはモリーを玄関ホールに残したままついていった。執事はまだコートやボンネットを受け取ろうとしない。それは長居させないという合図なのだろうか。やがて彼は、先日ケンドラを通した客間を通り過ぎて別の廊下に入っていった。その先には温室に通じる両開きの扉がある。

「ミス・ドノヴァンでございます」執事は扉を開けて告げ、横にどいてケンドラを通した。

オルドリッジ城にも温室はある。冬に新鮮な野菜を育てるための巨大なガラスの建物だ。また、もっと異国的な果物を育てるオレンジ栽培室もある。ケンドラは十九世紀に来てからの歳月で、両方の建物に二度しか入ったことがないけれど、田舎の領地の自給自足ぶりには感心していた。

ラーソン家の温室はオルドリッジ城のものと似ているが、違う部分もある。傾斜したガラスの壁は同じでも、ここはアスパラガスやブロッコリーを育てる家庭菜園ではない。もっと真剣な園芸が行われている。テーブルにはテラコッタの鉢、土、苗、完全に成長した植物や薬草のもっと大きな鉢がずらりと並んでいる。空中には土と肥料のつんと鼻にくるにおいが強く漂っている。**そしてこれによって、この時代では裕福な薬種商になれるのね。**ケンドラは少々面白がって考えた。

温室の中は凍えるような寒さではなかったけれど、空気はじっとり湿って冷たい——だから執事はケンドラのコートを預からなかったのだ。アストリッドも薄緑色のコットンの普段用ドレスの上にゆったりしたウールのコートを着て、一台のテーブルの向こうに立ち、小ぶりのナイフで鉢植えの植物の茎を慎重に切り取っている。デヴィッドだけはコートを着ておらず、土らしきものを入れた大きな麻袋を担いで別のテーブルに移しているところだ。同じような袋がいくつか壁際に積み上げてある。きっとその労働によって体が温まっているのだろう。バーテルは別のテーブルに屈み込んで顕微鏡をのぞき込んでいた。だがケンドラが温室に入っていくと、彼は身を起こして目を向けてきた。

ケンドラはまたしても、この家族の顔の純然たる美しさに感銘を受けた。けれども、美しい外面の下に、ひとりは殺人者の顔を隠しているのか？

「もっと礼儀正しくお出迎えしなくて申し訳ありません」バーテルがやってきて妻と並んだ。「われわれは貴族ではありませんし、生活のために働かなくてはならないのです」

「素晴らしいお仕事ぶりだと思います」ケンドラは正直に言い、手袋をはめた指で近くにある花をつけた茎に触れた。「これはなんですか？」

「アクタエア・ラセモサ——ブラックホコシュです」アストリッドが答えた。「関節の凝りや筋肉痛の治療に使います」

「これは？」ケンドラは別の花をつけた植物に手を移した。

「アエスキュルス・ヒッポキャスタヌム――セイヨウトチノキですわ。正しく処理しないと有害です。でもあなたは、花や薬草の薬効を教わりにいらっしゃったわけではないでしょう、ミス・ドノヴァン？」アストリッドは冷たく言った。

ケンドラは彼女の美しく誇り高い顔を眺めた。その華やかさの向こうには強い意志が感じられる。それだけの断固たる意志があれば、人を絞め殺したり、意識を失った貸馬車の御者を家の戸口まで引っ張っていったりもできそうだ。

ケンドラの視線は、アストリッドが剪定に使っていたナイフに向かった。凶器としては小さすぎる。次に土の袋を置いた別のテーブルに目をやる。その袋の口を縛っている縄が麻製であるのは間違いない。自分の給与支払小切手を――実際に小切手を持っているのなら――賭けてもいいくらいだ。

「違います」ケンドラはラーソン一家に目を戻した。「これは社交訪問ではありません。おひとりずつ、ゆうべどこにいたか教えていただけますか？　夜十時以降」やはり集団聴取は気が進まない。だが、個別に質問できるようひとりひとりを分けることに彼らが同意するとは思えない。

ケンドラの質問に、一瞬張り詰めた沈黙が広がった。アストリッドがゆっくりてのひらの土を払う。「なぜゆうべのことをお訊きになりますの？」

どう答えようかとケンドラは迷ったが、情報を隠しても得るものはないと判断した。「昨夜クロス卿が殺害されました」

アストリッドは冷ややかな青い目でケンドラを見据えた。「そしてあなたは、わたしたちの誰かが殺したかもしれないとお考えですの？」

「あなた方を容疑者リストから除外できれば助かります」ケンドラは彼らが目配せをするのを見つめた。「それとも、ボウ・ストリートの探偵に質問してもらうほうがいいですか？」

デヴィッドが口を開いた。「僕は夜遅くまで研究室にいました」

ケンドラは彼を見やった。「お店の研究室ですか、それとも、ここにもあるのでしょうか？」

「店です」デヴィッドは広い肩をすくめた。「僕ひとりだけでした」

ケンドラは彼の美しい顔から目を離さなかった。「それは残念です」

「自分がどこにいたかを今日証言してくれる人が必要になるとは思わなかったので」彼は素っ気なく言った。

「息子はクロス卿を殺していませんぞ」バーテルのハンサムな顔は怒りで紅潮した。

「わたしは誰も告発していません」今はまだ。「いつ帰宅したのですか、デヴィッド？」

「はっきりとはわかりませんね。一時すぎぐらいだったと思いますが」

ケンドラはうなずき、バーテルのほうを向いた。「あなたはゆうべどこにいらっしゃいました？」

「わたしと夫は家にいました」アストリッドが答え、前回ケンドラが訪問したときと同じように夫の腕に手を置いた。そのしぐさが慰めるためか力づけるためか、ケンドラにはわからなかった。あるいは警告のためか。

妻が証言する夫のアリバイ――またはその逆――は、一般的にはお粗末なアリバイだ。とりわけ、その妻が明らかに夫を愛している場合には。「一緒にですか？」ケンドラは問い詰めた。

アストリッドは答えをためらった。「ほとんどの時間は」

「十時以降は？」

「わたしは夜じゅうここにいました」バーテルが言う。「息子が死んで以来、まともに眠れなくなったのです。申しましたでしょう。わたしたちは貴族じゃありません。生計を立てるために働いています。こういった植物の世話をしたり、他家受粉を試したりすることに、慰めを見いだしています。それで気が紛れるのです。その頃妻はベッドに入っていました」

事情聴取においては多くの情報を得られる。今回も例に漏れず、ケンドラはクロス卿がどのように殺されたかを誰も尋ねなかったことに興味を覚えた。たいていはそれが、人が殺人事件を知ったとき最初に口から出るのに。ラーソン一家は他人に関心がないのかもしれない。あるいはひとりが既に知っており、あとのふたりは目をつぶっているのかもしれない。意図的な無意識だ。

ケンドラは戦略を変えた。「ご子息が亡くなられたときスペインで起こったことに関する公的な報告書を見せるよう、要求はなさいましたか？」

バーテルの口もとがこわばった。「わたしはジャイルズに、なにがあったのかと尋ねました。報告書にあったことは、彼が話してくれたはずです」

「では、ご自身の目でごらんになってはいない？」

「見ていません」

「なにがあったのかクロス卿やモブレー大尉にお尋ねになったことは？　生き残ったのが彼らだけである以上、詳細を知るのもあのふたりだけでしょう」

「息子が死んだと知ったあと、わたしはふたりに話を聞こうとしました。しかし彼らはほとんど詳しいことを話してくれませんでした」バーテルは言った。「息子は彼らを救出しようとしてフランス軍につかまった、ということでした。彼らと息子は収容所の別々の区画に入れられました」バーテルの唇が真一文字に結ばれ、目は怒りで暗くなった。「爆発と火事がありました。クロスとモブレーは混乱に乗じて脱走しました。少なくとも、それが彼らの話です」

ケンドラは眉を上げた。「信じておられないみたいですね」

デヴィッドがケンドラを見る。「あなただったら信じますか？」

たぶん信じないわね。「実際にはスペインでなにがあったとお考えでしょうか？」

デヴィッドは言いよどみ、首を横に振った。「わかりません」

ケンドラはバーテルとアストリッドに目を移した。

「わかっているのは、息子が死んだということだけですわ」アストリッドが冷たく言う。

「マグダレーナという名前の女性をご存じですか？」

ケンドラは不意打ちのようにその質問を繰り出し、それぞれの顔にさまざまな表情がよぎるのを興味深く見守った。驚き。不安。やがてそうした感情は消え、彼らは無表情になった。けれど緊張は、電気のごとく空気中でパチパチ音をたてているように感じられた。

「いいえ」バーテルの声はしわがれている。

それに続く質問がないことを、ケンドラはまたしても興味深く感じだ。〝その女性は、いったいなんの関係があるのですか？〟

誰もなにも言わないので、ケンドラはうなずいた。「いいでしょう。会ってくださってありがとうございました。感謝します」

「玄関までお送りしますわ、ミス・ドノヴァン」アストリッドが唐突に言う。くすんだ色のウールのコートをまとっていても、この女性は女王のように見える。テーブルをまわり込んできてケンドラに並び、ふたりは温室をあとにした。

「どうしてこんなふうにしつこく質問をしてくるのですか？」廊下を歩きはじめるなり、アストリッドは訊いた。「それは、この家族に苦しみをもたらすだけです。わたしたちは充分苦しんできたのですよ」

「申し訳ありません」ケンドラは相手の射貫くような視線をとらえた。「人がふたり死んだのです。誰かが殺しました。それはスペインと関連があると考えています。エヴァートと。そこでご子息になにが起こったか知りたくないのですか？」

アストリッドは無言だった。知りたくないから？　あるいは、既に知っているから？

玄関ホールは無人だった。「さようなら、ミス・ドノヴァン」アストリッドが言う。ケンドラはその声に、これが最後だという意図を聞き取った気がした。アストリッドはスカートをきぬずれさせて身を翻し、廊下を戻っていった。

ほどなく執事とモリーが現れた。執事は扉を開け、出ていくふたりを警戒の表情で見送った。

ケンドラはモリーとともに馬車に乗り込むまで待って尋ねた。「なにかわかった？」

「はい。ラーソン家に雇われてるのは五人です。ミスター・ワイマン——執事——は料理人と結婚してます。あとは女中ふたりと従僕ひとり。あ、それに御者と馬番です。そのふたりも使用人と言えますね」

ケンドラは考え込んだ。「使用人五人で切り盛りするにしては、かなり大きい屋敷ね」

「あたしもそう思います」

「五人、あるいは七人の使用人の目を避けるのは簡単だわ。夜の十時なら、彼らはベッドに入っているか厨房にいるかでしょう。その時間ラーソン一家がどこにいたかについて、使用人はなにか言っていた？」

「ご家族が家にいたのかと訊いたんですけど、若旦那さんはお店の研究室で、大旦那さんは温室で働いてらっしゃったそうです。ミセス・ラーソンはベッドに入っておられました」モリーはためらいを見せた。「ここの使用人は、あんまり愛想よくなかったです。お嬢さまがご家族をつつきまわってるのが楽しくないみたいで」

「楽しい人はいないでしょう」ケンドラはかすかに微笑んで座席にもたれ込んだ。「だから
といって、つつきまわるのをやめるつもりはないわ」

38

朝に摂取したカフェインの効果は、書斎への階段をのぼるときには薄れていた。だから背の高い銀製のコーヒーポットを載せた新たなトレイがテーブルに置かれているのを見たとき、ケンドラはほっとした。公爵はパイプを持って机につき、領地の帳簿を調べていた。煙が細く渦を巻いて立ちのぼっていく。公爵がオルドリッジ城にガス灯を設置すると決めたのはケンドラも知っているが、その事業は大規模かつ高額で、かなりの期間を要する。公爵領を運営する公爵というのは、使用人に仕事をさせて自らはパーティー三昧というわけではないことが、ケンドラにもわかってきた。『フォーチュン５００』にリストアップされる、多国籍企業を経営する最高経営責任者《CEO》のようなものだ。

アレックはソファで長い足を伸ばして足首を組んでくつろぎ、新聞を読んでいる。ケンドラを一瞥すると立ち上がってコーヒーポットに向かった。

「今回、レディ・ホルブルックはもっと協力的だったか？」湯気の上がるコーヒーをカップに注いで砂糖のかたまりを入れ、かき混ぜてケンドラのところまで持ってくる。「元気づけの飲み物がいりそうな顔だな」

「ありがとう」ケンドラはぼそぼそと言った。彼と指が触れ合ったときは一瞬気を取られ、アレックの緑の目に浮かんだ温かな光に見入った。「ええ」

アレックがにやりと笑う。「その〝ええ〟は、レディ・ホルブルックがもっと協力的だったこと、それとも元気づけの飲み物がいるということ?」

「どっちもよ」ケンドラは笑みを返し、カップを持ち上げてコーヒーを飲んだ。「レディ・ホルブルックは、最近夫の様子が変だったことを認めたわ」

「借金まみれで女中を孕ませた息子がいたんだ」アレックは無表情で指摘した。「誰でも悩むだろう」

ケンドラはコーヒーカップを下ろしてアレックに笑いかけた。「確かにそうかも。だけどサー・ジャイルズは既にその問題に対する解決策を用意していたわ」もうひと口すする。「レディ・ホルブルックによると、夫は『箴言』を引用していたそうよ。罪を隠して哀れみを受けるといったようなことを言ったんですって。彼女は正確な引用を覚えていないけれど、当時妙だと思ったらしいわ。サー・ジャイルズは聖書を引用するような人ではなかったらしいから」

アレックは眉をひそめた。「前回そんな話は出なかっただろう」

「ええ、最初話を聞きに行ったとき、わたしは彼女を警戒させてしまったのよ。彼女の息子が父親を殺したのかもしれないと疑っていたから」

公爵が立ち上がって書棚に向かった。

ケンドラは続けて言った。「その問題が払拭された今、夫人の口は軽くなったの。それに、最近の夫のふるまいについて考える時間もあったし」

公爵は静かにパイプをふかしながら、書棚の本の背表紙に指をすべらせていった。「『箴言』と言ったね？」

「はい」

「これだ」彼が古そうな聖書を引き出すと、革と革のこすれる音がした。家庭用大型聖書ではない。それはオルドリッジ城で保管されており、コンクリートブロックほどの厚みがあって、ウィリアム征服王時代からの一族の結婚、誕生、死がすべて記録されている。ケンドラははじめてそれを見たときに、レディ・アトウッドの講釈では理解できなかった公爵の長く続いた高貴な血筋が、ようやく理解できたのだった。

公爵は聖書を持って机に戻り、ページをめくりはじめた。

ケンドラは言った。「マグダレーナという名前を聞いたことがあるかと尋ねたけれど、彼女はないと答えたわ」

アレックは腕組みをして炉棚に寄りかかった。「サー・ジャイルズは妻に手紙を読まれないように燃やしたのかもしれない。その女はサー・ジャイルズの愛人だった可能性がある」

「わたしはそう思わないわ。彼に愛人がいたことを示すものはなにもない。そんなことがあるなら、なんらかの噂が生じていたはずよ。サー・ジャイルズの性格について話すとき、ミスター・マルドゥーンも口にしただろうし。マルドゥーンといえば――」

「これだ」公爵が顔を上げて話に割り込んだ。「すまない」

「いいえ、どうぞお続けください」

「『箴言』第十章十二節。〝憎しみはいさかいを引き起こす。愛はすべての罪を覆う〟」

ケンドラはちょっと考えたあと、首を横に振った。「それは哀れみに言及していません。それに、引用に愛が含まれていたなら、レディ・ホルブルックはそう言ったはずです」

公爵は再びページをめくりはじめ、記述に目を通していった。

アレックはケンドラを見た。「マルドゥーンについて、なにを言おうとしていたんだ？」

「今日は彼からなにも聞いていないし、彼がスペインでの出来事に関する公式な報告書を手に入れたかどうか知りたいわね」

アレックが黒い眉を上げる。「クロス卿やモブレー大尉の説明を疑っているのか？」

ケンドラは肩をすくめた。「報告はそれしかないわ。エヴァート・ラーソンはとらえられ、爆発と火事のために死んだ。ほかのイングランド兵はどのように死んだのか？　クロスとモブレーはどうやって脱出したのか？　戦後は、誰も彼らの説明をわざわざ追跡調査しなかったでしょうね。収容所にいたフランス軍兵士を捜し出して事件について聴取しようなんて、誰も思わなかったでしょう？　たとえ見つけることができたとしても」

アレックはうなずいた。「そうだな」

「だったら、もし異なる説明があったとしたら？　クロス卿やモブレー大尉の話と整合しないものが」

アレックは眉間にしわを寄せた。「それがマグダレーナか」

「そう考えると話が合うわ」

「確かに。約一カ月前、この女がサー・ジャイルズと接触したとしよう。彼女はスペインで起こったことについて異なる説明をした。クロス卿とモブレー大尉の話に基づく公式の報告書と矛盾するものだ。だったら、サー・ジャイルズはなぜ調査を始めなかったのか？」

「どうして、しなかったとわかるの？　もしかすると、彼は〈ホワイツ〉でそれについてクロスと口論していたのかも」

公爵が指を上げて注意を引いた。「ここにも引用があったぞ――〝罪を隠している者は栄えない。告白して罪を捨てる者は哀れみを受ける〟」

ケンドラは机まで歩いていって公爵の肩越しに自分でもその節を読んだ。「これみたいですね」サイドボードに行ってコーヒーのおかわりを注ぐ。「ルースとも話をしましたが、あの子は父親が真っ暗な書斎で座っているところに出くわしたそうです。彼は娘に、幽霊は闇の中で対処するのがいちばんいい、と言いました」

目を上げると、公爵は顔をしかめていた。「どうやらサー・ジャイルズはなにか強い良心の咎めを感じていたようだな」

アレックはかぶりを振った。「公的な調査が行われていたなら、わたしたちの耳にも入ったはずだ。マルドゥーンの耳にも」

「非公式な調査だったのかも」ケンドラは言った。「いずれにせよ、そういう単純な話じゃないと思うわ。真実は決して単純ではない、とりわけ不都合な真実は。マルドゥーンは、サー・ジャイルズは国王や祖国のためならなんでもする人間だと言った。誰かが、エヴァートの死に関するモブレーとクロスの説明をひっくり返す情報を持ってきたとしましょう」

「マグダレーナだね」公爵が言う。

ケンドラはうなずいた。「そして、その真実はイングランドを不名誉な立場に陥れるものだったかもしれません」

公爵が不審顔になる。「どのように?」

「それはわかりません。ふたりのイングランド兵、うちひとりは現在政府で働いていて、前途有望な戦争の英雄と見なされている、そんな人間が戦争であまり高潔でないふるまいをしたことが明るみに出たなら、どれほど屈辱的でしょう?」

アレックはゆっくりと言った。「それは〝あまり高潔でない〞内容によるだろうな」

ケンドラは時間をかけてコーヒーを飲んだ。「そこは不明だけど、サー・ジャイルズは戦略家だったわ。目的は常に手段を正当化する。彼にとって、最も重要な大義はイングランドであり、それ以外はすべて犠牲にできるものだった」

公爵は聖書を閉じ、不安そうにケンドラと目を合わせた。「しかし、死んだのは親友の息子、彼がかつて実の子のように愛した青年なのだよ」

「だからこそ悩んでいたとも考えられます。無名の幼いアイルランド人少女がイングランド兵に殺されたのとは違います。エヴァート・ラーソンなのです。〝罪を隠している者は栄えない。告白して罪を捨てる者は哀れみを受ける〞閣下はどうお感じになったかわかりませんが、わたしには良心の呵責に悩む者の言いそうなことに思えました」

公爵は渋い顔でパイプをてのひらに打ちつけた。「スペインでいったいなにがあったのだ？」

「わかりませんけれど、サー・ジャイルズが罪悪感を覚えていたのは、二年前のスペインでの出来事についてというより、その出来事を隠蔽《いんぺい》せねばならないと考えたからだと思われます。それには違いがあります」

「そして、彼がスペインでの出来事に関する真実を隠したのなら、それはエヴァート・ラーソンの身に起こったことに関する真実を隠したのと同じだ」アレックは小声で言った。「正義はなされなかった――不正が行われたのだと仮定すると」

「そう、確かに不正が行われ、マグダレーナはそれをサー・ジャイルズに教えたのよ」ケンドラは確信を持って静かに言った。「この一カ月はそういうことだったと思うわ。彼は決断を下そうとしていた――公表して正式な調査を始めるべきか」――肩をすくめる――「あるいは放っておくべきか」

「きみがさっきほのめかしたとおり、彼は自ら調査を始め、スペインで起こったことに関するクロスとモブレーの説明について彼らを問い詰めていたのかもしれない」アレックは両手をズボンのポケットに突っ込んだ。まなざしは暗い。「だとしたら、ふたりは警戒心を抱いただろう」

ケンドラは彼と目を合わせた。「そうね」

「クロスはサー・ジャイルズを殺していない」

「ええ」

「モブレー大尉は？」

ケンドラが肩をすくめる。「動機があるのは間違いないわ」

公爵はケンドラを見た。「スペインでなにがあったにしろ、クロスとモブレーは結託していたはずだ。彼らは互いに相手の証言を裏づけた」

「共犯者や共謀者同士が最後には殺し合ったという事例はいくつもあります」ケンドラはそつと言った。

「クロス卿がモブレー大尉を裏切ろうとしていた、ときみは考えているのだね」

「クロスが裏切ることをモブレーが恐れていたのではないか、と考えています。モブレーには政治的野心があります。政治的野心と秘密を持つ人間ほど悪いものはありません」ケンドラは公爵を鋭く見た。「それは変わりません、どれだけ時代が変わっても」

アレックの視線は石盤に移った。「なぜ舌を切り取ったり見えないインクを使ったりという芝居じみたことをする？　そしてクロスの腹に十字架を描いたのは？」

ケンドラは少し時間を取って考えた。「芝居じみた、というのはいい表現ね」やがて言った。「捜査の方向を誤らせるための、ちょっとしたお芝居よ」

「きみはジェラード・ホルブルックについてそう言った」アレックは指摘した。「彼が容疑者でないのは間違いないのか？」

「ホルブルックとクロスを結びつけるものが新たに浮上しないかぎり、彼が犯人だとは思えない」ケンドラは言いにくそうにした。「レディ・ホルブルックとルースと話したあと、わたしはラーソン家に行ったの」

アレックがまじまじと見つめる。「きみは忙しかったんだな」

「そのときはいい考えだと思えたのよ」ケンドラは言い訳がましくならないようにした。自分の仕事をしたことについて弁解するつもりはない。「彼らにゆうべのアリバイがあるかどうか確かめる必要があったから」

公爵は尋ねた。「で、あったのかね?」

「証明できるものはありませんでした。わたしはクロス卿が殺されたと言ったのですが、誰もどのように殺されたか質問しませんでした。そして、マグダレーナという女を知っているかとわたしが訊いたときも、なにも尋ねませんでした」

「妙だな」公爵がつぶやく。

「おっしゃるとおりです!」ケンドラはうなずいて彼に指を突きつけた。「そういう質問をするのは自然です。知りたいと思うのは人間の本質的な性質です。だから、ラーソン一家はわたしの知る中で最も好奇心を持たない家族か、もしくは——」

「なにかを隠している」アレックが続きを言った。

「なにかを隠しているのは確かだわ。マグダレーナは彼らにも接触したのよ」

公爵は驚いた顔を見せた。「なぜわかるのだね? 彼らが質問しなかったからというだけで——」

「それだけではありません。タイミングの問題です。一カ月前、サー・ジャイルズはマグダレーナからの手紙を燃やし、悩みはじめた、あるいは罪悪感を抱きました。同じ頃、バーテル・ラーソンは病気を口実に店に行かなくなりました」

公爵はうなずいた。「きみの言うとおりだね。しかし、いったいスペインでなにがあったというのだ？」

ケンドラは首を横に振った。「隠蔽する必要があるほど屈辱的だとサー・ジャイルズが考えたことです。残念ながら、政府の人間というのは非常に敏感です。彼らは本能的に、スキャンダルになりそうだと思ったものを隠蔽しようとします」ケンドラがここ十九世紀に来たのも、政府による隠蔽がそもそもの原因だった。「しかし、サー・ジャイルズはそう簡単に隠蔽できませんでした。おそらくマグダレーナのせいで。おそらくエヴァート・ラーソンのせい、彼とラーソン一家との個人的なつながりのせいで」

「だがマグダレーナがラーソン一家と接触してスペインで本当に起こったことを知らせたとしたら、彼らはなぜそれを公表しなかった？」公爵は疑問を口にした。「彼らにサー・ジャイルズのような葛藤はなかったはずだ。実の息子の話だぞ。真実を世に知らせたいと思ったはずだ」

ケンドラはためらった。「公表するだけでは不充分だったのかもしれません」

三人は一瞬黙り込んだ。聞こえるのは、暖炉で炎が薪を貪る音だけだった。

公爵はため息をついた。「きみの話が真実だとしたら――」

「まだ仮説にすぎませんが」

「――どのラーソンだね？　ミセス・ラーソンが殺人犯とは、わたしには考えられない。ではは彼女の息子、それとも夫か？」

ケンドラはアストリッドを除外していないけれど、反論するのはやめておいた。「さっきも言いましたが、三人ともちゃんとしたアリバイはありません。動機は全員にあります。残念ながら、あの家族は親密です。彼らを互いに対立させることはできません。無実の者も犯人を守るために嘘をつくでしょう」

テーブルまで行って空のカップを置く。カフェインの取りすぎだわ。頭が痛くなってきた。

「マグダレーナを見つける必要があります。解決の鍵を握るのは彼女です」

「ミスター・ケリーがその女性を見つけることを願おう」公爵は言った。

「ほかにも考慮すべきことがある」アレックはゆっくりと言い、その口調に不吉なものを感じて、ふたりは彼のほうを向いた。

「なんなの？」

「ラーソン一家のひとりがエヴァートの死への復讐としてサー・ジャイルズとクロスを殺したのだとしたら、犯行は終わっていない。モブレー大尉が次の犠牲者となるだろう」

「それはありうるわね」ケンドラはそこでいったん言葉を切り、肩をすくめた。「モブレー大尉が犯人でないのなら」

39

公爵とアレックは暗くなる前にハイドパークへと乗馬に出かけ、ケンドラは石盤と捜査記録帳を更新した。集めてきた情報をこれまでと異なる角度から検討しようとして、ずきずきするこめかみをさすりながら部屋を歩きまわる。

もっと情報が必要だ。マルドゥーンに話を聞かないと。

ケンドラは公爵の机まで行った。座って一枚の紙を出し、銀製のインク壺の横に立つ上品な羽根ペンを手に取った。ペン先をじっと見て、まだとがっていることを確かめる。捜査記録帳に記入するのは鉛筆のほうが好きだ。そのほうが簡単だ。自分の時代の洗練されたキーボードやタッチスクリーンを恋しく思う指は、まだそれに充分慣れておらず不器用ではあるが。けれども、公爵の持つ北部の領地モンクスグレーに滞在中、レベッカと文通するのにもっと上等な羽根ペンを使うようになっていた。最初の二通は悲惨で、ペン先を長く紙に置きすぎたところはインクの染みだらけになった。手紙を書くのがそんなに難しいなんて、誰に予想できただろう?

思いにふけりながら、今持っている長い羽根を撫でる。これがガチョウの左の翼から取られたものなのは知っている。左の翼のわずかな曲線が右利きにはちょうどいいのだ、と公爵が教えてくれた。左利きの人はガチョウの右の翼から取られた羽根を好むらしい。ほとんどの人が右利きであることを考えると、片方の羽を失ってぎこちなく走りまわっている鳥がたくさんいるのだろう。

身を乗り出してインク壺の蓋を開け、ペン先を浸し、マルドゥーンに短い手紙を走り書きする。羽根ペンを注意深く横に置き、にじみ止め粉入れを取って、インクを速く乾かすため中の砂を紙に振りかける。公爵は手紙を何度か折ったあと熱い蝋を自分の印章つき指輪で押して封をする――この時代に封筒は存在しない――が、インク壺には封緘紙入れも付属している。ケンドラはその箱を開けて蝋引きの封緘紙を一枚選び、それを押しつけて折った紙に封をした。

満足すると立ち上がり、引き紐を引く。現れた女中に手紙を渡した。「これをフィニアス・マルドゥーンに届けてほしいの。家の住所は知らないけれど、『モーニング・クロニクル』で働いているわ。届けられる？」

女中は額にしわを寄せた。「もちろんです。ミスター・ハーディングに渡しますから、ミスター・ハーディングが馬番に渡して届けさせてくれると思います」

「今すぐ届けさせてちょうだい」

「はい。わかりました」

返事が届いたのは四十五分後だった。メールほど迅速ではないとしても、思ったほど悪くはない。これなら謎のマグダレーナも見つかるかもしれない、とケンドラは希望を抱いた。

ぱりっとした紙を開く。記者はケンドラが送ったのと同じ紙の下のほうに返事を書いていた。〝グローヴナー・スクエアの公園で会いましょう。M〟

ケンドラは時計をちらりと見て――五時十五分前――あわてて立ち上がり、寝室まで急いで行ってマントを取った。マルドゥーンは時刻を書いていなかったため、おそらく彼自身が返事を届けて、今は道路の向かい側で待っているのだろう。なぜ彼が屋敷に来るのではなく公園で会うことにしたのかはわからない。

モリーをシャペロンとして連れてくればよかったと思ったのは、玄関扉を出てからだった。そのあと、そもそもそんなことを考えた自分に少し腹が立った。気に入ろうが入るまいが、女に対するこの時代のばかげた後進的な規則が意識に浸透しはじめている。順応はしなくちゃいけないけれど、自分を失いたくないわ。

屋外の低い気温とはなんの関係もない震えが腕を駆け抜ける。世間の規則に順応するため自分自身のかけらを少しずつ失いはじめたら、なにも残らなくなるまでどれくらい時間の猶予があるのだろう？

ケンドラはそんな思いを押しのけた。主な理由は、答えなどないからだ。パカパカという馬の足音に注意を引かれた。通りの向こうを見ると、レベッカが雌馬を巧みに操って石畳の道を進んでくる。若い馬番が後ろからついてきていた。

「こんにちは。ミス・ドノヴァン」レベッカは明るい笑顔で挨拶をし、手綱を引いた。「どこへ行くの？」

「道の向かい側です。サットクリフと公爵はハイドパークで馬を走らせています。一緒に歩きませんか？」

「喜んで。今日はこの冬いちばんのいいお天気ね」レベッカは乗馬服の長く重いスカートを横に払った。馬番が急いでやってきて、下りるのに手を貸す。「ソフィアを公爵の厩舎に連れていって」彼女は馬番に指示して手綱を渡し、ケンドラに向き直った。「もっと早く来たかったんだけど、両親がリッチモンドにいる母の姉をお訪ねするように言い張ったのよ」

ケンドラはレベッカの濃い青色の乗馬服を観察した。ボディスと袖は体にぴったり合うよう精妙に仕立てられているが、スカートはゆったりしていて、長くて非対称的な裳裾がついている。馬に横乗りしているときはいいけれど、歩くには不便だろう。

「そんな服で歩けます？」

「なんとかするわ」レベッカは笑って裳裾をたぐり寄せ、ウエディングドレスのように腕にかけた。「それで、今日はなにをしていたの？」

レベッカはクロスの事件を耳にしていないらしい。「ゆうべクロス卿が殺害されました」

「まあ、そんな」レベッカは道の真ん中で足をもつれさせて止まった。馬車や馬はいないので轢かれる恐れはないが、ケンドラはレベッカの腕をつかんで反対側の歩道まで引っ張った。

レベッカは青紫色の目を細くしてケンドラを見つめた。「どんなふうに？　なにがあったの？」

「サー・ジャイルズと同じく絞殺です。舌を切り取られました。犯人はナイフで体に十字架を刻みました――あるいは小文字の〝t〟を。実のところ、今度のは十字架よりも〝t〟に見えます。でもホシは急いでいたために少し変形したのかもしれません。クロスは路地で若い女と一緒にいて、彼女は声をかぎりに悲鳴をあげて逃げました。犯人は、〈ベル・アンド・スワン〉亭にいる人間に今にもつかまるかもしれないと気づいたのだと思います」

レベッカは首をひねった。「見つかるまでにほとんど時間がないのに、娼婦の目の前でクロス卿を殺したなんて、犯人はひどく大胆か、それともひどく愚かのどちらかよね」

「ええ、わたしはそれを心配しています。ホシがばかだとは思えません。というより、非常に利口だと思います。そして、目撃者がいてもひるみませんでした……」

ケンドラの脳裏にエラの言葉がよみがえった。〝顔は普通じゃなかった、赤くてうろこだらけだった。目は真っ黒。不吉……〟

「どうしたの？　なにかありそうな表情ね。わたしに話していないことがあるんでしょう」

ケンドラは躊躇した。確かになにかがある、ぼんやりしたものが頭の奥にあって、形をなして具体化しようとしている。「いいえ」やがて彼女は言った。「そういうわけではありません。娼婦はべろんべろんに酔っていました。べろんべろん、などと言っていけないのはわかっています」

レベッカの唇はぴくぴくし、目は楽しそうに動いた。「上流社会では、間違いなく眉をひそめられるわね。だけどわたしは上流社会のお目つけ役じゃないわ」そんな話はどうでもいいとばかりに、あいている手を振る。「その女の人は酩酊《めいてい》していて、なにも見ていないの？」

「いいえ、なにかを見ました。娼婦は、悪魔がクロスを殺したと言っています」

「悪魔？」

「はい、ほら、地獄から来たやつです。赤くて爬虫類《はちゅう》のような顔。黒い目。角が生えていたとは言っていませんでしたが」

レベッカは束の間黙り込んだ。やがて横目でケンドラを見た。「あなたはゆうべ〈ベル・アンド・スワン〉亭に行ったの？」

「ミスター・ケリーが連絡をくれて、わたしと公爵は現地で彼と合流しました。新しい情報が浮上しないかぎり、ホルブルックは除外できます」

「わたしとしては――」レベッカは言葉を切り、急に険しい顔になった。「あいつ、こんなところでなにをしているの？」

「誰ですか？　ああ」ケンドラの視線は、粗末な大外套のポケットに両手を突っ込んだ長身の男に向かった。ひしゃげた三角帽を赤っぽい巻き毛の上に置き、空色の目を細めて、歩いてくる彼女たちを見つめている。

「あなた！」レベッカは長いスカートなど意にも介さずずんずん前進していった。素早い足取りの勢いに押されて、マルドゥーンが思わずあとずさる。「また、わたしたちをこっそり盗み見ているの？」

彼は嬉しそうににっこり笑った。「違いますよ、お姫さま、僕は――」

「その呼び方はやめて！」レベッカは食いしばった歯のあいだから言い、目を怖いほどぎらつかせた。「この下品な無作法者！」

「わたしが会ってくれと頼んだのです」ケンドラはレベッカの激しさに少し圧倒されながら

ふたりのあいだに割り込んだ。

マルドゥーンが得意げににやりと笑い、大仰なしぐさで帽子を脱いで辞儀をした。「なんなりとお申しつけください、ミス・ドノヴァン。それと、またお会いできて光栄です、お姫――」レベッカににらみつけられ、彼は咳をして言い直した。「ええっと、レディ・レベッカ」

「用件に入らない？」ケンドラがうながした。「これは社交訪問じゃないのよ」

マルドゥーンは視線をケンドラに戻した。面白がる表情が消える。「ええ、わかっています。クロス卿が殺された話ですよね？」

「間接的には。スペインでの出来事に関する公式な報告書は手に入った？」

マルドゥーンは首を傾けてケンドラを見つめた。「かもしれませんね」

「はっきり言いたくないの？」ケンドラは皮肉を込めて尋ねた。「それとも、わたしにあなたの心を読んでほしいわけ？」

彼は驚いたような笑いを漏らした。「言いますよ、愛想よく頼んでいただきましたからね。クロス卿とモブレー大尉は第五二歩兵連隊に所属――」

「それはもう聞いたわ」

「ええ、もう一度話しています。これは僕の言葉による、僕の話です。聞きたくないんですか？」

ケンドラはあきれ顔になった。「繊細なのね。続けてちょうだい」

「今言いかけたとおり、彼らは第五二歩兵連隊に所属していました。大尉が指揮していた分隊は山中で離れ離れになり、とらえられました」

「ちょっと待って。モブレー大尉は捕虜にされた連隊の隊長だったの？」

「連隊じゃありません――分隊です。もっと小さな単位。でも、そのとおり、モブレー大尉はその集団の隊長でした。彼らはスペインのマヤ峠近くの山中で特別激しい戦いに巻き込まれました。報告書によると、フランス軍は奇襲攻撃をして分隊をばらばらにし、哀れな兵士の大半を殺戮《さつりく》しました。残った十数名は捕虜としてフランスの収容所に連行されました――そこにクロスとモブレーも含まれていました」

マルドゥーンの口もとがこわばり、目は青い石のように冷たくなる。その表情に、ケンドラは彼の愛想のいい表面の裏にあるものを垣間見た。彼は小生意気で機転の利く記者だが、それだけではなさそうだ。自分の書く内容には充分心を配っている。

「収容所の状況は非人間的でした。兵士はそこに二カ月間入れられていました。報告書によると、最初の一週間で半数が収容所で亡くなったそうです」

「ひどいわ」レベッカの手が喉に置かれる。「どうして？」

マルドゥーンは肩をすくめた。「収容所を管理していたフランス軍将校は、あの国の革命の申し子でした」

ケンドラはきょとんとした。「どういう意味？」

マルドゥーンが目を向けてくる。「フランス革命は、あんたたちアメリカの独立戦争とはまったく違うんですよ、ミス・ドノヴァン。お国の人々は、自分たちを支配する国外の勢力を打倒するため戦った。今のアイルランドもそれを望んでいます。しかしフランスが戦った相手は自分の国の人間だ。フランス国民は君主制度や貴族政治を転覆させたのと同じように、軍隊における階層も打ち壊した。軍隊は市民軍になりました。彼らは自分たちが戦う相手を、打ち負かすべき兵士とは考えなかった。敵を、壊滅すべき悪だと見なしたんです」彼は嫌悪を込めて喉の奥でうなり声をあげた。「やつらの流血への渇望はすさまじかった。しょっちゅうギロチンが使われたのが、その証拠ですよ」

レベッカは記者に辛辣な笑みを向けた。「あなたがフランス革命に反対だというのは驚きね。あなたのホイッグ的な考え方からすると」

「アメリカ革命もフランス革命も目標は素晴らしいと思いますよ。だけど、自治が簡単に実現できるとか、衆愚政治が最良だとか考えるのは、愚か者だけです」

「もういいでしょう」ケンドラは手を振って記者の注意を引いた。「それが、フランス軍による捕虜収容所での出来事と、どう関係してくるの？」

「フランスで市民軍が支配権を得る前は、捕虜の扱いについて規則がありました。ところがフランス革命がそれを変えたんです。新たな軍隊は捕虜をすべて悪だと見なしたため、残虐に扱うようになりました。捕虜は撃ち殺されたり、楽しみのため拷問にかけられたりしました。ナポレオンは狂ったちびの暴君でしたけど、軍隊を革命前の秩序あるものに戻して、戦争捕虜は威厳と敬意を持って扱うべきだと主張しました」

ケンドラは考え込んだ。「モブレーとその部下をとらえたフランス軍は、ナポレオンの軍隊よりも市民軍のようにふるまったのね？」

マルドゥーンはインクの染みがついた手を広げた。「政府の報告書によれば」

「モブレー大尉とクロス卿によって書かれた報告書ね」

「そうです」彼はケンドラに問いかけるように眉を上げた。「やつらの証言を疑う理由でもあるんですか？」

ケンドラはその質問にうんざりしはじめているので、答えなかった。「報告書はほかになんと言っているの？」

「あんまり細かいことは書いていませんね。ラーソンはとらえられた。翌日逃げようとしたけれど、その過程で火事が起き、それが収容所の武器庫に火をつけた」

「そして爆発が起きた」ケンドラが続けて言う。

マルドゥーンはうなずいた。「モブレー大尉とクロス卿が入れられていたテントはフランス軍兵士が番をしていました。爆発が起きたとき、番兵は仲間を助けに行き、その混乱の中でモブレー大尉とクロス卿は命からがら脱走しました」

「彼らと一緒にいた、ほかのイングランド兵は？」

「報告書によると、残っていたのは三人だけだったそうです。その三人は別のテントにいて、逃げようとしたときフランス人に射殺されました」

「でもモブレーとクロスは生き延びた」ケンドラは束の間黙り込んだが、記者にじっと見られていることに気がついた。「エヴァート・ラーソンはどうして収容所に入り込んだの？」

「フランス軍はキシメニアのそばに収容所を設立しました。山中の小さな村です。ラーソンはそこで収容所の監視を行っていました。さっきもちょっと言いましたが、収容所にはかなり規模の大きい武器庫がありました」

ケンドラは顔をしかめた。「それはモブレーの報告にあったの？」

マルドゥーンは感心した顔になった。「鋭いですね、ミス・ドノヴァン。いえ、それは報告書にはありませんでした。事件に関するサー・ジャイルズの報告書にある情報です。彼がラーソンをそこに送り込んだんです。ラーソンが密使に託して送った最後の報告には、食料を運び込む村人に変装して収容所に入り込んだことが書かれていました。その任務で、彼は収容所にとらえられているイングランド人捕虜を発見しました。死んだのは、そのすぐあとです」

「彼はイングランド人兵士を救出する計画について書いていたの？」

「いいえ。しかし実際に起こったことから考えて、それを試みて発見されたんでしょうね」

「彼はモブレーやクロスに接触した？」

「いいえ。少なくとも、それはどちらの報告書にもありませんでした」

「ラーソンがいることに気づいたのは誰？」

「それは報告書にありませんでしたけど、おそらくクロス卿でしょう。ふたりはイートン校で一緒でしたから」

「どうしてラーソンはほかの捕虜と別にされていたの？　そしてモブレーとクロスは、どうしてほかの兵士と？」

「モブレーとクロスのことはわかりませんけど、ラーソンは諜報員でした」彼は言いにくそうにした。「おおかたフランス軍は、彼がなにを知っているか、つかまる前になにを上層部に知らせたかを、聞き出したかったんでしょうね」

「拷問？」ケンドラには訊くまでもなくわかっていた。

マルドゥーンはしぶしぶうなずいた。「おそらくは」

「それがモブレーとクロスの報告だとしたら、エヴァート・ラーソンが爆発で死んだことが、どうして彼らにわかったの？」

「どうしてわかったのか？」マルドゥーンは眉を上げた。「爆発したテントにラーソンが入っていくのを見たんじゃないですか」

「命からがら逃げようとしているときに？」

「先に爆発があったんです。それで逃げたんですよ。混乱に乗じて」マルドゥーンは指摘してケンドラと目を合わせた。「なにを考えているんです？」

「モブレーとクロスはテントにいて監視されていた。そして爆発のせいで番兵が離れた隙に脱走したのよね。あなたが言ったように、混乱に乗じて。でも、エヴァートが爆発を起こしたりそこで死んだりしたことが、どうして彼らにわかったの？　彼ら自身の説明によれば、エヴァートと接触はしなかったんでしょう。テントに閉じ込められていた。テントに窓があ

ると は思えない。では、テントの外で起こったことをどうやって知ったの？」

驚きでマルドゥーンの口がぽかんと開く。「わかりません」ゆっくりと言った。「そいつは、もっともな疑問ですね。だけど、クロスとモブレーはなんで、そういうことについて嘘をつくんです？」

ケンドラはその質問を無視した。「モブレーとクロスが脱走したあとのことはわかっている？　彼らがどこへ行ったかは報告書にある？」

「味方の宿営地に行ったそうです」

「そこに着くのにはどれくらい時間がかかったの？　彼らの健康状態は？」

青い目がきらりと光った。「それは報告書にありませんでした。でも、調べてみますよ。なにかあるはずです。あるいは、ふたりが到着したとき宿営地にいた人間を見つけます」

ケンドラは微笑んだ。「いいわね。なにかわかったら知らせてちょうだい」後ろを向いて、公園の門扉のほうへと歩きはじめる。レベッカが急いで追いかけた。

「待ってください！　このまま帰ってもらっちゃ困りますよ、ミス・ドノヴァン」マルドゥーンは大きな歩幅ですぐに追いつき、ふたりに並んだ。「どうなっているのか教えてください。モブレー大尉とクロス卿がスペインでつかまって脱走したことが、二件の殺人事件とどうかかわってくるんですか？　あんたはなにを考えているんです、ミス・ドノヴァン？」

「味方の宿営地か証人からの報告を手に入れてちょうだい。そうしたら話をしましょう」ケンドラはそう言い、三人は公園を出た。

「なんで今話してくれないんです？」マルドゥーンはケンドラの腕をつかんで止めた。「エヴァート・ラーソンは生きているかもしれないと思っているんですか？」

ケンドラは腕に置かれたマルドゥーンの手を鋭く見た。マルドゥーンはきまり悪げに手を離した。「エヴァート・ラーソンがどうという話じゃないの」ケンドラはついに言った。「スペインで起こったことが問題なのよ。なにかがおかしい」

マルドゥーンは三角帽を押し上げて、奇妙なほど強くケンドラを見つめた。「あんた、何者なんです、ミス・ドノヴァン？」

ケンドラはあとずさって彼から離れた。この記者に自分のことを詮索されるのだけはごめんだ。「わたしの話でもないわ」ぴしゃりと言う。「質問は、その報告を手に入れてからにしてちょうだい」

彼はにやりと笑った。「あんたは謎ですね、ミス・ドノヴァン。僕は単なるしがない物書きなんですよ、好奇心が強いだけの」

レベッカは鼻を鳴らした。「あなた、同じことを言っているわよ、ミスター・マルドゥーン。その表現は前にも聞いたわ」

マルドゥーンは声をあげて笑った。

ケンドラはなじみのある人物がこちらへ歩いてくるのに気づいた。

「こんにちは、ミス・ドノヴァン、お嬢さま」サム・ケリーがやってきて挨拶する。新聞記者には警戒の目を向けた。「マルドゥーン。ここでなにやってんだ？」

「わたしが会ってと頼んだのよ」ケンドラが言った。「ミスター・マルドゥーンは、いくつかのことを調べると約束してくれたの」

マルドゥーンは眉を上げてボウ・ストリートの探偵を見やった。「で、おたくはここでなにをやっているんです、ミスター・ケリー、この天気のいい日曜日の午後に？」

サムは怖い顔になった。「おまえに言う必要はねえよ」

「傷つきますねえ」

レベッカはあきれ顔でマルドゥーンを見た。「あなたが俳優になろうとしなかったのは驚きだわ。芝居がかったふるまいが得意ね」

「ありがとうございます、お姫さま」

レベッカが目を細めて険しい表情になると、ケンドラは彼女の肘をつかんで道路のほうに向けた。「報告すべきことがわかったら連絡してね、ミスター・マルドゥーン」

「彼女、威勢がいいじゃないですか？」マルドゥーンは、道路を渡って公爵の屋敷に通じる小道を歩いていく女ふたりを見つめている。

サムは振り返って記者と向き合った。「あの人はアメリカ人だけど、おまえにゃ高根の花だぜ。それに、サットクリフ卿が黙っちゃいないぞ」

「なるほど、そういうことですか？」マルドゥーンはなにか考え込んでいるようだった。

「なんか新しいことはわかったのか？」

「公式な報告書を読んで、わかったことはすべてミス・ドノヴァンにお話ししました。あの人は報告書についていくつか指摘しました。モブレー大尉が、自分が監禁されていたフランス軍の捕虜収容所についての情報を提供したようです。しかし彼の説明が完全に正しいかどうかは……そこが問題なんです」

「大尉の説明は嘘だってのか？」

「ミス・ドノヴァンと話をして、疑いが生じました。そして今、クロス卿が殺された。ちょっとうさんくさいと思いませんか？」

サムは記者を見つめた。マルドゥーンはときどきばかげたことを言うが、無礼で軽薄そうな外面の下に優れた知性が隠されていることを、サムはよく知っている。彼はうなった。

「あっしには、なにもかもうさんくさく思えるな。報告書を読んだとき、マグダレーナって名前の女は出てこなかったかい？」

マルドゥーンの眉が上がる。「記憶にありませんね。誰なんです、マグダレーナというのは？」

「あっしが捜してる女だ。おまえも注意しといてくれ」

「僕には『モーニング・クロニクル』での仕事があるのはご存じですよね？」マルドゥーンは不平をこぼしながら歩道を二歩進んだが、そこで立ち止まって再びサムを見た。青い目には光が戻っている。本来なら、サムはそれに警戒しただろう。

「さっき彼女は威勢がいいと言ったのは、ミス・ドノヴァンのことじゃないんですよ」

サムは目を丸くした。「あのお嬢さまこそ高根の花だぞ！」彼は怒鳴ったが、マルドゥーンは既に身を翻しており、陽気に口笛を吹きながら遠ざかっていった。

40

五分後、ケンドラとレベッカとサムが書斎でくつろごうとしていると、従僕がやってきて暖炉にたきつけと薪を追加した。立ち上がってケンドラを見る。「蝋燭をおつけしましょうか？」

「あら」ケンドラは今はじめて部屋の影が長くなっていることに気がついた。「ええ、お願い」

レベッカはデカンターを置いたサイドテーブルまで歩いていった。蓋を開けてサムにちらりと目をやり、眉を上げる。「ミスター・ケリー？　ウイスキーはいかが？」彼の返事を待つことなく三フィンガー分をクリスタルのグラスに注いで持っていく。

サムはにやりとした。「ありがとうございます、お嬢さま」

「ミス・ドノヴァンは、シェリーでいい？」

「お願いします」

サムはウイスキーをちびちび飲みながら、従僕が蝋燭を灯すのを眺めた。従僕が部屋を出るなりケンドラを見る。「手下はマグダレーナって名前の女を四人見つけました」

ケンドラはレベッカが手渡そうとしているワイングラスを落としかけた。「なんですって？」

「手下が――」

「それは聞いたわ」じれったく言ってレベッカからグラスを受け取り、こぼさないよう近くのテーブルに置くと、サムのほうを向いた。「続けて」

「あまり言うことはありません。ひとりは若く見ても八十歳でした。ふたりはまだ子どもです。最後のひとりは尼さんでした。あっしは婆さんと尼さんに話を聞きました。サー・ジャイルズのことなんて知らないそうです。婆さんはイングランドに来て二十年近くになります。尼さんはまだ五年ほどでした」

「間違いない？」ケンドラは訊いた。「ふたりは嘘をついているかもしれない」

彼が眉を上げる。「尼さんが？」

「そういう事例はあるわ」

「かもしれません。だけど、あっしは信じました。ふたりともです」サムはウイスキーのグラスを持ち上げ、縁越しにケンドラを見た。「がっかりしないでください。まだ調べはじめたばかりです。捜査の範囲はほかの地域まで広げさせてます」

「とても見つかりそうにないわね」レベッカはシェリーのグラスを手に暖炉のそばのソファに腰を下ろした。「その女性がスペイン人だという確証もないのよ」

ケンドラは下唇を噛んだ。「フランス人かもしれませんね。捕虜収容所はマヤ峠にありました。フランスと国境を接する場所です」

「従軍娼婦かも」レベッカは眉根を寄せてワインを飲んだ。「そもそもマグダレーナがスペインでエヴァート・ラーソンの身に起こったことに関係しているかどうかもわからないんでしょう？」グラスを置いて考え込む。「ミスター・ホルブルックは遊び人よ。手紙は彼について書かれたもので、サー・ジャイルズは息子の起こした別の問題への対処を迫られていた可能性もあるわ」

「わたしはそう思いません」ケンドラは言った。「その名前をモブレー大尉やラーソン一家にぶつけたとき、彼らは反応を示しました。はっきりとではありませんが、なにか知っているようでした。彼女は事件に関連しています。それは確かです」

サムが言う。「あっしはまたホルブルック家の厩舎に行ってきました。この一カ月でご主人さまを妙な場所へ連れてったことはないか、御者に訊いてみたんです」

ケンドラは、サムを優秀な警察官だと考えたことを思い出した。それは正しかった。「よく気がついたわね。御者はなんて？」

「特にないってことでした」サムはため息をつき、ウイスキーを口に運んだ。「御者の話じゃ、サー・ジャイルズをロンドンじゅうのいろんなとこに連れてくのは珍しくないそうです。いかがわしい場所でも。馬車で行った場所について、変だと思うことはなかったらしいです」

「いかがわしい場所？　サー・ジャイルズは治安の悪い地域にもよく行っていたの？」

「はい。酒場、アヘン窟、最悪の貧民窟。波止場の売春宿、〈ラッツ・キャッスル〉みたいなとこでも」

「ネズミの城《ラッツ・キャッスル》？」ケンドラは聞き間違いかと思った。

サムはにんまりした。「そうでさ。諜報組織の親玉として、ごろつき連中ともかかわってたんでしょうね。お上品な場所でそんなやつらと会ったら人目を引いちまいます。情報が欲しいなら、サー・ジャイルズのほうからそいつらのとこへ出向かなきゃならなかったんでしょう」

ケンドラは眉を下げ、グラスを取ってシェリーを飲んだ。「この一カ月にサー・ジャイルズが行った場所を御者から聞き出してリストをつくれる？」

「全部に行ってみることを考えてるみたいですね。ええ、やってみますよ」

「少なくとも、それもひとつの案ではあるわ」ケンドラはなんの気なしに指でグラスを叩き、石盤に目をやった。既にそこにない名前について考える。「ねえ」ゆっくりと言った。「ほかにも、サー・ジャイルズの行動について知っていそうな人がいるわ。フィッツパトリックよ」

サムの眉が跳ね上がった。「フィッツパトリック？」だがそう言いながらもうなずいて、金色の目をきらめかせた。「そうかもしれませんね」

レベッカは不審そうにふたりを見た。「ミスター・フィッツパトリックなら、サー・ジャイルズの御者の知らなかったことも知っていると思うの？」

「御者が証言できるのは、サー・ジャイルズに乗せていくよう命じられた場所だけです。でも彼が人知れず行動したい場合は、貸馬車を使ったり馬に乗っていったりしたでしょう。フィッツパトリックがサー・ジャイルズの動向をこっそり調べていたのだとしたら、彼がなにを見たかはわからないでしょう？」

「マグダレーナに会うときは、人目につかないようにしたかったでしょうね」レベッカはささやいた。

「ええ。ミスター・ケリー、あなたの明日の予定は？」

「〈リーベル〉に行くおつもりですか？」

「そろそろわたしも、このアイルランド人のスパイに会ってみたいわ」

しばらくのち、サムとレベッカは帰っていき、公爵とアレックが乗馬から戻った。ケンドラはふたりにマルドゥーンとボウ・ストリートの探偵の話を伝え、フィッツパトリックを訪問するつもりだと伝えた。

「本当に、ミスター・フィッツパトリックが役に立つと思うのかね？」公爵は机の後ろでパイプをいじりながら尋ねた。

アレックが言う。「問題は、彼に協力する気があるかどうかだな。サー・ジャイルズを監視していたことを彼が認めるとは思えない」

彼は暖炉の横の椅子にゆったりもたれて座り、手はブランデーを満たして平らな腹に置いたクリスタルのグラスをつかんでいる。ちらちら揺れる暖炉の明かりが彫りの深い顔を照らし、ダークブラウンの髪に隠された光を浮き立たせる。彼はブランデーグラスを眺めていたが、不意に顔を上げ、じっと見ていたケンドラと目を合わせた。

「きみは、ひとりではミスター・フィッツパトリックと話しに行かない」

ケンドラは彼を見つめているときほかのことを考えていた。だが彼の言葉とその命令口調に、思いは現実に戻った。表情が険しくなる。「なぜか命令みたいに聞こえるわ」

「事実を述べただけだ」アレックは淡々と答えた。

「そう述べたのは、ここで女性に課されるばかげた規則のため、それともわたしひとりではフィッツパトリックをうまく扱えないと思っているから？」

アレックは束の間ためらった。「両方だ」

「きみの時代なら、これにどう対処したかね？」オルドリッジが質問したのは、起こりつつある口論を防ごうとするためなのは間違いない——そして心から興味を持っているからでもある。

「まあ、事情聴取するのにシャペロンが必要ないのは確かですね」ケンドラは皮肉っぽく答え、こめかみをさすった。目の奥の鈍い痛みはほとんど忘れていたのだ。「すみません。つい敏感に反応してしまうんです」深く息を吸ってゆっくり吐き出す。「危険な状況ならひとりで入っていかないわ」正直に言った。「でもこれは危険な状況じゃない。だってコーヒー店よ。まわりにはほかの客もいるでしょう」

アレックは不満そうだったが、なにも言わなかった。

「ミスター・ケリーと一緒に行くわ。これでひとりじゃないから」

ケンドラに向けられた公爵の知的な目は青というより灰色に見えた。「だが、われわれには一緒に行ってほしくないのだね」それは質問ではなかった。

「フィッツパトリックに重圧を与えたくないのです。彼は容疑者ではありませんが、四組の目に見つめられたらむずむずするかもしれません」

公爵がかすかに微笑む。「むずむずする？」

「不安に感じるということです」そのとき扉がノックされたので、ケンドラは振り返った。少し胸が悪くなる。レディ・アトウッドが部屋に入ってきたのだ。火明かりが彼女の着ている栗色のイブニングドレスを照らす。髪は二本のカールした羽根で飾られた銀色のターバンに包まれていた。一歩進むごとに羽根が揺れる。ケンドラは舌が送りつけられた事件以来、彼女と口を利いていなかった。

「こんばんは」レディ・アトウッドの口調は、つい昨日この家族は破滅したと宣言した人にしては予想外に明るい。「あと二十分で夕食よ」アレックがしなやかな動きで立ち上がったとき、彼女は渋い顔になった。「普通なら乗馬服で夕食の席につくことは認めないのよ、サットクリフ。だけど家族だけの内輪の場だから、そういう無作法は見逃してあげるわ」

アレックはわざとらしく辞儀をした。「ご恩は一生忘れません、奥さま」

「生意気な子ね」だが彼女は笑みを浮かべ、愛情を込めてそう言っていた。

公爵は妹を見やった。「今夜はえらく上機嫌だな。さっきまでは、まだ落ち込んでいただろう、あのせいで――」

「思い出させないで……事件のことは」レディ・アトウッドは兄に警告し、口もとをこわばらせた。「絶対に、これから何カ月も悪夢を見るわ。だけどお兄さまのおっしゃったとおりよ。気分はよくなったわ。これが見える？」

ケンドラは今はじめて、彼女が象牙色やクリーム色のカードの分厚い束らしきものを握っているのに気がついた。

「すべてが失われはしなかったのよ！」伯爵未亡人は勝ち誇った笑顔で高らかに言った。

「それはなんだね？」彼女の兄が興味を示して尋ねる。

「招待状よ、パーティ！　一日じゅう届きつづけたわ。来るべき舞踏会、夜会、サロン、音楽会への招待状。それに、ねえ、これを見て！」彼女は小さなカードを一枚取り出して振りまわした。これほど生き生きした表情をケンドラは見たことがなかった。

公爵が机をまわり込んできて妹の手からカードを取り、目を通した。「そんなに振りまわしていたら、ちっとも読めないではないか」

「〈オールマックス〉への招待状よ！」

ケンドラもその名前には聞き覚えがある。といっても、もといた時代で、ではない。この六カ月での会話の中で、それが口にされるのを耳にしていたのだ。「それは社交場ですよね？」

「あの社交場よ、ミス・ドノヴァン」レディ・アトウッドは尊大に言った。「ロンドンで最も高級な社交場、招待券を入手するのが最も難しい場所。摂政皇太子がよく顔を出されることでも知られているわ」

「よかったですね。どうぞ素敵な時間をお過ごしください」

「きみの名前も招待状に載っているのだよ、ミス・ドノヴァン」公爵は穏やかに言った。

室温は変わっていないのに、ケンドラは急に暑くなったと感じた。「でも、行かなくていいですよね？」少しやけになって言い、そんなことを尋ねた自分自身に腹を立てた。ケンドラはれっきとしたおとなだ。行かないのに許可は必要ない。

「もちろん、行かなくてはならないわ」レディ・アトウッドは言い返し、兄のほうを向いた。

「バーティ、この人に、行かなくちゃならないと教えてあげて」

「いや、しかし――」

ワイングラスを握るケンドラの手に力が入る。「ラーソン一家は出席するのですか？」それならスミスホープ家の舞踏会のように、その機会を利用して――。

「ばかおっしゃい」レディ・アトウッドはケンドラをにらんだ。「あの人たちは平民よ」

ケンドラはいらだって鼻梁をつまんだ。**わたしだって**。そう言いたかったけれど、オルドリッジ公爵の被後見人という立場が事情を変えていたのだ。

「きみは今でもまだ社交界の人気者みたいだな」アレックはあまり嬉しそうではない。「贈り物として切断された舌を受け取るのは、思ったほどの不名誉ではないらしい」

「人気の秘密は好奇心ね」つぶやいたケンドラは、レディ・アトウッドに批判的な目で見られているのに気がついた。「なんですか？」

「仕立屋に連絡しなくては。あなたには新しいドレスがいるわ」

「どうしてそんなものが必要なのですか？　前回仕立屋でつくってもらったドレスの何着か

は、まだ一度も袖を通していません」

レディ・アトウッドはケンドラの発言を無視した。「それと、礼儀作法のレッスンも必要ね。〈オールマックス〉はイングランド一礼儀作法に厳しいのよ」

「そして王国一まずいレモネード、味のないバターつきパン、意地悪な女性がいる」アレックが茶化《ちゃか》した。

ケンドラは眉を上げた。「そんなにひどいなら、どうして行く人がいるの?」

彼の口もとにかすかな笑みが浮かんだ。「ほかの人間が入場を断られる場所に受け入れられる以上に心躍ることはないからな」

ケンドラが笑う。

「少なくともわたしたちは、心配したように世間の除け者にはなっていないわ」レディ・アトウッドは語気鋭く言って兄の手から招待状を奪い返した。アレックに向かってカードを振る。「これは素晴らしいことなのよ。わたしの大切なお友達のレディ・セントジェームズもうらやましがるわ。あの人、ちょっとした無礼な出来事でレディ・ジャージーと喧嘩して以来、二年間出入り禁止になっているの」

「わたしにそんな暇はないんです」ケンドラは公爵に助けを求めた。

「やきもきしないほうがいい。〈オールマックス〉に招待されているのは二週間も先だ」

「招待状を送ってきたのは〈オールマックス〉だけじゃないのよ」レディ・アトウッドは笑顔で手に持ったカードの束を戦利品のように掲げた。実際戦利品なのだろう、とケンドラは想像した。

「心配いらないわ」伯爵未亡人は扉へと向かった。

「わたしがこれを選り分けて、どれに出席すべきか判断するから」

ケンドラは一気に息を吸ってゆっくり吐いた。

アレックがぶらぶらサイドボードまで歩いていってシェリーをグラスに注ぐ。それを持ってくると、ケンドラと目を合わせてかすかに微笑んだ。「そんな不安そうな顔をしなくてもいい。急にきみに人気が出た理由を知ったら、上流社会のご婦人たちは切断された人体の部分を自分宛てに送るようになり、きみの人気などすぐにすたれるさ」

41

ケンドラは自分が上流社会で急に人気が出たことも、その理由も考えたくなかった。それにもちろん、摂政皇太子に紹介されることも、新しいドレスの試着のため仕立屋に行って時間を浪費することも。皇太子やパーティーについての思いは脇へ押しやり、殺人事件に考えを集中させた。

アレックが帰宅し、レディ・アトウッドが客間でホイストのふたり遊びをしようと兄を説き伏せたあと、ケンドラはそっと書斎に戻った。近くにある先細蝋燭を使って暗い部屋じゅうの蝋燭に火を灯す。闇が窓を覆い、強くなる風にガラスはカタカタ音をたてていた。

先細蝋燭を燭台に戻すと、石のかけらを取って石盤の前まで行った。目を閉じて、わかったことを頭の中でおさらいし、ばらばらな情報のかけらひとつひとつに思いをめぐらせる。

サー・ジャイルズが殺されたのは四日前だが、それは事件の始まりではなかった。始まりは、二年前スペインの捕虜収容所で死んだ幽霊たちがサー・ジャイルズのもとに現れたことだ。いや、幽霊たちではない。単数の幽霊だ。目を開けたケンドラの視線は、すぐにひとつの名前に向かった。エヴァート・ラーソン。

スペインでなにがあったのか？　いつものように、ケンドラは石を手の中でもてあそびながら部屋を歩きまわりはじめた。今わかっていることはすべて、モブレー大尉とクロスによる公式な報告書の内容に基づいている。彼らはきっと事情聴取もされただろう。死んだのがエヴァートであることを考えると、おそらくはサー・ジャイルズ本人によって。当時、彼らの話は受け入れられた。

それが一カ月前、マグダレーナの登場によって変わったのか？

ケンドラの思いはラーソン一家に向かった。彼らもスペインで起こった事件についてモブレーとクロスの話を受け入れていただろう。彼らはエヴァートの死によって苦悩し、それでもなんとか立ち直って生きてきた――一カ月前までは。そのときバーテルの様子が変わり、彼は薬種店に行かなくなった。マグダレーナが彼らにも接触してスペインでの出来事について別の話をし、エヴァートの死による傷口をまた開いたと考えるとつじつまが合う。

ケンドラは窓まで歩いていった。再び霧が立ち込めていて、道路の向かい側の公園はおぼろにしか見えない。

〝罪を隠している者は栄えない。告白して罪を捨てる者は哀れみを受ける〟サー・ジャイルズはどんな罪を隠そうとしたのか？あるいは告白しようとしたのか？彼が告白することを考えていたのなら、それが、犯人が彼の舌を切り取った理由なのか？

ケンドラはいらだちのため息をつき、窓から離れてまた歩きまわりはじめた。

モブレーには失うものが多い。彼は政治的野心を持ち、政府の中で出世の階段をのぼっている。一種の戦争の英雄だ。ホレーショ・ネルソン提督や公爵のウェリントン将軍のような華々しい英雄ではないとしても、フランス軍の捕虜となって生き延びた。それは強力な材料だ。とりわけ議員を目指しているのなら。彼が野心の成就を容易にするためそのことを利用いないのは考えられない。

ケンドラはこの時代の政治情勢をあまり気にしていなかった。それが二十一世紀とうんざりするほど似ている、ということ以外は。彼の話に反する情報が明るみに出たなら……政府における より高い地位を求めていて、秘密の暴露を防ぐために殺人を犯すのは、モブレーがはじめてというわけではないだろう。

質問をしはじめ、罪を告白して哀れみを受けようとしているサー・ジャイルズを黙らせろ。真実を知っており、おじけづいているクロスを黙らせろ。舌を切り取るのは、モブレーにとって悪趣味な冗談だったのかもしれない。しるしは？ あれは芝居じみている。捜査を攪乱するための芝居がかった行動？ それはありうる。

あるいはそれも、ケンドラにはまだオチが理解できていない冗談かもしれない。

そして、犯人がモブレーでなかったとしたら……。またもラーソン一家のことを考え、ケンドラはため息をついた。スペインでの出来事に関する公式な報告書が真実ではない――たとえば、エヴァートは本当は自国の人間に裏切られた――ことを知ったなら、ラーソン一家の誰かが怒りを爆発させて復讐を果たしたのかもしれない。

だとしたら、誰が？

バーテルが、大陸で死んだ息子のために建てた石碑の前に立っていたことが思い出される。彼の悲しみは目に見えるようだった。だが、悲しみだけではなかったのか？ なにか――。

「ここだと思った」

扉が開く音は聞こえなかったけれど、振り返ると公爵が部屋に入ってきていた。ケンドラはにっこり笑った。「ゲームには勝ちました?」

「勝ったよ。しかしわたしは、キャロが〈オールマックス〉で夜中までダンスをすることを夢に見てぼんやりしているのにつけ込んだのだ」

「思い出させないでください」

公爵は気遣わしげにケンドラを見つめた。「疲れているようだな。きみが一心に正義を追い求めるのには感心するが、責任を背負い込みすぎているのではないかな。クロス卿が殺されたのはきみの責任ではないぞ」

ケンドラはあまり自己分析をしない——科学者ふたりに観察されて育ったら自分を分析するのはいやになるものだ——けれど、公爵の推測が完全な間違いではないことは認めざるをえなかった。「それでも、自分がなにかを見落としていて、だからクロス卿が死んだのだ、と考えてしまうのです」

「きみは全知全能ではないのだよ」

ケンドラは笑ったが、楽しい笑い声ではなかった。「そんなこと、わかりすぎるほどわかっています」

公爵はケンドラを見つめたまま机の向こうの椅子に腰を下ろした。「きみは自分に多くを要求しすぎる。連邦捜査局で働いていたときも、全世界の責任を負っていたのかね?」

「そうかもしれません」ケンドラは肩をすくめた。「それがわたしの仕事です。わたしという人間です」ひと息置く。「わたしが得意なのはそれだけです。特にここでは」

「きみはもっと自分を評価すべきだと思うがね」

ケンドラはかぶりを振った。「閣下がわたしを高く評価しすぎておられるのです。わたしは解け込もうと努めています、それほど……奇妙に見えないように。でも、わたしがこの世界に属していないのはご存じでしょう」

公爵は顔をしかめてなにか言おうとしたようだったが、ケンドラは手を上げて制した。

「ミスター・ケリーがわたしたちの協力を求めてきたとき、最初わたしがなにを考えたかおわかりですか？」

「いいや」

「やった、と思ったんです。これで、自分を正常だと感じることができると――この世紀において可能なかぎり正常だと」胸が苦しくなり、ケンドラは締めつけを和らげるため深呼吸した。

「きみ……」

「わたしを哀れに思わないでください。ただ、ときどきちょっと気を高ぶらせてしまう理由を、説明しようとしているだけです」

公爵は憂鬱そうにケンドラを見つめた。やがて身を乗り出して机の引き出しを開け、細くて長い金の鎖がついたペンダントらしきものを取り出した。「もっと早く渡すつもりだったのだが」立ち上がり、机の横をまわってきてケンドラに手渡す。

そのときケンドラは、それが先日の朝公爵がもらってきた矢じりだと気づいた。「まあ」彼女の戸惑った顔を見て、公爵は小さく微笑んだ。「宝石商に送って、鎖を通せるよう穴を開けてもらった。もちろん宝石商は、わたしの頭がおかしくなったと思ったよ」

「これは……」美しい？　いや、上品でも美しくもない。どう言えばいいのかケンドラにはわからなかった。

公爵は含み笑いをした。「これが伝統的な装飾品でないのはわかっておるよ。しかし、アメリカのものだ。きみのアメリカではないが――」

「おっしゃりたいことはわかります」古代の武器を見下ろしたとき、ケンドラの胸がきゅっと締まった。「矢じりはわたしのアメリカでも発見されています」ペンダントをつけてみた。鎖はちょうど、矢じりが胸骨の下にあたるくらいの長さだ。公爵を見上げたケンドラは、涙を抑えるためまばたきせねばならなかった。「ありがとうございます。きれいですね」

公爵は優しい笑みを見せた。「人類は古代の昔から、さまざまな理由で石を拾ってきたのだと思う。罪人に投石の罰を与えるのに使い、家畜を囲い込み侵略者や災害を防ぐための壁をつくるのに使った。集めて道路に敷いて舗装した。あるいはこのように」――矢じりを軽く叩く――「武器や狩りの道具になるよう形づくった。石は石だ」彼は静かに言った。「大事なのは、それでなにをするかだ。最終的にそれがなにになるかは、どの場所から――あるいはどの時代から――来たかとはなんの関係もない」

ケンドラはしばらく無言だった。「おっしゃることはわかる気がします。でも、それほど単純な話かどうかはわかりません」石を持ち上げ、指先で冷たい表面に触れる。「この矢じりは今ここにありますが、本来ここにあるべきものではありません。わたしが、敵を殺したり食料を得るため狩りをしたりするのに、これを使うことはありません。やはりこれは不適切な場所と時間にあるのです」

「きみはこれを正しく見ていないぞ。今これはペンダントだ。石は変化した。だが新たな目的はこの時間、この場所に文句なくふさわしいと思う」公爵は少し待ち、それから微笑んだ。「よく考えてみるといい。さて、ではおやすみ」

ケンドラは部屋を出ようとした公爵に声をかけた。「閣下？」

彼が立ち止まり、いぶかしげに眉を上げる。

「ありがとうございました」もっと言いたかった。この不可解な新しい生活で公爵に出会えたことに感謝していると告げたかった。けれども喉がひりついて言葉は出なかった。

公爵はしばらく待っていたが、やがてうなずいた。「おやすみ」もう一度言う。そしてケンドラをひとり残して去っていった。彼女は突っ立ったままペンダントをつかみ、どうしたらここで自分自身を失うことなく生きる目的を見つけられるだろうと考えていた。

十分後、暗い寝室に入っていったケンドラは、二本の腕が体にまわされたとき悲鳴をあげかけた。けれども、くるりと回転させられて閉じた扉に背中を押しつけられる前から、硬くてたくましい体とかすかな香りで相手を認識していた。アレックの唇が下りてくる。ふたりは情熱たっぷりの長いキスを交わし、ケンドラの爪先は室内履きの中で丸まった。

「もう、アレックったら」彼がようやく顔を上げると、ケンドラは息をあえがせた。「わたしに心臓発作を起こさせたいの？　ここでなにをしているの？　頭が変になったの？」

「質問が多すぎるぞ」

ケンドラが彼の緑の瞳の炎をとらえたとたん、アレックはまた頭を下ろしてキスをしてきた。ケンドラは襲いくる感情の波に身をまかせて彼の首に手をまわし、震える指を豊かな髪に差し込んでキスを返した。ああ、これが恋しかった。彼が恋しかった。

「頭は変になっているさ——きみのことを思って」再び口を離すと、アレックはささやいた。気がつけばケンドラはばかみたいににやにや笑っていた。さっきまでの陰鬱な気分は瞬時に消え失せていた。「わたしもあなたを思って頭が変になっているみたいね、だってあなたを追い出そうとしていないもの。むしろ……」彼のクラヴァットの結び目を緩め、繊細な生地をほどいていく。「ここにいて」

「よかった。わたしもそのつもりだったからな。愛している」アレックの手がケンドラの体にまわされ、そこで止まった。「これはなんだ？」指で矢じりのペンダントをいじる。

「考えるべき材料よ……あとでね」ケンドラは声を落とし、緩めたクラヴァットの両端を引っ張ってベッドのほうへとあとずさった。「ずっとあとで」

42

もちろん、ケンドラが目覚めたときアレックの姿はなかった。横たわったまま早朝の日光がベッドの天蓋を照らすのを眺めていると、モリーが部屋に顔を出し、ケンドラが起きているのを見て入ってきた。

「おはようございます」昨夜しわくちゃのまま床に放置されたドレス、シュミーズ、コルセット、ストッキングを拾い集めはじめた。「お風呂に入られます?」横目でケンドラをちらちら見ながら服をきれいにたたみ、近くの房飾りつき椅子に置いていく。服の状態やケンドラが裸であることについてなにか思っているとしても、顔には出さなかった。

「ああ、お風呂に入れたら最高ね」しかし風呂の準備は大変だ。女中や従僕が厨房で湯をわかし、バケツで化粧室にある銅製の浴槽まで運ばねばならない。「そんなこと思っちゃだめなんでしょうけど」

「なんでだめなんです?」モリーは返事を待つことなく部屋を横切り、引き紐を引っ張った。

四十分後――そのうち二十分は銅製の浴槽に満たした熱い湯に浸かるというぜいたくを享受するのに費やされた――ケンドラはきれいなシュミーズを着、柔らかなローン地の上からコルセットをはめて紐を結んでいた。六カ月前、こんな下着には当惑していたが、今は慣れてきた。**わたしは変身しつつあるのかも。**それをどう感じているのか、自分でもよくわからない。

目は矢じりのペンダントトップに向かい、つかんで細い鎖を首にまわす。

「それ、なんですか？」モリーが尋ねた。

「矢じりよ。公爵閣下がペンダントにしてくださったの」

十五歳の額にしわが入る。「なんでです？」

ケンドラは笑った。「わたしも同じ反応を示したわ」モリーが差し出した緑と白の縦縞のドレスに足を入れて生地を引き上げ、腕を長袖に通した。「でも、実のところとても思いやりのある贈り物よ」モリーに背中を向けてボタンを留めてもらう。

「そうなんでしょうね、お嬢さまがそうおっしゃるなら。今夜は金色のシルクにしたらどうかと思ってたんですけど」モリーはケンドラに新しい白のストッキングとガーター用の紐二本を渡した。

「金色のシルク？」ケンドラはベッドに座ってストッキングをはき、ガーターを留めた。

「はい。舞踏会のドレスです」

くそっ。「今夜舞踏会があるの？」

「ミス・ベケットがそう言ってました」

ミス・ベケットはレディ・アトウッドづきの侍女だ。モリーに髪をといてもらうため鏡台の前に座るとき、ケンドラはうめき声をあげないようにした。「まあ、あの人なら予定をわかっているでしょうね」

「じゃ、金色のシルクでいいですか？」

「え？　ああ、そうね。それでいきましょう」そんなことについては考えたくもない。順応するのはいいけれど、だからといって好きになる必要はない。

空は暗い灰色で、分厚い雲からは今にも雨か雪が降ってきそうだ。冷たい風は激しく吹き荒れ、サムとともに〈リーベル〉の前で馬車から降りたとたん、ケンドラのスカートはふくらんで広がった。この天候でレディ・アトウッドは今夜の舞踏会への出席を考え直さないだろうか、と一瞬考える。だが猛吹雪で街が機能不全に陥らないかぎり、上流社会は社交の予定を変えようとしないだろう。

サムが急ぎ足で先に行き、ケンドラのために扉を開ける。ケンドラはコーヒーハウスの店内を眺めた。黒くなった暖炉で大きな炎が燃え、壁ではオイルランプが灯されているとはいえ、仕切り席やテーブルが並んで空気中においしそうなコーヒーのにおいが漂っているところは、現代の〈スターバックス〉や〈コーヒービーン&ティーリーフ〉とそれほど大きく違わない。ソルティッド・キャラメル・ダブルモカ・スキニーラテをすすりながらノートパソコンに入力したり携帯電話でメールを打ったりする代わりに、十数人の男たちはシンプルなコーヒー――クリームや砂糖入りもあるだろう――を飲みながらおしゃべりをしている。

布巾でカウンターを拭いている女給を除くと、〈リーベル〉に女はいない。といっても、ロンドンの紳士クラブと違って、女がコーヒーハウスに出入りすることは禁じられていない。上流の女性が外出するには時間が早すぎるのかもしれない。唯一の女性客であるケンドラには、いくつもの顔がこちらを向き、会話が止まり、あきテーブルを探して歩く彼女とサムを目が追うのが意識された。

女給がこちらに来かけたが、黒髪の男が立ち上がり、女給の腕を軽く叩いて注意を引いた。彼が軽く首をひねると、女給は急いで長いカウンターの向こうに戻っていった。放置した布巾をつかんでまた拭きはじめるとき、彼女もケンドラに目を据えていた。

「これはこれは予期せぬお越しで」男の声にはアイルランド訛りがある。彼はケンドラたちのテーブルまで歩いてきた。日焼けした武骨な顔の中で白い歯がきらりと光る。「また、わたしが殺人を犯したと非難しに来たんですか？　もしかしてクロス卿を？」

サムは眉を下げた。「またしてもすごい早耳だな、ミスター・フィッツパトリック」

相手は肩をすくめた。「まあ、当然でしょう？　ここには大勢の人間が、今日の出来事について話しに来るんです。娼婦を抱いているとき貴族が殺されたら、当然噂になりますよ」

ケンドラが言った。「ミスター・フィッツパトリック、まだちゃんと紹介されていませんね。わたしはケンドラ・ドノヴァンです」椅子を手で示す。「ご一緒にどうですか？」

フィッツパトリックはケンドラに驚きと好奇の表情を向けた。「その話し方からするとアメリカ人ですね、ミス・ドノヴァン」

「そうです」

「『モーニング・クロニクル』に出ていた、ボウ・ストリートの捜査に協力しているご婦人だ」彼はにやりとした。「記事を読みましたよ」

サムが怖い顔になった。「礼儀正しくしろよ」

「無礼は働いていませんよ。クロス卿のことでいらっしゃったのなら、わたしは子爵を殺していません。あいにく、サー・ジャイルズが殺された夜よりましなアリバイはありませんが」

ケンドラは言った。「あなたは容疑者ではありません。情報をいただきたいんです」

フィッツパトリックはしばらくケンドラをじっと見たあと、後ろを向き、カウンターの裏にいる娘のほうを見た。「ブルー、コーヒーを持ってきてくれ、いい子だな」大声で言い、椅子の背もたれをつかむ。椅子を反対向きにして、またがって座った。背もたれの上で腕を組んでケンドラを見る。「どんな情報をお求めですか?」

「サー・ジャイルズが殺される前の行動に関心があります」

彼はまつげ一本動かさなかった。「なんでわたしが、そんなことを知っているんです?」

サムはフィッツパトリックをにらんだ。「おまえさんがサー・ジャイルズを監視してたからだよ、サー・ジャイルズがおまえさんを監視してたみたいにな」

フィッツパトリックは目をボウ・ストリートの探偵に向けた。「どうしてわたしが彼を監視するんですか? わたしは単なるコーヒーハウスの経営者ですよ」

サムは鼻息を吐いた。

「ミスター・フィッツパトリック、わたしたちは政府の人間ではありません」ケンドラは言った。「わたしの唯一の関心は、二件の殺人を犯した者を見つけることです。あなたなら協力していただけると思っています」

フィッツパトリックは顎をさすった。「だけどね、ボウ・ストリートが内務省と手を組んで働いていることは、誰でも知っていますよ」

「あっしは内務省のために働いてるんじゃないぜ」サムが言う。

「あなたの報告は内務省まで届かないんですか？」サムの表情からフィッツパトリックは答えを察して小さく笑った。「ほら、やっぱりね」

ケンドラは身を乗り出し、このアイルランド人の視線をとらえた。「仮に、ある紳士がある商売人の動向を監視していて、商売人は自分もその紳士の動向を監視する値打ちがあると判断したとしましょう。そして――仮に――紳士の日頃の行動が観察されたとします。日課に変わったところはないかもしれません。職場に行く。クラブに行く。家に帰る」

フィッツパトリックはにやにやして、面白そうに灰色の目をきらめかせた。自分たちのゲームを楽しんでいるようだ。「なにをお訊きになっているんですか――仮に？」

「その日課に乱れがあったのではないかと考えています。紳士が場違いに思えるところへ行ったのではないか。あるいは、紳士が会うには妙に思える相手と会ったのではないか。もしかすると女性と」

フィッツパトリックは長いあいだケンドラを見つめていた。視線を外したのは、ブルーがコーヒーカップ、砂糖壺、クリーム入れを載せたトレイを持ってきたときだけだった。

「ほかになにかいります？」ブルーはにこりともせずに尋ねた。視線はテーブル上を動いてケンドラで止まる。ケンドラが彼女の目に見たのは、敵意というより不信感だった。

フィッツパトリックは手を振ってプルーを下がらせ、身を乗り出してテーブルからカップを取り、両手で包んだ。ケンドラをじっと見ている様子は、なにを言うべきか迷っているようだ。

「注目しているのは一カ月ほど前です」ケンドラはつけ加えた。

「どうしてわたしがお話ししなくてはならないんですか——仮に、ですが。わたしにとって、なんの得があるんです？」

「ないでしょうね」ケンドラは認めた。フィッツパトリックが金で釣れる相手でないことは、本能的に察していた。「殺人犯に正義の裁きを下すのは重要だと思いませんか？」

灰色の目が辛辣にきらりと光る。「イングランド人の諜報組織の指導者と、イングランド人貴族のために？　正義の裁きは既に下ったのかもしれませんよ、見る立場によっては」

「では膠着《こうちゃく》状態ですね」ケンドラはフィッツパトリックに目を据えている。「どんな立場であれ、わたしは正義を求めているからです。真実を知りたいのです、どんな真実であっても」

「真実を知るのはそう簡単じゃないんですよ」

「そうでしょうね」彼が妹のことを考えているのはわかっている。「それでも、わたしたちは努力をやめません。あきらめません」

彼はゆっくりとコーヒーを飲んだ。「仮に」カップを下ろす。「その利口な商売人が紳士の行動を知っていたとしましょう。常に知るようにしていた。紳士は一度、波止場に行って船に乗り込んだかもしれません。しかし奇妙なのはそのことじゃありません。紳士が船を下りたあとのことです」

ケンドラは身を乗り出した。「船を下りたあと、なにがあったのですか？」

「そいつはテムズ川に胃の中のものを吐きました」

ケンドラは顔をしかめた。「紳士は船で誰に会ったのですか？」

フィッツパトリックは肩をまわしてすくめた。「わかりません、わたしはその場にいなかったので。しかし、仮に」――彼はその表現を気に入ったようだ――「わたし以外の人間が紳士を尾行していたとしても、紳士が船上で誰に会ったかを知ることはできなかったでしょうね」

「わかりました」ケンドラはうなずいた。「もしかして、その誰かは船の名前を見ましたか？」

「ええ。スペインのガレオン船ですよ。マグダレーナ号」

43

「驚いた。じゃあ、女の人ではなかったのね。船の名前だったなんて」レベッカは言った。

彼女が公爵の屋敷に来たとき、ケンドラとサムと公爵とアレックは書斎に集まっていた。強い風が窓を揺らし、細かなみぞれがガラスを叩く。まだ昼にもならないというのに、どんより曇った空はまるで夕方だ。少しでも明るくするため、壁の燭台が灯されていた。さっき従僕が追加の薪を運び入れて暖炉の火をかき立て、女中は紅茶、コーヒー、ホットチョコレート、果物やチーズやバターつきの温かいラムケーキを載せた磁器の皿などのトレイを持ってきていた。

ケンドラはもう一杯コーヒーを飲むかどうか迷っていた。既にカフェインによる興奮状態に陥っている感じで、じっと座っていられず、そのためせかせか歩きまわっている。といっても、落ち着きがないのはカフェインのせいでなく、この状況のせいだろう。これまで眺めていたパズルが変化し、ピースの並び方が変わり、新たな絵が現れたのだ。さらに迷った末にテーブルまで行き、コーヒーのおかわりを注いだ。

「今わかっているのはこういうことです。一カ月前、マグダレーナ号がロンドンに入港し、誰かが船からサー・ジャイルズに手紙を送りました」石盤の前まで戻る。「密会場所はその船だったと思われます」

「単なる面会の要求だったのなら、どうしてサー・ジャイルズは手紙を燃やしたの？」レベッカが訊く。

「もしそれが政府での仕事とかかわりがあるなら、サー・ジャイルズは用心のためにそうしたのだろう」アレックは答えた。「わたしが彼の下で働いていたとき、あらゆる書簡を燃やすのは標準的な手続きだった」

火──シュレッダーの十九世紀版ね。「その手紙になにが書かれていたかはわかりません」ケンドラは言った。「でも、それを読んでサー・ジャイルズは船に赴いたのです。また、これは公務でなく私的な用件だったと考えて間違いないでしょう。彼は船を下りたあと嘔吐しました。中でなにがあり、誰に会ったとしても、その会合のあと気分が悪くなるくらい、彼は心を乱されたのです」

「わたしの知るサー・ジャイルズは気弱な人間ではなかった」アレックが言う。

ケンドラはうなずいた。「つまり、船の中で起こったことは彼を心底戦慄《せんりつ》させたのです。そして、彼は死んだ日まで動揺しつづけました。それともうひとつ──」扉が開いてレディ・アトウッドが入ってきたので、ケンドラは口を閉じた。

「お邪魔してごめんなさいね」レディ・アトウッドは部屋をざっと見渡したあと、兄に目を据えた。「今夜ベッドフォード公爵夫人主催の舞踏会に行くことを、念押ししておきたかっただけなの」

公爵はうなずいた。「忘れておらんよ、キャロ。今日の午後は事務処理担当者と約束があるが、おまえと一緒に行けるように戻るから心配せんでいい」

「わかったわ」レディ・アトウッドはレベッカを見やった。「あなたはご両親と一緒に出席するつもり？」

「母は今夜ミセス・リヴィングストンの夜会に行くようです。でも、もし奥さまたちとご一緒させていただけるなら、わたしは両親に頼んでここまで送ってもらおうと思うのですけれど」

レディ・アトウッドは頬を緩めた。「あなたはいつでも大歓迎よ」石盤に目をやったとき、笑みは消えた。視線はケンドラで止まったあと兄に戻った。「わたしは行くから、あなたたちは……ここでしていたことをしてちょうだい」

レディ・アトウッドが出ていくと部屋に一瞬沈黙が漂った。やがて公爵はケンドラを見た。

「なにを言いかけていたのだね？」

「え？」レディ・アトウッドに会うと、ケンドラはどうも調子が狂ってしまう。「ああ、そうでした。マグダレーナがスペインの船であるのが偶然とは思えません。これもスペインとのつながりです」彼女は石盤上の名前を丸で囲んだ。「そしてエヴァート・ラーソンとの」

「スペインで彼の身に起こったことに関する新たな情報が浮上した、というきみの仮説と合致するようだね」公爵は言った。

「はい。サー・ジャイルズを胸が悪くなるほど動揺させた情報です。マグダレーナ号の船長を捜さねばなりません。彼がその情報をイングランドまで届けたのかもしれませんし、そうでなくともサー・ジャイルズが船上で誰に会ったかを知っているはずです」ケンドラは笑みを見せた。「捜査は核心に近づいています」

「そうですね」サムは噛んでいたバターつきラムケーキをのみ込み、席を立った。「マグダレーナ号が今港にいるかどうかわかりませんけど、波止場に行って調べてきます。そこにいなくても、今度入港する予定や、船長がどんなやつかは突き止められるでしょう」

ケンドラはうなずいた。「船が港にいない場合、必要な情報を得るのにどれくらいかかりそう？」

質問はしたものの、何週間、場合によっては何カ月もかかるであろうことはわかっていた。

「船の航路や、戻ってくる予定によるでしょうね」サムが答える。「あっしにできるかぎりのことはします」

アレックも立ち上がった。「わたしも行こう。ふたりなら、ひとりより広範囲を調べられる」

「三人よ」ケンドラは言った。

「だめだ」アレックは彼女と目を合わせて手を上げた。「きみが言う前に答えておくが、きみが自分の身を守れることはわかっている。しかし波止場はロンドンでも指折りの危険地帯だ。きみの身の安全を心配していたら、わたしの気が散ってしまう。自分の身を守るだけでも精いっぱいなのに」

「侯爵閣下の言うとおりですぜ」サムが口をはさんだ。「あっしだって、あそこに行くたびにびくびくするんです。最悪の人殺しやごろつきがうようよしてますから」

ケンドラは歯ぎしりをした。「あなたたちふたりにも護衛が必要みたいね」

「きみが腹を立てるのはわかる」アレックはケンドラをじっと見ながら歩み寄った。「わたしが正気を保てるよう、ミス・ドノヴァン、わたしとミスター・ケリーが聞き込みをするあいだ、お願いだからきみはここにいてくれないか？　もしもマグダレーナ号が港にいたら、すぐきみに連絡する」

「港にいなかったら？　どうするつもり？」

サムが言った。「波止場周辺の宿屋をあたります。マグダレーナ号の船長や乗組員も、いっぺんは上陸したはずです。ここへ来るのが定期航路だとしたら、定宿があるでしょう」

ケンドラはボウ・ストリートの探偵に視線を移した。「定期航路でなかったら？」

サムは軽く肩をすくめた。「一カ月前ここに来たんです。誰かがなにか覚えてることを期待しましょう」

彼らがするのは聞き込みにすぎないけれど、ケンドラはひとり残されるのが気に食わなかった。それでも、議論が時間の無駄であることはわかっている。ため息をついた。「いいわ。船が港にいたら、連絡をして、わたしを待っていてくれるわね？」

「ああ」アレックはそこで笑みを見せるほど愚かではない。愛撫するように、そして慰めるようにケンドラの腕を撫で下ろした。「ありがとう」

「気をつけてね」ケンドラはそっと言い、サムに目をやった。「ふたりとも。あなたたちだって、わたしと同じで不死身じゃないのよ」

「わかった」アレックはキスしたいように見えたものの、そうはせずに背を向けた。ケンドラは眉根を寄せてふたりを見送り、心配しないように努めた。

44

テムズ川のおかげで、ロンドンは昔から重要な交易所だった。サムの記憶にあるかぎり、波止場にはいつも世界じゅうからの船が集まって、積み荷が降ろされるのを待っていた。我慢の限界を超えた港湾労働者たちは、よく怒りを爆発させる。口論はしばしば、相手の腹に刃を突き立てようとする争いに発展する。そういう緊張感に加えて、川に係留する船のあいだでは盗みが横行していた。

議会がついに犯罪にしびれを切らし、略奪行為を防ぐためパトリック・カフーンを治安判事に採用して水上警察を創設したとき、サムはまだ青年だった。あれは十八年前だ。数年後、貴族連中が波止場の改造に乗り出し、ワッピング地区のおよそ一万二千平方メートルに西埠頭と東埠頭をつくった。埠頭は輸入したタバコを保管する巨大なレンガの建物、タバコドックにつながっている。新しくできた港を囲んで壁がつくられ、大きな保管倉庫や、船乗りや港湾労働者のための店もできた。サムから見れば、新たな事業はより多くの船を港に呼び込むためのものだった。水上警察は多くのならず者を逮捕して盗みを幾分減らしはしたが、埠頭はいまだにロンドンで最も混雑した――そして最も危険な――場所だ。

だからサムはラッパ銃をいつでも使えるようベルトにはさみ込み、拳銃を上着にあるひとつのポケットに、予備のナイフを別のポケットに、刃渡り十センチのシェフィールド製ナイフをブーツに忍ばせている。アレックが拳銃を少なくとも二丁携行しているのも知っている。

ミス・ドノヴァンが一緒に来たがったことを思い出すと、今でも背筋が冷たくなった。

天気は悪く、テムズ川からは冷たい霧が渦を巻いて立ちのぼっているにもかかわらず、川岸はさまざまな国籍や人種の労働者でごった返している。彼らは麻袋を肩に担いだり樽を転がしたりして歩み板を下り、埠頭に積み上げていた。外国語や怪しげな英語がそこいらじゅうに飛び交っている。何人かの声に口汚い悪態を聞き取ったとき、サムはラッパ銃に手をかけた。彼らの言語を知らなくとも、面倒が起こりかけているのはわかる。人の声に交じって、カモメの鳴き声、埠頭に打ち寄せる水の音、風に吹かれて波立つテムズ川の水面で揺れる船の無数の帆がきしむ音がしている。

「ふた手に分かれたほうが捜索範囲を広げられる」アレックは低い声で言った。

サムはうなずきながらも、彼をちらりと見た。アレックは大外套を着ているが、服の高さははっきりわかる。

「わたしは自分の身を守れる」「ひとりで大丈夫ですかい？」

「わたしは自分の身を守れる」アレックは言ったあと、びっくりして笑った。「いやはや、まるでケ――ミス・ドノヴァンみたいだな。確かに、うるさく言われると少々腹が立つ」

サムはにやりとした。「あの方に謝罪されますか？」

「そこまでするつもりはない。きみは向こう側を調べてくれ。わたしはこっち側を担当する。端から始めて真ん中で落ち合おう」

ふたりは分かれ、サムは同じ質問を繰り返しながら人混みの中を進んだ。「マグダレーナ号を知らねえか？　スペインのガレオン船だ」

呼び止めた者のほとんどはかぶりを振り、急ぎ足で去っていった。十数人は外国語で答えた。彼らが船の居場所を教えてくれたのか、彼を侮辱したのか、サムにはわからなかった。数人は手ぶりを用いた。

三十人以上に質問した頃、テムズ川の塩っぽく魚のような悪臭の中から、焼き栗の香ばしいにおいが立ちのぼった。サムはにおいにつられて屋台に向かった。男が火の上で針金製の籠を振って、中の栗を転がしている。七人が列についていた。サムも列に加わって売り子を見つめた。彼は器用に、差し出された硬貨を取ってベストのポケットにすべり込ませるのと、円錐《えんすい》状に巻いた紙に熱い栗を入れるのを同時に行っている。

「マグダレーナ号っていうスペインのガレオン船を知らねえか?」サムは前にいる中国人ふたりに尋ねた。

「いや《ブー》! いや《ブー》!」彼らは前に進みながら首を横に振った。

「おまえさんはどうだい?」サムは中国人の前にいる屈強そうな船乗りに訊いた。

「マグダレーナ号?」ニット帽の下の顔は日に焼けてしわだらけで、百歳の老人にも見えた。

「ああ、聞いたことあるぜ。今は港にいねえけどよ。なんの用だい?」

「船長と話をしたいんだ」サムは二歩前進した。「船長を知ってるかい? 乗組員でもいい」

「スペイン人はだいたい織物を扱ってるよ」屋台の売り子が、その船乗り、次いで中国人の相手をしながら、サムにちらりと目をやった。「話が耳に入ったんだよ。スペインの船を捜してるんなら、織物の取引をやってるとこに行ったがいいぜ、東埠頭をちょっと行ったとこだ」

「ありがとよ」サムは栗を受け取って代金を払った。

後ろを向いて歩きはじめる。霧の中から見覚えのある人影が現れた。「収穫はありましたかい？」サムはアレックに栗の袋を差し出しながら尋ねた。

「いいや」アレックは袋に手を入れて栗を二個取り出し、軟らかな実に歯を立てた。「そっちは？」

「手応えありってとこです。スペインの織物を取引してるあたりに行ってみるといいそうです。東埠頭です」

目の粗い麻布に包まれた長い反物を積み降ろしているスペイン人を見つけたのは、それから二十分後だった。サムは遠ざかろうとしているその港湾労働者の前に立ちはだかって止めたが、相手の訛りがひどすぎたため、アレックが代わってスペイン語で質問をした。サムは栗を食べ終えて紙袋を丸め、ズボンのポケットに突っ込んだ。

「ありがとう《グラシアス》」アレックは男に硬貨を渡した。サムに向き直る。「マグダレーナ号を知っているそうだ。船長の名前はスアレス。今は港にいないが、入港したとき船長と乗組員はクロフト・ストリートにある〈ザモーラ〉という売春宿によく行っているらしい」

「聞いたことのない店ですね」

「アラセリという名の女将がやっているそうだ。スアレス船長はその女将と非常に親しいらしい」

「女将がなんか知ってますかね？」
「わからない。彼女が知らなくとも、娼婦の誰かが知っている可能性はある。海に出ていた男たちは、喜んで応じてくれる体だけでなく、話し相手も求めるものだ」

ケンドラは読んでいた紙を脇に放り、優雅さに欠けるいらだたしいしぐさで立ち上がった。思いはまたアレックとサムに向かう。心配してはいない――そういうわけではない。彼らと一緒に埠頭を調べるのではなくここに残ると同意したことに腹を立てているのだ。

部屋の中をうろうろ歩きはじめ、足を止めて近くの椅子を蹴る。まるですねた子どものような行動だ。誰もここにおらず、怒りの爆発を見られなかったのは幸いだ。公爵は十五分前に事務処理担当者との面会に出かけ、レベッカはあとでベッドフォード公爵夫人主催の舞踏会に行かせてもらえるよう両親を説得するためいったん帰宅していた。

ケンドラは、女だという理由で補助的な役割に追いやられたことでなく、捜査自体に思いを向けようとした。Y染色体を持っていることが銃弾やナイフから身を守ってくれるわけでもあるまいに。

捜査記録帳から破った紙を見下ろしているとき、ハーディングが現れた。

「お邪魔してすみませんが、またあの若い……人物が、お会いしたいとやってきました。お嬢さまからなんらかの仕事の申し出を受けたと言っています」彼がケンドラに向けた表情からは、違うと言ってくれと願っているのは明らかだった。「パンとチーズを与えて追い返しましょうか？」

「いいえ。確かにわたしが——というか、公爵閣下が同意してくださって……。ああ、もういいわ、気にしないで。とにかくここに通してちょうだい」ケンドラはスネークの痩せ細った顔を思い出した。「パンとチーズも持ってきて。それと牛乳も」

ハーディングの目が泳いだ。「ベッドフォード家の舞踏会に出席なさるご予定なのは覚えておられますね」

「この四時間は頭をぶつけていないから、覚えているわ」

彼はなにを言っていいかわからないらしく、辞儀をした。「承知しました」

執事の後ろ姿を見ていると、ケンドラの唇が思わずぴくぴくした。彼に同情しそうになる。自分はハーディングやミセス・ダンベリーが慎重に築いた世界における異物であり、彼らはまだケンドラにどう接すればいいかわからずにいるのだ。ケンドラが彼らにどう接すればいいかわからないのと同じように。

石盤に戻って、名前、しるし、殺害の手口に目を通した。これらの情報がひとつにまとまりつつある。それは感じられる。あともう少しだけ、パズルのピースが必要なのだ。うまくいけば、アレックとサムがそれらを見つけ出してくれるだろう。

どれくらいのあいだ考えにふけり、さまざまな仮説について考えていたかわからないが、やがて再び扉が開いた。振り返ると、スネークが弾むような足取りで部屋に入ってきた。後ろではハーディングが仏頂面で少年を見ている。

「ありがとう、ハーディング」ケンドラは執事を下がらせる合図としてそう言った。執事は短くこわばった辞儀をし、去っていった。ケンドラはぼろぼろのコートと虫食いのスカーフをまとったスネークの小さな体に目をやった。髪は柔らかい縁なし帽からおかしな角度にはみ出ている。寒さのせいで頬は赤い。「ここへ来たのは心を決めたからね」彼女は慎重に切り出した。

少年は自分の靴を見下ろした。「うん。ベアが、おいらは幸運の女神の顔に唾を吐きかけないほうがいいって言うんだ」

ケンドラはにっこり笑った。「ベアは哲学者ね」

スネークが戸惑った顔を上げる。「てつ――なに?」

「哲学者。物事を深く考える人。公爵は今お留守だけど、あなたにご自分の屋敷で仕事を見つけることに同意してくださったわ。あるいは厩舎で。やってみたい?」

「馬のことはあんまり知らねえんだ」

ケンドラは驚かなかった。少年はロンドンっ子、しかも貧しいロンドンっ子だ。つまりケンドラと同じく、馬を相手にした経験はほとんどないのだろう。「学べるわ、学びたいなら。それ以外にも仕事はあるし」

スネークは黙ってうなずいた。

女中が扉を開けて、お待ちかねのパン、バター、チーズを持ってきた。そして牛乳も。そのトレイを、テーブルの表面に散らばった紙から離れたところに注意して置いた。

「これでいいでしょうか？」

「ええ、ありがとう」ケンドラはトレイを手で示した。「スネーク、食べたくない？」

少年は骨張った肩を動かした。「ちょっと食べてやってもいいな」

「じゃあ、どうぞ」ケンドラはテーブルまで歩いていって椅子を引き出した。「座ったら？」

「姉ちゃん、なんでだい？　おいらを貴族の下で働かせたがるのは」彼は唐突に尋ねた。疑わしげな表情をしながらも、やってきて椅子に飛び乗る。ケンドラに目を向けたまま、汚れた手を出してパンをひったくった。

あなたがかわいそうだから。助けたいから。わたしの行動が未来を変えているわけではないことを、神に祈っているわ。声に出してはこう言った。「あなたは向上できると思うからよ」ドレスの下で矢じりの重みが感じられる。「あなたは努力しなくちゃならないわよ、それにもちろん、変わりたいと願わないと」

「なにに変わるのさ？」彼は口いっぱいにほおばったまま尋ねた。

「あなたにとって最善のものに」

スネークはしばらくケンドラを見つめていたが、やがて食べ物に注意を戻した。彼はチーズと残りのパンをひどく急いで平らげたので、見ていたケンドラは喉が詰まらないかとはらはらした。

「それ、なんだい？」少年はパンを噛みながら尋ねた。

「なに？」

「あれだよ！」彼は汚い指でテーブル上の紙を指した。

見下ろしたケンドラは、それが自分の描いたしるしだとわかった。「ああ、十字架よ。と思うわ」

「十字架じゃねえよ」

ケンドラは眉を上げて少年を見た。「どうしてわかるの？」

「だって、ベアが腕にそれ描いてるもん。ベアは教会に行ったりしねえよ」

ケンドラは凍りついた。「ベアはこんな形のタトゥーを入れているの？」しるしを描いた紙をつかみ上げる。「そっくりな形？」

「うん」

なんてこと。マグダレーナ号の船長が現れるのを待つ必要はないかもしれない。「ここにいてちょうだい、スネーク。動かないでよ。牛乳を飲んでしまって。わたしはコートを取ってくるから」そして手提げと拳銃を。「すぐ戻るわ」

「それから？」

「それから、わたしたちでベアに会いに行くのよ」

モリーを見つけて使用人の服に着替えるのに貴重な時間を無駄にしたくなかったケンドラは、ある程度身元を隠せることを期待してフードつきのマントをはおった。姿を見られず屋敷を出られるほどの幸運に恵まれるとは思えなかったものの、スネークを急がせて使用人用階段を下り、裏口まで引っ張っていった。

「どこへ行くんですか、ミス・ドノヴァン？」

ケンドラはちらりと後ろを見た。ミセス・ダンベリーが厨房から出てきて、怖い顔でにらんでいる。

「ちょっと調べものがあって。すぐ戻ります」ケンドラは足を止めずに言った。

「そんな外聞の悪い――」

ケンドラは扉を閉めて女中頭の言葉を途中でさえぎった。スネークの細い手首を放し、厩舎に面した裏道まで急ぐ。不愉快に顔を叩く冷気も、ドレスやマントの裾を濡らして薄い靴底越しに足を凍えさせる汚れた水たまりも、意に介さず進んでいった。半ば駆け足のような速さを保って道に出ると、五十メートルほど離れたところにいる貸馬車が目に入った。

「ちょっと」息を切らせて駆け寄り、足を止める。御者台に座った御者を見上げた。「チープサイドまでお願い」

三角帽の下で御者の目が丸くなる。「あんなとこへ、なにしに行くんです？」首に巻いて団子鼻を半ば覆った分厚いウールのスカーフのせいで、声はややくぐもっている。これは殺人犯にとっても絶好の隠れ蓑《みの》になる、とケンドラは思った。

「とにかくそこまで行ってちょうだい」彼女は手提げを探り、運賃より多めの硬貨を数枚取り出した。今回、御者の目を大きく開かせたのは純粋な強欲だった。

「わかりましたよ。乗ってください」御者はふたりが乗り込むのを待って大声を張りあげた。

「チープサイドのどこです？」

「〈アイアン・メイデン〉だよ」スネークが叫び返した。

「なんてこった」御者はぶつぶつ言った。「そのお嬢さんは、そこがロンドンでも最悪の売春宿だって知ってるのか？」

「そのお嬢さんは自分で話せるわ」ケンドラも叫んだ。「ほら、さっさと行ってよ！」


〈アイアン・メイデン〉の酒場の中は、外の霧と同じくらい濃い煙が立ち込めていた。テーブルを囲んでいるのは、傷だらけのいかつい顔をした粗暴そうな男たちだ。店内は灰色に靄っているけれど、ケンドラは難なくベアを見分けられた。彼はほかの客の倍以上の大きさがある。スネークとともに人混みをかき分けていくとき、ケンドラは手提げに手を入れて、拳銃の重みに心を落ち着かせた。テーブル——サイコロもカードも置かれていない——の上に散乱する金や宝飾品は、追いはぎや押し込み強盗が数えている盗品のようだ。拳銃には銃弾が二発しか入っていない。もしもてのひらが汗で湿り、鼓動が激しくなる。

厄介な事態になったら……。

厄介な事態になったらどうなるかは考えないことにした。この拳銃は自分が〈アイアン・メイデン〉を生きて出るためでなく、ベアを守るために使うことになるかもしれない。皮肉なものだ、彼のタマを吹き飛ばすと何度も脅したことを思うと。

ベアが座っているところに近づくと、不気味な静寂が広がった。

彼はあきれ顔でケンドラを眺めた。「おい、おまえ頭がおかしいんだな」彼が追い払うように大きな手を振ると、同じテーブルにいた男たちは席を立って散っていった。ベアはスネークを見て眉間にしわを寄せた。「こいつを返しに来たのか？」

そもそも彼がスネークをケンドラのもとに送ったという事実から、この犯罪者にも少しは人間性があるとケンドラは思っている。彼女はテーブルの上の袋からこぼれ出ている硬貨を眺めたあと顔を上げ、ベアの茶色い目を見つめた。「いいえ。あなたの腕を見せてほしいの」

「俺さまの腕だと？　おまえ、ほんと気が触れてるな」

「大事なことなのよ」

「狂ってるぜ」

ケンドラはなにも言わなかった。おそらく彼の言うとおりだと思ったからだ。

ベアはケンドラから一瞬も目を離すことなく立ち上がった。着ていた上着を脱いで椅子に放る。ケンドラが見ている前で作業着の袖口のボタンを外して、両方の袖をめくり上げた。

「なにを探してんだ？」彼は思わず興味を引かれたように尋ねた。

　ケンドラは以前ベアが彼女とアレックを脅したときタトゥーを見たのは覚えていたが、そのときは注意を払っていなかった。今、視線は片方の腕に描かれたさまざまな模様に向かった。違う。もう片方の腕に目を移す。例のしるしがあった。

「それよ」サー・ジャイルズの体に描かれてクロスの腹に刻まれたのと同じ形を指さした。

「十字架じゃないの？」

　ベアは鼻を鳴らした。「いいや、十字架なんかじゃねえよ。これはルーン文字のナウディズだ」彼はそう言うと肩をすくめた。「象徴してるのは生存だ。意志の力」冷酷そうな笑みを浮かべる。「運命」

　ケンドラははっと息を吸った。「北欧の文字よね？」

「ああ。ご先祖さまはこの国を侵略したバイキングだからな」

　ケンドラはそれには驚かなかったが、彼の自慢はほとんど頭に入っていなかった。自分の知っているあらゆることを思い返すので忙しかったのだ――具体的には、ラーソン一家と彼らの北欧の血統を。

　そのしるしを使うのがラーソン家の誰かは見当がつく。

　身を翻しかけたとき、無言の群衆の存在を思い出した。背後のベアにちらりと目をやる。

「わたし、無事にここから出られる？」

　ベアの冷たい目が面白がるようにきらりと光った。「それは来る前に考えといたほうがよかったんじゃないか？」そう言いながらも店内を見渡す。「この頭のおかしい貴族のアマを通してやれ」彼は怒鳴った。「トビー、一緒に行って、こいつが馬車に乗るのを見届けてやりな」

粗末な服装の男が体を起こした。この男を愛することができるのは実の母親だけだろうと思わせるほど恐ろしい顔をしている。「合点だ。ほら、来いよ」

ケンドラはスネークの腕をつかみ、男のあとについて扉をくぐった。外に出ると、驚いたことに早くも夜になっており、点灯夫は街灯柱に吊り下げられたオイルランプに火をつけてまわっている。湿った霧が足首にまとわりつき、ケンドラは貸馬車を見つけるまでに数滴の冷たい雨粒がフードにかかるのを感じた。

馬車に飛び乗ろうとするスネークを止める。「悪いけど、別の貸馬車に乗っていって。グローヴナー・スクエアに戻るのよ」屈み込んで少年のてのひらに硬貨を置く。「公爵に、しるしはルーン文字だと伝えてちょうだい。オーケー?」

スネークは不審な顔になった。「〝オーケー〟ってどういう意味?」

ケンドラはにやりとした。「わかった、という意味よ」背筋を伸ばし、もう一枚硬貨を取り出してトビーに渡す。「この子に別の貸馬車を見つけてあげて」

トビーは腐りかけた歯を見せて笑った。「あいよ」

ケンドラは貸馬車の御者に住所を伝えて乗り込んだ。

「姉ちゃんは、なにすんだい?」ケンドラが扉を閉める直前、スネークは尋ねた。

「できれば、もうひとり殺されるのを防ぐつもりよ」ケンドラは扉を閉め、伸び上がって天井を叩いた。「出発して！」

46

若くてきれいな顔をした女中が〈ザモーラ〉の扉を開けた。コール墨をたっぷりまわりに塗ったくすんだ茶色の目でアレックとサムをざっと眺め、一歩下がってふたりを通す。アレックは木の羽目板が張られた狭い玄関ホールを見まわした。壁の燭台は三台だけ灯されていて、ほとんどの空間は薄闇に覆われている。空気には刺激的で異国的なにおいが漂っている。玄関の奥の広い階段の上には、玄関ホールを見下ろす手すりがついている。かすかな音が聞こえた。小さな叫び声、男の低い笑い声、女がくすくすと笑う甲高い声。

「〈ザモーラ〉にようこそおいでくださいました」女中は驚くほど洗練された口調で静かに言った。「どうぞこちらへ」

「ちょっと待ってくれ」アレックは女中を止めた。「われわれは女将のアラセリに話がある」

女中は逡巡したが、やがて言った。「どうぞこちらのほうへ……」

ふたりは玄関ホールと同じくらい薄暗い客間に通された。細かな彫刻の入った暖炉で薪がはぜている。金色の飾りをつけた深紅のベルベットのカーテンは、荒天を締め出すため閉じられていた。異国的な香りはここのほうが強い。誰かが香をたいているらしく、部屋には刺激的な香りが充満している。しどけない格好をした六人ほどの女が房飾りつきのベルベットの椅子やソファでくつろいでいる。黒髪を垂らしてなびかせた娼婦らしき美少女がピアノフォルテでモーツァルトを演奏していた。男がひとり、部屋の隅で若い女と一緒にいる。服の形からすると、郷士階級や貴族階級でなく商人らしい。年の頃は五十代、皮膚は垂れて腹は出ている。けだるげにエジプト風ソファから起き上がり、男の手を取って部屋を出た娘は、せいぜい二十歳くらいだった。

残った女たちはなまめかしく見つめてきたものの、客が品定めに来たときは沈黙を保つようしつけられているらしい。アラセリは、娼婦が戸口から声をかけて男の注意を引くドルリー・レーンよりも高級な売春宿をつくろうとしているようだ。

さっきの女中がサイドテーブルに来て、ふたりにマルドワイン（砂糖、香辛料、柑橘類を加えたホットワイン）を注いだ。

「ミス・アラセリには、どなたが面会をご希望だとお伝えすればよろしいですか？」

「アレック・モーガン」――アレックは迷ったが爵位は省略することにした――「そしてこちらはミスター・ケリーだ」たとえアレックが売春宿を訪れたと聞いても、上流社会の人間は平然としているだろう。高位の男にとって、それは女優やバレエダンサーと情事を持つのと同様、よくある話なのだ。だが、ボウ・ストリートの探偵について身分は明かさないほうがよさそうだ。もしも女将が話すのを渋ったら、そのときに知らせればいい。硬貨の一枚か二枚をつけて。賄賂はいつでも歓迎される。

女中はすぐに去っていった。五分もしないうちに再び扉が開き、人目を引く美しい長身の女が現れた。着ている黒いシルクのエンパイアウエストドレスには、胸の下で心地よさげに結ばれた漆黒のサッシュベルト以外に飾りはない。黒が喪服を連想させることを思うと、色の選択には少々驚かされるが、おそらくはそれがねらいなのだろう、とアレックは考えて内心冷ややかに笑った。あるいは、その極端なまでの簡素さ——そして深い襟ぐり——が美しさを際立たせることを知っているのかもしれない。漆黒の髪は高く結い上げられて、卵形の顔を縁取る黒いレースの大型スカーフ《マンティーリャ》で覆われている。最近人気の金髪色白の娼婦ではないが、それと反対の特徴をうまく生かしている。切れ長の黒い目や小麦色の肌という見るからにスペイン的な血統を、目立たせないようにするどころか、目のまわりの黒いコール墨と赤く塗った唇によっていっそう強調している。それは顕著な効果を上げていた。

「ミスター・モーガン？　ミスター・ケリー？」彼女の声はしわがれていて、意識的か否かはわからないが、かすかなスペイン訛りのある話し方は魅惑的だ。無人のソファが二脚置かれたアルコーブまで歩いていって、ふっくらしたクッションに腰を下ろす。彼らふたりから決して目をそらさないまま手を差し出し、女中がクリスタルのグラスに赤ワインを注ぐのを待った。「愛の行為《アモール》にはご興味がありませんの？」目立つ唇を曲げて小さく微笑む。

女中はワイングラスを持ってきて女将に手渡し、足早に立ち去った。アラセリは赤ワインを少量すすった。「うちの女の子《ミス・チカス》たちは閨の技に優れていますのよ。あなた方を充分満足させてあげますわ」

アレックは微笑んだ。「そうだろうな。しかしわれわれは情報を求めているだけだ。金は払う。きみの時間が貴重なのはわかっている」

彼女は目をきらりと光らせてふたりを見つめた。「ええ、そのとおりです。ご理解いただけて嬉しく思いますわ」自分の向かい側のソファを指さす。「どうぞお座りください、楽になさって」もうひと口ワインを飲み、ふたりが腰を下ろすのを見つめる。アレックは数枚の金貨を取り出してサイドテーブルに積んだ。彼女はそれを取ろうとせずちらりと見ると、目をアレックに戻した。「なにをお知りになりたいのかしら？」

ピアノフォルテの心地よい音色が流れてくる。アレックとサムが客ではないことを察した数人の女は、小声でおしゃべりを始めた。

サムは言った。「スアレス船長のことだ。船長は港にいるとき、あんたを訪ねるんだってな」

「シ、わたしと船長は長いおつき合いですわ」黒い瞳が冷たくなる。「わたしはお友達を裏切ったりしません。どれだけお金を積まれても」

「感心なことだ。そんなことを頼むつもりはないよ、セニョーラ」アレックは穏やかに言い、グラスを持ち上げてマルドワインを味わった。思ったほどまずくはない。彼はグラスを置いた。「一カ月前、マグダレーナ号がここに入港したとき、ある重要人物が乗り込んだ。サー・ジャイルズだ。彼について聞いたことはあるだろう？　あるいは読んだことは？」

驚きで赤い唇が開いた。「シ。あの恐ろしい殺人事件の記事は読みました。でも、あの方がスアレス船長を訪ねられたことについてはなにも存じません」

サムは鼻の脇をかきながら女将を見つめた。「スアレス船長は、サー・ジャイルズが船で誰かに会った話をしなかったかい？　もしかして乗客と」

「なにも《ナーダ》。知りません」彼女は言いよどみ、黒い瞳でふたりを見つめた。「一カ月前とおっしゃいました?」

「そうだ」アレックは目を細めた。「なにか覚えているのかな?」

「確かに船長はひとりお客を乗せていました。ここにその人を連れてきました」彼女は細い喉を動かして唾をのみ、横を向いた。「その男の人は……どう言えばいいのか……」

「凶暴?」アレックが推測する。

黒い目に驚きがよぎった。「いいえ……ナーダ、そういうことではありません。いわば……見た目に問題が」

アレックは不審顔になった。「見た目に問題」

彼女はかすれた声で笑った。「ミス・チカスは、うちのお客さまが必ずしも、すごくハンサムでも、若くも、精力的でもないことは知っています。それでも、相手がそういう人だというふりはしなければなりません、でしょう? 相手によっては、そういうふりが普通より難しいことがあるのです」いったん言葉を切ってワインを飲む。「その男の人、スアレス船長が連れてきたお客さまは、それがとても難しい人でした。片方の手は、指がありませんでした。そして顔は……ああ、神さま《ディオス》」

アレックの背筋に冷たいものが走った。「顔がどうした?」

「耳は片方なくて、顔は傷だらけでした。ひどい傷です」彼女は赤い唇を湿らせた。「まるで悪魔でした」

サムがはっと息を吸ってアレックを見た。

「悪魔でないことはわかっています」アラセリは続けた。「もちろん、ひどい火傷《やけど》を負ったのでしょう。だけど、マリアさま《マードレ・デ・ディオス》、あの人を見ているのは、まるで悪夢《ペサディーヤ》を見ているみたいでした」

「エヴァート・ラーソンだ」アレックは言った。「エヴァート・ラーソンは生きている」

「その人の名前は存じません」女将が言う。

サムは身を乗り出した。「その男はどうした？　今どこにいるかわかるか？」

彼女はかぶりを振った。「ジゼルとひと晩を過ごしました。だけど次の朝ジゼルが目覚めたとき、その人はもういませんでした」

ケンドラの胸の中ではいらだちが生きた針金のように暴れ、もっと速くと御者に怒鳴らないためには唇を噛まねばならなかった。

吸って。吐いて。

瞑想テクニックも、頭の中を駆けめぐる思いを止められなかった。〈ラーソン・アンド・サン〉の看板に描かれた鉤十字が脳裏に浮かぶ。あの家族は、常にしるしにこだわっていた。エヴァート・ラーソンが一般に思われているようにスペインで死んだのでなかったとしたら、被害者の体に生存、意志の力、運命を象徴するしるしを描かずにはいられない強迫観念も理解できる。

でも、なぜ彼は二年前に帰国しなかったのか？　なぜ家族を悲しませておいたのか？　彼が生きている可能性はケンドラも前に少し考えたことはあったけれど、エヴァートが家族を苦しませるとは思えなかったのだ。それは先入観だったのか？　自分には愛にあふれた家族がいなかったから、参考にできるものはなかった。

顔をしかめ、エヴァートについて知っていることについて考える。現地でなにかが起こって、前途有望な青年が殺人鬼に変わってしまった。家族に自分が死んだと思わせておけるほど無情な人間に。

今、家族は彼が生きていることを知っているのか？　マグダレーナという名前を口にしたときの彼らの反応を思い出したケンドラは、そうだと考えた。だとしたら、エヴァートがサー・ジャイルズとクロスを殺したことも知っているのか？

ケンドラは頭の中で、彼らの行動や反応を思い起こした。彼らは知っている。エヴァートを守っているんだわ。家族は、彼が殺人を犯したのも当然だと思っているのかもしれない。あるいは、これ以上殺さないよう彼を説得できると思っているのかもしれない。だがエヴァートが復讐のため帰国したのなら、スペインとつながりを持つ最後の男であるモブレー大尉を殺すまで満足しないだろう。

馬車は揺れたり震えたりしながら高速で角を曲がり、やがて速度を落とした。ケンドラは身を乗り出して窓から外を見た。ここはピカデリーだ。悪天候にもかかわらず、道は混雑している。外に出て走ったほうが早いかも……。それに対してレディ・アトウッドがなにを言うかは想像するしかない。

ケンドラは顔をこすって、激しい鼓動を落ち着かせようとした。足はいらいらと床を叩く。何時間もかかったように感じたけれど、実際には十分ほどで貸馬車はまた速度を上げ、ようやくサックヴィル・ストリートに入った。ケンドラは馬車が完全に止まるのを待つことなく扉を開けて飛び降りた。霧に包まれた道はピカデリーほどにぎやかではないけれど、無人というわけでもない。灰色の靄を通して、数台の馬車や貸馬車が道端に止まっているのが見えた。一台の馬車がちょうど動きだして、馬が足音を響かせていく。ケンドラはモブレー大尉の住む建物まで走った。馬に乗った人がふたり、駆け抜けていく彼女を唖然として見送る。

彼女はジョージ朝様式の建物の玄関ステップを駆けのぼった。

ノブに手をかけようとしたとき、突然扉が内側に開き、ひとりの男が現れた。顔を合わせたとき、自分とモブレーのどちらがより驚いているのか、ケンドラにはわからなかった。

「モブレー大尉」

「ミス・ドノヴァン」彼は即座に立ち直り、ケンドラの背後に目をやって道路を眺めた。「いったいなんの用です？」そして目を大きく見開いた。「まさか、あなたひとりでいらっしゃったんですか？」

彼が急に警戒の表情を見せたことに、ケンドラは笑いそうになった。「落ち着いてください。あなたを襲おうとしてはいませんから」女は男とふたりきりになったら、結婚を強いられる可能性がある。だがそれは女にかぎったことではなく、上流の貴婦人（公爵との関係により、ケンドラもそれにあてはある）とふたりきりになったら男も結婚を強制させられる危険がある。自分が貞操を奪った相手との結婚を拒むのは、紳士の評判を落とすことのできる数少ない行為のひとつだ。

ケンドラは言った。「お話があります」

モブレーの目が泳いだ。「残念ながらお相手できませんね。人と会う約束があって、今でも時間に遅れているんです」彼はケンドラを押しのけて玄関ステップを下りた。左右に目をやり、いちばん近くにいる貸馬車のほうに歩いていく。「明日わたしのほうからお訪ねします」肩越しに振り返ってケンドラを見た。

ケンドラは彼を追った。「大事な話なんです。時間をつくってください」

モブレーは冷たいまなざしを送り、貸馬車の扉を引き開けた。「礼儀をわきまえない人ですね。公爵閣下は、あなたがシャペロンなしでロンドンを走りまわっているのをご存じなのですか?」馬車に乗り込んで御者に声をかける。「ドルリー・レーンまで!」

「これは生きるか死ぬかの問題です」

「女性のヒステリーにつき合っている暇は——ちょっと、なにをしているんだ?」ケンドラが手すりをつかんで体を引き上げ、彼のあとから乗り込んだので、モブレーは呆然とした。

「一緒に行きます。そうすれば話ができるでしょう」ケンドラは彼に眉を上げてみせた。「わたしを馬車から放り出すのは無礼にあたるでしょうね」

モブレーは束の間ケンドラをにらみつけたが、やがて手袋をした手を上げて天井を叩き、出発の指示を出した。次の瞬間、貸馬車は動きはじめた。

「あまりに突拍子もないことですよ、ミス・ドノヴァン」モブレーは極度のいらだちをあらわにして手袋を乱暴に脱ぎ、内ポケットから磁器製の嗅ぎタバコ入れを取り出した。蓋を開けてタバコをひとつまみ取り、それぞれの鼻の穴から吸い込む。「なにをおおげさに騒いでいるんですか? 生きるか死ぬかなどと」彼はパチンと嗅ぎタバコ入れを閉じた。「アン・ラドクリフのゴシック小説の読みすぎですね」

ケンドラはモブレーに目を据えたまま言った。「エヴァート・ラーソン」

モブレーの目をなにかがよぎった。「どうしてそのことにこだわるんです? スペインであの男の身に起こったことは悲劇ですが、もう二年も前の話です」

「エヴァート・ラーソンは生きています」

モブレーは身を硬くした。「あなたは狂っている」やがて、険悪な声で吐き捨てるように言った。

「エヴァートは生きています。そしてサー・ジャイルズとクロス卿を殺しました」

「そんなこと信じませんね」

「サー・ジャイルズはあなたに話さなかったのですか？　彼はマグダレーナ号に乗って帰国したエヴァートと会ったのですよ」

「ばかばかしい。あなたはやはり、妄想症のヒステリー女だ」彼はどうでもよさそうに言ったものの、ケンドラはその声に不安を聞き取った。

「サー・ジャイルズがスペインでの出来事についてあなたやクロスにいろいろと質問するようになったとき、あなたはなにか事情が変わったのだと気づいたはずです」それはクロスがサー・ジャイルズに会いに行ったという事実に基づく推測だった。

「わたしは捕虜にされて拷問を受けた。それがスペインでの出来事だ」彼は声を荒らげたが、苦労して静めた。「あのときのことは話したくありません」

「自分に不利なことを口走るのが怖いから？」

「まさか」

ケンドラから目をそらしたとき、モブレーの顎はぴくぴく動いていた。ケンドラは待った。

沈黙が彼の神経を逆撫ですることを願って。だがモブレーはケンドラを無視して窓から夜の闇を見つめつづけている。無言戦術は効果がないのかもしれない。まわりが静かではないからだ。ゴトゴトと馬車の車輪がまわる音、馬の足音、内部の静けさを打ち破る外のザワザワした話し声が聞こえる。十分ほどして、ケンドラはため息をついた。

「スペインでなにがあったのですか、モブレー大尉？」

彼はなにも言わない。

「エヴァートは生きています」ケンドラは繰り返した。「サー・ジャイルズとクロス卿を殺害しました」さらに待った。沈黙。「あなたは次の標的です」

モブレーはケンドラに顔を向けた。顔が険しくなる。「それは違う」ケンドラは彼の唇がかすかにわなないているように思った。「わたしは自分の目で爆発と火事を見たんです。あれに巻き込まれて命を取り留められる人間がいるわけはない」

「報告書によれば、あなたはテントに閉じ込められていたのでしょう。どうして爆発と火事を見ることができたのですか？　なぜエヴァートが巻き込まれたのがわかったのです？」

モブレーは窓に目を戻した。また無視されるのかとケンドラは思ったが、彼はやがて口を開いた。「エヴァート・ラーソンが生きているなら、なぜ帰国するまで二年も待ったんです？」

「それは興味深い質問です。でも、あなたが当然訊くべき質問をしないのは不思議ですね」

「当然訊くべき質問？」

「〝なぜわたしが？〟です」ケンドラはじっとモブレーを見つめ、彼の口もとがこわばるのを確認した。「不当な扱いを受けていると感じた人なら、必ず理由を訊きます。でもあなたは訊きませんでした。おそらくは、エヴァートに命をねらわれる理由がはっきりわかっているからでしょう。スペインでなにがあったのです？」

「なにもない、くそったれ」

貸馬車が止まったとき、モブレーはほっとした顔を見せた。彼が急に体を前に傾けると、その灰色の目の冷たさがケンドラにもよく見えた。まるで汚れた氷のかけらのようだ。「こんなふうに調べまわるのはやめたほうがいいですよ、ミス・ドノヴァン」彼は勢いよく扉を開けて段を下りた。「それは危険だ」

「まるで警告みたいですね」ケンドラは彼についていった。「真実が明るみに出るのは時間の問題です。調べまわっているのは、わたしひとりではありません」

「これは適切な助言で――おい、なんだ？」

ケンドラがモブレーの顔に恐怖が浮かぶのを見た直後、背後で地面をこする足音がした。過ちを悟ったときには手遅れだった。全身の筋肉がこわばる。相手を蹴り上げようと振り返りかけたが、次の瞬間、激しい痛みでケンドラの世界は爆発した。視界が真っ赤になったかと思うと、やがて暗闇に包まれていった。

48

アレックとサムは大外套の前をはためかせ、公爵の屋敷までのステップを駆けのぼった。乱暴に玄関扉を押し開けて屋敷に飛び込んだ。公爵とハーディングがスネークと向き合っているのを見て急停止する。ふたりが突然入ってきたのに驚いて振り返った公爵の目を見たとき、アレックの中をとてつもない恐怖が駆け抜けた。本能的に玄関ホールを見まわし、ケンドラを捜す。

「ケンドラはどこです?」彼は語気鋭く尋ねた。

公爵は背中を伸ばした。「心配する必要はないと思う」そうは言ったものの、表情には不安が見えた。「スネークとケンドラはベアに会いに行き——」

「ベア!」アレックの腹が氷をのみ込んだように冷たくなった。あの女は彼の気を変にさせようとしている。彼はスネークの細い腕をつかみ、少年を揺すぶりたい衝動を必死で抑えた。

「なぜそんなことを? ケンドラはどこだ?」

「痛い! 放せよ!」スネークは身をよじったけれど、アレックはしっかりつかんで離さなかった。

「アレック、その子から手を離しなさい」オルドリッジが命じる。

アレックは少年を扉に押しつけた。「彼女のところへ連れていけ。もしあの野郎がケンドラの髪の毛一本にでも触れていたら、わたしは——」

公爵は叫んだ。「アレック、やめろ！」

「姉ちゃんは、今はベアと一緒じゃないよ、旦那！」スネークは声を張りあげてもがいた。「ベアのタトゥーを見るなり、お屋敷に行ってなにがあったかお偉いさんたちに話せっておいらに言ったんだ」

アレックは動きを止めたものの、スネークを解放はしなかった。「いったいなんの話だ？」

サムは当惑顔になった。「あの人がベアのタトゥーを見た？　なんのために？」

「少年から手を離しなさい」公爵はアレックの視線をとらえた。「ケンドラは重要なことを悟ったのだ。しるし――あれは十字架ではない。ルーン文字だ」

「ノドヒズ――そんな名前だよ」スネークが言う。

公爵は少年に目をやった。「いや、それは正しい名前ではないと思う。だがスネークの話では、しるしは生存、意志の力、そして運命の象徴だそうだ。わたしが思うに――」

「エヴァート・ラーソンは生きている」アレックは鋭く言い、驚き顔のおじに対して手を振った。「知っています」

「なぜ――？」

「今はどうでもいいでしょう」アレックはスネークのほうを向いた。「ベアと一緒でないのなら、ケンドラはどこへ行った？」

「落ち着きなさい」公爵は言った。「スネークによると、彼女は人が殺されるのを防ぎに行ったらしい。おそらくモブレー大尉のことだ」アレックは玄関扉に向かいかけたが、公爵は呼び止めた。「待ちなさい！　彼女はこちらへの帰り道かもしれんぞ」

「だったら、わたしが行こうが行くまいがなんの問題もないでしょう？」なんの問題もないことを、アレックは心から願っている。ケンドラが帰るのをばかみたいにここでじっと待っているよりは、彼女を追いかけて走っているほうがいい。

「あっしも行きますぜ！」サムが叫び、駆け足で追いかけた。

「馬車で行くのだぞ！」公爵がふたりの後ろから呼びかける。

「うへっ！」スネークは公爵をまじまじと見た。「このお屋敷って、いつもこんなににぎやかなんですか、公爵閣下？」

ハーディングは扉を閉めようと走りだし、オルドリッジは少年を見下ろした。「この六カ月間だけだがな」


アレックとサムがモブレーの住まいの前で馬車から飛び降りたときには、小雪がちらつきはじめていた。遠くから往来の音が聞こえるが、サックヴィル・ストリート自体は非常に静かで、ふたりの伊達男が肩を組んで千鳥足で歩道を歩いているだけだった。

玄関ステップをのぼるとき、とてつもない恐怖でアレックの胃は穴が開きそうだった。ぱっと扉を開けて三階にあるモブレーの部屋まで階段を駆け上がる。後ろからサムが息を切らしてのぼってきた。

「ちくしょう」サムは三階まで来ると前屈みになった。両膝に手を置いて深呼吸しようとする。

アレックは既にモブレーの部屋の前に来て、こぶしで扉を叩いている。「モブレー大尉！開けろ！　モブレー！」

サムの呼吸がようやく整った。「きっと留守ですぜ。やつにゃ居留守を使う理由がない。なんにも悪いことはしてねえんですから」

廊下の向かい側の扉が開き、痩せた若者がふたりをにらみつけた。シャツ姿で、緩んだクラヴァットの両端を握っている。「なんの騒ぎです？　僕はマスマティカル・ノットを結ぼうとしているんですよ」気取った口調で言い、首に巻いたクラヴァットを見下ろす。「簡単そうに見えますけど、ひどくややこしいんです。さっきみたいな騒音をたてられたら、とても落ち着いて結べませんよ！」

「モブレー大尉はどこへ行った？」アレックは質問した。

「知りません。劇場への招待状を受け取ったと言っていた気がしますね。いや、もしかすると――」

「このあたりで若い貴婦人を見たか？　ダークブラウンの髪、ダークブラウンの目、美人」アレックは手を上げて空中で止めた。「背丈はこれくらい」

男はにやりと笑った。「いいえ。でもモブレー大尉に会いにここまで来たのなら、貴婦人のはずはありませんね。その女は――ううっ！」アレックが突進してきて男を扉に叩きつけたので、男の肺から空気が押し出された。

「その女性の名誉を傷つけることを口にする前に、慎重に考えるんだな」アレックは熱を込めてなめらかに言い、男の喉に腕を押しあてた。「モブレー大尉はいつ出かけた？」

「わかりません」男は甲高い声をあげた。「四十分前かな？　一時間？　僕は——あの人が部屋を出て扉を閉める音を聞いただけです。この建物の壁は紙みたいに薄いんです。貸馬車を止めて、予定どおり劇場に行ったはずです。そこを捜したほうがいいんじゃないですか」

「どの劇場だ？」だがそう言った瞬間、男の言葉が意識に届いた。「貸馬車……」男から手を離すと、相手は喉をつかんで壁にぐったりもたれかかった。

アレックがサムを見ると、彼の目にも同じ恐怖が浮かんでいた。振り向いて伊達男と向き合う。「貸馬車は見たか？」

「いいえ。言ったでしょう、あの人が出ていくとき扉が閉まる音が聞こえただけですよ！」

「モブレー大尉が劇場に行く予定なのは、どうして知った？」

男はまじまじとアレックを見た。「昼間に顔を合わせたんです。今夜ベッドフォード公爵夫人主催の舞踏会に行くつもりかと訊いたら、劇場に招待されたという答えでした。僕が知っているのはそれだけです！」

アレックはサムを見た。「信じるか？」

「本当ですって！」男は叫んだ。

アレックは男に冷たい目を向けた。「ばかめ、おまえのことじゃない！」サムのほうを見た。「罠だと思うか？」

「わかりません。そうかもしれません。だけど、ミス・ドノヴァンが大尉と一緒かどうかわからないんですよ。ここに来たかもしれませんけど、大尉と会ったとはかぎりません。今こうしてるあいだにも、グローヴナー・スクエアのほうに戻っておられるかもしれませんよ」

確かにその可能性はあり、自分は過剰反応しているのかもしれない、とアレックは思った。それでも、なにかがとてつもなくおかしい、ケンドラは危険にさらされているという予感がして、はらわたがねじれた。

震える息を吸い、帽子を持ち上げていらいらと髪をかきむしる。**考えろ**。「いいだろう」

やがてアレックは言った。「グローヴナー・スクエアに戻るぞ。ケンドラが戻っているなら、ラーソン家に行くのにわれわれを同行させたいと思うだろう」

「戻っていなかったら?」サムが訊く。

「戻っていないなら、おそらくラーソン一家がわれわれを息子のところに連れていってくれる」

「家族が息子の居場所を知らなかったら?」サムは食い下がったが、そんな質問をしたのを後悔したかのように口を閉じた。

「やつらは知っている」アレックはぴしゃりと言い、はらわたに巣くった氷のかたまりは無視した。そのはらわたは、彼は間違っていると告げている。

その夕方二度目に、アレックは公爵の屋敷に飛び込み、薄暗い隅で女中といちゃついていた従僕を驚かせた。アレックが訊く。「彼女はここにいるか？」

「はい？」従僕は真っ赤になって姿勢を正し、女中は逃げていった。

「ケンドラ――ミス・ドノヴァンだ」アレックは声を荒らげた。「戻っているか？」

「ぼ、僕にはわかりません――」

くそっ。アレックは従僕を押しのけて階段を走ってのぼった。わかっていた――書斎の扉を押し開ける前から、ケンドラが中にいないことはわかっていたのだ。机の後ろの椅子から立ち上がろうとするおじに目を据える。

「アレック？」

「ケンドラは戻っていないのですね？」

公爵は顔をしかめた。「ああ。モブレー大尉とは話せたのか？」

「留守でした。隣人によると、劇場に招待されたそうです。貸馬車で出ていきました」アレックはおじの目に警戒が浮かぶのを見たあと、後ろを向いた。

「どこへ行く？」

アレックは足を止め、おじをちらりと振り返った。「ラーソン家へ。やつらは息子の居場所を知っているはずです！」

公爵は机をまわり込んできた。「わたしも行こう」

アレックはためらった。「ケンドラがなんらかの理由で遅くなっているだけで、あとでここに戻ってきたとしたら――」

「そのときはハーディングが連絡をくれる。ミスター・ケリーはどこだね？」

「馬車で待っています」

「よし」オルドリッジはアレックの腕をつかんだ。「ケンドラは自分の身を守るすべを知っているぞ、アレック」

「そうであることを神に祈ります」

49

ケンドラは、左耳の後ろに熱く刺すような痛みを感じて目が覚めた。それ以外のあらゆる場所も、なんとなく気持ちが悪い。うめき声が聞こえた。そのかすれた音を出したのが自分だと気づくには、しばらく時間を要した。必死で目を開けようとする。まぶたを動かしただけで目玉に釘を打ちつけられたかのように痛み、そのあとめまいに襲われた。すぐにぎゅっと目を閉じ、吐き気を感じてまたうめいた。**くそっ、くそっ、くそっ。**

胃の不快感と闘っていると、額に汗が浮いた。脳震盪《のうしんとう》を起こしたのか？　猿ぐつわを噛まされていないのが、せめてもの救いだ。たとえ嘔吐しても、自分の吐瀉物で窒息する恐れはない。

やがて、痛みとめまいは少しおさまった。物理的な痛みの大部分は、こっぴどく殴られた頭からきている。自分が床に座り込み、壁に寄りかかっているのはわかった。冷気と湿気が重ねた服を通じて染み込んでくる。手首は縄で縛られていた――麻なのは間違いない。縄は手首に食い込み、そのせいで指の感覚がない。あるいは、寒さのために指がかじかんでいるのかもしれない。

埃と腐敗のにおいがする。幸い、人間の肉が腐っているわけではなく、手入れを怠ったことによる悪臭だ。腐った木や、カビのようなにおい。ほかのにおいもする。亜麻仁油や、なにか化学的なもの。そして……血？

吸って。吐いて。

呼吸しているのは、ケンドラひとりではない。すぐ横で荒い息遣いが聞こえる。そしてもう少し離れたところからは、金属がガラスとぶつかるカチャカチャという音もする。

頭のずきずきする痛みをものともせずに目をこじ開けた。部屋は細長く、数台の燭台と六個ほどのオイルランプが暗闇を追い払っている。燭台は部屋の反対側の壁際にあるごつごつした作業台に置かれていた。蝋燭の炎が、ずらりと並んだガラスのビーカー、試験管、フラスコに反射する。汚れた床のあちこちにあるオイルランプは、部屋の隅で枕と分厚いキルトを置いた簡易寝台を照らしていた。

ケンドラの目は作業台の前に立つ長身で肩幅の広い人物をとらえた。彼女に背を向けて、ガラスのビーカーでなにかの薬品を混ぜることに集中している。さっきの金属とガラスがぶつかる音の源はこれだった。貸馬車の御者を装っていたときと同じ大外套を着ているが、三角帽とスカーフは外している。ケンドラが見つめていると、男が少し体の向きを変えたので、横顔が見えた。部屋の弱い光が、肉の引きつれた赤い顔の輪郭をあらわにする。

〝悪魔だよ。地獄からやってきた悪魔なのさ〟エラが恐怖に震えていたことが思い出された。

「やつは狂っている」

ケンドラは疼く頭をそっと動かして、その耳障りなささやき声を発した男に目を向けた。モブレー大尉はケンドラの横で、背中を壁につけ、足を前に伸ばして座っている。手首は縄でなく手枷をはめられ、握ったこぶしは膝に置かれている。顔は不安で蒼白となり、汗びっしょりだ。目が合ったとき、ケンドラは恐怖によって彼の瞳孔が開いているのを見て取った。

背中を伸ばし、少しでも感覚を戻そうと指を曲げ伸ばしする。ありがたいことに、両手は体の前で縛られていた。後ろで結ばれていても外すのが不可能というわけではないが、それだともっと苦労するだろうし、犯人の注意を引くだろう。

ゆっくりと手を胸まで引き寄せる。マントとドレスの下で、胸骨にかかる矢じりのペンダントトップの重みが感じられた。

「なんとかしないといけないぞ」隣でモブレーがささやいた。

「わたしの手提げはどこ?」ケンドラがささやき返す。

モブレーはあきれた顔になった。「手提げ? 手提げなどに、なんの用があるんだ?」

貸馬車の座席に置かれた手提げがケンドラの脳裏に浮かんだ。しまった。モブレーを追ってあわてて降りたので忘れてきたのだ。ばか。

「聞いているのか?」モブレーがいらいらと言う。

「いいえ」ケンドラは縛られた両手を喉まで持っていくことに神経を集中させた。指を細い鎖にかけて引っ張る。

「やつはわたしたちを殺すつもりだ」大尉の息遣いが少し荒くなる。傲慢さははがれ落ちていた。ケンドラがちらりと見ると、大尉は唇をなめていた。彼の目は、作業台での仕事に専念しているエヴァート・ラーソンに向けられた。「やつは、サー・ジャイルズやクロスのように、われわれをも殺そうとしている」

「どうしてなの?」ケンドラは声を落とした。「あなたたち、スペインで彼になにをしたの?」

「僕もそれを聞きたいね」エヴァート・ラーソンが気味悪いほど穏やかに言い、ゆっくりと振り返った。「おまえがまだ生きている理由はそれだけだぞ、モブレー大尉」

おぞましい顔を見たとき、ケンドラの喉が詰まった。そして、自分が今夜二度目の過ちを犯していたことを悟った。


「ご主人は在宅かね?」ラーソン家の執事が扉を開けるやいなや、公爵は尋ねた。「ただちに会わねばならんのだ」

執事は目をぱちくりさせた。オルドリッジ公爵のような高貴な人間が扉をノックしたのに仰天しているのは明らかだ。彼は戸惑ったままアレックとサムにも目を向けた。これほど深刻な状況でなければ、サムは執事の表情を見て、ざまあ見ろと笑っただろう。身分の高い者の家の扉をノックして、サムが執事からさげすみの目で見られることは何度となくあったのだから。

「ほら、通してくれ」オルドリッジは険しい口調になった。

執事ははっとわれに返った。「どうぞお入りください」一歩下がって彼らを通す。「ご主人さまに、閣下がお会いになりたいことをお伝え――」

「主人のところへ連れていけ、さもなくばわたしが自分で捜し出す」アレックの緑の目は険悪に光った。

アストリッドが暗がりから現れた。イブニングドレスの青いシルクのスカートが床をすってさやさやと音をたてる。「どういうことでしょうか?」

オルドリッジは言った。「ご子息のことで話がある。エヴァートの」

サムは彼女の美しい顔をよぎった感情を見分けられなかった。「エヴァート?」

「彼がスペインでの試練を生き延びたことはわかっている」アレックはぞんざいに言った。「一カ月前マグダレーナ号に乗って帰国し――」

「試練ですって?」アストリッドは吐き捨てるように言って言葉をさえぎった。軽蔑の表情で彼らを見る彼女の目は、さながら青い炎だ。「勇敢な若者が祖国に仕えた挙げ句に同胞に裏切られたことを、試練と呼ぶのですか?」

「やつはどこだ?」アレックは問い詰めた。「息子はどこなんだ?」

アストリッドは顎をこわばらせてアレックをにらんだ。「エヴァートは死にました。スペインで死んだのです」

「くそっ」アレックが悪態をつく。「夫はどこにいる?」

彼女は笑ったが、それは辛辣さにあふれた甲高い声だった。「主人なら違うことを言うとでもお思いですの?」

公爵は言った。「ご子息はスペインから帰ってきた。それが事実なのはわかっておる。また、彼がサー・ジャイルズとクロス卿を殺したことも知っている。今度はモブレー大尉を拉致した。しかし、わが被後見人のミス・ドノヴァンもモブレー大尉と一緒にいて、彼女も連れ去られたのだと考えている。ご子息がふたりをどこへ連れていったのかを知らねばならん。頼む、ミセス・ラーソン、お願いだ……ご子息の居場所を教えてくれ！」

「息子がミス・ドノヴァンを傷つけることは決してありません」アストリッドは小声で言い、片方の手でこぶしを握って自分の腹に押しつけた。サムは彼女の冷ややかな青色の目に恐怖がよぎるのを見た。

「夫はどこだ？」アレックが再び訊いた。

アストリッドは肩を怒らせ、冷たい表情になった。「主人は留守です。わたしはすべてをお話ししました。もうお帰りください」

アレックの顎がぴくりと動く。彼は脅すように足を踏み出したが、公爵が彼の腕に手を置いて止めた。アストリッドを見る。「ミセス・ラーソン、われわれはエヴァートを見つけねばならんのだ。彼の……復讐は、これ以上誰かが被害を受ける前に止めねばならん」

アストリッドは公爵のほうを向いた。「わたしは本当のことを言っています。エヴァートは死にました」素っ気なく言う。「信じてくださらないなら、家の中を調べてくださってもかまいませんわ」

執事がそわそわと進み出た。「恐れながら、奥さまは本当のことをおっしゃっています。ご主人さまとミスター・ラーソンはご在宅ではございません。薬種店に行かれました」

サムは言った。「これは正式なボウ・ストリートの捜査だ。もしも嘘だったら――」

「嘘はついていません」アストリッドは話に割り込んでサムを見据えた。「わたしもです」昼からあざけるような笑みを見せる。「エヴァートはヴァルハラ（北欧神話で死んだ戦士が行くとされる主神オーディンの宮殿）にいるのです。もう誰からも傷つけられないところに」

男は、赤く塗って醜い溝や切れ目を刻んだ革製の仮面をかぶっていた。

「あなたはここに来てはいけなかったのです、ミス・ドノヴァン」

ケンドラは、仮面の黒い穴からこちらを見つめる目の光をとらえた。「不思議ね。だって、自分の頭を殴ってここまで自分の体を引っ張ってきた覚えはないもの」

「しかし、あなたはその男と一緒に馬車に乗り込んだ。違いますか？　たぶん、あなたがこいつの告白を聞いて証人になるようにと、神々がお決めになったのでしょう」仮面の男はモブレー大尉のほうを向いた。「今度はおまえが話す番だ。自分の裏切りを白状しろ」

モブレー大尉がごくりと唾をのむと、喉仏が音をたてた。「おまえは狂人だ」

男は大尉をじっと見つめたが、唐突に身を翻して作業台に戻っていった。彼がナイフを取り上げると、刃が蝋燭の光を反射してきらりと光る。モブレーの喉から弱々しい泣き声のような妙な音がしたので、彼もそれを見たことがケンドラにわかった。

「話さないのなら、今ここでおまえの舌を切り取らずにおく理由はないな？」殺人犯はささやきながらこちらに向かってきた。「切る前におまえが死ぬのを待つつもりもない」

「やめろ、あれは戦争だったんだ！」モブレーは必死に叫んだ。「やつらはわたしたちを飢えさせていた。拷問していた！」

「嘘だ。すべて嘘だ！　おまえの裏切りについて話せ！」男はゆっくりと仮面を押し上げた。

「今すぐ話すんだ」

50

馬車を止めたとき、薬種店の窓は暗かった。アレックは切迫感に駆られて飛び降りた。店の扉を打ち壊したい。だがその代わりに、こぶしでドンドンと叩いた。

サムは窓ガラスに顔を押しつけて中をのぞき込んだ。「カウンターの向こうがちょっと明るくなってます。たぶん店の奥が研究室なんでしょう。裏口があるはずです」

アレックは既に薬種店と隣の男性用雑貨店とのあいだの路地に向かって走りだしていた。足音に驚いたネズミがこそこそと逃げていく。アレックは裏口を見つけて猛然と駆けていった。ノブをカチャカチャ動かすと、意外にも扉は内側に開いた。彼は扉を全開にして、急ぎ足でやってくる男に目を据えた。

「なんですか?」バーテル・ラーソンは立ち止まり、予想外の訪問者を見て呆然とした。「なんと……公爵閣下。いったいどういうことですか?」

アレックはバーテルを押しのけて反対側の扉まで行き、薬草の袋、計量器具、ビーカー、皿が並んだ研究室の作業台を眺めた。誰もいない。ぱっと振り返る。「息子はどこだ?」語気荒く尋ね、薬種商に手を出さないようこぶしを握りしめた。「エヴァートはどこにいる?」

サムは金色の目を細くして研究室をざっと見渡した。「デヴィッドはどこだ? 今夜はあんたと一緒に働いてるんじゃなかったのか?」

バーテルはしきりに首を横に振っている。「いったいどういうことです?」

「わたしの被後見人が行方不明なのだ」公爵が進み出た。「彼女がモブレー大尉と話をしに行ったのはわかっている。あなたの息子がモブレー大尉とミス・ドノヴァンを拉致したのだと思う。彼がふたりをどこへ連れていったのか教えてくれ！」

バーテルは震える手でこめかみを押さえた。「そんなことは信じられません！」

「くそったれ！　おまえが信じるかどうかなど訊いていない」アレックは怒鳴った。「息子がどこへ行ったか教えろ！」

「知りません」バーテルは両手を下ろし、絶望的な目で彼らを見た。「誓って言います、知っていたらお教えします！　わたしも、こんなことは望んでいません。あの子は——あの子はまともな精神状態ではないのです。おわかりでしょう？　過去の事件によって、あの子の心は壊れてしまった……」

氷のように冷たい恐怖に貫かれ、アレックはおじとサムに目をやった。「ちくしょう、エヴァートは彼女をどこへ連れていったんだ？」

バーテルは震える指で髪をかきむしった。アレックに劣らないほどの恐怖を覚えているようだ。「違います、そうではありません、エヴァートは死にました……」

「デヴィッド」ケンドラは抜きん出てハンサムな顔を見つめ、その名前をささやいた。

青い目が怒りと恨みの涙できらりと光る。くっきりとした唇がめくれ上がった。「そいつは僕の兄を殺したんです！」

ケンドラの頭はくらくらした。脳震盪のせいではない。地軸が傾いて、新たな世界から転げ落ちないようにするため這いつくばらねばならないような感じだ。「エヴァートは命を取り留めたと思っていたのに……一カ月前帰国したと思っていたのに。マグダレーナ号で」デヴィッドの目から涙があふれ、とめどなく頰を流れ落ちる。彼はケンドラに一瞥をくれた。「生きていることと命を取り留めたことは同じではないんですよ、ミス・ドノヴァン」

ケンドラはデヴィッドを見つめた。「エヴァートは生きているの？」

「いいえ。しかしスペインで死にもしませんでした」彼は途切れ途切れにささやいた。しばらくのあいだ、目をうつろにさまよわせ、荒く息をしながら、黙ってたたずんでいた。「マグダレーナ号から手紙を受け取ったときは、僕たちも信じられませんでした」やがて言った。「誰かの残酷な冗談、僕たちを傷つけたい人間の仕業だと考えて、信じませんでした」ごくりと唾をのむ。「でも僕はその夜、船に行きました」

「そしてエヴァートを見つけた」ケンドラは小声で言った。

「僕が見つけたのは怪物です……そいつのせいだ」デヴィッドは前触れもなくよろめく足で前進してモブレーの腎臓のあたりを蹴りつけた。モブレーは痛みに悲鳴をあげ、横に倒れてエビのように体を丸めた。デヴィッドはさらに二度、激しく蹴った。

「やめて！」ケンドラは叫んだ。「やめて！　だめよ、やめなさいったら！」

デヴィッドは後ろに下がった。彼の荒い息とモブレーのうなり声が部屋に響く。「エヴァートはスペインで爆発に巻き込まれました。こいつの話で、それだけは本当です。兄の顔は

――顔はなかった。指は……」すすり泣きが込み上げ、手は指の背が白くなるほどきつくナイフを握った。「兄は、非人間的な苦痛を味わったのです。なぜ兄が生き延びたかわかりますか？　フランス兵は兄が死んだと思った。体は焼け焦げて腐りかけていたんだ！　やつらは兄をほかの死体と一緒に荷車に乗せ、村人に引かせていきました……」

なんてこと。ケンドラはぞっとしてなにも言えなかった。

デヴィッドは続けた。「ひとりの農夫が、エヴァートが生きていることに気づきましたが、虫の息でした。兄を家に連れていって介抱しました。理由はわかりません。その場で殺したほうが親切だったでしょう。だけど兄は命を取り留めました」

デヴィッドはまた黙り込んだ。美しい顔が怒りでゆがむ。

「そして帰ってきた」しばらくして、ケンドラは言った。

「兄は帰らないつもりだったんです。傷が癒えるには一年以上かかり、元気になったあとは村にとどまることにしました。兄がなんの仕事をしたかわかりますか？」デヴィッドが突然笑いだしたとき、ケンドラは彼の青い目がぎらりと光るのを見た。「薬種屋になったんですよ！　蚊に刺されたり病気になったりした農夫を治療したんです！」

「彼は生き延びたのね」ケンドラは言った。

デヴィッドは冷たくケンドラを見やった。「生き延びた。だけど死んだんです！」

なぜエヴァートが帰国しなかったのか、ケンドラは尋ねなかった。理由はわかっている。エヴァート・ラーソンは家族にとって希望の星だった。二十一世紀に生きていたなら、彼は花形クォーターバック、聡明な政治家、ウォール街の寵児、モデルや映画のスターになっていただろう。彼について知ったことすべてが、彼はどんな職業を選んでも卓越した業績を残すような人間だったと告げている。才能、頭脳、そして美貌は最高の組み合わせだ。

だが、その三要素のひとつを取り去られたとき、人の精神になにが起こるか？

デヴィッドについてケンドラが最初に気づいたのは、人目を引くハンサムであることだ。人々はエヴァートについて語るときその美しい顔のことは言わなかったが、ラーソン家に飾られた油絵から判断して、エヴァートとデヴィッドは非常によく似ている。美貌に恵まれた人にありがちなことだが、エヴァートも自分の外見を当然視していただろう。若者はみなそうだ。時間が人の顔や皮膚に変化をもたらすまでは。

けれど、時間によって徐々に美しさが損なわれていくのと、火事によって突然めちゃめちゃにされるのとには、大きな違いがある。

「どうしてエヴァートは結局帰国することにしたの？」

デヴィッドの表情は険しくなった。「そいつのせいです」彼はモブレーをにらみつけた。モブレーはまた蹴られるのを予測して、さらに体を丸めているようだ。「戦争が終わると、人々はまた旅をするようになりました。行商人、小売商。イングランドから来たひとりの商人がエヴァートの住む村を通り、ロンドンの新聞を置いていきました。そこには優秀な大尉についての記事がありました」彼は冷笑した。「記事にはその大尉の政治的野心についての憶測が書かれていました。それでエヴァートは、帰国して真実を暴露すべきだと考えたのです」

「彼は家族だけでなくサー・ジャイルズにも手紙を送ったのね」

「サー・ジャイルズ――信頼できると兄が考えていたやつです」デヴィッドは嫌悪を込めて言った。怒りで目がぎらぎら光る。「サー・ジャイルズは、モブレー大尉とクロス卿の裏切り行為がイングランドの評判を落とすことのほうを心配したんです！ あいつはエヴァートに、調査するあいだおとなしくしているように言いました。なにが調査だ。あいつは真実が知られるのを防ぐ方法を考えていたんだ！」

「そうかしら。彼は善後策を考える時間が欲しかっただけだと思うわ」

「ばかばかしい！ あいつは嘘をついた！ エヴァートもあいつが嘘つきだと知っていた！」

「船で会ったあと、どうしてお兄さんを家に連れて帰らなかったの？」

デヴィッドは怖い顔でケンドラを見つめた。「僕が試みなかったとでも？ 一緒に家に帰ってくれと懇願しましたよ。だけど兄は拒んだ。兄は……恥じていたんです」デヴィッドは まばたきをして涙を抑えた。「兄はここに来ました」デヴィッドの声はかすれている。「そして動物みたいに隠れて寝泊まりしました。あいつのせいで」

ケンドラの目は毛布と寝台に向かった。

「僕は兄に、なにも気にすることはないと説得しようとしました」デヴィッドの息は荒い。「努力はした――だけど間に合いませんでした」

ケンドラは喉まで込み上げた苦いものをのみ込んだ。口もとがこわばる。「どうなったの？」

「兄はナイフを取り――このナイフです」――デヴィッドは鼻をすすり上げ、つかんでいるナイフを持ち上げた――「これで手首を切りました。僕はここで兄を見つけました。ちくしょう、あの血……大量の血でした。ほんの三週間前です。兄がイングランドにいたのは三日間だけでした」

ケンドラは寝台と毛布から汚れた床へと視線を移した。寝台のそばの大きな染みは血だった。胸が悪くなる。「お気の毒だわ、デヴィッド。でも、あなたのせいじゃないのよ」

デヴィッドの顔が苦痛でゆがむ。「僕が自分のせいだと思っていると考えているんですか？こいつのせいですよ！」デヴィッドはまた突進してモブレーを蹴り、うめき声を引き出した。「この人に話せ！」デヴィッドは叫んだ。「この人に、どんなふうに同胞を裏切ったか話せ！おまえとクロスで！　エヴァートが村人に紛れて捕虜収容所に入り込んだとき、クロスはエヴァートに気づいた。そしておまえに話したんだろう、この人でなし！　そしておまえは、その情報と引き換えに食べ物や心地よい待遇や自由を得られると思いついた」

モブレーはゆっくり起き上がり、これ以上攻撃を受けないよう体を横に向けた。「わたしたちは誰にも危害を加えたくなかった」ぼそぼそと言う。「わかってくれ、あれは戦争だったんだ！」

「おまえは仲間を裏切った！」デヴィッドは大声で言った。「フランス人と取引した――自由と引き換えに僕の兄を売った！　兄は逃げるときおまえを見た。武器庫を破壊しようとしたとき、おまえがライフルを持って味方を撃ったり銃剣で突いたりして殺すのを目撃したんだ！」

「嘘だ！」モブレーは怒鳴ったものの、ケンドラは彼の目に真実を見て取った。

「おまえとクロスがフランス人と共謀しているのを、味方の兵士は気づいたのか？」デヴィッドは冷酷な目でモブレーを見つめている。「自分の裏切りの目撃証人を残したくないから、味方をみな殺しにしたんだろう！」

「違う！」モブレーは突然、枷をはめられた両腕を前に出した。その瞬間ケンドラは、大尉が体を丸めて横たわっているときぐったりしているふりをしていたことを悟った。彼は自分の体で隠して、割れた石の床を爪で引っかいていたのだ。そして今、かき集めた石のかけらをデヴィッドの目に向かって投げた。デヴィッドが一歩下がり、本能的に両手を上げたとき、モブレーは立ち上がって走りだした。

51

片方の手で薄いオーガンザ地のスカートをつまみ上げ、もう片方の手では侍女が二時間かけて結ってくれた凝った髪形が崩れないようベルベットのマントのフードを押さえながら、レベッカは二九番地までの道を早足で進んでいった。うつむいていたのとフードで視界がさえぎられていたのとで、衝突の瞬間まで扉の前に立つ男性の存在には気づいていなかった。あっと声をあげ、玄関ステップから転げ落ちかける。だがそのとき、胴体を両手でつかまれてぐいっと引き寄せられた。男性の胸に顔がぶつかったとき、レベッカは濡れたウールのにおいに包まれた。

「やあ、お姫さま」

マルドゥーンだ。レベッカはいらだって顔を引き、フードを下ろして怖い顔で彼を見上げた。「どうして公爵のお屋敷の前で突っ立っているの？」

「いや、僕としてはお行儀よくふるまっているつもりなんですけどね、きちんと扉をノックして」彼はにやにやしている。「高貴なお方が復讐の女神みたいにぶつかってくるなんて、僕にわかるはずがないでしょう？」

レベッカは歯を食いしばった。「あなたはわたしを神話の登場人物にたとえてばかりいるわね。最初は地獄の番犬ケルベロス、そして今度は復讐の女神」

「物書きの性質がそうさせるんですよ」マルドゥーンはレベッカの顔を眺めた。「今夜はいちだんとおきれいですね、お姫さま。どちらへお出かけですか?」

一瞬レベッカの息が止まり、頭が混乱した。これまで一度たりとも、家族以外からきれいだと言われたことはない。でもそのとき、この記者が口達者であることを思い出した。きっとからかわれているのだと身を硬くして、険しい顔でにらみつける。「ここでなにをしているの?」

「ミス・ドノヴァンに調べものを頼まれていたので、明日お会いできるようこの手紙を届けておこうと思ったんです」マルドゥーンが湿った手紙を取り出したとき扉が開き、ハーディングが現れた。

「お嬢さま」ハーディングはふたりが通れるよう扉をさらに大きく開けたものの、マルドゥーンにはしかめ面を見せた。「なにかご用でしょうか?」

レベッカは喉もとの留め具を外して執事にマントを手渡した。「ミスター・マルドゥーンはわたしと一緒に来たの」彼女が言うと、記者の目には驚きが浮かんだ。「あなたが突き止めたことを知るのを、ミス・ドノヴァンは明日まで待ちたがらないはずよ」彼女はマルドゥーンにそう言って、階段のほうへと歩きはじめた。

ハーディングが咳ばらいをした。「ミス・ドノヴァンはお留守でございます。公爵閣下はたいそうご心配しておられます」

普段無表情な執事の顔に不安を見て取ったレベッカは、胸が苦しくなった。「なにがあったの? 彼女はどこ? いえ、気にしないで」イブニングドレスのスカートをつまみ上げて階段へと走る。「公爵は書斎におられるのよね?」急いでのぼりながら声をあげる。

ハーディングは答えた。「はい」

「どうしたんでしょうね?」マルドゥーンはやすやすとレベッカに追いついた。

レベッカは記者を無視して駆け足で廊下を進んだ。書斎の扉は開いていたので、そのまま飛び込み、足を止めて部屋の中にいる人間に目を走らせた。公爵とサムはテーブルの前に立って、広げた地図に目を凝らしている。アレックは石盤を見つめていた。レベッカとマルドゥーンが入ってきたのに気づくと、三人は同時に振り返った。

「なにがあったの?」言葉はレベッカの喉に張りついた。「ケンドラはどこ?」

「そいつ、ここでなにやってんです?」サムは金色の目を細くしてマルドゥーンを見つめた。

「ケンドラに情報を持ってきたのよ」レベッカはぞんざいに手を振ってその質問を退け、公爵を見やった。「ケンドラはどこですか?」声は少し喉にからまった。

公爵は首を横に振った。青灰色の目は心配で暗くなっている。「わからん。なにかを見いだして、危険だと警告するためモブレー大尉に会いに行った。だが、今はふたりとも行方不明だ」

「そんな」レベッカは苦労して息を吸った。「いつから姿が見えないのですか?」

「二時間ほど前だ」公爵が答える。

レベッカは呆然とした。頭の中では、二時間のあいだに人に起こりうるさまざまな恐ろしいことが駆けめぐっている。「誰が連れていったのですか?」

アレックはマルドゥーンを見た。「どんな情報を見つけたんだ？　それはケンドラを見つけるのに役立ちそうか？」

記者は帽子を脱いで明るい色の髪を指ですき、首を横に振った。「そうは思えませんね。ミス・ドノヴァンは、モブレー大尉とクロス卿がスペインにいたときについての正式な報告書を調べてくれとおっしゃったんです」

アレックは言った。「それはもう彼女に話しただろう」

「今回のは、モブレー大尉とクロス卿が脱出したあと逃げ込んだイングランド軍の宿営地からの正式な報告書です。それが妙なんですよ。ふたりとも、捕虜収容所で虐待されたと訴えていたにしては、びっくりするくらい元気だったんです。僕はその宿営地にいた将校を見つけたんですけど、実は当時、大尉とクロス卿の話を疑うような噂があったそうです。彼らは、モブレーは自分の受けた試練をおおげさに脚色したと考えていました」

「ちくしょう。そんなもの、なんの役にも立たない」アレックはぶつぶつ言って歩きまわりはじめた。

「誰がケンドラを連れていったと思われるのですか？」レベッカが再度質問した。

公爵は答えた。「デヴィッド・ラーソンだ」

「デヴィッド・ラーソン？」マルドゥーンが聞き返す。

アレックは地図の前まで戻った。「やつは、ふたりをいったいどこへ連れていったんだ？」

「サー・ジャイルズを連れてったのと同じ場所でしょうね」サムは暗い顔になる。

「デヴィッド・ラーソン？」マルドゥーンがもう一度訊いた。

サムはにらみつけた。「まるでばかなオウムだな、マルドゥーン。そう、デヴィッド・ラーソンだよ――エヴァートの弟の」

「だけど、どうして――」

「ああ、そんな」レベッカの足から力が抜けた。すぐさまマルドゥーンが抱き留め、半ば引っ張り、半ば運ぶようにしてソファに連れていった。

「誰か気つけ薬を持ってきてください！」彼は叫んだ。「気絶しかかっておられます」

レベッカはマルドゥーンの腕をつかんで見つめた。「オウム。あのお婆さん。そうよ」記者を押しのけて立ち上がろうとする。「どこに連れていったかわかったわ！」

公爵はレベッカを見つめた。「なんの話だね？」

「わたしたちがトレヴェリアン・スクエアに行ったとき、お婆さんがいたんです」興奮でレベッカの息は荒い。「その人は建物から現れて、〝出ていけ〟と何度も言いました。わたしはケンドラに、この人は無害だと言いました。そうしたらお婆さんは、それもおうむ返しに言いはじめたんです。その人は自分が聞いた言葉を繰り返すだけでした。トレヴェリアン・スクエアは無人です。だったら、誰がお婆さんに出ていけと言ったのでしょう？」

サムは公爵とアレックに目をやった。「筋は通ります。サー・ジャイルズの遺体を教会に置いたのも、その場所と近いからかもしれませんぜ」

アレックは早くも扉に向かいかけている。

レベッカが言った。「わたしも行くわ」

「きみ――」公爵が言いかける。

レベッカは言葉をさえぎった。「あのあたりには建物がたくさんあります。その全部を捜索するおつもりですか？　わたしならお婆さんが出てきた建物を指し示せるのに」

「ベッカの言うとおりだ」アレックは怒鳴った。「行くぞ！」

52

モブレーはデヴィッドのみぞおちにまともに頭突きをした。ふたりはもつれ合って倒れ、デヴィッドの手からナイフが転がり落ちる。ケンドラはナイフを取りに行こうかと考えたけれど、男ふたりがナイフの手前にいるので難しそうだ。部屋には、うなり声やうめき声、そしてこぶしが獰猛《どうもう》に肉や骨とぶつかる聞き間違えようのない音があふれた。

ケンドラは食いしばった歯のあいだから息をしながら、矢じりを指ではさんで、麻縄を切ることに集中した。矢じりはおかしな角度に曲がっており、時間の経過によって先端はバターナイフ程度に鈍くなっている。ケンドラは前のめりになり、懸命に手を前後に動かした。

なにかがドサリと倒れ、ガラスが割れた。ケンドラはぱっとふたりのほうを見た。彼らは立ち上がっており、レスリングのように組み合ったまま作業台にぶつかっていった。勢いで何個かのビーカーが飛び、中の液体が床にこぼれる。薬品の強いにおいが立ちのぼった。モブレーとデヴィッドは散乱した破片を意にも介していない。ガラスを踏み、怒りに顔をゆがめながら格闘している。これがどちらかが死ぬまでの闘いになることは、誰に言われるまでもなくケンドラにはわかっていた。

くそっ、くそっ、くそっ。ケンドラは必死で縄の上で矢じりを動かしつづけた。編んだ糸のうち一本が切れた。寒いにもかかわらず、額から汗が垂れて目に入る。矢じりを少し移動させ、なおも切りつづけた。

荒い息遣い、苦悩や怒りの叫びは頭から締め出そうとした。だが大きなわめき声がしたときはびくりとした。「死ね、この野郎！」

デヴィッドが床に倒れ、モブレーが馬乗りになって、手枷の鎖を相手の喉に押しつけて窒息させようとしていた。下に押し込む腕はぶるぶる震え、傷と血にまみれた顔には怒りがあふれている。

縄をなんとか切ろうと努力するうちに指が痙攣してくる。また悲鳴があがったので見ると、デヴィッドが床に手を伸ばして、割れたビーカーの破片をつかんだ。彼が勢いよく弧を描いて手を振り下ろしたとき、近くの蝋燭の炎が破片に反射した。モブレーの頬が切り裂かれる。気味悪い噴水のごとく血が噴出した。モブレーが顔を押さえてのけぞる。その隙を利用してデヴィッドは彼を突き飛ばした。モブレーは体を横にひねって空中から床に落ち、手枷のはまった両手を伸ばした。

「だめ！」モブレーが見ているものを見てケンドラは叫んだ。彼らは組み合うあいだに、床に落ちて忘れられていたナイフに近づいていたのだ。

ケンドラは矢じりのネックレスの鎖をつかみ、反動をつけて立ち上がった。ちょうどそのときモブレーがナイフを握って、デヴィッドの腹に突き立てた。デヴィッドが後ろ向きに倒れて床に伸び、素早くまばたきをする。胸は速く不規則に上下した。

モブレーはなんとか立ち上がってゼイゼイと息をついた。体を折り曲げて血を吐き出す。ケンドラのほうを見たとき、ふたりの目が合った。ケンドラのうなじがぞくりと冷たくなった。彼がケンドラを生きてここから出すつもりがないのはわかっている。**わたしは多くを聞きすぎたのね。**

大尉はゆっくり後ろを向き、デヴィッドの腹に刺さったままのナイフの柄を握った。彼がナイフを引き抜くと、気味悪いジャッという音がして、デヴィッドがざらついた悲鳴をあげた。ケンドラは渾身の力を込めて張り詰めた麻縄を切り離そうとした。足は動くけれど、防御のためには両手を自由にせねばならない。

モブレーはこちらを向いて、コブラのようにケンドラの動きを目で追っている。

「これ以上スペインでのことを秘密にはしておけないわよ、大尉」ケンドラが縄をぐいっと引くと、少し緩んだように感じた。

彼はにやりと笑った。歯は血で染まっている。

「スペインでのことを知る人間はすべて死んだ」ケンドラのほうに一歩踏み込む。「というより、すぐにそうなる」

「ほかにも知っている人がいるわ。エヴァートが話したもの。マグダレーナ号がイングランドに向かっているとき、彼が船長に話さなかったと思うの？」

モブレーは逡巡した。だがすぐに首を横に振り、唇をめくり上げて軽蔑を込めた冷ややかな笑みを浮かべた。「そいつはスペイン人だ。わたしよりも外国人の話を信じる者がいるなどと、本気で思っているのか？」

ケンドラはさらに強く引っ張り、最後の糸が切れたときはほっとした。両手を振って自由にしてあとずさる。目はモブレーが持つナイフでなく顔に据えていた。彼が攻撃を決めた瞬間を正確に読み取り、ナイフをむちゃくちゃに振りまわして飛びかかってきた相手をかわす。さっと身を翻してモブレーの膝頭を強く蹴ろうとした。ねらいはそれたが、膝の代わりに太腿にあたり、衝撃でモブレーは横によろめいた。ナイフを放しはしなかったものの、ふらついていたので、ケンドラは突撃してこぶしを相手の鼻に叩き込んだ。指の関節に痛みが走ったけれど、骨の折れる音がしてモブレーが悲鳴をあげたときには満足を覚えた。さっと後ろに下がる。

「このアマ!」モブレーがずぶ濡れの犬のようにぶるっと体を振ると、血のしずくが四方八方に飛んだ。

怒りにゆがんだ顔で、モブレーは飛びかかってきた。皮肉にも、彼の両手首をつないでいる手枷のせいで、ケンドラは逆襲行動がとれなかった——相手の手首をつかんで後ろに手をねじり上げ、おとなしくさせることができなかったのだ。

心臓をどきどきさせたまま寝台へと走り、毛布をはぎ取る。振り返るとモブレーに向かって毛布を振りまわした。**ナイフとの戦いに毛布を持ち込んでもしかたないのに。**それでも、モブレーは一瞬ためらった。ケンドラにはその一瞬で充分だった。毛布をねじって太い縄状にし、投げ縄のようにモブレーの手とナイフに巻きつけたのだ。モブレーがそれに反応して動く前に、彼の胸に肩からぶつかっていく。ケンドラの肩から腕に激しい痛みが走った。

モブレーは後ろによろめいたものの、すぐに体勢を立て直した。手の自由は利かないので、ケンドラのすねを鋭く蹴りつけた。ケンドラは叫び声をあげてよろよろとあとずさった。毛布を外しているモブレーから視線をはがして、ほかに武器がないかと部屋を見まわす。デヴィッドがモブレーの背後で動いているのを見たときには、既に荒い息がさらに激しくなった。デヴィッドはぎこちなく転がって膝立ちになり、作業台につかまって立ち上がろうとしている。

その音を聞いたモブレーはちらりと後ろを見た。ふたりのうちどちらが危険な敵か決めかねているかのように、ためらいを見せる。ケンドラではないと判断したらしく、振り返ってナイフを持ち上げ、傷だらけの男のほうへと進みはじめた。突然デヴィッドが微笑んだので、ケンドラはぎくりとした。一瞬、すべてが凍りついたように感じられた。そのあとデヴィッドは作業台から一台の燭台をつかみ、モブレーに向かって投げた。それはモブレーの足から三十センチ以上離れたところに落ちた。モブレーの勝ち誇った笑い声が聞こえる。けれども次の瞬間、すべてが変わった。デヴィッドはねらいを外したわけではなかった。炎は床にこぼれた薬品をとらえたのだ。閃光とともにジュッという音がして液体が燃えだし、炎が表面を伝ってモブレーの足もとに向かう。ほんの数秒でモブレーの革靴と長ズボンに火がついた。甲高い、動物のようなモブレーの咆哮《ほうこう》を聞いて、ケンドラの腕に震えが走った。彼の手からナイフが落ちる。彼は屈み込んで手枷をガチャガチャ鳴らし、長ズボンの炎を叩いて消そうとしたが、火はまるで生きているかのように大外套に飛び移った。恐慌に襲われて悲鳴をあげながら走りまわるモブレーを、地獄の業火が包み込んだ。彼はくるくるまわりながら手足をばたつかせ……やがて、火に包まれたときと同じく突然倒れた。

ケンドラはふらふらとあとずさった。火は作業台や壁にも燃え移っている。黒煙がオレンジ色や赤色の熱い炎と競うように大きくうねる。ガラスが割れ、木の梁が恐ろしげにきしむ。ケンドラは自分のマントをつかんで鼻に押しつけた。炎と煙の中で、デヴィッドが膝から崩れ落ちるのが見えた。炎から救わねばという本能に駆られて彼のほうへ行きかけたが、手遅れなのはわかっていた。彼女の見ている前で炎は貪欲なけもののごとくデヴィッドを襲い、うなりをあげた。ほんの数秒で、デヴィッドは炎に屈した。

ケンドラはよろめきながら後ろに下がった。鼻に布を押しつけていても、息が苦しい。今はじめて、炎が彼女を取り囲み、壁を這いのぼり、速度を増して天井へと向かっていることに気がついた。鼓動が激しくなり、扉に向かって走る。炎のうなり声を、バキバキという音が貫いた。見上げた瞬間、天井が崩れ落ちてきた。

53

「大変だ！　火事だぞ！」トレヴェリアン・スクエアに通じる狭い路地で馬車が止まったと同時に、公爵は息をのんだ。既に人が集まっている。男も女も子どもも、水の入ったバケツを持って駆けつけていた。

「列をつくれ！　一列に並ぶんだ！」叫び声があたりに響く。漂う恐怖は、ロンドンに住むあらゆる人が知っているものだ。この街は何度となく燃えてきたので、火事を軽視する者はいない。

アレックは馬車の扉を押し開けて飛び降りた。「ケンドラ！」

走りだしたアレックの腕を公爵がつかんで引き戻した。「アレック、だめだ！」

ふたりの視線は、最も激しく燃えている建物に据えられた。夜の闇のように真っ黒な煙が窓から噴き出して夜空へとのぼっていく。オレンジ色、黄色、赤色の長い炎がそれを追った。

「なんてこった」マルドゥーンはつぶやきながら馬車を降り、無意識に振り返ってレベッカに手を貸した。

「ああ、そんな……」レベッカの声は震えてすすり泣きになり、振り向いたアレックは彼女の目に涙を見た。

絶望に襲われ、アレックのはらわたがねじれた。彼はおじの手から腕を振りほどき、業火に向かって駆けだした。

「アレック！」後ろから公爵が呼びかける。

アレックの耳にほかの叫び声もぼんやりと聞こえた。見知らぬ人々は、彼は死に向かって走っていく狂人だと思っているようだ。彼らの思っているとおりかもしれない。それでもアレックは自分を止められなかった。ケンドラがあの炎上する建物の中で死んだなら、自分も生きていられそうにない。そんな可能性を思うと恐怖が血に乗って全身をめぐり、足はさらに速まった。前方の扉は開いている。彼は走りつづけた。数秒後、アレックは敷居をまたいで、地獄の口に飛び込んでいった。

ケンドラはあえいだ。息ができない。鼻をつく煙は肺に流れ込み、目を刺す。火事で死ぬ人のほとんどは焼け死ぬわけではない。煙を吸い込むことで死ぬのだ。安全のためにマントをきつく鼻に押しつけていても、頭はくらくらし、視界はぼんやりしてきた。身を焼くような熱が迫ってきて、脂汗が顔を流れ落ちる。手がひどく熱いのでふと見ると、火がついていた。叩いて火を消し、また動きはじめた。

背後から、鋭いきしみ音、ものが割れる音、轟音が聞こえる。強烈な炎に包まれて壁が崩壊しはじめているのだ。**わたしは恐怖の館にいるんだわ。**気がつけば、なんとか階段まで来ていた。膝はがくがくしているものの、下りようとした。ところが燃えた梁が目の前に落ちてきたので、あわててあとずさった。

ちくしょう。ほかに道はない……。

しかたがない。ここを抜けるしかない。

勇気を奮い起こして身を屈めた瞬間、マントに火がついた。マントを投げ捨てて段を下りつづける。息は止めておこうとした。めまいがする。段を踏み外してしまい、一階下まで転がり落ちた。ひどい痛みだ。踊り場で息を吸ったが、空気は油っぽい黒煙で満ちていた。激しく咳をしながら立ち上がろうとする。まわりが火の海なのはわかっていた。

「ケンドラ」

顔を上げ、幻覚を見ているのかと考えた。するとアレックが手を伸ばしてケンドラを引っ張り上げた。幻覚にしてはたくましすぎる。

「歩けるわ」ケンドラはあえぎながら言ったものの、咳き込んだ拍子に膝が折れた。

「くそっ」アレックは悪態をつくと、ケンドラを抱き上げて、最後の一階分の階段を駆け降りた。まわりでは怒ったホタルの群れのごとく火花が飛び交っている。ケンドラは彼の肩にしがみつき、ふたりは建物を飛び出した。外では静かにみぞれが降っている。ケンドラはアレックに炎から離れたところへ運ばれながら、感謝して空を見上げた。人々は長い列をつくってバケツリレーをして炎に水をかけ、何人かのがっしりした男たちは時代遅れの（少なくともケンドラにはそう見えた）荷車からポンプで水を汲み上げている。ケンドラはあきれてホースを見た。ホースからはちょろちょろとしか水が出ていない。ロンドンが何度も火事で焼け落ちたのもうなずける。

「あれはレベッカと……マルドゥーン？」ケンドラの声は自分のものとも思われないほどし

わがれていた。

レベッカは列に加わり、イブニングドレスをくしゃくしゃにして、木のバケツをマルドゥーンに渡している。ケンドラを見るなり興奮して手を振り、振り返ると衝動的にマルドゥーンに抱きついた。遠くからでも、ケンドラには記者の仰天した顔が見えた。ふたりは即座に体を離し、あわててバケツリレーを再開した。

「そうみたいだな」アレックは慎重にケンドラを立たせた。あたかもガラスでできているかのように。手を上げてケンドラの顔を包み、小さく笑う。「ひどい顔だぞ、ミス・ドノヴァン」

ケンドラはアレックのすすだらけの顔をのぞき込み、思わずにやりとした。「あなたもよ、閣下」彼に寄りかかって腰に腕をまわす。レベッカがマルドゥーンに抱きついていいのなら……。「結局のところ、わたしたちお似合いみたいね」

54

三時間後、ゆっくり入浴してすすや強い煙のにおいをこすり取るためたっぷりの石鹸を使ったあと、ケンドラは公爵の書斎で腰を下ろし、喉の乾燥やときどき襲う咳の発作を和らげるため蜂蜜とレモンをたっぷり入れた濃い紅茶をすすっていた。煙の吸入から肺が回復するには数日かかるだろう。火傷した手は、今はラベンダーオイルと蜂蜜でつくった軟膏をたっぷり塗られてリネンの包帯が巻かれているが、治るにはさらにもう少し長くかかりそうだ。明るい面としては、殴られたことによる頭の痛みはほとんど消えている。

風が窓ガラスをガタガタ揺らし、ケンドラの注意を引いた。白い雪ひらが闇の中で舞っている。さっきトレヴェリアン・スクエアにいるあいだに、みぞれは雪に変わっていて、火事を消そうと奮闘していた有志は喝采をあげた。母なる自然の助けがなければ火事はもっと深刻になっただろうことは、誰もが知っている。結局、あとふたつ建物が類焼したあと、ようやく降雪によって鎮火したのだった。

ケンドラは人々の歓呼の声に迎えられたが、お祭り騒ぎはすぐにおさまり、厳粛な雰囲気が取って代わった。モブレー大尉とデヴィッド・ラーソンの遺体は明日の朝にサムが部下を連れて掘り出しに来るまで、灰とがれきの中に放置されることになる。ふたりともドクター・マンローの解剖台に運ばれるだろう。ケンドラはモブレーが焼死するのを見たことをサムに話した。だがデヴィッドが死んだのがナイフによる刺し傷が原因なのか煙と炎に巻かれたことによるのかは、最終的にはドクター・マンローが突き止めてくれるだろう。

どちらでも、たいした違いはないのかもしれない。死因がわかったところで、バーテルとアストリッドの苦悩を和らげることはできない。息子の死を知らせるという避けられない務めは、サムが負うことになる。

マルドゥーンは次から次へと質問を浴びせてきた。ケンドラはそのほとんどをなんとかはぐらかし、やがてアレックがインタビューを中断させた。その後記者は朝刊に載せる記事をまとめるため〈モーニング・クロニクル社〉に急いだが、自分の時代でマスコミを相手にした経験を持つケンドラは、彼に会うのはこれが最後でないことを知っている。それはかまわない。マルドゥーンにはモブレーの背信行為を暴露してほしい。でも、デヴィッドの狂気を発表すべきかどうかについては、ケンドラは迷いを覚えている。あるいはエヴァートのたどった運命を。

とはいえ、ケンドラはそんな思いを脇に押しのけた。一同は公爵の馬車に乗り込み、疲れ果てたレベッカを彼女の屋敷で降ろしてからグローヴナー・スクエアに向かった。彼らの汚れた格好は使用人を驚かせた。

「あの青年――エヴァート――のことを知ってるのは、あっしらだけです」書斎に入ってきたサムは言った。彼は五分前に戻ってきた――ちょうどいいタイミングだった。ケンドラとアレックと公爵も書斎に入って腰を下ろしたところだったのだ。サムも入浴してきれいな服に着替えていたけれど、それでもまだぐったりと疲れているように見えた。ラーソン家への訪問で、目は落ちくぼんでいる。アレックが手に押しつけたウイスキーのグラスも、金色の目に浮かんだ悲しみを消し去ることはできなかった。

サムは続けた。「エヴァートは戦争の英雄でした。それを変えちゃいけないと思うんです」

「それはどうやっても変わらないわ」ケンドラはかすれた声でささやいたけれど、もちろんそれが嘘なのはわかっている。この時代、自殺は単なる悲劇ではない。エヴァート・ラーソンが自ら命を絶ったことが明るみに出たなら、彼の名誉に傷がつく。彼の魂は永遠に地獄に落とされるのだから。

「ラーソン夫妻はもう充分苦しんだだろう」公爵のまなざしも暗い。「わが子がそれほどの絶望に陥っていたことを知り、自分たちにはなにもできなかったと思うと……」

「ミスター・ラーソンの話じゃ、エヴァートには家に帰ってきてくれと必死で頼んだそうです。だけどエヴァートは家族に哀れみの目で見られるのが耐えられなかったんです」サムは暖炉ではぜる炎を見つめてウイスキーを飲んだ。「それと、エヴァートが隠者みたいに暮らすのにトレヴェリアン・スクエアを選んだ理由を教えてもらいました。ミスター・ラーソンとサー・ジャイルズはそこの土地の大部分を所有してるらしいです。一緒に投資したんです。ふたりは仲たがいしたあとそこを見捨てて、その地区はすぐに荒廃したってことです」

「スネークは、残っていた人も悪魔を見て逃げてしまったと言っていたわ」ケンドラは小声で言った。「エヴァートはスペインの小さな村で二年間、彼を受け入れてくれる人々とともに暮らした。だけどイングランドに戻ったとたん、恐怖の目で見られるようになった。それが彼の精神状態にどんな悪影響を与えたかは、想像もできないわね」

一同はしばらく沈黙に陥った。エヴァートは哀れみを求めなかったかもしれないが、彼を気の毒に思わないでいるのは難しい。

公爵が沈黙を破った。「ラーソン夫妻はこれからもロンドンにとどまるだろうか。今や彼らにとって、ここにはなにもない」

「彼らは離れないでしょう」ケンドラは言った。「息子の墓を放置しないと思います」

サムは大きくため息をついた。「ドクター・マンローの解剖が終わったら、両親は息子の遺体を取り戻してちゃんとした葬式を挙げますよ」

「デヴィッドのことを言っているんじゃないわ」ケンドラはボウ・ストリートの探偵を見やった。「彼らがエヴァートの遺体を、自分たちが訪れられないところに遺棄すると思う?」

サムは顔をしかめた。「それについては考えてませんでしたけど、おっしゃるとおりですね。きっとどこか近くに埋めたんだ」

「自宅の庭に埋めて、墓標としてルーン文字の石碑を建てたのよ」ケンドラははじめてバーテルに会ったとき、彼が寒い中で屋外に立っていたことを思い出していた。当時のケンドラはそのことに気づいていなかったのだ。「バーテルは、息子にきちんとした葬式を挙げてやれなかったと言ったけれど、埋めなかったとは言っていない」

ケンドラはその意味を彼らが理解するまで待った。「両親はある意味、サー・ジャイルズと同じくらい悪いわ」喉が詰まる。今回、それは煙のせいでなく、怒りゆえだった。

サムが目を向けてきた。「なんでです?」

「サー・ジャイルズはスペインでの出来事について沈黙を守った。クロスやモブレーの行動がイングランドの名誉を落とすと思ったから。でもラーソン夫妻だって、同じ理由で息子の自殺を隠したわ。スキャンダルを避けたかったからよ」

公爵は首を横に振った。「それは違う。ラーソン夫妻が沈黙を守ったのはプライドゆえではない。息子への愛ゆえだ」

「でも、もうひとりの息子については? デヴィッドは兄を崇拝していました。バーテルとアストリッドがスペインでエヴァートの身に起こったことを隠すのではなく公表したなら、それによって正義がなされたかもしれません。デヴィッドは兄の死に対する復讐に駆り立てられなかったかもしれないんです」

アレックはしかめ面になった。「デヴィッド・ラーソンが行ったことは正義じゃない」

「そうだとは言っていないわ」でも引き金になったのは正義を果たしたいという思いだった、とケンドラは考えている。

公爵はふうっとため息をついた。「本当のところは、われわれには決してわからないのだろうな」

窓がまたガタガタ鳴った。サムはそれを見てウィスキーを飲み干し、立ち上がった。「そろそろおいとまします」いったん言葉を切ってケンドラを見る。「殺されなくてよかったですね」

ケンドラもティーカップを置いて立った。「わたしはモブレー大尉のことにばかり気を取られていて、デヴィッドがサー・ジャイルズを罠にかけたのと同じように彼をも罠にかけたことに気づきもしていなかったわ。だけど、デヴィッドはわたしを殺そうとはしていなかった。貸馬車の御者やエラを殺さなかったのと同じで」

「彼らはデヴィッドの顔を見ていない」アレックは反論した。「きみは見た。犯人がデヴィッドであることを知っていた」

ケンドラは首を横に振った。「デヴィッドは犠牲者を増やしたくなかった。彼が欲しかったのは証人よ」

「証人？」公爵が聞き返す。

「モブレー大尉の告白についての証人です」この三時間、ケンドラはそれについて考えていた。「デヴィッドは、モブレーが告白したら殺すつもりでいました。でも、わたしは解放するつもりだったと思います。誰かに生きて真実を話してほしかったのです」

「だけどデヴィッド自身が……」サムは言いかけたが、そこで理解したようだ。「なるほど。デヴィッドが大尉を告発しても、誰も耳を貸さなかったでしょうね。彼は人殺しだ。そして、あのやり口からすると狂人でもある。それにしても、なんであんなことしたんでしょう？死人にしるしを描くというのは？」

「生存。意志の力。運命」ケンドラはそっと言った。「それがルーン文字のナウディズの意味よ。それがデヴィッドなりの、兄への敬意の払い方だったんでしょう。ふたりとも北欧の伝承を愛していたから」

サムはケンドラを見た。「で、舌は？」

「それも一種の象徴でしょうね。サー・ジャイルズについては、エヴァートを危険に誘い込んだこと、あるいは真実を話さなかったことについて。クロスはイートン校時代からエヴァートを知っていた。きっと彼は捕虜収容所でエヴァートを見かけてモブレーに話し、モブレーはフランス兵にそれを密告したのよ」

アレックは口もとをこわばらせた。「やつらはエヴァートの命と自分たちの自由を引き換えにした」

「エヴァートだけの命じゃないわ。モブレーは生き残って捕虜収容所にいた同胞を殺した。モブレーとクロスは敵と結託していて、ほかの捕虜とは別にされていた。ほかの兵士がモブレーたちの裏切りを知っていたかどうかはわからないけれど、モブレーは少しでも危険を冒したくなかった。わたしを生かしておけないと思ったのと同じよ」モブレーがデヴィッドを刺したあと自分を見たときの表情を、ケンドラは覚えている。「わたしが恐れるべきだったのはデヴィッドじゃない――モブレー大尉のほうだったわ」

「もしも計画が成功して大尉を殺してあんたを解放したら、デヴィッドはどこへ逃げるつもりだったと思います？」サムが訊いた。

ケンドラは首を横に振った。「彼は生きてあの場から去るつもりはなかったと思う。モブレー大尉は最後の標的だった。ひとたび彼の告白を得たなら……」肩をすくめる。「でも、それは単なる勘よ。証明はできない」

サムはうなずき、また扉のほうに行きかけた。足を止めて、振り返ってケンドラを見る。

「マルドゥーンはまたつきまといますぜ、記事のネタを求めて」

「マルドゥーンならあしらえるわ」

「でしょうね」ボウ・ストリートの探偵の口もとにかすかな笑みが浮かぶ。「あんたなら大丈夫だ」

「ちょっと待ってくれ、ミスター・ケリー。そこまで一緒に行こう」公爵が唐突に言い、サムとともに部屋を出た。

ケンドラは笑顔でアレックのほうを向いた。「公爵閣下は、ちょっとわたしたちをふたりきりにしてくださったみたいね」

「おじは頭がいい」アレックはブランデーのグラスを置いてケンドラに歩み寄った。「トレヴェリアン・スクエアに着いて火事を見たときは、生きた心地がしなかったぞ」緑の目を明るく輝かせてケンドラの顔をじっくりと見る。「愛している」

とても単純なことよね。ケンドラは考えた。それでいて、とても複雑なのよ。

「わたしも愛しているわ」包帯を巻いた両手を彼の腰にまわし、反射的にアレックの腕が体にまわされたときにはにっこり笑った。「救い出してくれてありがとう。あなたの助けがなかったら、生きて出られなかったわ」

「わたしたちふたりで、生きて出たんだ」

ケンドラがさらに大きな笑顔になる。「さっきも言ったとおりね。わたしたち、お似合いなのよ」

謝辞

執筆は孤独な作業です——長時間コンピューターの前に座って、調査をしたり、物語を書いたりします。でもありがたいことに、小説を書くという仕事は孤独ではなく、わたしは素敵な人々に囲まれています。いつものように、エージェントのジル・グロスジーンにはこの旅をともにしてくださったことに感謝しています。そして編集者ケイティ・マグワイア、出版責任者クレイボーン・ハンコックをはじめとしたペガサスの素晴らしいチームには大きな喝采を。本書のために最高の装丁をしてくださったフェイスアウト・ステューディオズのデレク・ソーントンにもお礼を申し上げます。

わたしは相変わらず、わたしを応援してくださるのみならず、特別難しい章と格闘しているときに直前で予定をキャンセルしても理解してくださる人々に恵まれています。ボニー・マッカーシー、カラー・ジェイコブズ、ロリー・マカリスター——あなたたちはこの取り組みの最初からわたしのそばにいてくれました。これからもずっと、わたしの心には、あなたたちのための特別な場所があります。また、本書で用いるスペイン語について協力してくださったオルガ・グリマルト、忙しいスケジュールの合間を縫って作家の切望する隠遁所（あるいは憩いの時間）を用意してくださったレスリー・スミスという作家仲間にも、おおいに感謝しています。そして、前作『時間《とき》の邂逅』を七月の〝ぜひ読むべきリスト〟に載せてくださった、わが国の図書館員とライブラリー・ニーズのみなさまの応援には、またしても感激しています。

過去を舞台にしたミステリーを書く楽しみのひとつは、常に歴史に関して新しい発見があることです。調べたことは、執筆に生かされる場合もあれば（たとえば、上流階級における広く知られたホステスであり、イギリスでのアフタヌーンティーの習慣を始めたとされる、実在の貴族ベッドフォード公爵夫人への言及）、編集室の床に投げ捨てられる場合もあります。また、登場人物の造形のヒントが得られることもあります。公爵のシェフ、ムッシュ・アントンは、摂政皇太子やナポレオンといった人々のためにに料理をつくったセレブシェフの先駆け、アントナン・カレームが参考になっています。わたしはイアン・ケリー著『宮廷料理人アントナン・カレーム』を読んで彼のこと――そして彼がイングランドの従僕を信用していなかったこと――を知りました。彼は、従僕たちは自分の仕事を台なしにしようとしている、と信じていたのです。

〈ホワイツ〉はイングランドで最も由緒ある紳士クラブです。超高級で、その会員はとんでもない賭けをすることで知られていました。イギリスの新聞『デイリー・メール』の記事によると、十九世紀初頭、アルヴァンリー卿は、どの雨粒が〈ホワイツ〉の有名な張り出し窓の下の枠まで行きつくかをめぐって、友人と三千ポンド（現在の価値でおよそ三十万ドル相当）の賭けをしたそうです。彼がその賭けに勝ったか負けたかは定かではありません。

ロンドンは昔から政治的陰謀の温床であり、政府は――あらゆる国の政府と同じく――スパイを雇っていました。実際、諜報活動と対敵諜報活動は非常に一般的なものでした。スー・ウィルクス著『Regency Spies: Secret Histories of Britain's Rebels & Revolutionaries』はきわめて洞察に満ちた読み物だと感じました。

最後に、『モーニング・クロニクル』は千七百六十九年に発刊された、ホイッグ党寄りの実在の新聞です。歴史上何度も廃刊と再発刊を繰り返しましたが、わたしはチャールズ・ディケンズが千八百三十四年にこの新聞の記者として働きはじめたことに興味を引かれました。彼はその仕事を足場として、「ボズ」という筆名で短編小説を発表するようになりました。フィン・マルドゥーンが実在していたら、きっとディケンズと友人になっていたことでしょう。

この〈時間〉シリーズはフィクションですが、歴史に関しては事実に沿ったものになるよう最大限の努力をしています。誤りがあった場合、それはすべてわたしひとりの責任です。

本作は、時代的背景から、現在では差別用語とも受け取れる言葉をそのまま使用しております。ご了承ください。

訳者あとがき

お待たせしました。〈ケンドラ・ドノヴァン・シリーズ〉第四作をお届けします。

二十一世紀のFBI捜査官だったケンドラが十九世紀にタイムスリップして、はや半年。最初は戸惑うことばかりだった彼女も、ずいぶんこの時代になじんできたようです。ショートボブだった髪は、侍女に結い上げてもらえるくらい長くなりました。火打ち石で火を熾すことも（時間はかかりますが）できるようになりました。それまでは炭水化物を敵視していたのに、今は焼きたてのパンが大好物です。

前作で、同じ二十一世紀からタイムスリップして自分よりはるかに長くこの時代にとどまっていた人間と会ったことで、この時代で生きていく覚悟が芽生えた――のかもしれません。とはいっても、完全に二十一世紀を捨て去って十九世紀を生きる人間になるのは容易ではありませんし、それを心から望んでいるわけでもなく、ケンドラの中ではまだ迷いがあります。

女が男の持ち物とされ、発言権や行動の自由を持てない生き方は、どうしても受け入れられません。ケンドラに思いやりを示す公爵も、彼女を愛するアレックも、そんな彼女の考え方を理解できずにいます。生まれ育った時代によって植えつけられた考えがまったく異なる彼らが、真に理解し合うのは難しいのでしょう。

それでも、ケンドラがこの時代において生きがいを感じられる対象はあります。殺人事件の捜査です。科学捜査は未発達、女というだけで見くびられることも多く、参考人に話を聞くにも礼儀を優先しなければならない……と不便な環境にありながらも、ケンドラは生まれながらの知性とFBI捜査官としての訓練や経験を駆使して捜査にあたるのです。

今回、ケンドラが取り組むのは政府の要人が殺された事件です。被害者は絞殺されたうえ舌を切断され、衣服をはぎ取られて裸にされ、見えないインクで体じゅうに奇妙なしるしを描き入れられていました。その猟奇的な性質から、ボウ・ストリートの探偵であるサム・ケリーはオルドリッジ城にいる公爵に協力を求めます（もちろん彼が本当に協力を頼みたい相手はケンドラですが、礼儀上、彼女の後見人である公爵に頼むという形を取っています）。

被害者には諜報組織の長という顔もあるため、敵国のスパイによる犯行の疑いがあります。見えないインクは、確かにスパイが使いそうなものです。しかし一方、舌を切り取るという行為は個人的な復讐を思わせます。捜査はその両面から進められることになりました。

ケンドラはいつものように、女、それも上流階級の貴婦人が殺人事件の捜査をすることについて困惑され、眉をひそめられながらも、関係者に話を聞いてまわります。そして徐々に、過去の秘密を解き明かしていくのです。

公爵の名づけ子レベッカ、解剖医のマンロー、犯罪者の親玉ベアやその子分スネークというおなじみの面々に加えて、ひと癖もふた癖もありそうな新聞記者マルドゥーンという新たな登場人物を得て、物語は進んでいきます（マルドゥーンは今後のシリーズにも顔を出してきそうですね）。

シリーズの今後の予定はまだ発表されていませんが、少しでも長くケンドラの活躍を見られることを、一ファンとして心より願っています。

時間《とき》の裏切

2020年3月16日 初版発行

著 者 ジュリー・マッケルウェイン
訳 者 高岡 香
発行人 長嶋うつぎ
発 行 株式会社オークラ出版
〒153-0051 東京都目黒区上目黒1-18-6 NMビル
営 業 TEL：03-3792-2411 FAX：03-3793-7048
編 集 TEL：03-3793-4939 FAX：03-5722-7626
郵便振替 00170-7-581612（加入者名：オークランド）
印 刷 中央精版印刷株式会社

定価はカバーに表示してあります。
乱丁・落丁はお取り替えいたします。当社営業部までお送りください。

ISBN978-4-7755-2923-2